## Das Buch

Was tun, wenn man mit Ende vierzig plötzlich gekündigt wird? Und feststellen muss, dass es in der Eifel nicht besonders viele freie Stellen für Sekretärinnen gibt? Statt zu jammern, orientiert sich Hildegard Bendermacher um – sie zieht nach Köln und arbeitet als Putzfrau, sehr zum Entsetzen ihres erwachsenen Sohnes. Der neue Job ist anstrengender als gedacht, dafür lernt Hildegard eine Menge neuer Leute kennen. Unter anderem durch einen Zufall die einige Jahre jüngere Antonia von Lengsdorf. Diese lebt mit ihrer Haushälterin alleine in einer prunkvollen Villa, seit sie von ihrem Mann verlassen wurde. Die beiden Frauen freunden sich miteinander an, und Hildegard erfährt, warum Antonia nie ausgeht: Sie hat Multiple Sklerose und fühlt sich draußen unsicher auf den Beinen. Aber als Hildegard zum ersten Mal von der begnadeten Köchin Antonia zum Essen eingeladen wird, hat sie eine Idee: Ein Supperclub soll Antonias Einsamkeit beenden und die Villa wieder mit Leben füllen …

## Die Autorin

Maria Linke ist das Pseudonym einer erfolgreichen deutschen Übersetzerin und Redakteurin. Sie lebt mit ihrer Familie in der Nähe von Köln.

Maria Linke

# Mitten rein ins Leben

Roman

Ullstein

Besuchen Sie uns im Internet:
www.ullstein-taschenbuch.de

MIX
Papier aus verantwortungsvollen Quellen
FSC® C014496

Originalausgabe im Ullstein Taschenbuch
1. Auflage April 2015

Umschlaggestaltung: ZERO Werbeagentur, München
Titelabbildung: © Sylvia Cook Photography/getty images
Satz: LVD GmbH, Berlin
Gesetzt aus der Janson
Papier: Pamo Super von Arctic Paper Mochenwangen GmbH
Druck und Bindearbeiten: GGP Media GmbH, Pößneck
Printed in Germany
ISBN 978-3-548-28490-3

# Prolog

Die Organistin hielt den letzten Ton besonders lange. Nur widerwillig verhallte er, und mir kam es so vor, als wolle sie das Lied nicht loslassen. Das wäre auch mir am liebsten gewesen, denn es ist eines meiner bevorzugten Kirchenlieder. Ich muss gestehen, ich habe mit der Kirche nicht viel am Hut. Kaum religionsmündig, bin ich auch schon ausgetreten. Damals musste man das in unserem Amtsgericht erledigen, und als ich mit einem Freund aus dem alten Gebäude auf den Marktplatz hinaustrat, stolperte er über die letzte Stufe und wäre fast hingefallen. Daraufhin verdrehte er die Augen, blickte zum Himmel und seufzte: »Geht das jetzt schon los?«

Manche Rituale jedoch liebe ich nach wie vor, und dazu gehört auch das Singen, vor allem, wenn die Lieder so gefühlvoll und getragen sind wie »So nimm denn meine Hände«. Ob bei einer Hochzeit oder bei einer Beerdigung, mir treten unweigerlich die Tränen in die Augen, spätestens bei der Zeile »Ich kann allein nicht gehen, nicht einen Schritt«. Möglicherweise könnte ein Psychologe ganze Bücher über diese Vorliebe schreiben, man hat ja als Laie schon eine Ahnung, worauf es hinausläuft, aber das ist mir egal. Es ist einfach ein wunderbares Lied, und ich bin zutiefst dankbar, wenn es gesungen wird, vor allem mit diesem ein wenig schleppenden Chorgesang der Gemeinde. Ich singe dann immer voller Inbrunst mit.

Der heutige Anlass war allerdings kein freudiger. Eine Hochzeit wäre mir entschieden lieber gewesen, aber wir befanden uns auf einer Beerdigung. Die kleine Kapelle des Kölner Südfriedhofs war bis auf den letzten Platz besetzt, und wir brauchten eigentlich keine traurigen Lieder, um Tränen zu vergießen beim Anblick des mit weißen Rosen und tiefblauem Rittersporn geschmückten Sargs und der Fotografie, die auf einer Staffelei davorstand.

Gertrud Schmitz war gut getroffen auf dem Foto. Sie saß am Küchentisch – was man nicht sehen konnte, ich jedoch wusste, weil ich sie dort beim Kartoffelschälen fotografiert hatte – und blickte unternehmungslustig in die Kamera. Erst zwei Tage zuvor war sie beim Friseur gewesen, und ihre weißen Löckchen wippten förmlich. Wenn man sie so sah, hätte man nicht vermutet, dass sie schon weit über neunzig war.

Ich konnte mich noch gut an den Tag erinnern. Schon beim Frühstück war sie ganz aufgeregt gewesen, weil wir so viel vorhatten, wie sie in all den Jahren alleine in ihrer kleinen Wohnung nicht erlebt hatte. Alles war neu und aufregend, jeder fragte sie um Rat, und sie genoss jede einzelne Minute.

Ich blickte die vorderste Reihe der Trauergäste entlang. Links neben mir saß Günther und drückte mir die Hand, als er bemerkte, dass ich schlucken musste und mir die Tränen in die Augen traten. Rechts von mir saß Antonia, zart und aufrecht, die kurzen braunen Haare lagen glänzend wie ein Helm um ihren Kopf. Ihre Hände, in dunklen Handschuhen, ruhten im Schoß. Dass sie ganz leicht zitterten, merkte man nur, wenn man scharf hinsah. Sie wirkte gelassen und entspannt. Als sie meinen Blick bemerkte, lächelte sie unmerklich und nickte mir beruhigend zu. Marianne Schumacher, zurückhaltend wie immer, saß ganz hinten in der Ecke, damit niemand mitbekam, dass sie weinte. Auch Tante Röschen war gekommen. Sie hatte sich in der Zeit in Köln mit Gertrud Schmitz angefreundet, und Doro hatte sie heute zur Beerdigung gefahren. Sie saß in der Reihe hinter mir zwischen Doro und Regina und putzte sich alle zwei Minuten die Nase. Madeleine Lohmann, die ihrem Stiefsohn sozusagen im letzten Moment entkommen war, war blass und schmal. Die Tränen liefen ihr übers Gesicht, und sie tupfte sich ständig mit dem Taschentuch die Augen ab. Wir hatten versucht, ihr die Schuldgefühle wegen Gertrud Schmitz' Tod auszureden, aber bisher war es uns nicht gelungen. Willibert Poensgen saß ernst im dunklen Anzug in der hintersten Reihe neben ihr. Schützend hatte er ihr den Arm um die Schultern gelegt. Alle, die Oma Schmitz gekannt und in ihren letzten beiden Lebensjahren erlebt hatten, waren gekommen, sogar Antonias Schwester Babette, die neben Antonia saß und ihr hin und wieder einen besorgten Blick zuwarf.

Der Pastor kündigte an, dass wir jetzt alle gemeinsam den Sarg der letzten Ruhestätte übergeben würden. Als ich mich erhob und Antonia den Arm reichte, damit sie sich bei mir einhängen konnte, warf ich noch einen letzten Blick auf das Foto und dachte an den Tag zurück, an dem ich es aufgenommen hatte.

An jenem Tag hatte das erste Abendessen stattgefunden.

# 1

Für mich wäre ja das Leben in der Stadt überhaupt nichts. Viel zu laut und viel zu hektisch!« Tante Röschen schüttelte energisch den Kopf. »Aber ich habe kürzlich mit der Mutter von Regina geredet, und Regina muss es ja in Köln wirklich gut getroffen haben. Sie hat eine schöne, große Wohnung, und wenn man Frau Steinwachs so hört, verdient sie angeblich ziemlich viel Geld bei ihrer Werbeagentur. Vielleicht solltest du dir auch einmal überlegen, Kind, ob du nicht von hier weggehen willst. In der Stadt hättest du viel mehr Möglichkeiten. Heutzutage ist doch ständig die Rede von Mobilität.« Sie sprach das Wort sehr deutlich aus und betonte die einzelnen Silben. Bei jedem T zischte ihr neues Gebiss ein bisschen.

»Willst du mich loswerden?«, fragte ich entgeistert. »Und wie kommst du jetzt auf Regina? Die ist doch nur deshalb gleich nach der Schule in die Stadt gezogen, weil sie an Weiberfastnacht da diesen Typen kennengelernt hat. Ob sie den heute auch noch hat, weiß ich gar nicht. Aber vielleicht hat er ja Geld.«

»Ja, wirklich, was redest du denn da?« Onkel Alfons ließ irritiert die Zeitung sinken. »Hildegard hat hier ihre Arbeit und ihre Freunde, warum soll sie denn weggehen?« Aber Tante Röschen hatte ihn gar nicht gehört. Sie hatte den Handmixer wieder eingeschaltet und rührte aus Leibeskräften in ihrem Rodonteig.

Freitags backte Tante Röschen Rodon. Jeden Freitag. Sie hatte immer Kuchen im Haus, aber ihren speziellen Rodon, der ganz besonders lecker schmeckte, backte sie nur am Freitag. Und jeden Freitag nach der Arbeit, zwischen drei und vier Uhr nachmittags, besuchte ich sie und Onkel Alfons in ihrem urigen Holzhaus mit der fast schwedisch anmutenden Veranda, das abseits vom Dorf auf einer kleinen Anhöhe direkt am Waldrand lag. Bei gutem Wetter blickte man weit ins Land, und wenn die Sicht besonders klar war, konnte man sogar den Kölner Dom sehen.

In der warmen Jahreszeit saßen wir in der verglasten Veranda am großen Esstisch und genossen die Aussicht auf das Rheintal und das Siebengebirge, dessen Hügel sich am westlichen Horizont erhoben. Der weiße Bau des Hotels Petersberg, in dem sich früher das Gästehaus der Bundesregierung befunden hatte, war in der Ferne deutlich zu erkennen. Wenn ab und zu noch einmal ein Staatsgast dort abstieg, sah man in der Dunkelheit die Helikopter wie riesige Glühwürmchen um das beleuchtete Gebäude auf dem Berg tanzen.

In der Veranda durfte mein Onkel Pfeife rauchen. Ich liebte das umständliche Ritual des Stopfens genauso wie den warmen, würzigen Duft seines Tabaks. Meine Tante schimpfte allerdings immer, obwohl sie es ihm erlaubt hatte, und erklärte, der Geruch würde in allen Speisen hängen, selbst im Kuchen.

Im Winter, so wie jetzt, war es zu kalt in der Veranda, die nur an hohen Festtagen geheizt wurde. Dann saßen wir in der gemütlichen kleinen Küche mit dem altertümlichen Herd, der unermüdlich Holz fraß, wenn Tante Röschen backte oder kochte, und schauten den Vögeln zu. Sie kamen bis auf die Fensterbank geflogen, um sich ihr Futter abzuholen.

»Letzte Woche war der Sperber ein paarmal da«, sagte Onkel Alfons. »Dann kommt kein anderer Vogel. Sie haben alle Angst vor ihm.«

»Hm«, sagte ich. »Ich finde sowieso, dass es hier mittlerweile viele Raubvögel gibt. Aber ich glaube, einen Sperber habe ich noch nicht gesehen. Ich weiß gar nicht, wie die aussehen.«

»Du erkennst ihn sofort«, erklärte mein in allen Naturfragen bewanderter Onkel. »An der gesperberten Brust. Weiß mit schwarzen Strichen drauf. Ein wunderschöner Vogel.«

»Mir wäre es lieber, er ließe die kleinen Vögel in Ruhe«, warf meine Tante ein. »Wenn er zu häufig kommt, bleiben sie nachher noch ganz weg. Ich habe übrigens für das Eichhörnchen einen Beutel Nüsse ausgelegt.« Sie lächelte. »Das hättest du mal sehen sollen, wie es die für den Wintervorrat eingesammelt hat. Sooo dicke Backen, wie ein Hamster!« Sie blickte mich prüfend an. »Ich meine, du hättest auch zugelegt, Hilde. Du bist doch nicht etwa in Hoffnung?«

»Tante Röschen«, protestierte ich erschüttert. »Ich werde in zwei Monaten achtundvierzig. Was denkst du denn? Und von wem sollte ich denn bitte schön schwanger sein? Gregor und ich sind doch schon seit einer Ewigkeit geschieden.«

»Ja, aber du arbeitest ja schließlich immer noch in Ludwigs Firma«, wandte meine Tante nicht ganz logisch ein. »Und außerdem ist siebenundvierzig heutzutage gar kein

Alter mehr. Ich habe erst vor Kurzem beim Friseur gelesen, dass diese italienische Sängerin, diese ... wie heißt sie noch mal? Der Name fällt mir jetzt nicht ein ...«

»Alzheimer«, brummte mein Onkel.

»Nein, die heißt doch nicht ... Ach, du!« Tante Röschen versetzte ihrem Mann einen Rippenstoß. »Na, auf jeden Fall ist sie schon vierundfünfzig und hat jetzt ein Kind gekriegt. Und die hat auch keinen Mann!«, setzte sie triumphierend hinzu.

Ich seufzte. »Ich erwarte aber kein Kind, Tante Röschen, auch wenn du es noch so gerne hättest! Und ich bin ehrlich gesagt auch ganz froh darüber! Aber du hast recht, ich habe tatsächlich ein bisschen zugenommen.« Bekümmert schaute ich an mir herunter. Ich war noch nie eine Elfe gewesen, aber es gab einen gewissen Punkt, den ich bei meinem Gewicht nur ungern überschreiten wollte – und mittlerweile war er bedrohlich nahe gerückt. »Weihnachten hat es einfach zu viel zu essen gegeben. Unter anderem bei euch!« Vorwurfsvoll schaute ich sie an. »Außerdem fürchte ich, dass ich jetzt so langsam in das Alter komme.« Ich stieß einen weiteren wehmütigen Seufzer aus und packte ein Röllchen an meinem Bauch mit Daumen und Zeigefinger. »Ab nächste Woche muss ich mal wieder regelmäßig ins Fitness-Studio. Und heute Abend gehe ich mit Doro zur Ü-Vierzig-Party nach Kommern.«

»Wohin gehst du?« Tante Röschen zog missbilligend die Augenbrauen hoch.

»Zur Ü-Vierzig-Party. Zum Tanzen. In die normale Disco gehen wir schon lange nicht mehr. Als wir zuletzt da waren, hat so ein junger Typ Doro von oben bis unten gemustert und zu seinem Kumpel gesagt: ›Jetzt kommen die schon zum Sterben her.‹ Das müsst ihr euch mal vorstellen! Zu Doro! Also, dazu habe ich keine Lust.«

Mein Onkel lachte verblüfft. »Das hat er tatsächlich gesagt? Auf was für Ideen die Leute kommen! Und dann ausgerechnet zu Doro! Das ist ja unglaublich! Sie hat ihm doch hoffentlich die passende Antwort gegeben.«

»Nein, wir waren beide so platt, dass uns nichts eingefallen ist«, musste ich zugeben.

Kopfschüttelnd verteilte Tante Röschen den Teig, in den sie – ihre Spezialität – neben klein gehackten getrockneten Aprikosen, Zitronat, Rosinen, Walnüssen und Mandeln auch noch Schokoladestückchen gerührt hatte, in der Rodon-Form. Sorgfältig schabte sie die Teigschüssel aus, strich den Teig in der Kuchenform glatt und schob das Prachtstück in den Ofen. Sie wischte die Hände an ihrer Schürze ab und strich mir über die Haare. »Mach dir nichts draus, Kind«, sagte sie liebevoll. »Du siehst gut aus für dein Alter. Du hast eine ganz gute Figur …«

»Genau. Mit den Rundungen an den richtigen Stellen«, warf mein Onkel ein.

Seine Frau bedachte ihn mit einem strengen Blick. »Was verstehst du denn schon davon?«, wies sie ihn zurecht. An mich gewandt fuhr sie fort: »Aber dein Onkel hat recht. Du hast durchaus noch Chancen bei den Männern. Nur, ob du den Richtigen ausgerechnet beim Tanzen in Kommern kennenlernst …« Zweifelnd verzog sie das Gesicht. »Also, ich sage ja nur, in Köln hättest du wahrscheinlich wesentlich bessere Chancen.«

»Vielleicht will ich ja gar keinen kennenlernen«, erwiderte ich trotzig. »Mir geht es doch gut. Ich habe einen guten Job, eine schöne Wohnung, Freunde, auf die ich mich verlassen kann, und ich kann es mir sogar leisten, den Jungen in London studieren zu lassen. Und keiner schreibt mir vor, was ich zu tun und zu lassen habe.«

»Tja.« Tante Röschen wiegte bedenklich den Kopf. »Aber schöner wäre es schon, wenn du wieder jemanden an deiner Seite hättest. Ich will ja bloß nicht, dass du hier versauerst.«

Ich verdrehte die Augen. Tante Röschen war eben aus einer anderen Generation. Sie konnte sich ein Leben ohne ihren Alfons wahrscheinlich gar nicht vorstellen – wobei ich zugeben musste, dass mein Onkel auch ein besonderes Prachtexemplar war. Mein Bedarf an Männern war jedoch gedeckt, seitdem Gregor mich nach Strich und Faden betrogen und sich dann einfach mit diesem jungen Möchtegern-Model aus dem Staub gemacht hatte, das kaum älter war als unser gemeinsamer Sohn. Das war zwar schon eine Ewigkeit her, aber so etwas nagt am Selbstbewusstsein, und ich möchte die betrogene und verlassene Ehefrau sehen, die hinterher nicht lange Zeit ihre Wunden leckt.

»Jetzt lass sie doch in Ruhe, Röschen«, sagte Onkel Alfons. »Sie hat es mit Gregor weiß Gott schwer genug gehabt. Soll ich dir noch einen schönen Espresso machen, Hilde?«, wandte er sich an mich. »Aus dem Gerät, das du uns geschenkt hast, schmeckt der Kaffee wirklich ganz anders. Viel besser!«

Tante Röschen warf ihm einen aufgebrachten Blick zu. Auf ihren Wangen bildeten sich rote Flecken. »Soll das heißen, dass dir mein Filterkaffee nicht mehr schmeckt? Wozu mache ich mir denn die Mühe, jedes Mal die Bohnen frisch zu mahlen …«

»Nein, danke, lieb von dir, aber ich muss jetzt wirklich fahren«, unterbrach ich die Tirade meiner Tante. Auf keinen Fall sollten sie sich wegen mir in die Haare kriegen.

»Schade«, meinte mein Onkel betrübt. »Du bleibst immer so kurz. Willst du nicht mal wieder hier übernachten? So wie früher?« Hoffnungsvoll schaute er mich an. Auch meine Tante sah traurig drein.

»Ach, ihr macht mir ein ganz schlechtes Gewissen«, murmelte ich. »Ich habe einfach nicht mehr so viel Zeit.«

Früher, das hieß vor über fünfunddreißig Jahren, als ich noch zur Schule ging. Damals war meine Mutter schon ziemlich krank, und ich war immer froh gewesen, der bedrückenden Atmosphäre zu Hause entrinnen zu können, indem ich bei Tante Röschen und Onkel Alfons übernachtete. Wenn ich nach der Schule dorthin kam, gab es natürlich zuerst einmal Rodon, dazu im Sommer selbstgemachten »Kindersekt« aus Holunderblüten und im Winter heißen Kakao mit Sahne. Dann ging ich mit Onkel Alfons im Wald spazieren, wo er mir alles Wissenswerte über Fauna und Flora der Eifel erklärte, oder verschwand mit ihm in seiner Werkstatt, wo ich mit dem Schnitzmesser Holzstücke bearbeitete oder mich an seiner Drechselbank versuchte. Manchmal tobte ich auch einfach nur mit Barko, dem weiß-braun gefleckten Münsterländer von Onkel Alfons, auf der Wiese herum. In der Zwischenzeit dachte sich Tante Röschen immer etwas besonders Leckeres zum Essen aus, und nach dem Abendessen spielten wir Mensch ärgere dich nicht oder Karten. Sie brachten mir Rommé, Skat und Siebzehnundvier bei, und mir fiel nie auf, dass sie keinen Fernseher besaßen.

Die Abende bei ihnen gehörten zu den Highlights meines jungen Lebens, aber je älter ich wurde, desto seltener wurden auch meine Besuche. Und irgendwann hatte ich den ersten Freund, und der Kontakt zu Röschen und Alfons beschränkte sich auf gelegentliche Besuche an Feiertagen oder Geburtstagen.

»Ich mache das mal wieder – bestimmt!«, versprach ich ihnen. Im Stillen nahm ich es mir ganz fest vor. Schließlich waren sie meine einzigen Verwandten, und da sie keine Kinder hatten, war ich so eine Art Ersatzkind für sie. »Aber jetzt muss ich wirklich dringend los. Doro wartet sicher schon.«

Ich drückte Onkel Alfons einen Kuss auf die Wange und umarmte Tante Röschen. »Passt gut auf euch auf«, mahnte ich sie. »Ich melde mich.«

»Viel Vergnügen heute Abend, Kind. Ich komme nicht mehr mit nach draußen«, sagte meine Tante. »Alfons bringt dich zum Tor. Mir ist es zu kalt.«

Mein Onkel war bereits in seine alten ledernen Bergschuhe geschlüpft, die zum Trocknen am Herd gestanden hatten. Er hatte einen Fuß auf den Stuhl gestellt, um sich die Schnürsenkel zuzubinden.

»Alfons!«, sagte meine Tante vorwurfsvoll. »Nicht mit den Schuhen auf das Kissen! Das wird doch alles schmutzig!«

»Ich komme ja sonst nicht mehr an meine Füße«, murrte mein Onkel. »So jung bin ich nun auch nicht mehr.« Aber er hob gehorsam das Stuhlkissen an, damit es nicht mit seiner Schuhsohle in Berührung kam.

Die Luft stand weiß vor unseren Gesichtern, als wir zu meinem Auto gingen, das vor dem Tor auf der kleinen Schneise im Wäldchen stand, die Besuchern des ehemaligen Jagdhauses als Parkplatz diente. »Kalt geworden«, meinte mein Onkel. »Es würde mich gar nicht wundern, wenn es heute Nacht noch Schnee gäbe. Die Luft riecht danach.«

»Na, hoffentlich schneit es nicht, bevor Doro und ich wieder zu Hause sind«, sagte ich mit einem besorgten Blick zum Himmel.

»Nein, das klappt schon noch. Viel Vergnügen und bestell Doro liebe Grüße«, verabschiedete sich mein Onkel von mir.

Im Rückspiegel sah ich, wie er noch so lange winkend da stand, bis ich mich auf dem Weg befand, der in den Ort führte. Dann drehte er sich um und ging ins Haus.

»Und dann beschuldigt diese alte Kuh mich tatsächlich, ich hätte ihre Briefe geöffnet und gelesen! Ich! Ist es denn zu fassen?« Doro riss empört die großen, hellblauen Augen auf. Sie hatte ein Puppengesicht, das von wilden blonden Locken umrahmt war, die sie mit viel Mühe, Bierspülungen und Glätteisen so einigermaßen in Schach hielt. »Über Dampf hätte ich sie aufgemacht, hat sie behauptet. Du liebe Güte! Das sind doch Steinzeitmethoden!« Erregt trank sie von ihrem Mojito ohne Alkohol. Ich musste lachen, weil sie sich so aufregte, aber als ich etwas erwidern wollte, unterbrach sie mich. »Nein, nein, warte, ich bin noch nicht fertig. Das musst du hören: Sie ist felsenfest davon überzeugt, dass ich allen im Dorf erzählt hätte, was drin gestanden hat. Ich! Kannst du dir das vorstellen?«

Ich grinste. »Und? Hast du?«

Doro rollte mit den Augen. »Jetzt fängst du auch schon an. Nein, im Ernst, Hilde, als ob ich nichts Besseres zu tun hätte. Wenn ich eure Post auch noch lesen würde, würde ich ja nie fertig. Und was jemand der dämlichen alten Pütz schreibt, interessiert mich einen feuchten Kehricht. Noch habe ich selber ein Leben! Und nicht zu knapp«, setzte sie empört hinzu.

»Weiß ich doch!«, beruhigte ich meine beste und älteste Freundin. Langweilig war ihr Leben bestimmt nicht, auch wenn sie schon einige Jahre glücklich verheiratet war. Wo Doro war, da spielte die Musik. Sie konnte einfach nicht still sitzen, und sie war ein Naturtalent, wenn es darum ging, ihre gute Laune auf ihre Umgebung zu übertragen. »Natürlich hast du die Briefe nicht gelesen. Frau Pütz muss sich gar nicht wundern, dass es Aufsehen erregt, wenn sie auf einmal pastellfarbene Briefe bekommt. Und hast du nicht auch gesagt, dass sie so aufdringlich duften?«

»Stinken«, erwiderte Doro trocken. »Als Duft kannst du das wahrhaftig nicht bezeichnen. Na, wenn die nicht mal einem Heiratsschwindler aufgesessen ist. Wahrscheinlich sollte ich doch mal einen Brief lesen, nur so, um sie zu warnen.« Nachdenklich drehte sie ihre Spaghetti auf die Gabel.

Wir saßen in einem gemütlichen kleinen Lokal in der Altstadt von Kommern, einem kleinen Städtchen in der Eifel, das vor allem für sein Freilichtmuseum bekannt war.

Das war an den meisten Freitagen unser Ritual. Zuerst gingen wir essen, zum Italiener, zum Griechen oder neuerdings auch schon mal in das japanische Sushi-Restaurant, das in Mechernich aufgemacht hatte – die Gäste saßen an einer großen, runden Theke, auf der eine Spielzeugeisenbahn mit den unterschiedlichen Sushi-Sorten herumfuhr. Sensationell! Rouven hatte zwar gelangweilt gemeint, so etwas gäbe es in London schon seit Jahrzehnten, aber wir waren hier nun mal nicht in London, und in der Eifel war es der letzte Schrei. Die Leute spekulierten schaudernd, ob es vielleicht auch diesen hochgiftigen Fisch gab, bei dem ein einziger Bissen schon genügte, und man fiel tot um. Den Gästen an der Theke konnte man das wohlige Gruseln förmlich am Gesicht ablesen, schließlich aß man ja nicht jeden Tag rohen Fisch. Nach den kulinarischen Genüssen ging es entweder ins Kino oder zum Tanzen in ein nahe gelegenes Lokal, die alte Mühle, wo es regelmäßig Tanzveranstaltungen für unsere Altersgruppe gab. Ich liebte diese Abende. Doro und ich hatten uns immer etwas zu erzählen. Wir kannten uns seit frühester Kindheit und wussten genau, wo der Schuh drückte.

»Wie war es denn bei dir heute?«, fragte sie jetzt. »Irgendwelche besonderen Vorkommnisse?«

»Nein.« Ich spießte Salatblätter auf meine Gabel. »Alles wie immer. Nur Ludwig macht mir in der letzten Zeit ein bisschen Sorgen. Er sieht nicht gut aus. Tante Röschen hat das auch schon bemerkt.«

»Na ja«, erwiderte Doro. »Er ist ja auch nicht mehr der Jüngste. Und dann raucht er immer diese dicken Zigarren! Das kann ja nicht gesund sein! Was wird eigentlich aus der Firma, wenn er sich zurückziehen will? Glaubst du, dass Gregor sie übernimmt?«

»Das kann ich mir nicht vorstellen«, sagte ich im Brustton der Überzeugung. »Er hat ja nie mitgearbeitet. Ich glaube, er hat gar kein Interesse am Unternehmen. Und seine Tussi würde im Leben nicht nach Mechernich ziehen.«

»Hm.« Doro überlegte. »Ja, aber mal gesetzt den Fall, er würde doch von seinem Vater übernehmen. Ich glaube nicht, dass er dich dann weiter als Sekretärin behalten würde.«

»Nein, wahrscheinlich nicht«, gab ich zu. Plötzlich schmeckte mir das Essen nicht mehr so richtig. Lustlos stocherte ich auf meinem Teller herum. »Komm, darüber will ich mir heute Abend keine Gedanken machen. Lass uns bezahlen und in die Disco fahren.«

Ich hatte das letzte Wort kaum ausgesprochen, als Doro auf einmal erstarrte. Sie ließ die Gabel, die sie gerade zum Mund führen wollte, sinken und zischte: »Guck dich nicht um. Eben ist Gregor zur Tür reingekommen.«

»Wenn man vom Teufel spricht. Ist er allein?«

»Nein, euer Prokurist ist bei ihm.« Doro reckte den Hals. »Er hat uns nicht gesehen. Sie gehen um die Ecke in den anderen Raum.«

Erleichtert stieß ich die Luft aus, die ich unwillkürlich angehalten hatte. Gregor und ich waren zwar schon lange geschieden, aber ich konnte einfach nicht aus meiner Haut heraus. Der Mann war für mich ein rotes Tuch. Ich nahm es ihm immer noch übel, dass er mich damals so kaltschnäuzig abserviert hatte. Am meisten wurmte mich jedoch, dass er versucht hatte, sich um die Zahlungen für Rouven zu drücken. Und nicht nur das. Er war auch so mit seiner neuen jungen Frau beschäftigt, dass er überhaupt keine Zeit mehr für das Kind gehabt hatte. Unser gemeinsamer Sohn war bei der Scheidung erst zwölf gewesen, und er hätte seinen Vater dringend gebraucht.

Notgedrungen hatte ich die Situation alleine gemeistert. Zum Glück war Gregors Vater nicht so ein Armleuchter wie sein Sohn. Er hatte mir eine Stelle als Sekretärin in seiner Firma angeboten und sich in seiner Freizeit um Rouven gekümmert, so gut er konnte. Dass Rouven jetzt in London studierte, verdankte er vor allem seinem Großvater, der sich wohl vorstellte, dass sein Enkel einmal die Firma übernehmen könnte, und deshalb seinem Sohn energisch nahegelegt hatte, Rouven die bestmögliche Ausbildung zu finanzieren.

»Warum er wohl hier ist?«, fragte ich leise, fuhr aber gleich fort: »Na, egal, lass uns zahlen, Doro. Mir ist der Appetit vergangen, und ich habe keine Lust, ihm zu begegnen.«

Doro nickte. »Heute bist du mein Gast. Ich habe von der alten Schlüter ein dickes Trinkgeld bekommen. Anscheinend war genau der Brief in der Post, auf den sie gewartet hat.«

Der Besuch der Disco machte mir nicht so viel Freude wie sonst, weil ich die ganze Zeit darüber nachgrübelte, was Gregor abends in Kommern machte. So viel ich wusste, wohnte er in Bonn. Relativ früh schon verabschiedete ich mich von Doro, die ihre blonden Locken schüttelte und selig zu »The Winner Takes It All« über die Tanzfläche wirbelte, wobei sie laut mitsang.

»Ich fahre jetzt nach Hause. Ist das in Ordnung für dich?«, fragte ich. Sie nickte und wies mit dem Kinn auf einen Mann in unserem Alter mit Bürstenhaarschnitt, der ebenfalls ab und zu bei uns im Ort die Post austrug. »Harry bringt mich nach Hause. Fahr du nur. Das mit Gregor lässt dir keine Ruhe, was?«

»Es ist aber auch merkwürdig, oder? Ich würde zu gerne wissen, was da los ist. Er kommt doch sonst nicht einfach so hierher. Hoffentlich ist nichts mit Ludwig.«

Meine Hoffnung erfüllte sich nicht. Das erfuhr ich am nächsten Montag, als ich in die Firma kam. Ludwig hatte einen schweren Herzinfarkt gehabt, lag im Krankenhaus und rang mit dem Tod. Die Belegschaft steckte die Köpfe zusammen und tuschelte aufgeregt. Was würde aus uns werden, wenn unser Chef das Zeitliche segnete?

Der Prokurist, Herr Mehring, der mit Gregor beim Italiener gewesen war, hatte sich in seinem Büro verschanzt und war für niemanden zu sprechen. Ein schlechtes Zeichen. Und dann klingelte mein Telefon.

»Hildegard?«, sagte eine mir nur zu bekannte, verhasste Stimme. Der Mann war der Einzige, der mich immer mit meinem vollen, unmodernen Namen anredete, den ich Hildegard von Bingen verdankte, der Lieblingsheiligen meiner Mutter. Alle sagten Hilde, nur er bestand auf Hildegard. Es war ihm nicht abzugewöhnen. »Du kannst die Belegschaft informieren, dass um vierzehn Uhr Mitarbeiterversammlung in der Werkshalle ist. Ludwig ist vor einer halben Stunde gestorben.« Bevor ich etwas erwidern konnte, hatte Gregor aufgelegt.

Ich saß da wie eine Salzsäule und hielt den Hörer in der Hand. Erst als die Tür zu meinem Büro aufging und unser Disponent, Herr Weiss, aufgeregt fragte: »Frau Bendermacher, was ist mit Ihnen? Geht's Ihnen gut, Frau Bendermacher?«, erwachte ich aus meiner Erstarrung. Ich räusperte mich.

»Herr Weiss«, sagte ich mit einer blechernen Stimme, die gar nicht mir zu gehören schien, »der Chef ist tot. Wir sollen alle um vierzehn Uhr in die Werkshalle kommen.«

Herr Weiss blickte mich bestürzt an. »Ach, du liebe Scheiße«, sagte er mit Nachdruck. »Soll ich allen Bescheid sagen?«

»Nein, nein, lassen Sie nur«, wehrte ich ab. »Ich schicke eine Hausmitteilung herum.«

Unsere Firma ist nicht groß, wir haben gerade mal fünfundzwanzig Mitarbeiter, und so standen wir ein wenig verloren in der großen Werkshalle herum, in der Präzisionsrohre aus Metall hergestellt werden. Punkt vierzehn Uhr ging die Seitentür auf, und mein Ex kam herein. Wieder war er in Begleitung des Prokuristen.

Er baute sich vor den Leuten auf, die ihn sorgenvoll musterten, und sagte: »Einige von Ihnen kennen mich ja noch. Ich bin Gregor Bendermacher. Sie haben sicher bereits erfahren, dass mein Vater heute früh verstorben ist. Ich werde bis auf Weiteres die Leitung der Firma übernehmen, und in den nächsten Tagen werden wir Gelegenheit haben, uns gegenseitig kennenzulernen. Und jetzt gehen Sie bitte wieder an die Arbeit. Es läuft alles ganz normal weiter. Stillstand können wir uns nicht leisten.«

Das war typisch Gregor, dachte ich. Immer auf Zack. Und nicht ein einziges persönliches Wort, schon gar nicht zum Tod seines Vaters. Kopfschüttelnd wandte ich mich zum Gehen, aber da stand er auch schon neben mir und blickte mich aus seinen wasserblauen Augen an. Früher einmal hatte ich mich genau in diese Augen verliebt, aber jetzt fröstelte es mich beinahe, als ich hineinblickte.

»Hildegard, komm bitte in …« Er blickte auf seine Armbanduhr. »… in zehn Minuten in mein Büro.«

Er fackelte nicht lange und kündigte mir, was ich nicht anders erwartet hatte. Ich würde sogar noch drei Monatsgehälter ausgezahlt bekommen – eine großzügige Geste, wie er mehrfach betonte.

»Hildegard …« Er dehnte meinen Vornamen auf eine Weise, die fast beleidigend war. »Dir ist ja wohl klar, dass ich das alles nicht tun müsste, du hast schließlich noch nicht einmal einen gültigen Arbeitsvertrag. Solche Dinge hat Vater ja nicht so genau genommen.«

Dafür waren ihm andere Dinge wichtig gewesen,

dachte ich. Verantwortungsbewusstsein und Loyalität zum Beispiel. Bei ihm hatte ich mich auch ohne Arbeitsvertrag immer gut aufgehoben gefühlt. Ich öffnete den Mund, um Gregor zu widersprechen, aber dann klappte ich ihn wieder zu. Es hatte ja doch keinen Zweck. Gregor war gesprächsresistent, jedenfalls bei mir.

Gewichtig fuhr er fort: »Aber ich will mal nicht so sein. Ich werde dir ein Zeugnis ausstellen, und dann kannst du dir etwas Neues suchen. Dass ich dir eine regelrechte Abfindung zugestehe, erwartest du ja wohl nicht im Ernst, schließlich bezahle ich immer noch einen Zuschuss zu Rouvens Studium. Das ist Abfindung genug«, erklärte er kalt.

Benommen blickte ich ihn an. »Der Zuschuss zu Rouvens Studium kommt ja wohl nicht mir, sondern unserem Sohn zugute«, erwiderte ich. »Aber ist schon in Ordnung, Gregor. Übernimm dich bloß nicht. Mit dir zusammen würde ich sowieso nicht in der Firma bleiben wollen. Ich gehe davon aus, dass du mir das Zeugnis zuschickst.« Damit drehte ich mich auf dem Absatz um und verließ sein Büro. Wahrscheinlich wollte er seine junge Frau auf meinen Posten setzen. Oder er würde sich eine neue Sekretärin suchen. Vielleicht was Hübsches, Junges? Aber eigentlich war es mir egal. Ich hätte sowieso nicht für ihn arbeiten mögen, und ich war optimistisch, dass ich schon bald etwas Neues finden würde.

»Was hat er gesagt?« Tante Röschen war fassungslos. »Der Sausack! Ich hätte ja nicht übel Lust, zu ihm zu gehen und ihm meine Meinung zu sagen!«

»Das wirst du schön bleiben lassen!«, meldete sich Onkel Alfons zu Wort, wie immer besonnen. »Besonders hier vor dem Friedhof. Wir haben gerade Ludwig zu Grabe getragen. Da hat alles andere nichts zu suchen. Kinder«, er wandte sich an Rouven und mich, »ihr kommt mit zu uns, dann können wir alles in Ruhe besprechen.«

Wir standen auf dem Parkplatz vor dem alten Friedhof. Über Nacht war es bitterkalt geworden, und ich fror in meinem alten Trenchcoat, dem einzigen schwarzen Mantel, den ich besaß. Wenigstens war vor einer halben Stunde eine blasse Wintersonne hinter den Bäumen hervorgekommen, gerade als sie Ludwigs Sarg in die Grube hinuntergelassen hatten. Als wenn er sich verabschieden wollte, hatte ich gedacht. Leider jedoch wärmte die Sonne nicht, und ich trat fröstelnd in meinen dünnen schwarzen Stiefeln von einem Fuß auf den anderen.

»Ich will lieber mit Papa und den anderen ins Eck gehen«, maulte Rouven, der zur Beerdigung seines Großvaters aus London angereist war. Er sah in seinem dunkelgrauen Anzug mit der schwarzen Kaban-Jacke darüber sehr erwachsen aus, dachte ich mit einem Anflug von mütterlichem Stolz.

»Ja, geh du nur«, sagte ich. »Du siehst deinen Vater ja selten genug.«

Tante Röschen zog zwar die Augenbrauen hoch, schwieg aber. Erst als wir bei einer Tasse Kaffee und Rodon in ihrer gemütlichen Küche saßen und langsam auftauten, sagte sie missbilligend: »Du siehst deinen Sohn auch nicht gerade häufig. Was will er denn bei all den fremden Leuten im Eck? Er hätte genauso gut hierher mitkommen können.«

»Ach, Tante Röschen.« Ich seufzte. »Lass ihn doch. Gregor hat ja immer nur durch Abwesenheit geglänzt. Und an Rouvens Studium hat er bisher auch kaum Anteil genommen, wenn man mal von der monatlichen Überweisung absieht. Vielleicht können sie sich ein bisschen unterhalten.«

»Das glaube ich eher weniger.« Tante Röschen presste die Lippen zusammen. »Er wird daneben sitzen und sich fehl am Platz fühlen. Die sind doch alle viel zu sehr mit sich selbst beschäftigt.«

»Lass gut sein, Röschen«, warf mein Onkel besänftigend ein. »Der Junge ist alt genug, um im Ausland zu studieren. Der weiß schon, was er tut.« Er wandte sich an mich. »Was willst du denn jetzt machen?«

Tante Röschen ließ sich sofort ablenken. »Ja«, echote sie und legte mir ein Stück Rodon auf den Teller. »Was willst du denn jetzt machen?«

Ich zuckte die Schultern. »Ich suche mir eine neue Stelle. So schwierig wird das ja wohl nicht sein.«

»Ich weiß nicht.« Alfons wiegte bedenklich den Kopf. »Willst du nicht wenigstens eine Abfindung einklagen? Du arbeitest doch schon Gott weiß wie lange in der Firma. Er kann dich nicht einfach so von heute auf morgen entlassen.«

»Nein«, wehrte ich ab. »Dann müsste ich mir zuerst einmal einen Anwalt suchen, und die Sache ginge vors Arbeitsgericht. Nein, dazu habe ich keine Lust. Außerdem habe ich nichts in der Hand. Ich hatte ja keinen Arbeitsvertrag. Gregor hat mir ein gutes Zeugnis geschrieben und wird mir immerhin noch drei Monatsgehälter zahlen.«

»Na, wie großzügig von ihm! Das ist ja wohl auch das Mindeste, was man von ihm erwarten kann!«, warf Tante Röschen empört ein.

»Außerdem will ich nicht für ihn arbeiten«, fuhr ich fort. »Stellt euch das doch mal vor.« Ich schüttelte den

Kopf. »Nein, das würde ich nicht aushalten. Und ich mache mir keine Sorgen. Ich finde bestimmt schnell was anderes.«

»Ja, wenn du meinst.« Ratlos blickten mich die beiden an. »Na, jetzt iss erst mal was.« Tante Röschen schob mir den Kuchenteller hin. »Du kannst auch immer noch nach Euskirchen aufs Arbeitsamt fahren. Die haben bestimmt was für dich. Vielleicht willst du ja mal was Neues ausprobieren. Du kannst doch zum Beispiel richtig gut kochen. So als Köchin irgendwo oder so?« Sie schaute mich hoffnungsvoll an.

Ich warf ihr einen gespielt empörten Blick zu. »Was soll das denn heißen? Ich habe all die Jahre bei Ludwig als Sekretärin gearbeitet, da wird sich doch wohl noch ein Job für mich finden.«

»Na ja, ich meine ja nur.« Tante Röschen zuckte verlegen mit den Schultern. »Eine richtige abgeschlossene Ausbildung hast du nicht. Steuerfachgehilfin war ja nichts für dich. Und heutzutage ist das mit den neuen Jobs nicht immer einfach, jedenfalls hier bei uns auf dem Land.«

Das war mein wunder Punkt. Doro und ich hatten nach dem Abitur einen Ferienjob bei der Post angenommen, weil wir schnell Geld verdienen wollten, um ausgiebig Urlaub zu machen. Ich war damals gerade erst achtzehn geworden und fand, dass eine Ausbildung noch warten konnte. Ich wollte das Leben genießen. Studieren wollte ich sowieso nicht. Ich war froh, dass ich die Schule hinter mir hatte, und ich bin eher der praktische Typ. Als ich dann schließlich eine Lehrstelle bei einem Steuerberater in Mechernich bekam, brach ich die Ausbildung wieder ab, als ich Gregor kennenlernte, und jobbte lieber noch ein bisschen, zumal Doro beschlossen hatte, bei der Post zu bleiben. Lernen fand ich langweilig, und den ganzen Steuerkram sowieso. Gregor würde mir diese lästigen Dinge alle abnehmen. Dachte ich.

»Ich hab kürzlich beim Arzt im Wartezimmer so einen Artikel gelesen, dass man sich bei der heutigen Wirtschaftslage auf seine Stärken besinnen sollte, wenn man arbeitslos ist«, fuhr Tante Röschen fort. »Aber warten wir es erst einmal ab. Ich bin ja nur eine alte Frau und rede viel dummes Zeug, wenn der Tag lang ist!«

»So sehe ich das auch«, griff Onkel Alfons ein. »Jetzt wollen wir Kaffee trinken. Kommt Zeit, kommt Rat.«

# 2

Die Monate zogen ins Land, und ich hatte immer noch keinen Job gefunden. Es wurde Frühling, der Sommer kam und verging, und nach einem besonders ungemütlichen, kalten und verregneten Herbst wurde es wieder Winter. Ich hatte gefühlte fünfhundert Bewerbungen geschrieben und war unzählige Male beim Arbeitsamt vorstellig geworden. Aber mein Alter und die fehlende fachliche Ausbildung waren mein Stolperstein. Meine Sachbearbeiterin schaute mich immer schon mitleidig an, wenn ich das Zimmer betrat, und mehr als einmal betonte sie, wie schwer es sei, mich in meinem Alter zu vermitteln, wenn ich unbedingt in der Eifel bleiben und als Sekretärin arbeiten wollte. Doch ich wollte nicht weg. Hier war ich zu Hause, und wenn ich durch die vertraute Landschaft fuhr, dann ging mir das Herz auf. Eines Abends saß ich wieder mit Doro beim Italiener und klagte ihr mein Leid.

»Ich weiß langsam nicht mehr, was ich tun soll«, sagte ich. »Es klappt einfach nichts. Ich kann froh sein, wenn sie mich überhaupt zum Gespräch einladen. Meistens kriege ich die Bewerbungsunterlagen nur kommentarlos zurück. So eine Stelle, wie ich sie bei Ludwig hatte, ist nirgendwo zu finden. Und wahrscheinlich bin ich sowieso schon zu alt für den Arbeitsmarkt.«

»Ach, Quatsch«, erwiderte Doro. »Du bist ja noch nicht einmal fünfzig. Wo kommen wir denn da hin? Da wollen sie das Rentenalter auf siebenundsechzig erhöhen, und mit achtundvierzig sollst du zu alt sein, um einen neuen Job zu finden? Das kann doch wohl nicht sein.«

Ich zuckte ratlos mit den Schultern. »Vielleicht liegt es ja auch an der Eifel. Also, ich meine, die Auswahl ist in der näheren Umgebung nicht wirklich groß. Aber ich kann auch nicht woanders arbeiten. Wenn ich jeden Tag weit fahren müsste, dann lohnt sich das alles nicht. Bei den Benzinpreisen! So viel kann ich ja gar nicht verdienen.«

Doro schwieg und drehte ihr Pizzabrötchen zwischen den Fingern. »Musst du denn unbedingt hierbleiben?«, fragte sie schließlich zögernd.

Meine Gabel, mit der ich gerade ein Salatblatt aufgespießt hatte, schwebte in der Luft. »Willst du mich etwa auch loswerden?«

»Wie, auch? So wie Gregor? Nein, nein, natürlich nicht«, wehrte Doro hastig ab. »Das kannst du doch nicht im Ernst vergleichen.« Empört riss sie die blauen Augen auf.

»Nein, das meine ich gar nicht. Aber Tante Röschen hat mal so was Ähnliches gesagt. Hab ich dir das nicht erzählt? Sie hatte damals mit Reginas Mutter geredet, und der muss es in der Stadt wohl großartig gehen.«

Doro lachte. »Ja, die tolle Regina. Frau Steinwachs hat immer schon mit ihr angegeben. Obwohl ...« Nachdenklich zog sie die Unterlippe zwischen die Zähne. »In der Stadt hättest du wirklich mehr Möglichkeiten. Du hättest ein größeres Angebot an freien Stellen, ein Auto bräuchtest du nicht, weil du mit dem Fahrrad oder mit öffentlichen Verkehrsmitteln zur Arbeit fahren könntest. Das macht alles einfacher.«

»Aber ich bin doch hier zu Hause«, sagte ich kläglich. »Ich kann mir gar nicht vorstellen, so weit wegzuziehen. Rouven hat sein Auslandsgen bestimmt nicht von mir, das muss er von Gregor haben. Ich bin hier zufrieden und möchte gar nicht weg, schon gar nicht in die Großstadt.«

»Na ja, so weit weg wäre Köln nun auch nicht«, erwiderte Doro. »Den Kölner Dom kannst du bei klarem Wetter ja sogar vom Jagdhaus aus sehen. Und am Wochenende könntest du jederzeit nach Hause kommen. Und was nützt dir das schönste Zuhause in der Eifel, wenn du hier keine Arbeit findest? Heutzutage ist Mobilität gefragt.«

Nachdenklich blickte ich sie an. »Tante Röschen sagt das auch. Aber ich kann doch nicht einfach auf Verdacht nach Köln ziehen. Wenn ich da auch nichts finde, dann sitze ich in einer viel zu teuren Wohnung und bin noch schlechter dran als hier. Und ganz ehrlich, Doro: Ewig reichen meine Ersparnisse nicht.«

»Hmm.« Doro kaute auf der Unterlippe. Ich sah ihr förmlich an, wie es in ihrem Kopf ratterte. »Hattest du eigentlich ein gutes Verhältnis zu Regina?«

»Ja, schon.« Ich blickte sie irritiert an. »Wir waren zwar nie die dicksten Freundinnen, das weißt du doch, aber wir sind ganz gut miteinander ausgekommen. Und«, ich grinste, »erinnerst du dich, wie wir zwei damals als Kinder diesen dicken Krach miteinander hatten? Da habe ich eine Zeitlang nur mit ihr gespielt.«

»Ja, das war wirklich übel damals.« Doro musste ebenfalls grinsen. »Du kannst aber auch nachtragend sein! Oh, Mann, was habe ich gelitten.«

»Das hattest du auch verdient«, erklärte ich mit Nachdruck. »Ich war ja Luft für dich, nur weil du lieber mit den fremden Mädchen spielen wolltest, die bei euch zu Besuch waren.«

Doro lachte. »Nachtragend! Ich sag's ja!«

»Wie kommst du denn überhaupt jetzt auf Regina?«, fragte ich.

»Na ja«, sagte Doro gedehnt. »Was hältst du davon, wenn du sie mal anrufst? Vielleicht ist in ihrer Werbeagentur ja was frei, oder sie kann dir wenigstens eine preiswerte Unterkunft besorgen. Möglicherweise hat sie in ihrer großen Wohnung sogar ein Zimmer übrig. Also, Frau Steinwachs behauptet jedenfalls immer, sie hätte eine riesige Wohnung. Und so schön, mit hohen Decken und Stuck und Parkett und allem Komfort und zurück.«

»Das mag ja alles sein.« Ich trank einen Schluck von meinem Weißwein. »Aber ich kann doch nicht einfach aufs Geratewohl bei ihr anrufen. Was soll ich denn sagen? ›Hallo, Regina, ich wollte mich nach zehn Jahren mal wieder melden, und ach übrigens, hast du eine Idee, wo ich arbeiten könnte? Und du hast nicht zufällig ein Zimmer für mich frei?‹ Wer weiß, mit wem sie zusammenlebt.«

»Ja, da hast du recht«, gab Doro zu. »So einfach geht das wohl nicht.« Sie schluckte den Rest ihres Pizzabrötchens hinunter und fuhr stirnrunzelnd fort: »Du müsstest schon einen Plan haben. Vielleicht kannst du dich ja mit irgendwas selbständig machen. Und dann erzählst du es ihr und versuchst, sie so zu begeistern, dass sie von sich aus sagt, du könntest bei ihr wohnen.«

»Aber um selbständig zu sein, braucht man Kapital«, wandte ich ein. »Und ich wüsste auch nicht, mit was. Schreibarbeiten oder so? Damit verdiene ich bestimmt nicht die Butter aufs Brot. Ach, und apropos Butter aufs

Brot – Tante Röschen hat ja mal gefragt, ob ich nicht als Köchin arbeiten wollte.« Ich verdrehte die Augen. »Sie stellt sich wahrscheinlich vor, dass ich eine zweite Lea Linster werden könnte oder so.«

»Hm.« Doro blickte mich betrübt an. »Das ist aber auch alles zu blöd. Lass uns von was anderem reden, ich glaube nicht, dass wir heute Abend zu einem Ergebnis kommen. Vielleicht fällt dir ja irgendwann noch was ein.«

Und mir fiel tatsächlich etwas ein. Am nächsten Tag brachte ich die Wohnung auf Vordermann. Rouven hatte mal wieder Sehnsucht bekommen und sich fürs Wochenende angekündigt. Wahrscheinlich brauchte er Geld, das Leben in London war extrem teuer, und dann machte er gerne einen Abstecher in die Eifel, um sich bei mir mit dem Nötigsten zu versorgen.

Ich polierte alle Räume auf Hochglanz, bezog das Bett in seinem Zimmer, das jetzt zum Gästezimmer umfunktioniert worden war, und verstieg mich sogar dazu, die Fenster zu putzen. Bei der Arbeit pfiff ich fröhlich vor mich hin. Es machte mir einfach Spaß, wenn alles blitzte und blinkte, und die körperliche Anstrengung lenkte mich von meiner derzeitigen schwierigen Situation ab.

Nach getaner Arbeit machte ich mir einen Kaffee mit geschäumter Milch, setzte mich an den Küchentisch und blickte mich zufrieden in der blitzsauberen Küche um. In diesem Augenblick fiel es mir ein.

»Genau«, murmelte ich vor mich hin, »das ist es.« Ich kramte in der Schublade des Küchentischs und holte einen kleinen Block und einen Kugelschreiber heraus. Dass ich nicht schon früher darauf gekommen war! Ich hatte schon immer gerne geputzt und saubergemacht, und als kleines

Mädchen hatte ich am liebsten meiner Mutter beim Abwasch geholfen oder mit einem kleinen Besen alles aufgekehrt, was mir unter die Finger kam. Und das würde ich jetzt nutzen, um meinen Lebensunterhalt zu verdienen. Ich würde putzen gehen! Allerdings würde das hier auf dem Land nicht funktionieren, das sah selbst ich ein. Hier gab es einfach nicht genug potenzielle Kunden. Doch die Stadt war der ideale Ort für mich, zumal ich da auch einen höheren Stundenlohn verlangen konnte. Ich musste nur genügend Kunden zusammenbekommen, damit ich davon leben konnte. Und Doro hatte recht: Ich brauchte nur die Woche über in Köln zu bleiben. An den Wochenenden konnte ich ja nach Hause kommen.

»Was willst du tun?« Mein Sohn blickte mich ungläubig an. Er war mehr als einen Kopf größer als ich, und deshalb fiel es ihm leicht, mich von oben herab zu mustern. Nicht zum ersten Mal fiel mir auf, wie ähnlich er seinem Vater sah. »Hast du sie noch alle?«

»Hey, hey, mäßige deinen Ton«, sagte ich. »Redet man so mit seiner Mutter?«

»Ja, jetzt aber echt, Mama. Wie bist du denn auf die Schnapsidee gekommen? Es ist schon schlimm genug, dass du nur die Mittlere Reife hast …«

»Was?«, unterbrach ich ihn. »Wie kommst du denn darauf? Pass bloß auf, was du sagst. Doro und ich waren in Schleiden auf dem Gymnasium, und ich habe Abitur, genau wie du!«

Rouven betrachtete mich einen Moment lang schweigend. Er wirkte irritiert. »Besonders viel hast du aber nicht daraus gemacht. Und jetzt willst du Putzfrau werden? Ausgerechnet Putzfrau! Was soll ich denn sagen, wenn mich einer fragt, was meine Mutter macht? Soll ich dann sagen, sie ist Putzfrau? Wie stellst du dir das vor?«

Rouven schnaufte aufgebracht. Das hatte er schon als kleiner Junge getan, wenn er wütend war. Früher hatte ich mir immer Sorgen gemacht, dass er hyperventilieren und in Ohnmacht fallen würde, aber da das nie passiert war, nahm ich es mittlerweile gelassener. Es war eben seine persönliche Note.

»Reg dich nicht so auf«, erwiderte ich besänftigend. »Was bleibt mir denn anderes übrig? Von irgendwas muss ich schließlich leben. Und es ist doch nichts Ehrenrühriges, bei anderen Leuten sauberzumachen.«

»Nein, natürlich nicht«, gab Rouven zu, aber er klang ziemlich genervt. »Aber ich fände es schon besser, wenn meine Mutter etwas Anständiges machen würde.«

»Was heißt denn hier anständig?«, erwiderte ich. »Ich will ja schließlich nicht im Eros-Center arbeiten. Obwohl …« Ich runzelte die Stirn. »Vielleicht könnte ich da mehr verdienen.«

»Mama!« Genau wie sein Vater hatte Rouven keinen Sinn für Ironie.

»Keine Sorge«, beruhigte ich ihn. »War nur ein Scherz. Aber das mit dem Putzen habe ich ernst gemeint.« Um ihn zu beschwichtigen, schlug ich vor: »Du kannst ja sagen, ich wäre Unternehmerin und hätte eine Reinigungsfirma.«

»Ja, aber …«, wandte mein Sohn ein.

»Nichts aber«, unterbrach ich ihn. »Ich ziehe das jetzt durch, ganz gleich, wie du darüber denkst. Wäre es dir etwa lieber, du könntest sagen, deine Mutter sei arbeitslos? Und was dein Studium angeht, das kann ich dir ja so oder so nicht mehr finanzieren. Also spielt es auch keine

Rolle, was du deinen exklusiven Londoner Freunden erzählst. Wenn du weiter dort bleiben willst, wirst du deinen Vater bitten müssen, die gesamten Kosten zu übernehmen.«

Rouven verdrehte die Augen. »Oh, Mann!«

»Ich finde, du könntest ruhig mal ein wenig Empathie deiner Mutter gegenüber an den Tag legen«, erklärte ich. »Das bringen sie euch auf diesen Eliteschulen wohl nicht bei. Und ehe du den Stab über mich brichst wegen meiner angeblich unpassenden Beschäftigung, kannst du dir vielleicht erst einmal in Erinnerung rufen, dass dein Vater daran nicht ganz unschuldig ist. Wenn es nach mir gegangen wäre, wäre ich bis zur Rente in der Firma geblieben. Wahrscheinlich hätte ich es sogar geschafft, für deinen Vater zu arbeiten.« Das war eine glatte Lüge. Aber das spielte ja jetzt keine Rolle. »Und wenn es dir so wichtig ist, was deine Eltern machen«, fuhr ich fort, »dann kannst du dich ja in Zukunft darauf beschränken, dass dein Vater Unternehmer ist.«

Rouven murmelte etwas Unverständliches und zog sich murrend in sein Zimmer zurück.

Na ja, dachte ich, der beruhigt sich schon wieder. Und selbst wenn Gregor nicht bereit sein sollte, das teure Studium in London allein zu bezahlen, wäre das auch kein Weltuntergang. Die zwei Jahre konnte Rouven niemand mehr nehmen, und in Deutschland gab es auch gute Universitäten.

Ich war mit meiner Idee jedenfalls äußerst zufrieden. Ich hatte mir ausgerechnet, dass ich bei einem in der Stadt durchschnittlichen Stundenlohn fünf Tage in der Woche arbeiten musste, um auf einen ausreichenden Verdienst zu kommen. Wenn ich dann noch einen oder zwei Arbeitgeber finden würde, die mich auf Basis eines 451-Euro-Jobs einstellen würden, so dass ich versichert war, müsste ich davon gut leben können. Natürlich würde ich keine Reichtümer scheffeln, aber ich würde mein Auskommen haben. Und ich würde bestimmt interessante Leute kennenlernen, ich hatte ja gerne mit Menschen zu tun. Meine jetzige Wohnung, die mein Schwiegervater mir geschenkt hatte, würde ich vermieten und mir in Köln eine kleine Bleibe suchen. Schließlich war ich den ganzen Tag außer Haus und am Wochenende konnte ich jederzeit bei Tante Röschen und Onkel Alfons wohnen. Doro hatte ebenfalls ein Gästezimmer. Und ein Auto konnte ich mir in der Stadt auch sparen, denn es war alles mit öffentlichen Verkehrsmitteln zu erreichen.

Ich fand, das klang ziemlich gut.

Ich glaube, ich bin von Natur aus ein tatkräftiger Mensch. Nachdem ich meinen Plan Doro, Tante Röschen und Onkel Alfons vorgetragen hatte, die alle erleichtert waren, weil sie mitbekommen hatten, wie sehr es mich quälte, untätig zu Hause zu sitzen, machte ich mich sofort ans Werk. Und zum ersten Mal seit langem klappte alles. Ich hatte die Kleinanzeigen durchforstet und selber eine aufgegeben, hatte unzählige Telefonate geführt, war quer durch die Stadt gefahren, um mich persönlich vorzustellen, und hatte schließlich immerhin acht Kunden beisammen. Ein Arzt in Köln-Ehrenfeld, dessen langjährige Putzfrau ich zweimal die Woche vertreten sollte, stellte mich tatsächlich auf Midijob-Basis ein, so dass ich versichert war. Zwar kam ich insgesamt nicht ganz auf die Summe, mit der ich gerechnet hatte, aber da ich für mein Zimmer in der begehrten Kölner Südstadt nicht viel bezahlen musste, glich sich das wieder aus. Und spätestens am Samstagmittag konnte ich den Zug in die Eifel nehmen.

Den letzten Abend vor meinem Abenteuer in der großen Stadt verbrachte ich alleine zu Hause. Von Tante Röschen und Onkel Alfons, von meinen Freunden hatte ich mich schon verabschiedet, aber es war kein wirklich tränenreicher Abschied gewesen, schließlich wanderte ich ja nicht nach Neuseeland aus. Spätestens am übernächsten Wochenende würde ich schon wieder in mein kleines Dorf zurückkehren. Aber diesen letzten Abend wollte ich trotzdem für mich in der vertrauten Umgebung haben. Zwar standen in der Wohnung Kisten und Koffer herum, und alles wirkte ein bisschen kahl, weil ich natürlich einiges nach Köln mitnahm, aber das war nicht wichtig. Ich stand kurz vor einem neuen Abschnitt in meinem Leben, nicht ganz freiwillig, aber doch frei gewählt, und jetzt wollte ich noch ein letztes Mal die Landschaft in mich aufnehmen, die ich bisher nur zu Urlaubsreisen verlassen hatte.

Ich hatte schon häufig gelesen, dass die Eifel als raue und karge Landschaft beschrieben wurde, aber so hatte ich sie nie empfunden. Hier, wo ich wohnte, war sie hügelig und grün, mit fruchtbaren Feldern, unterbrochen von Waldstücken, und einem offenen Horizont, bei dem man den Blick weit in die Ferne schweifen lassen konnte.

Zum Glück regnete es nicht. Trotzdem stieg ich in meine Gummistiefel. Es war noch früh im Jahr, und in den letzten Wochen war es feucht gewesen. Ich konnte es mir nicht leisten, meine neuen Sneakers auf den Feldwegen rund ums Dorf zu ruinieren.

Als ich aus dem Haus trat, blies mir der Wind kühl ins Gesicht, und ich zog hastig den Reißverschluss meiner Daunenjacke bis zum Kinn hinauf. Ich blickte auf die Uhr. In einer Stunde würde es dunkel werden, genug Zeit, um einmal ums Dorf herum zu laufen.

Bedächtig wanderte ich den Feldweg an den Häusern vorbei bis zum Waldrand hoch. Um mich herum war alles still, nur gelegentlich bellte ein Hund, oder auf der Landstraße fuhr ein Auto vorbei. Links vom Weg war eine Weide, auf der auch jetzt die schwarzgesichtigen Wollschafe standen, die aussahen wie dicke, weiche Kuscheltiere. Ab und zu hob eins den Kopf und musterte mich gleichmütig. Rechts von mir erstreckte sich ein großes Feld, das jetzt, Anfang März, noch brach dalag. Die dunkle Erde glänzte feucht.

Bis zu meinem Lieblingsplatz war es nicht weit. Oben am Waldrand stand unter zwei hohen, alten Eichen eine Bank, die schon in meiner Kindheit da gestanden hatte. Sie war aus einem längs halbierten Baumstamm gebaut, der an einigen Stellen abgebröckelt und morsch war. Mit einem Taschentuch wischte ich einen Fleck trocken und setzte mich hin. Mich anzulehnen traute ich mich allerdings nicht. Ich war mir nicht sicher, ob die Rückenlehne meinem Gewicht standhalten würde.

Ich stützte die Ellbogen auf die Knie und legte das Kinn in die Hände. Von hier aus hatte man einen weiten Blick über das Land in südwestlicher Richtung. Wie oft hatte ich abends hier gesessen, zugesehen, wie die Sonne unterging, und meinen Gedanken nachgehangen. Damals als Elfjährige, als meine Mutter nach langer Krankheit gestorben war und ich nicht wusste, welches Gefühl stärker war, die tiefe Trauer über ihren frühen Tod oder die überwältigende Erleichterung, dass die quälende Leidenszeit für sie – und auch für mich – vorbei war. Ich hatte in den weiten Himmel geblickt, die Wolken beobachtet, wie sie sich veränderten, und mir vorgestellt, dass meine Mutter irgendwo dazwischen schwebte und auch eine Wolke war. Das half ein wenig gegen die vagen Schuldgefühle, die ich empfand, als wäre ich schuld an ihrem Tod. Dann, mit sechzehn, als Robert mit mir Schluss gemacht und ich solchen Liebeskummer hatte, dass ich glaubte, sterben zu müssen. Ich war fest überzeugt, nie wieder jemanden so lieben zu können. Auch da hatte sich der Anblick der Landschaft beruhigend auf meine aufgewühlte Seele ausgewirkt.

Immer wieder war ich hierhergekommen, bei freudigen ebenso wie bei traurigen Ereignissen. Das war meine Landschaft, sie tat mir gut. Einmal hatte ich sogar Rouven mitgenommen, aber er hatte damit nichts anfangen können. Er war sieben gewesen, hatte am Waldrand Stöcke gesucht, aus denen er sich Schwerter basteln konnte, und nach einer Weile war es ihm langweilig geworden, und er hatte gefragt: »Wann gehen wir wieder?« Bei der Erinnerung musste ich unwillkürlich lächeln. Vielleicht war das ja so ein Mädchending, sich irgendwo in die Landschaft zu setzen und sich von der Natur heilen zu lassen. Möglicherweise steckte es in den Genen, so wie sein Fernweh. Interessanterweise hatte ich Gregor nie etwas davon erzählt, dass diese Bank mein Lieblingsort war. Das sagte einiges über unsere Beziehung aus. So ganz habe ich ihm wohl nie getraut.

Heute Abend gab es keine Wolken, denen ich mit Blicken folgen konnte, um zu sehen, wie sie sich veränderten und woran sie mich erinnerten. Der Himmel war eine diffuse hellgraue Masse, aber das Licht auf den Wiesen und Bäumen bot ein wunderbares Schauspiel, das mich eine Weile gefangen hielt.

Das ist meine Heimat, dachte ich ein bisschen pathetisch. Ich muss mir den Anblick merken, denn wer weiß, wann ich das nächste Mal hier sitzen kann. Aber bei aller Melancholie an diesem vorerst letzten Abend verspürte ich auch eine leise Erregung und Vorfreude, wenn ich an all das Neue dachte, das mich erwartete. Angst hatte ich jedenfalls nicht. Und wie hatte Tante Röschen gesagt, wohl hauptsächlich, um sich selbst zu trösten? »Du bist ja schließlich nicht aus der Welt, Kind.«

Dann war ich in der Stadt. Ich muss sagen, ich gewöhnte mich ziemlich schnell ein. Auf einmal fühlte ich mich so frei und erfolgreich wie schon lange nicht mehr. Die Jahreszeit half dabei. Es war Frühjahr. Morgens, wenn ich zur Arbeit radelte, zwitscherten die Vögel, alles grünte und blühte, und nach einer langen, dunklen Zeit der Ungewissheit lag das Leben endlich wieder voller Verheißungen vor mir. Ich kam mir vor wie eine selbständige Unternehmerin, und wer weiß, vielleicht hatte ich eines Tages tatsächlich eine florierende Reinigungsfirma, konnte Leute einstellen und brauchte mir selber gar nicht mehr die Hände schmutzig zu machen.

# 3

Hilde! Kind! O Gott, o Gott! Komm schnell!« Die zittrige Stimme von Gertrud Schmitz ertönte aus der Küche. Zweimal in der Woche machte ich bei der alten Dame sauber. Nötig war das nicht, da sie so gut wie nichts schmutzig machte. Sie konnte sich nur noch mit Mühe bewegen und hätte eigentlich eine festangestellte Ganztagspflegerin gebraucht, aber für ihr hohes Alter – oder vielleicht auch gerade wegen des Alters – war sie erstaunlich stur und wollte nichts davon wissen, ständig jemanden um sich zu haben.

»Das kann ich doch noch alleine!«, pflegte sie zu sagen. »Was soll ich mit einer fremden Person in der Wohnung? Jetzt, wo du zweimal in der Woche kommst, Hilde, habe ich meinen Haushalt wieder voll im Griff.«

So ganz stimmte das allerdings nicht. Sie war immerhin schon zweiundneunzig, und es kam vor, dass sie Dinge vergaß oder verlegte, und manchmal schlief sie auch am helllichten Tag unvermittelt ein.

Das war jetzt offenbar der Fall gewesen, denn als ich aus dem Badezimmer in die Küche gestürmt kam, war die Milch übergekocht und lief bereits am Herd herunter. Alles war von der schaumigen weißen Masse bedeckt, und es stank entsetzlich. Ich riss die Fenster auf, nahm den angebrannten Topf vom Herd und schaltete die Platte aus.

Oma Schmitz saß klein und zusammengesunken am Tisch und blickte mich schuldbewusst an. »Ich muss wohl eingeschlafen sein«, erklärte sie. »Ich wollte Knübbelchenssuppe kochen. Die esse ich doch so gerne.«

Ich seufzte. »Ach, Frau Schmitz, Sie hätten mir ja auch Bescheid sagen können. Aber warten Sie, ich mache rasch den Herd sauber, und dann koche ich Ihnen eine frische Portion.«

Sie schob die Unterlippe vor. »Mehl und Eier sind nicht mehr da. Aber wenn ich noch Grieß habe, kannst du mir auch einen Grießbrei kochen.«

Einmal in der Woche wurde sie vom Supermarkt des Viertels beliefert, eine gute Regelung, weil sie nicht mehr in der Lage gewesen wäre, alleine einkaufen zu gehen. In der Wohnung war sie zwar dank ihrer Gehhilfe noch einigermaßen beweglich, aber in ihrem Haus gab es keinen Aufzug, und da sie im zweiten Stock wohnte, konnte sie die Wohnung nur noch in Begleitung verlassen. Optimal war das alles nicht, aber was sollte ich machen? In ein Seniorenheim zu gehen, kam für sie ebenso wenig in Frage wie eine häusliche Pflege. Mit aller Macht klammerte sie sich an das letzte bisschen Selbständigkeit, das ihr geblieben war, und ich versuchte ihr, so gut es ging, dabei zu helfen. Ich konnte sie nur zu gut verstehen.

Mit Doro hatte ich mich schon häufig darüber unterhalten, was wir wohl tun würden, wenn wir alt waren.

»Also, zu meiner Tochter ziehe ich auf keinen Fall«, erklärte Doro. »Ich liebe sie ja von Herzen, aber das gäbe bestimmt Ärger, wenn wir unter einem Dach wohnen würden.«

»Ja«, stimmte ich ihr zu. »Das würde sicher nicht gut gehen. Ihr seid viel zu unterschiedlich.«

»Du würdest doch bestimmt auch nicht mit Rouven zusammenwohnen wollen.«

Ich hob abwehrend die Hände. »Nein, auf gar keinen Fall. Aber bei Söhnen ist das sowieso noch mal was anderes«, fügte ich hinzu. »Wer weiß, wie ich mit der Frau klarkomme, die er mal heiratet.«

Auf unsere Kinder konnten und wollten wir uns nicht verlassen, und da Doro felsenfest davon überzeugt war, dass Norbert vor ihr sterben würde – »Das ist einfach von der Statistik her so!« –, hatten wir bereits beschlossen, eine Wohngemeinschaft zu gründen.

»Vielleicht finden sich ja noch ein paar andere Frauen, mit denen wir gerne zusammenwohnen würden, und dann mieten wir uns ein großes Haus …«

»Aber ebenerdig!«, warf ich ein.

»Ja, einen großen Bungalow«, fuhr Doro fort, »und wir helfen uns gegenseitig.« Sie kicherte. »So eine richtig schöne Alte-Weiber-WG!«

Grinsend nickte ich. »Ich sehe es förmlich vor mir.«

»Und wenn wir tanzen gehen …«, führte Doro weiter aus.

»Wie, tanzen gehen?«, warf ich ein. »In unserem Alter dann?«

»Ja, genau. Und wenn wir tanzen gehen«, sagte Doro noch einmal, »dann tanzen wir in Ermangelung von lebenden Männern eben miteinander.«

»Hm«, sagte ich. »Aber nur, wenn ich diejenige bin, die führt.« Erneut brachen wir in Gelächter aus.

Oma Schmitz hatte leider nicht das Glück, so eine langjährige, gute Freundin wie Doro zu haben. Vielleicht hatte sie einmal eine gehabt. Schließlich war sie mit über neunzig in einem Alter, in dem die meisten Freunde gestorben waren. Und Familie hatte sie nicht.

Ich blickte auf die Uhr, nachdem ich die Küche saubergemacht und ihr einen Grießbrei gekocht hatte, der jetzt zum Abkühlen auf dem Fensterbrett stand. Eine halbe Stunde hatte ich noch, bevor ich zu meiner nächsten Putzstelle aufbrechen musste. Natürlich hätte ich sie nutzen können, um die Armaturen im Badezimmer auf Hochglanz zu polieren, aber ich setzte mich lieber ein Weilchen zu Gertrud Schmitz an den Küchentisch, um mich ein wenig mit ihr zu unterhalten.

Sie streichelte mir über die Hand und lächelte mich an. »Hilde, du bist ein liebes Mädchen«, sagte sie. »Ich bin froh, dass ich dich habe. Ach, wenn ich doch nur eine Tochter wie dich hätte.«

Sie hatte mir erzählt, dass ihr einziges Kind, ein Sohn, im Alter von zwölf Jahren an Hirnhautentzündung gestorben war. »Er hat sich das im Schwimmbad gefangen«, sagte sie. »Das war in diesem heißen Sommer 1967. Es ist alles so schnell gegangen. Auch im Krankenhaus konnten sie ihm nicht mehr helfen. Das Fieber war viel zu hoch. Und er war so ein lieber, guter Junge.« Noch nach all den Jahren traten ihr die Tränen in die Augen, und auch ich hatte einen Kloß im Hals.

Aber sie erzählte auch fröhliche Geschichten, Geschichten von früher, als die einzelnen Stadtviertel wie Dörfer waren und die Leute sich untereinander kannten. »Wir haben einfach die Straße gesperrt, indem wir die Mülltonnen aufgestellt haben«, sagte sie und lachte bei der Erinnerung. »Und dann haben wir Tapeziertische aufgebaut und jeder hat was zu essen und zu trinken mitgebracht, und wir haben einfach gefeiert. Was haben wir für schöne Feste gefeiert. Irgendeiner hatte immer ein Instrument dabei, und wenn es nur eine Mundharmonika war, und wir haben gesungen. Und keiner hat sich beschwert. Sind die Autos eben einen anderen Weg gefahren. So viele wie heutzutage waren es ja sowieso nicht.«

»Na, das ginge heute wohl nicht mehr«, sagte ich. »Dazu müsste man Gott weiß was für Genehmigungen einholen.«

Oma Schmitz machte eine wegwerfende Handbewegung. »Eigentlich war das auch damals schon so, aber wir haben uns einfach darüber hinweggesetzt, und dann ist es irgendwie gegangen.«

Lächelnd blickte sie mich an. »Am liebsten wäre es mir, du könntest jeden Tag kommen. Was könnte ich dir nicht alles erzählen, Kind. Dann würde mir auch kein Missgeschick mehr passieren.«

»Sie wissen doch, dass das nicht geht, Frau Schmitz«, erwiderte ich. »Aber keine Angst. Ich lasse Sie nicht im Stich. Dazu höre ich mir viel zu gerne an, was Sie alles Interessantes zu berichten haben.«

Bevor ich ging, stellte ich ihr noch den Grießbrei auf den Tisch und holte ein Glas Pflaumenkompott aus dem Kühlschrank, das sie selbst eingemacht hatte. Früher hatte sie ausgesprochen gerne gekocht und gebacken, wie sie mir erzählte. Eines ihrer Leibgerichte neben der süßen Milchsuppe mit Mehlklößchen, der Knübbelchenssuppe, die ich eben so mühsam vom Herd gekratzt hatte, war das rheinische Himmel un Ääd, eine für Nicht-Rheinländer gewagte Mischung von Apfelkompott, Kartoffelpüree und gebratener Blutwurst, Flönz, wie man in Köln sagt.

Um ihr eine Freude zu machen, hatte ich es ihr schon einmal gekocht, und ich hatte mir fest vorgenommen, sie irgendwann mal mit Tante Röschen zusammenzubringen, damit die beiden älteren Frauen Rezepte austauschen konnten.

Ich kontrollierte, ob Oma Schmitz ihren Notfallknopf ums Handgelenk trug, und schärfte ihr ein, sich in der Wohnung nur mit Rollator zu bewegen und niemandem die Tür zu öffnen, den sie nicht kannte. Allerdings brauchte ich mir deshalb bei ihr keine allzu großen Sorgen zu machen. Sie war geistig noch ziemlich beweglich. Sie löste mit Begeisterung selbst die schwierigsten Kreuzworträtsel, und die größte Freude konnte ich ihr mit einem neuen Rätselheft bereiten. Je anspruchsvoller, desto besser. So leicht würde sie sich nicht an der Nase herumführen lassen. Auch auf unseriöse Telefonanrufe reagierte sie grundsätzlich mit Auflegen. Sie würde bestimmt niemanden in die Wohnung lassen. »Und unterstehen Sie sich zu rauchen, Frau Schmitz!« Ich drohte ihr mit dem Finger. »Ich möchte am Donnerstagnachmittag nicht vor den rauchenden Trümmern Ihres Hauses stehen.«

Die alte Frau kicherte entzückt. »Ich rauche doch gar nicht, Hildegard«, erwiderte sie. »Pass du lieber auf, dass du jetzt gleich bei deiner Verlagsfrau keine Nikotinvergiftung bekommst.«

Da hatte sie nicht ganz unrecht, dachte ich, als ich den Sülzgürtel entlangradelte. Vor der Putzstelle, zu der ich jetzt unterwegs war, graute mir immer ein bisschen. Katharina Bündlein, Cheflektorin bei einem großen Verlag in Köln, rauchte so viel, dass alles in ihrer großen Altbauwohnung von einer gelblichen Schicht überzogen war. Ich riss dort zuerst sämtliche Fenster auf. Fast tat es mir um die schönen Möbel und die deckenhohen Bücherregale leid. Am stärksten gefährdet war jedoch sicher Mimi, die rotgetigerte Hauskatze, die mich stets an der Wohnungstür erwartete. Ich nehme an, sie spürte instinktiv, dass ich ihr gute, frische Luft brachte. Doro hatte mir bei meinem letzten Besuch zu Hause eine Atemmaske geschenkt. »Am Ende brichst du noch bei der Arbeit zusammen«, hatte sie erklärt. »Das sind ja lebensgefährliche Arbeitsbedingungen, denen du ausgesetzt bist.«

Heute kam mir die Wohnung beim Aufschließen noch verräucherter vor als sonst. Und auch Mimi strich mir nicht wie sonst leise miauend um die Beine. Woran das lag, wurde mir bald klar. Aus dem Wohnzimmer drang die schwache Stimme von Frau Bündlein. »Frau Bendermacher, sind Sie das? Können Sie bitte mal kommen?«

Sie lag auf der Couch, den linken Fuß dick bandagiert und ein großes Pflaster auf der Stirn. Die Katze kuschelte sich ans Fußende. Am Couchtisch lehnten zwei Krücken. Kläglich lächelte sie mir entgegen. »Ich bin die Treppe hinuntergefallen«, erklärte sie mit schwacher Stimme. Sie zog eine Zigarette aus dem halbleeren Päckchen, das neben ihr lag. Auf meinen entsetzten Blick hin fügte sie hinzu: »Im Krankenhaus war ich schon. Ich habe Prellungen am Rücken und an der Hüfte, der linke Fuß ist verstaucht, und jede Bewegung schmerzt. Können Sie mir einen ganz großen Gefallen tun? Hier ist meine Einkaufsliste. Können Sie mir die paar Sachen rasch besorgen?«

Zögernd nahm ich den engbeschriebenen Zettel entgegen. Sofort sprangen mir die größeren Posten ins Auge: Ein Kasten Wasser, eine Kiste Wein (acht Flaschen), Katzenstreu, Katzenfutter, Toilettenpapier, Küchenrolle.

»Frau Bündlein«, wandte ich ein, »ich bin mit dem Fahrrad hier. Ich glaube nicht, dass ich Ihre Einkäufe so ohne Weiteres erledigen kann. Wie soll ich die Sachen denn transportieren?«

»Sie können ja mein Auto nehmen. Den Führerschein haben Sie ja wohl, oder?«, erwiderte sie ungeduldig. »Hier ist der Schlüssel.« Sie kramte in ihrer riesigen Handtasche, hielt jedoch inne, als sie ihn nicht fand. »Ach nein, der Wagen ist ja noch in der Werkstatt. Ich wollte ihn ja gerade abholen, als ich die Treppe hinuntergefallen bin.« Hektisch zog sie an ihrer Zigarette. »Dann holen Sie ihn eben aus der Werkstatt und fahren anschließend einkaufen.« Wehleidig verzog sie ihr Spitzmausgesicht. »Sie helfen mir doch, oder?«

»Ja, sicher«, antwortete ich resigniert. »Aber saubermachen kann ich dann heute bei Ihnen nicht mehr. Das schaffe ich nicht. Höchstens noch die Küche.«

»Ja, ja, ist schon in Ordnung«, erwiderte sie ungeduldig. »Ich mache doch sowieso nichts schmutzig.«

Eigentlich gefiel mir die Aussicht, der Nikotinhölle einmal zu entkommen. Wenn ich es genau genommen hätte, hätte ich darauf bestanden, dass Frau Bündlein den Lieferdienst des Supermarkts in Anspruch nimmt, aber ich wollte mal nicht so sein. Ich ließ mir von ihr beschreiben, wie ich zur Werkstatt kam, und machte mich auf den Weg.

Zweieinhalb Stunden später war ich wieder in Frau Bündleins Wohnung. Sie musste in meiner Abwesenheit so viel geraucht haben, dass ich es bereute, Doros Atemschutzmaske nicht mitgenommen zu haben. Das Päckchen, das eben noch halb voll gewesen war, lag leer und zerknüllt auf dem Couchtisch, und Mimi strich unruhig um meine Beine.

Ungnädig nahm Frau Bündlein mich in Empfang. »Sie haben aber lange gebraucht, Frau Bendermacher. Haben Sie an die Zigaretten gedacht?«

»Nein«, erwiderte ich mit gespieltem Erschrecken. »Ich wusste doch, dass ich was vergessen hatte.«

Fassungslos verzog Frau Bündlein das Spitzmausgesicht. »Das darf doch nicht wahr sein«, polterte sie los, aber ich unterbrach sie lachend. »War nur ein Scherz, Frau Bündlein. Obwohl ich sagen muss, dass es Ihnen sicher guttäte, wenn Sie das Rauchen ein wenig einschränken würden.«

Oh Mann, Hildegard, dachte ich sofort, halt doch den Mund. Das geht dich gar nichts an.

Das sah Frau Bündlein offensichtlich genauso. »Ich habe Sie nicht um Ihre Meinung gebeten«, erwiderte sie spitz.

»Entschuldigen Sie«, sagte ich friedfertig. Ein Streit mit meiner Arbeitgeberin war das Letzte, was ich jetzt gebrauchen konnte. »Ich räume rasch die Einkäufe ein. Hier sind Ihre Zigaretten.«

Sie riss sie mir förmlich aus der Hand, und ich hatte noch nicht ganz das Zimmer verlassen, da zündete sie sich bereits wieder einen Glimmstängel an.

Bis ich die Einkäufe eingeräumt, Katharina Bündlein einen Kaffee gekocht und ihn ihr ins Wohnzimmer gebracht hatte, waren meine drei Stunden bei ihr um, und ich konnte wieder in der frischen Luft auf meinem Fahrrad durch die Stadt radeln.

Heute hatte ich keinen Termin mehr. Ich genoss die laue Abendluft, als ich den Gürtel entlangfuhr. Frühling auf dem Land war schön und gut, aber das hatte ich lange genug gehabt. Mittlerweile hatte ich meine Meinung geändert. Es hatte entschieden was für sich, in der Stadt zu wohnen. Ich konnte zwischen allen möglichen Abendvergnügen wählen. Entweder kaufte ich noch rasch etwas ein und machte es mir zu Hause auf dem Balkon gemütlich, oder aber ich setzte mich noch mal aufs Fahrrad oder in die Straßenbahn und fuhr an den Rhein, um den schönen Abend dort zu genießen. Ich konnte auch zu der Lesung gehen, die um die Ecke stattfand, oder mir das Jazzkonzert im Hinterhof anhören. Wenn mir der Sinn danach stand, konnte ich noch ein bisschen durch die Stadt bummeln und ein Geburtstagsgeschenk für Doro suchen. Aber vielleicht schenkte ich ihr auch einfach ein Wochenende bei mir in Köln, und dann konnten wir beide mal wieder richtig Party machen.

Ich war so in Gedanken versunken, dass ich den Mann, der eine Frau im Rollstuhl über den Fahrradweg auf den Zebrastreifen an der Ampel schieben wollte, zu spät bemerkte. Erschrocken machte ich einen Schlenker nach links, geriet ins Schwanken und fiel um. Ich knallte auf den rechten Oberschenkel, und mein Ellbogen machte schmerzhafte Bekanntschaft mit dem Asphalt, als ich mich im letzten Augenblick abstützte, um nicht mit dem Kopf aufzuprallen.

Einen Moment lang lag ich bewegungsunfähig da und rang nach Luft. Aus den Augenwinkeln sah ich, dass der Mann und die Frau im Rollstuhl anscheinend von meinem Sturz nichts mitbekommen hatten. Sie waren schon fast auf der anderen Straßenseite. Benommen schaute ich ihnen nach, dann schob ich ächzend mein Fahrrad zur Seite und richtete mich vorsichtig auf. Anscheinend waren noch alle Gliedmaßen heil. Der Oberschenkel schmerzte – das würde einen riesigen Bluterguss geben. Der Ellbogen tat ebenfalls weh, aber ich konnte ihn strecken und beugen, also schien nichts gebrochen zu sein. Auch das Fahrrad war heil geblieben, nur der Korb vorne an der Stange war ein wenig eingebeult. Ich holte tief Luft und stieg wieder auf. In der Eifel konnte man es sich schon einmal leisten, beim Fahrradfahren ein wenig vor sich hin zu träumen, aber auf dem Gürtel, einer der großen Ringstraßen Kölns, sah das anders aus.

Vielleicht sollte ich mir einen Fahrradhelm zulegen. Mir war schon aufgefallen, dass die meisten Leute hier mit Helm fuhren – etwas, das bei uns auf dem Dorf belächelt wurde und allenfalls für Kinder galt. Den letzten Kilometer bis zu meiner Wohnung legte ich jedenfalls langsam und aufmerksam zurück.

*Meine* Wohnung war es eigentlich nicht. Ich hatte, überredet von Doro und Tante Röschen, tatsächlich bei Regina angerufen, nachdem ich mir darüber klargeworden war, womit ich mein Geld verdienen wollte. »Ich hatte schon so lange vor, dich anzurufen«, hatte ich scheinheilig das Gespräch eröffnet, »aber du weißt ja, wie das ist – immer kommt was dazwischen, und dann vergisst man es wieder. Wie geht es dir denn so? Gefällt es dir noch in der Großstadt?«

Zuerst war Regina – verständlicherweise – ein bisschen reserviert, taute dann aber rasch auf. Anscheinend hatte sie nicht viel Gelegenheit zum Reden, denn mein Ohr glühte, als sie mir eine Stunde später ihre ganze unglückliche Liebesgeschichte durchgegeben hatte. Besser hätte es nicht laufen können. »Ja, und vor einem Monat ist er dann ausgezogen, und ich habe nichts mehr von ihm gehört. Jetzt habe ich diese große, teure Wohnung hier am Hals und kann sehen, wie ich mit allem zurechtkomme.«

Sie schwieg, und ich räusperte mich. Diese Gelegenheit konnte ich nicht ungenutzt lassen. »Warum suchst du dir denn keinen Untermieter?«

Regina lachte bitter. »Das hätte mir gerade noch gefehlt. Eine fremde Person in der Wohnung. Nein, nein, das kommt nicht in Frage. Ich werde mir eben eine kleinere Wohnung suchen. Obwohl, schade ist es ja schon – ich wohne hier in der Südstadt einfach genial, und die Wohnung ist echt schön. Du solltest mich mal besuchen kommen.« Sie schniefte. »So weit ist es ja von der Eifel nicht.«

»Ja, also ...« Ich räusperte mich noch einmal. »Darüber wollte ich gerade mit dir reden. Ich ... ich spiele nämlich mit dem Gedanken, nach Köln zu ziehen.« Zögernd fuhr ich fort: »Könntest du dir vielleicht vorstellen, dass ich eine Zeitlang bei dir wohne? Also, ich meine, nicht als Gast oder so«, fügte ich hastig hinzu. »Ich dachte, also, ich würde dir schon Miete bezahlen und ... Meinst du, das ginge?«

»Hmm«, machte Regina. »Das kommt jetzt ein bisschen überraschend. Na ja, ich meine, erst höre ich zehn Jahre nichts von dir, und dann willst du gleich bei mir einziehen. Was ist denn bei dir los?«

Also erzählte ich ihr die ganze traurige Geschichte und berichtete ihr von meinen Plänen. »Und es wäre einfach großartig, wenn ich bei dir wohnen könnte, vor allem, weil ich dann nicht alleine in der Stadt wäre. Ich tue immer so tapfer, weißt du«, gestand ich ihr, »aber es ist doch ein ganz schön großer Schritt.«

»Ja, wem sagst du das?«, bestätigte Regina. »Ich weiß nicht, ob ich mich damals getraut hätte, wenn ich Robert nicht kennengelernt hätte. Also, ich finde das mutig von dir, immerhin gibst du in deinem Alter einiges auf.«

»Wenn ich noch mal Fuß fassen will, bleibt mir nichts anderes übrig«, erwiderte ich. »Und was habe ich schon zu verlieren? Natürlich habe ich hier meine Familie und meine Freunde, aber ich bin ja nicht aus der Welt. Und wenn du dich dazu durchringen könntest, mit mir eine WG zu gründen, dann kann ich eigentlich nur gewinnen. Dann hätte ich zumindest schon mal eine Freundin in Köln.«

»Da hast du recht«, stimmte Regina mir zu. »Dann lass es uns doch versuchen. Wann willst du dir dein Zimmer angucken?«

Und so kam ich an eine Wohnung in bester Lage in der Kölner Südstadt. Sie befand sich zwar genau an einer Hauptverkehrsstraße, aber nach einem Monat hatte ich mich an den Lärm gewöhnt. Selbst in der Stadt singen morgens und abends die Vögel, nur eben ein bisschen lauter als auf dem Land. Außerdem ging der – recht große – Balkon nach hinten raus, ebenso wie die gemütliche Wohnküche, in der wir uns abends nach der Arbeit etwas kochten und bei einem Glas Wein – oft blieb es nicht nur bei einem – über Gott und die Welt quatschten.

Regina arbeitete als Empfangsdame in einer Werbeagentur in Rodenkirchen, in die sie jeden Morgen mit dem Fahrrad fuhr. Sie war voller Geschichten über die skurrilen Leute, mit denen sie tagtäglich zu tun hatte, und sobald ich mir erst einmal einen festen Kundenstamm aufgebaut hatte, stand ich ihr in nichts nach.

»Manchmal hat man den Eindruck, da ist einer bekloppter als der andere«, sagte sie nachdenklich, nachdem wir wieder einmal einen ganzen Abend lang über nichts anderes geredet hatten. »Heute war so ein Paradiesvogel da, knallblaue Brille, grasgrüner Anzug, und ich glaube, er hat sogar noch rote Turnschuhe angehabt. Mir haben richtig die Augen wehgetan. Ob so ein Typ meint, er sei kreativer, wenn er sich bunt anzieht? Das kann doch irgendwie nicht wahr sein. Gibt es denn keine normalen Leute mehr?«

»Doch, normale gibt es auch«, beruhigte ich sie. »Aber von denen kann man nicht so schön erzählen.« Ich gähnte. »Ich gehe jetzt ins Bett. Morgen wird ein anstrengender Tag.«

»Frau Bendermacher!«, sagte Frau Hilbig streng. »Sie tragen schon wieder keine Handschuhe.« Vorwurfsvoll blickte sie mich aus ihren Basedow-Augen an.

Dr. Annette Hilbig war eine meiner schwierigeren Kundinnen. Ich hatte mir anfangs ohne Weiteres zugetraut, den Vier-Personen-Haushalt in Ordnung zu halten, zumal Eltern und Kinder tagsüber nicht zu Hause waren. Die einen waren bei der Arbeit – Dr. Hartmut Hilbig und Frau Dr. Annette Hilbig waren beide Juristen – und die anderen im privaten Ganztagskindergarten und in der Internationalen Schule. Beim Einstellungsgespräch jedoch wurde mir schon klar, dass Frau Dr. Hilbig, die – neben Frau Bündlein – als Einzige meiner Kundinnen darauf bestand, mich mit dem Nachnamen anzureden, nicht gerade einfach war, weil sie mir einen ganzen Regelkatalog präsentierte. Dass ich bei der Arbeit Handschuhe tragen sollte, konnte ich noch nachvollziehen. Zum einen dienten sie natürlich dem Schutz meiner Hände – auch wenn ich das klamme Gefühl der Plastikhandschuhe nicht ausstehen konnte und viel lieber mit bloßen Händen arbeitete –, zum anderen jedoch (und das war für Frau Dr. Hilbig der viel wichtigere Grund – ich nehme an, meine Hände waren ihr herzlich egal) dienten sie dem Schutz ihrer kostbaren Einrichtung. Sie konnte einfach den Gedanken nicht ertragen, dass ich irgendeinen Gegenstand in ihrem Haus, ob es nun ein schmutziger Topf in der Küche war oder die Kloschüssel in ihrem Badezimmer, mit meinen Händen berührte. Na gut, dachte ich, jeder hat so seine Macken. Sie hat wahrscheinlich einen neurotischen Waschzwang oder so – aber damit konnte ich leben. Komplizierter wurde es, wenn ich alle ihre Anordnungen befolgen wollte, was die einzelnen Putzmittel für bestimmte Bereiche im Haus anging – es waren so viele Einzelanordnungen, dass man eine Doktorarbeit darüber hätte schreiben können.

Doro hatte sich kaputtgelacht, als ich ihr von Frau Dr. Hilbig erzählt hatte. »Vielleicht hat sie ja tatsächlich darüber promoviert«, mutmaßte sie. »Das Regelwerk der häuslichen Putzmittel im privaten Wohnbereich eines Juristen«, fabulierte sie kichernd. »Na, du kannst nur froh sein, dass nie einer zu Hause ist, sonst hättest du wahrscheinlich wirklich Spaß.«

Leider jedoch änderte sich alles an dem Tag, als im Kindergarten der kleinen Ann-Sophie die Masern ausbrachen. Offensichtlich hatten nämlich all die wohlhabenden, fortschrittlichen Eltern ihre Kinder nicht gegen die Kinderkrankheit impfen lassen, weil sie es gewöhnt waren, ärztliche Empfehlungen in Frage zu stellen, und das Ergebnis war eine regelrechte Masern-Epidemie.

Nass wie eine gebadete Maus kam ich morgens in dem freistehenden Haus in Köln-Lindenthal an. Es regnete an jenem Tag besonders heftig, aber ich hatte mich gegen öffentliche Verkehrsmittel entschieden, weil ich dreimal hätte umsteigen müssen, um nach Lindenthal zu gelangen. Und dann hätte ich von der Bushaltestelle auch noch zehn Minuten zu Fuß gehen müssen. »Das bisschen Regen«, murmelte ich, zog mir mein Regencape über den Kopf und radelte los.

Das bisschen Regen wuchs sich jedoch während der Fahrt zu einem veritablen Wolkenbruch aus, und als ich schließlich am Haus der Hilbigs ankam, tropfte ich aus sämtlichen Poren. Rasch schloss ich die Haustür auf und schlüpfte in den Flur, bereit, mir die Plastiküberzüge über die Schuhe zu streifen. Aber statt zu den blauen Überzügen zu greifen, die immer hinter der Tür lagen, blieb ich erst einmal entgeistert stehen. Anstelle der stillen Ordnung, die mich sonst immer empfing, herrschte das blanke Chaos. Das Licht war an, Schuhe standen im Flur, und über dem Stuhl neben dem kleinen Konsoltisch in der Diele hing ein orangefarbener Kinderanorak.

Über dem Geländer der Galerie tauchte der Kopf von Frau Dr. Hilbig auf. »Frau Bendermacher, sind Sie das? Fangen Sie schon einmal an, ich komme gleich zu Ihnen. Ann-Sophie ist krank, und ich habe mir freigenommen.«

Ich zog die Augenbrauen hoch und verschwand wortlos im Hauswirtschaftsraum. Das hatte es ja noch nie gegeben! Rasch zog ich mich um, ergriff Staubsauger und Staubwedel und machte mich auf den Weg nach oben. Frau Dr. Hilbig stand immer noch an der Treppe. »Seien Sie leise«, zischte sie mir zu, »Ann-Sophie ist gerade eingeschlafen. Sie hat die Masern, das arme Schätzchen.«

Ich gab einen mitfühlenden Laut von mir und wollte an ihr vorbei ins Badezimmer, aber sie verstellte mir den Weg. Und dann fiel der eingangs zitierte Satz über die fehlenden Handschuhe, allerdings gefolgt von dem Zusatz: »Na, ich will mal nicht so sein, obwohl es gerade heute wichtig wäre.« Eindringlich blickte sie mich aus ihren leicht hervorquellenden Mopsaugen an. »Könnten Sie sich vorstellen«, fuhr sie fort, »dass Sie mich für ein Stündchen oder so vertreten, Frau Bendermacher? Ich müsste dringend noch einmal weg. Ich habe da so eine Sache in der Kanzlei, die keinen Aufschub duldet.«

Erschreckt wehrte ich ab. »Das geht wirklich nicht, Frau Dr. Hilbig. Die Verantwortung ist mir zu groß. Ich bin zum Putzen hier, nicht zum Hüten der Kinder, und schon gar nicht, wenn sie krank sind.«

»Ach, Frau Bendermacher«, schmeichelte sie, »Sie haben doch selber ein Kind großgezogen. Sie wissen doch, was bei Kinderkrankheiten zu tun ist.«

»Ja, aber nicht bei Masern«, erwiderte ich fest. »Mein Sohn war dagegen geimpft. Er hatte keine Masern, und aus meiner eigenen Kindheit weiß ich noch, dass das Fieber sehr hoch werden kann.«

»Ja, ja.« Sie winkte ungeduldig ab. »Ich bin ja höchstens ein Stündchen weg, und Ann-Sophie schläft sowieso. Gehen Sie nur Ihrer Arbeit nach, es reicht schon, wenn Sie ein- oder zweimal nach ihr schauen.«

Das Kind tat mir leid, die offensichtlich überforderte Mutter, der ich ansah, wie gerne sie wegwollte, tat mir ebenfalls leid, und ich willigte ein.

»Na gut. Aber wirklich nur eine Stunde. Ich muss nämlich heute auf jeden Fall pünktlich weg, weil ich einer älteren Kundin versprochen habe, sie zum Arzt zu begleiten.«

»Ja, länger dauert es auf keinen Fall«, versprach sie hastig. »Ich bin gleich wieder da. Ich muss nur rasch in der Kanzlei etwas regeln. Machen Sie sich keine Gedanken, es wird schon nichts passieren.«

Und damit lief sie, trotz ihrer Körperfülle leichtfüßig wie ein junges Mädchen, die Treppe hinunter. Ich begab mich ins Badezimmer und begann mit meiner Routine, auch wenn ich heute keine Handschuhe trug.

Nach einer Weile, es war bestimmt schon eine Dreiviertelstunde vergangen, dachte ich, ich müsste jetzt doch mal nach dem Kind schauen. Im Kinderzimmer war es still und dunkel, und nur durch einen Spalt in den ansonsten dicht geschlossenen Rollläden drang ein bisschen Licht. Ich hatte gelesen, dass die Patienten bei Masern sehr lichtempfindlich sind, insofern war das wohl in Ordnung. Das Tageslicht aus dem Flur fiel ins Kinderzimmer, als ich rasch ans Bett trat.

Die Kinder der Hilbigs kannte ich bisher nur von den Fotografien, die auf dem Kaminsims standen. Ann-Sophie kam offensichtlich nach ihrem Vater. Sie hatte sein schmales Gesicht und seine dunklen Haare, die jetzt in feuchten Strähnen an ihrem Köpfchen klebten. Ihr Atem ging stoßweise, und als ich ihr die Hand auf die Stirn legte, war sie glühend heiß. Ich musste unwillkürlich daran denken, mit welchen Komplikationen Masernerkrankungen häufig verbunden waren. Suchend blickte ich mich nach einem Fieberthermometer um, fand aber nichts.

Erneut legte ich der Kleinen die Hand auf die Stirn. In diesem Moment schlug sie die Augen auf und begann herzzerreißend zu weinen. »Mama, Mama«, schluchzte sie. »Wo ist meine Mama?« Sie hustete, und auf einmal würgte sie und erbrach sich. Ich nahm das arme Würmchen in den Arm, aber sie beruhigte sich nicht, und ich hatte das Gefühl, dass der kleine Körper glühte.

Ratlos wiegte ich sie in meinen Armen und versuchte in meiner Verzweiflung sogar, ein Schlaflied zu singen, das Rouven immer so gerne gehört hatte. »Die Blümelein, sie schlafen …«, begann ich leise, und bald schon entspannte sich der kleine Körper. Aber kurz darauf wurde es noch schlimmer. Das kleine Mädchen wurde ganz steif in meinen Armen, gab einen rauen Laut von sich und begann zu zucken.

Ach du lieber Himmel, dachte ich, das ist bestimmt ein Fieberkrampf. Hastig lief ich in die Küche und holte Küchenhandtücher aus dem Schrank. Zwei hielt ich unter kaltes Wasser, bis sie völlig durchfeuchtet waren. Eilig rannte ich ins Kinderzimmer zurück. Ann-Sophie verdrehte die Augen und gab keinen Ton mehr von sich. Sie zuckte am ganzen Körper. Ich legte ihr Wadenwickel an und schlug sie in die trockenen Handtücher ein.

»Das hat alles keinen Zweck, Hilde«, sagte ich mir. »Du musst den Arzt rufen. Die blöde Kuh hätte wenigstens ihre Handynummer dalassen können.« Ich hatte nicht den blassesten Schimmer, wie die Kanzlei hieß, in der sie arbeitete.

Kurz entschlossen rief ich den Notarzt an. Die Universitätsklinik war nicht weit entfernt, und der Krankenwagen kam innerhalb von zehn Minuten.

»Fieberkrampf«, sagte der Notarzt. »Hoffentlich hat sie keine Hirnhautentzündung. Wir bringen sie in die Kinderklinik.«

»Ja«, sagte ich benommen. »Ich komme mit dem Fahrrad hinterher. Ich muss hier nur noch alles abschließen.«

Während die Sanitäter die Kleine auf die Liege hoben, fragte mich der Notarzt, ein junger, müde aussehender Mann: »Sind Sie die Mutter?«

»Nein«, erwiderte ich. Trotz der bedrohlichen Situation fühlte ich mich ein wenig geschmeichelt. Sah ich so jung aus, dass ich ein Kind im Kindergartenalter haben konnte? Allerdings folgte die Ernüchterung auf dem Fuß, denn der Arzt antwortete sofort: »Ja, klar, Entschuldigung, das hätte ich mir denken müssen, Sie sind bestimmt die Großmutter, oder?« Er wartete meine Antwort gar nicht mehr ab, sondern rannte den beiden Sanitätern hinterher, die Ann-Sophie bereits in den Krankenwagen schoben.

»Nein, ich bin nur die Putzfrau«, sagte ich zu mir selber. »Aber der Mutter scheint ihr Beruf wichtiger zu sein als ihr krankes Kind. Und ich kann die blöde Kuh nicht mal erreichen!«

Ich schrieb eine Nachricht für Frau Dr. Hilbig, schloss alles ab und verließ das Haus, um zur Uniklinik zu radeln.

Frau Dr. Hilbig kam wie eine Furie auf mich zugestürzt, so schnell sie ihre kurzen, dicken Beine trugen. »Ja, sind Sie denn von allen guten Geistern verlassen?«, schrie sie schon von Weitem. Ihr rundes Gesicht war puterrot, und die Mopsaugen quollen ihr noch mehr aus dem Kopf als sonst.

Ich erhob mich von dem blauen Plastikstuhl, der mit vier anderen an der Wand des Krankenhausflurs befestigt war. Ohne weitere Verbalangriffe abzuwarten, sagte ich ruhig: »Ann-Sophie hatte einen Fieberkrampf. Die Situation war mir zu gefährlich, deshalb habe ich den Notarzt gerufen.«

»Wo ist mein Kind?« Frau Dr. Hilbig rang melodramatisch die Hände. »Was haben Sie mit ihr gemacht?«

»Gar nichts«, erwiderte ich irritiert. »Sie liegt auf der Isolierstation. Die Ärzte befürchten eine Hirnhautentzündung.«

»Das wird Konsequenzen haben«, fauchte sie aufgebracht. »Das kann ich Ihnen versichern, Frau Bendermacher. Sie haben Ihre Befugnisse bei Weitem überschritten!«

»Beruhigen Sie sich doch, Frau Hilbig«, sagte ich besänftigend und wollte ihr die Hand auf die Schulter legen. »Die kleine Maus hat die Masern. Da kann alles Mögliche passieren. Das wissen Sie doch.« Aber sie schüttelte meine Hand unwirsch ab.

»Wenn meinem Kind etwas zustößt, werden Sie dafür bezahlen! Das verspreche ich Ihnen!«, stieß sie hervor. »Und ein für alle Mal: Für Sie immer noch Frau *Doktor* Hilbig. So viel Zeit muss sein.«

Fassungslos starrte ich sie an. Das war jetzt wirklich der falsche Film, oder? Aber offensichtlich meinte sie das tatsächlich ernst. Ich richtete mich auf. Mit meinen eins zweiundsiebzig konnte ich ihr beinahe auf den Kopf spucken. »Frau *Doktor* Hilbig«, sagte ich mit fester Stimme. »Ich bin Ihre Putzfrau und nicht die Kinderfrau von Ann-Sophie. Ihre Tochter hat eine nicht ungefährliche Kinderkrankheit, und Sie, die Mutter«, setzte ich betont hinzu, »haben sie alleingelassen und mich gebeten, auf sie aufzupassen. Sie können Ihrem Schöpfer auf Knien danken, dass ich so geistesgegenwärtig war und den Notarzt gerufen habe. Und jetzt entschuldigen Sie mich. Ich habe einen Termin. Meine Sachen komme ich in den nächsten Tagen abholen. Auf die Vergütung für die Arbeit heute verzichte ich.«

Damit drehte ich mich auf dem Absatz um und ging.

# 4

»Doro, so etwas habe ich noch nie erlebt«, sagte ich zu meiner Freundin, als wir abends in der neu eröffneten Cocktailbar in Euskirchen saßen. Ich hatte bei meiner Putzstelle für den Freitag abgesagt. Regina, die ihre Freizeit in mehreren Partnerbörsen verbrachte, war zu einem Mann nach Hannover gefahren, den sie im Internet kennengelernt hatte. Wenn sich das Treffen als Flop erweisen würde, hatte sie angekündigt, würde sie die Reise als Städtetrip verbuchen. Sie wollte auf jeden Fall erst am Sonntagabend nach Hause kommen. Und so hatte ich mich sofort, nachdem ich mit Oma Schmitz beim Arzt gewesen war, in die Regionalbahn gesetzt und war in die Eifel gefahren. Ich konnte es nicht ertragen, nach einem solchen Erlebnis alleine in der Wohnung zu sein. Das waren die Momente, in denen mir auffiel, wie sehr ich auf den Rückhalt meiner Freunde und meiner Familie angewiesen war. Ohne Regina fühlte ich mich in Köln keineswegs zu Hause.

»Und das Schlimmste war«, fügte ich hinzu, »einen Moment lang habe ich wirklich geglaubt, sie hätte ein Recht, sich so aufzuregen.«

»Ja, ja«, erwiderte Doro gelassen, »das sieht dir ähnlich. Bei deinem Schwiegervater in der Firma hast du dir ja auch immer alle Schuhe angezogen. Aber es war richtig, dass du einfach gegangen bist. Und für das kleine Mädchen konntest du sowieso nichts tun. Das ist in der Uniklinik wahrscheinlich in besten Händen.«

»Weißt du«, sagte ich und trank einen Schluck von meiner Caipirinha, »ab und an beschleichen mich Zweifel, ob das alles richtig für mich ist. Ich habe zwar viele nette Kunden, aber manche sind auch wirklich eklig. Also in jeder Hinsicht. Nicht nur menschlich eklig, sondern auch, was den Dreck angeht und so. Und so gerne ich mit unterschiedlichen Menschen zu tun habe, bei denen frage ich mich immer, ob ich jetzt bis an mein Lebensende dazu verdammt bin, anderer Leute Dreck wegzumachen.«

Doro streichelte mir mitfühlend über den Arm. »Ja, kann ich mir gut vorstellen«, sagte sie und blickte mich mit ihren großen blauen Augen aufmunternd an. »Möchtest du darüber reden?«

Unwillkürlich musste ich kichern. »Du bist so blöd«, sagte ich. »Was soll das sein, die amerikanische Therapeuten-Nummer?«

»Ich habe schließlich mal die psychologische Fortbildung bei der Post gemacht«, verteidigte sich Doro, musste allerdings selber lachen. »Aber im Ernst – du kannst mir alle schrecklichen Geschichten erzählen. Bei mir sind sie gut aufgehoben, ich schweige wie ein Grab.«

»Das ist nicht nötig, du wirst sie gar nicht weitererzählen wollen«, erwiderte ich trocken. »Was eine Putzfrau alles zu sehen bekommt, das willst du gar nicht wissen. Das hat nichts Glamouröses.«

Doro stützte die Ellbogen auf den Tisch und legte das Kinn auf die Hände. »Doch, erzähl«, sagte sie. »Schmutzige Details interessieren mich besonders.«

»Tja«, begann ich gedehnt, »ganz im Anfang habe ich ja drei Mal bei einem Transvestiten saubergemacht. Der ist sogar relativ berühmt, Lollo Brida. Ich glaube, er tritt in irgendeinem Club auf, und im Fernsehen habe ich ihn auch schon mal gesehen. Er war jedenfalls nie zu Hause, wenn ich saubergemacht habe. Aber einsam habe ich mich trotzdem nicht gefühlt.« Ich verzog das Gesicht. »Wenn du in die Wohnung reinkommst, lächelt dir gegenüber von der Wohnungstür erst einmal der lebensgroße Starschnitt von so einer Schlagersängerin entgegen.« Ich schnalzte mit der Zunge. »Wie heißt die noch? Der Name fällt mir jetzt nicht ein.«

»Egal«, sagte Doro ergriffen. »Du hast wirklich einen interessanten Job.« Sie warf mir einen neidischen Blick zu. »Das ist ja fast wie im Fernsehen.«

»Ach was«, erwiderte ich. »Ich kann dir gar nicht sagen, wie ich mich beim ersten Mal erschrocken habe. Du denkst doch, da steht einer.«

»Kann ich mir vorstellen«, erwiderte Doro mitfühlend und grinste. »Ich wäre wahrscheinlich rückwärts wieder rausgegangen.«

»Ja, also, er war halt nicht da, wenn ich zum Putzen gekommen bin«, fuhr ich fort. »Aber das war auch angebracht, kann ich dir sagen, denn der Mann ...«

»Musst du nicht eigentlich sagen, ›die Frau‹?«, unterbrach Doro mich.

»... war der reinste Schweinigel«, fügte ich hinzu.

»Wie jetzt?«, fragte Doro.

»Ach, ich möchte gar nicht so ins Detail gehen, aber wie man eine Wohnung in einer Woche immer wieder so schmutzig bekommt, ist mir wirklich ein Rätsel. Benutzte Kondome unter dem Bett waren da noch das Harmloseste.«

»Na, wenigstens praktiziert er Safer Sex«, warf Doro ein.

»Ja, aber das braucht er mir doch nicht zu demonstrieren, indem er die Dinger unter dem Bett aufbewahrt … Wozu gibt es denn Abfalleimer?«, ereiferte ich mich. »Und wie das Badezimmer immer ausgesehen hat – du würdest es nicht für möglich halten. Ich habe ja gedacht, ich hätte in meinem Alter schon alles gesehen und mich könnte nichts mehr erschüttern, aber glaub mir …« Ich nickte weise mit dem Kopf. »Wir leben hier in der Eifel schon ziemlich hinter dem Mond. Das reinste Paradies gegen den Sündenpfuhl in der Stadt. Betonung auf ›rein‹. Bei Lollo Brida war sogar die Waschmaschine schmutzig. Das kann doch gar nicht sein, oder?«

Doro kicherte. »Jetzt übertreibst du aber. Und«, fügte sie hinzu, »ehrlich gesagt hört es sich so aufregend auch gar nicht an.«

Ich grinste. »Vor allem nicht, wenn du da saubermachst. Aber ich habe es dann nicht mehr ausgehalten und gekündigt. Da putze ich doch lieber ein paar Stunden mehr in der Praxis.« Ich machte eine Pause. »Obwohl, so übel war er gar nicht, verglichen mit meiner Anwältin mit dem Doktortitel jedenfalls. Er hat mir zum Geld immer eine kleine Tüte Gummibärchen dazugelegt. Auf die Idee würde Frau *Doktor* Hilbig ja im Leben nicht kommen.«

Doro zuckte mit den Schultern. »Ich nehme an, du bist noch in der Eingewöhnungsphase. Bis du die Leute richtig einschätzen kannst, vergehen wahrscheinlich ein paar Wochen. Du bist ja nicht einmal drei Monate in der Stadt.«

Ich überlegte. »Hm, da ist was dran«, sagte ich schließlich. »Das ist so eine ganz andere Welt, weißt du. Mit dem, was ich von zu Hause kenne, hat das alles gar nichts zu tun.«

Doro kicherte. »Ja, das denke ich mir. Aber ich finde es wirklich spannend, mit was für Leuten du so in Berührung kommst«, sagte sie nachdenklich. »Bei mir ist es ja auch ein bisschen so – nur dass du wesentlich mehr hinter die Kulissen guckst. Überleg bloß mal, deine qualmende Lektorin oder die tollwütige Anwältin. Da kann man doch Bücher drüber schreiben! Du kriegst ja viel mehr mit als ich. Und das Ganze auch noch in der Großstadt.«

Ich schaute nachdenklich vor mich hin. »Aber genau das halte ich manchmal eigentlich gar nicht aus. Weißt du, es ist eine Sache, mit Regina oder dir dazusitzen und über all die Leute zu lästern, denen ich so begegne, aber wenn du Tag für Tag mit ihnen zu tun hast, sieht die Sache schon anders aus. Im Anfang habe ich mir keine Gedanken darüber gemacht. Ich habe es mir ehrlich gesagt einfacher vorgestellt, und in der letzten Zeit erwische ich mich immer häufiger dabei, dass mir alles zu viel wird. Irgendwie bin ich so empfindlich geworden. Dabei mache ich das doch noch gar nicht so lange. Und ich möchte ja auch mit anderen Menschen zu tun haben, aber so intensiv?« Tiefsinnig starrte ich in mein Glas. »Ob ich wohl in die Wechseljahre komme? Was meinst du?«

»Na, ich weiß nicht. Äußert sich das so?« Doro trank einen Schluck. »Ach, apropos Wechseljahre, ehe ich es vergesse – das wollte ich dir noch erzählen.« Sie verzog das Gesicht zu einem breiten Grinsen. »Die Geschichte wird dir gefallen. Also, Gregor hat deine Stelle neu besetzt, und er hat die kleine Hasenlohe eingestellt.«

Ich blickte sie fragend an. Wer war die kleine Hasenlohe? Und was hatte das mit den Wechseljahren zu tun?

»Du weißt schon, Miriam Hasenlohe, die Tochter von Karin Schneiders.«

»Die Karin Schneiders, die in der Grundschule bei uns in der Klasse war?«

»Ja, genau die. Miriam war wohl auf der höheren Handelsschule und hat danach eine Ausbildung zur Sekretärin gemacht. Auf jeden Fall hat er sie eingestellt, und was soll ich dir sagen?«

Sie machte eine Kunstpause und blickte mich erwartungsvoll an.

Ich zuckte mit den Schultern. »Ja, was sollst du mir sagen?«

»Mann, sei doch nicht so begriffsstutzig.« Doro trank noch einen Schluck. »Also, ich trage doch in Voissel die Post aus. Und die Hasenlohes, also die Karin Schneiders, die wohnen in Voissel.«

»Doro«, unterbrach ich sie ein wenig ungeduldig, »komm mal auf den Punkt. Was willst du mir erzählen?«

»Na ja, wenn du mir unbedingt die Pointe verderben willst.« Doro verzog schmollend den Mund. »Also, ich habe am Freitag die Post ausgetragen, und ich war ziemlich früh dran, weil irgendwie nicht so viel war an dem Tag, und als ich zum Haus der Hasenlohes, also von Karin Schneiders komme …« Sie blickte mich vielsagend an. »Die sind übrigens im Moment in Urlaub, und nur das Töchterchen ist daheim. Also, als ich da hinkomme …« Sie konnte es nicht lassen, erneut machte sie eine Kunstpause. Dann fuhr sie grinsend fort: »Da geht auf einmal die Tür auf und Gregor kommt heraus. Mann, der hat sich vielleicht erschrocken, als er mich gesehen hat.« Ihr Grinsen wurde immer breiter. »Er ist richtig zusammengezuckt.«

»Ja, und dann?« Jetzt hatte ich auch Feuer gefangen.

»Das möchtest du gerne wissen, was?« Doro winkte dem Kellner. »Können wir noch zwei Caipirinhas haben?«

»Los, jetzt erzähl schon«, drängte ich sie.

»Hinter ihm steht Miriam im durchsichtigen Negligé«, Doro ließ sich das Wort genießerisch auf der Zunge zergehen, »übrigens, giftgrün! Und säuselt: ›Ich komme gleich nach, mein Tiger! Gib deinem Mäuschen noch ein Küsschen!‹« Der letzte Teil des Satzes ging in Doros Gelächter unter, und ich musste unwillkürlich mitlachen. »Als sie mich gesehen hat«, fuhr sie prustend fort, »hat sie so hastig die Tür zugeschlagen, dass ein Stück Stoff von dem Negligé drin hängengeblieben ist. Wie findest du das?«

Ich verzog das Gesicht. »Miriam kann nicht viel älter als Rouven sein«, sagte ich. »Also höchstens sechsundzwanzig.«

»Ja, das habe ich mir auch gedacht«, erwiderte Doro versonnen. »Du kannst so was von froh sein, dass du den Typ los bist. Da kommt wohl wieder was auf seine aktuelle Ehefrau zu.«

»Meinst du, der meint es ernst mit so einem jungen Ding?«, fragte ich.

»Ich glaube schon«, erwiderte Doro. »Das hat er ja bei dir genauso gemacht. Nur mittlerweile werden sie eben noch jünger. Ich sage es dir, Männer in den Wechseljahren …« Sie warf mir einen vielsagenden Blick zu, und wir brachen beide wieder in Gelächter aus.

Der Kellner brachte unsere Caipirinhas.

»Na, dann prost!« Ich hob mein Glas. »Auf die Männer in unserem Leben, die wir nicht mehr brauchen!« Ich hielt mein Glas an die Lippen, setzte es dann aber noch einmal ab. »Manchmal frage ich mich, warum ich mich damals überhaupt in Gregor verliebt habe. Dass ich mich so vertun konnte – ich versteh das nicht.«

Doro zuckte mit den Schultern. »Er war halt noch jung und unverdorben.«

»Ja, ja, schon klar«, gab ich zurück, »und ich war jung und brauchte das Geld, was?«

»Und wie sieht es mit den Männern in Köln aus?«, fragte Doro, als wir uns wieder beruhigt hatten. Sie saugte an ihrem Strohhalm. »Gibt es denn da wenigstens was Brauchbares?«

Ich schüttelte den Kopf. »Nö, weit und breit nichts in Sicht. Aber ich weiß sowieso nicht, ob ich noch mal jemanden will. Ich komme auch alleine gut klar.«

Doro schaute mich zweifelnd an. »Na, warten wir mal ab. Hast du nicht manchmal das Gefühl, es wäre ganz schön, wenn du wieder jemanden an deiner Seite hättest?«

»Nein.« Ich warf ihr einen fragenden Blick zu. »Hast du kürzlich mit Tante Röschen geredet? Es hört sich ganz danach an. Seit ich in Köln wohne, kennt sie kaum noch ein anderes Thema. Ständig fragt sie mich, ob ich schon jemanden kennengelernt hätte. Sie scheint zu glauben, dass man in so einer großen Stadt nur aus der Haustür zu kommen braucht und gleich begegnet man dem Passenden – weil sie ja in solchen Mengen dort herumlaufen.«

Doro grinste. »Ja, ich hab mit ihr geredet«, gab sie zu. »Sie macht sich Sorgen um dich, Hildegard. Sie meint, das Leben wäre leichter für dich, wenn du jemanden hättest.«

»Na ja, da hat sie ja vielleicht gar nicht mal so unrecht, aber leider ist niemand in Sicht. Ich muss allerdings auch sagen, ich suche jetzt nicht gerade angestrengt.«

»Keiner von deinen Kunden?«, fragte Doro.

Ich zog die Augenbrauen hoch. »Jetzt hör aber auf! Das

wären ja super Voraussetzungen! Ich tue mich mit dem Mann zusammen, für den ich sowieso schon putze? Doro, bitte!«

Jetzt musste Doro lachen. »Ja, du hast recht. Tut mir leid«, gab sie zerknirscht zu. »Tante Röschen hat mir aufgetragen, dich ein bisschen über deine männlichen Kunden auszuhorchen. Aber da scheint ja nichts Passendes dabei zu sein.«

»Nein«, erwiderte ich, »da ist nichts Passendes dabei. Es hat ja nicht jeder so viel Glück wie du.«

Doro hatte ihren Mann sozusagen bei der Ausübung ihres Berufs kennengelernt. Norbert betrieb eine kleine Schreinerei in Voissel, wo Doro die Post austrug, und er hatte sich vor siebenundzwanzig Jahren auf den ersten Blick in die flotte Postbotin mit den blonden Locken verliebt. Bei Doro, die eher der unabhängige Typ war und ihr Leben als Single genossen hatte, dauerte es etwas länger, bis sie den ruhigen Mann mit dem langen braunen Zopf wahrgenommen hatte, aber mittlerweile waren sie seit vierundzwanzig Jahren verheiratet. Ihre Tochter Jana war Physiotherapeutin und lebte mit ihrem Freund in Freiburg. Unsere Kinder hatte es beide nicht in der Eifel gehalten – was wir durchaus verstehen konnten. Schließlich sollten sie etwas von der Welt kennenlernen.

Norbert war ein Schatz – ausgeglichen, freundlich und lebensklug. »Mein Mann ist eigentlich Buddhist«, behauptete Doro immer. »Er weiß es bloß nicht, weil er sich nicht damit beschäftigt.« Ich rechnete es ihm hoch an, wie gelassen er es nahm, wenn Doro und ich regelmäßig ohne ihn ins Kino oder in die Disco fuhren. »Geht ihr nur auf Jück«, sagte er gutmütig in seinem rheinischen Singsang, »ihr Frauen habt euch ja immer so viel zu erzählen.«

Meistens hatte er auch irgendetwas vor. Entweder traf er sich mit seinen Motorrad-Kumpels, oder er arbeitete bis spät in den Abend hinein in der Werkstatt.

»Ja«, stimmte Doro mir zu. »Mit Norbert habe ich wirklich Glück gehabt.« Sie lächelte. »Na komm, ich quäle dich jetzt nicht länger. Reden wir über was anderes. Norbert macht jetzt übrigens Möbel aus Altholz. Du glaubst es nicht – sie werden ihm geradezu aus der Hand gerissen. Ein Geschäft aus Köln hat auch schon angefragt, ob er ihnen Couchtische und Kommoden und so was machen kann.«

»Wie, aus Altholz?«, fragte ich begriffsstutzig. »Besonders alte Bäume?«

»Nein.« Doro schüttelte den Kopf. »Ich verstehe es ja selber nicht, aber er macht Möbel aus alten Paletten oder kaputten Stühlen, aus irgendwelchen Planken.« Sie schüttelte versonnen den Kopf. »Schon interessant, womit man alles Geld verdienen kann.« Sie trank einen Schluck. »Ach, das wollte ich dich auch noch fragen. Wie kommst du denn mit Regina im Moment so klar?«

»Womit wir schon wieder beim Thema Männer wären.« Ich seufzte. »Sie hat in der letzten Zeit ständig irgendwelche Dates. Sie ist neuerdings in verschiedenen Partnerbörsen im Internet, und sie probiert wohl alles aus, was ihr so unterkommt. Manchmal geht sie mir ein bisschen auf die Nerven damit. Gestern hat sie sich wieder mit einem getroffen. Wegen ihm ist sie sogar extra nach Hannover gefahren. Sie hat sich allerdings noch nicht gemeldet. Ich weiß gar nicht, wie es ausgegangen ist.« Genervt rollte ich mit den Augen. »Aber du kannst sicher sein, dass ich es erfahren werde. Irgendwie hält mich das auch ein bisschen davon ab, mich selber auf die Suche zu begeben. Ich finde das alles so gruselig.«

»Ja, ich weiß auch nicht.« Nachdenklich zerstampfte Doro das Eis in ihrem Caipirinha-Glas. »Für mich wäre das sowieso nichts. Ich glaube, ich hätte viel zu viel Angst, dass ich an so einen komischen Typen gerate. Im Internet sind doch ganz schön viele Freaks unterwegs. Und es wird bestimmt gelogen, dass sich die Balken biegen.«

»Klar«, bestätigte ich. »Das habe ich Regina auch schon gesagt. Dabei hat sie bisher noch Glück gehabt und sich anscheinend mit den Harmloseren getroffen. Mit einem war sie sogar drei Wochen zusammen.«

»Wie, das hast du mir gar nicht erzählt! Was ist denn mit dem?«

Ich zuckte mit den Schultern. »Gar nichts mehr. Erst hat alles gepasst, und sie hat nur geschwärmt, aber dann hat sich herausgestellt, dass er noch an seiner Exfrau hing. Regina hat das einzig Richtige gemacht und sich sofort von ihm getrennt.«

Doro nickte nachdenklich. »Die Arme! Ich glaube, das ist das Tückische an diesen Internet-Bekanntschaften: Nicht jeder, der auf die Art unterwegs ist, will auch wirklich einen neuen Partner.«

»Ja, und dann kommen noch die ganzen Typen, die sich jünger oder interessanter oder wie auch immer machen«, fuhr ich fort. »Das hat sie auch schon gehabt. Einer von ihren Kandidaten hatte ein völlig falsches Foto von sich ins Internet gestellt, entweder war es gar nicht von ihm oder er muss darauf viel, viel jünger gewesen sein. Sie hatte sich mit ihm im Café Wahlen verabredet, und er war nicht da. Glaubte sie, weil nur ein einziger Mann im Café saß, und der war mindestens achtzig. Sie wartete eine Viertelstunde, stand dann aber auf, weil sie gehen wollte. Und da kam der Typ auf sie zu und fragte, ob sie wegen der Anzeige in der Partnerbörse gekommen sei. Und dann war er das wahrhaftig. Die arme Regina, sie hat nur noch die Flucht ergriffen. Zum Glück verabredet sie sich beim ersten Mal nie zum Essen, sondern immer nur auf einen Kaffee oder so, dann kann sie wenigstens schnell weg.«

»Ja, das stimmt«, sagte Doro, die mir fasziniert zugehört hatte. »Stell dir mal vor, du hast ein Drei-Gänge-Menü bestellt und musst dann mit so einem Langweiler dasitzen.« Sie schüttelte den Kopf. »Nein, ich lerne meine Männer lieber konventionell kennen.«

»Auf jeden Fall ist ihr neues Hobby unterhaltsam«, stellte ich fest. »Hinterher erzählt sie mir immer haarklein, wie es abgelaufen ist und worüber sie sich so unterhalten haben. Gut war auch der, der glaubte, er sei der Allerschönste im Land – dabei war er eher so ein unscheinbares Männchen. Er hat ihr die ganze Zeit davon erzählt, dass er eine Frau braucht, die sein spektakuläres Aussehen unterstreicht, so dass alle Leute sie für das schönste Paar im Saal halten.« Ich lachte. »Regina war völlig fassungslos, als sie wiederkam. Getoppt wurde er nur von dem Typen, der schon fünfundneunzig war und eine vierzig bis fünfzig Jahre jüngere Frau gesucht hat.« Ich lachte. »Mit Führerschein und eigenem Auto.«

»Manche Männer geben anscheinend nie Ruhe, was?«, warf Doro kopfschüttelnd ein. »Aber der wollte doch wohl eher eine Pflegerin, oder?«

»Na ja«, erwiderte ich. »Du siehst es ja an Gregor. Jetzt ist er Mitte fünfzig und schnappt sich die kleine Miriam. Wer weiß, wen er sich anlacht, wenn er achtzig ist.«

»Ja«, sagte Doro mit Nachdruck. »Wie gesagt, sei froh, dass du ihn los bist. Und in der Zwischenzeit kannst du dich mit Reginas Geschichten blendend unterhalten.«

Ich nickte. »Ja, sie erzählt mir alles, und das ist oft wirklich lustig. Allerdings war bis jetzt auch noch nie ein langfristiger Kandidat dabei – wenn sie sich erst einmal verliebt, sieht die Sache wahrscheinlich ganz anders aus.«

»Hoffentlich will sie dann die Wohnung nicht wieder für sich allein«, sagte Doro.

Ich zuckte mit den Schultern. »So schnell wird das ja alles nicht gehen, wir sind schließlich nicht mehr die Jüngsten. Und wenn doch, muss ich mir eben was anderes suchen. Aber wer weiß, ob ich dann überhaupt in der Stadt bleiben will. Ich bin mir gar nicht mehr so sicher, ob mein Konzept noch stimmt.«

»Wie meinst du das?«

»Na, ob das mit dem Putzen so weitergeht. Eigentlich ist es viel zu mühsam, damit sein Geld zu verdienen.«

»Wieso?«, fragte Doro stirnrunzelnd. »Du hast doch gesagt, es genügt dir, um ganz gut davon leben zu können. Natürlich kannst du keine großen Sprünge machen, aber für deine Ansprüche reicht es doch, oder? Vor allem, solange noch der eine oder andere Caipirinha drin ist, was?« Sie hob ihr Glas und prostete mir zu.

»So habe ich das nicht gemeint. Mir ist nur in der letzten Zeit aufgefallen, dass mir der Rücken oft wehtut. Früher hatte ich nie Probleme mit dem Rücken, aber jetzt weiß ich manchmal nachts vor lauter Schmerzen nicht, wie ich liegen soll. Wahrscheinlich hat das was mit dem ständigen Bücken zu tun, ich weiß nicht. Und meine Hände schmerzen auch.« Ich hob meine Hände und spreizte die Finger, um ihr die verdickten Gelenke zu zeigen.

»Tja, jünger werden wir alle nicht«, meinte Doro mitfühlend. »Ich bin ja schon diesen Sommer dran, aber du wirst im nächsten Mai auch fünfzig.«

»Und es ist eben die Frage, wie lange ich noch als Putzfrau arbeiten kann«, sagte ich nachdenklich. »Vielleicht war es letztendlich gar keine so gute Idee. Ich wäre besser zu Hause geblieben.«

»Ach was, hier hättest du keine Arbeit. Lass es doch einfach auf dich zukommen«, meinte Doro. »Ich weiß auch nicht, wie lange ich noch bei Wind und Wetter unterwegs sein kann, um die Post auszutragen. Manchmal, vor allem im Winter, da würde ich am liebsten alles hinschmeißen. Es ist schon anstrengend, bei dem Schnee überall hinzukommen, und manchmal, zum Beispiel da oben zu dem Haus von der verrückten Französin, macht es wirklich keinen Spaß. Vergangenen Februar bin ich wahrhaftig bis zu den Oberschenkeln eingesackt.«

»Was macht Madame Lohmann denn eigentlich, wenn sie einschneit?«, fragte ich interessiert.

»Wenn es ganz arg ist, muss sie Hilfe holen. Normalerweise kommt sie mit ihrem Jeep ja schon ins Dorf runter, aber in den letzten beiden Wintern musste sie den alten Kentenich um Hilfe bitten. Der hat ihr den Feldweg mit seinem Trecker geräumt, sonst hätte ihr auch der Allradantrieb nichts mehr genützt. ›Oh, Monsieur Kenteniiisch, kommen Sie doch mit Ihrem großen Träckär und räumen Sie bei mir die Weg frei.‹« Kichernd trank Doro einen Schluck. »Warst du an Karneval nicht dabei, als wir Weiberfastnacht im Gemeindesaal gefeiert haben? Da ist sie doch nur mit Mühe und Not den Berg runtergekommen, weil es so heftig geschneit hat.«

»Ja, ich erinnere mich«, sagte ich. »Da war ich bei Rouven in London. Aber ich finde das gut, dass sie beim Karneval mitmacht. Du hast doch erzählt, dass sie als französische Fahne gekommen ist.«

Doro nickte tiefsinnig. »Ja, sehr kreativ. Nein, wirklich, lach nicht«, fügte sie hinzu, als ich losprustete. »Da hat alles gestimmt, von der blau-weiß-roten Gesichtsbemalung bis zu den roten Netzstrümpfen mit dem blau-weiß-roten Strumpfband! Eigentlich ist sie ganz witzig.« Sie wollte noch einen Schluck trinken, stellte jedoch fest, dass ihr Glas schon wieder leer war. »Einer geht noch, oder?«, fragte sie.

Norbert hatte uns auf dem Weg zu seinem Motorradtreffen an der Bar abgesetzt, und zurück konnten wir uns ein Taxi teilen, weil ich sowieso bei Doro und Norbert übernachtete.

»Ja, klar«, erwiderte ich und trank ebenfalls rasch mein Glas leer. »Einen nehmen wir noch. Was macht die Lohmann eigentlich hier? Das habe ich mich schon die ganze Zeit gefragt. Du weißt das doch bestimmt.«

Madeleine Lohmann hatte das abgelegene Haus am Dorfrand vor drei Jahren gekauft. Die Dorfgemeinschaft hatte sich gefreut, dass der alte Kasten mit dem riesigen Grundstück endlich einen neuen Besitzer gefunden hatte, nachdem er einige Jahre leer gestanden hatte. Aber als dann die Französin mit ihren langen blonden Haaren, den knappen Kostümchen – für die sie nach Meinung vieler Frauen aus dem Dorf schon viel zu alt war, Pariser Chic hin oder her –, den Federboas und extravaganten Hüten, die sie auch beim Waldspaziergang trug – »Da erschrecken sich ja die Wildschweine!« –, das Haus gründlich renovieren ließ und alleine einzog, sorgte sie für heftigen Gesprächsstoff. Auch drei Jahre später war sie auf allen Dorffesten immer noch ein beliebtes Thema, zumal sie kaum persönlich in Erscheinung trat, wenn man von gelegentlichen Auftritten an Karneval oder beim Schützenfest absah. Die meiste Zeit verbrachte sie zurückgezogen in ihrem Haus, das hinter einer hohen Hecke verborgen lag und von außen nicht einzusehen war. Die Leute wussten nicht so recht, ob sie sich geschmeichelt fühlen sollten, dass es gerade in ihrem Dorf eine so exotische Bewohnerin gab, oder ob sie sich ärgern sollten, weil so wenig über sie bekannt war. Zwar unterhielt sie sich bei den seltenen Gelegenheiten freundlich mit jedem, aber die Wortwechsel gingen über Allgemeinplätze und das Wetter kaum hinaus. Allerdings lag das nicht nur an ihr. Im Dorf gab es einige, bei denen man von der vielgepriesenen rheinischen Kontaktfreudigkeit nicht allzu viel merkte. Wenigstens störte sie niemanden, und so tolerierte man sie und ging freundlich mit ihr um. Aber wer Madeleine Lohmann tatsächlich war oder was sie machte, wusste niemand.

»Nein, so genau weiß ich das auch nicht«, sagte Doro. »Sie bekommt ziemlich viel Post von allen möglichen Verlagen, und der Paketbote hat mir gesagt, er bringt ihr oft irgendwelche Päckchen. Also nehme ich mal an, dass sie was mit Büchern macht. Vielleicht kennt deine Frau Bündlein sie ja. Aber ich habe keine Ahnung, wovon sie tatsächlich lebt.«

»Na, ist ja auch egal«, sagte ich milde und betrachtete meinen frischen Caipirinha. »Danach ist Schluss, oder?«, fragte ich meine beste Freundin, die mich wie immer sofort verstand.

»Du bist ja blau«, sagte sie und lachte. »Du verträgst auch gar nichts mehr, oder? Ach, meine Süße, das Leben in der Stadt nimmt dich hart ran, was? Am liebsten würde ich im Lotto gewinnen, dann könntest du hierbleiben, und wir bräuchten beide nicht mehr zu arbeiten.«

»Einverstanden«, erwiderte ich. Langsam wurde meine Zunge ein wenig schwer. »Im Jackpot sind dieses Wochenende achtzehn Millionen, damit kommen wir hin.«

»Ja«, stellte Doro klug fest, »aber erst einmal muss ich überhaupt spielen.«

Als wir das Lokal leise schwankend verließen, hakte sie sich bei mir ein. »Ach, das habe ich dir noch gar nicht erzählt«, sagte sie. »Stell dir vor, jemand hat Norberts Pflanzen aus unserem Garten gestohlen.«

»Wie, alle?«, fragte ich entgeistert.

»Nein, Gott sei Dank nicht«, erwiderte Regina. »Aber es war schon ein schwerer Schlag für ihn. Er muss wahrscheinlich noch ein bisschen Gras dazukaufen, um über den Winter zu kommen.«

»Aber es weiß doch niemand davon«, gab ich zu bedenken.

Regina zuckte mit den Schultern. »Na, offensichtlich doch. Auf jeden Fall ist fast die halbe Ernte weg.«

Norbert baute schon seit Jahren Cannabis für den Eigenbedarf an. Er hatte die Pflanzen so gut hinter anderen, hohen Gewächsen versteckt, dass sie in der Gartenecke kaum zu sehen waren. Im Dorf interessierte sich sowieso niemand dafür, was der Schreiner in seinem Garten anbaute, und er hatte all die Jahre nie Probleme gehabt. Jetzt jedoch war anscheinend jemand auf die Pflanzen aufmerksam geworden und, schlimmer noch, hatte Verwendung für sie gehabt.

Ich konnte mir lebhaft vorstellen, wie Norbert sich aufgeregt hatte, als er den Diebstahl bemerkt hatte. Er hegte und pflegte seinen kleinen Bestand und war stolz auf die starken, gesunden Pflanzen. Natürlich handelte er nicht mit dem Zeug, und er kiffte auch nicht regelmäßig, aber gerade in den kalten Eifelwintern genoss er es, sich mit einem Joint einen schönen Abend zu machen. Manchmal kochte er auch »Kräutertee« oder backte Plätzchen, und ab und zu hatten Doro und ich schon von seinem Spezialtabak probiert – mit durchschlagendem Erfolg, wie Norbert hinterher behauptet hatte. Er meinte, wir würden immer so laut lachen, dass man es im ganzen Dorf hören könnte. Doro und ich waren jedoch eher der Ansicht, dass das Zeug bei uns nicht wirkte.

»Norbert meint, das kann keiner aus dem Dorf gewesen sein«, sagte sie jetzt. »Aber es ist kein gutes Gefühl. Am Ende zeigt ihn noch einer an.«

Ich zuckte mit den Schultern. »Bei den geringen Mengen könnt ihr immer noch behaupten, ihr hättet es für eine hübsche Zierpflanze gehalten. Soll ihm doch erst mal einer nachweisen, dass er das Zeug raucht.«

Doro nickte. »Ja, da mache ich mir auch nicht wirklich Sorgen. Ich finde nur, es ist ein komisches Gefühl, dass jemand in unserem Dorf herumschleicht und ...«

»... sich an den Drogenplantagen anderer Leute bedient«, ergänzte ich.

In diesem Moment hielt das Taxi vor dem Lokal. Doro hielt den Finger vor die Lippen. »Pscht!«, mahnte sie. Kichernd stiegen wir ein.

# 5

Der Montag war immer der schlimmste Tag. Ein Grund war sicher, dass das Wochenende gerade hinter mir lag und ich wieder aus dem vertrauten Eifeldorf in die Großstadt aufbrechen musste – obwohl ich das mittlerweile ehrlich gesagt nicht mehr so schlimm fand. Ich hatte mich an das Leben in Köln gewöhnt, und schließlich war ja auch Regina noch da, meistens jedenfalls. Nein, der Hauptgrund für den schrecklichen Montag waren die Kunden. Vormittags das berufstätige Ehepaar Cremer, das offenbar das ganze Wochenende über nichts anderes tat, als in seiner Küche zu experimentieren. Frau Cremer, eine mollige Blondine, hatte mich bei meinem Einstellungsgespräch schon gewarnt, dass sie »gerne kochten und die Küche hinterher auch öfter schon mal entsprechend aussah«. Ich hatte milde gelächelt und genickt. Im Küchensäubern war ich geübt, und sei es bloß durch meinen eigenen Haushalt. Als Rouven in der Pubertät war, hatte er ausgesprochen gerne gekocht, und wenn ich dann abends nach Hause kam, konnte ich am Zustand meiner Küche ablesen, was es mittags gegeben hatte, auch wenn er alles aufgegessen hatte. Wenn ich jedoch geglaubt hatte, alle Grade der Verschmutzung einer Küche in dieser Phase meines Sohnes gesehen zu haben, so irrte ich mich. Wozu ein kochbegeistertes Ehepaar fähig ist, ahnte ich damals noch nicht einmal. Etwas Vergleichbares hatte ich noch nie erlebt.

Auch an diesem Montagmorgen – ich war um neun mit dem Zug aus der Eifel gekommen und hatte mich gleich vom Bahnhof aus zu den Cremers begeben – wagte ich mich, wie an allen Montagen, nicht gleich an die Küche heran. Ich putzte das Badezimmer, was harmlos war, staubsaugte im Schlafzimmer und im Wohnzimmer, bezog das Ehebett mit der frischen Bettwäsche, die Frau Cremer mir herausgelegt hatte, und wischte überall Staub. Dann machte ich mich zögernd in die – sehr große – Wohnküche der schönen Altbauwohnung auf.

Dort erwartete mich das Chaos. Einen Moment lang blieb ich in der Tür stehen und nahm das Bild in mich auf.

In einer milchigen, schmierigen Brühe im Spülbecken schwammen neben diversen Speiseresten Teller und Tassen. Wahrscheinlich lag auf dem Grund des undurchsichtigen Sees auch noch jede Menge Besteck. Überall standen Gläser herum, manche noch halb gefüllt mit roter oder rosafarbener Flüssigkeit, und kleine Teller mit angebissenen Crackern, auf denen sich ein oder zwei Kaviarkügelchen tummelten, sowie Schüsselchen mit lappigen Salatblättern, die in den Resten einer Senf-Himbeer-Vinaigrette ertranken. Eine Platte mit den Überresten eines großen Fischs stand auf dem Boden vor der Spüle. Der Kopf des verzehrten Tieres war über den Rand gerutscht, und die glasigen Augen schielten nachdenklich Richtung Dielenboden. Auf dem Tisch prangte ein riesiges Holzbrett, darauf das Skelett eines Truthahns. Er war offensichtlich fachmännisch – und sehr gründlich – tranchiert worden, trotzdem war der Tisch übersät mit kleinen Fettpfützen, Knochensplittern und Fetzen von Haut und Fleisch.

Auf der Anrichte neben dem Esstisch dümpelten die Überreste von roter Grütze und halbflüssiger Sahne in einer Glasschüssel vor sich hin. Benutzte Löffel und kleine Schalen standen daneben, und, man glaubte es kaum, am Rand der Schüssel hing ein Schuh, eine mit Strass-Steinen verzierte hochhackige Pantolette.

»Was war denn hier los?«, murmelte ich vor mich hin. »Haben die hier eine Orgie gefeiert?« Ich zog die Augenbrauen hoch. Dieses Mal hatten sie sich selbst übertroffen. So schlimm war es noch nie gewesen.

»Aber es nützt ja nichts«, sagte ich mir entschlossen. Ich krempelte die Ärmel hoch und zog Wegwerfhandschuhe über. Das brauchte mir hier niemand vorzuschreiben – der Ekelfaktor war so hoch, dass ich es freiwillig machte. »Dann wollen wir mal!«

Anderthalb Stunden später war ich immer noch damit beschäftigt, den Backofen sauber zu bekommen, eine Sisyphus-Aufgabe, die unweigerlich jede Woche von Neuem auf mich zukam. Dieses Mal war es besonders schlimm, weil sich das Fett regelrecht in die Backofenwände eingefressen hatte. Alles Übrige sah zwar schon recht passabel aus, aber der Fußboden musste noch gewischt werden – mindestens zweimal wegen der Fettspritzer, die überall gelandet waren –, und eigentlich hätte man auch das Fenster putzen müssen. Allerdings gehörte das nicht zu meinen Aufgaben – das Ehepaar Cremer hatte einen Fensterputzer, der alle zwei Monate ins Haus kam. Er war letzte Woche erst da gewesen. Pech gehabt, dachte ich, jetzt müssen sie eben einige Wochen lang durch die bespritzte Scheibe gucken.

Nervös blickte ich auf die Uhr. Eigentlich wollte ich in der Mittagspause rasch einkaufen. Regina war mit einer ihrer Internet-Bekanntschaften verabredet, und ich hatte nichts im Haus. Montagabends putzte ich die Arztpraxis in Ehrenfeld, und da ich vor elf Uhr bestimmt nicht zu Hause war, wäre es schön gewesen, wenn ich mich wenigstens auf ein Butterbrot und ein gemütliches Glas Wein hätte freuen können. »Satz mit X«, murmelte ich vor mich hin und scheuerte verbissen weiter. Wenigstens bezahlten die Cremers gut – sonst hätte ich den Job auch nicht machen können. Aber ich nehme an, sie wussten ganz genau, was für eine Arbeit sie mir bereiteten.

Als ich schließlich in den grauen, aber zum Glück nicht allzu kühlen Tag hinaustrat, musste ich mich beeilen, um rechtzeitig zu meiner nächsten Putzstelle zu kommen. Dieses Mal ging es über den Rhein auf »die schäl Sick«, wie die Kölner sagen, die falsche Rheinseite, weil die eigentliche Stadt von den Römern seinerzeit auf der linken, der richtigen Rheinseite gegründet worden war. Der alleinstehende ältere Mann, Willibert Poensgen, der hier in einer Dreizimmerwohnung lebte, hatte in Deutz eine Kneipe besessen, die er vor zwei Jahren geschlossen hatte, weil er »eine stattliche Summe«, wie er sagte, im Lotto gewonnen hatte und »das Leben jetzt endlich genießen wollte«. Deshalb gönnte er sich auch zum ersten Mal in seinem Leben eine Putzfrau für seine Privatwohnung – was meiner Meinung nach dringend notwendig war. Haushaltsführung gehörte anscheinend nicht zu seinen Stärken, und obwohl er auf sein Äußeres großen Wert legte und seine spärlichen Haare immer akkurat vom Scheitel zum Ohr mit Brillantine an den Kopf klatschte, war er nicht gerade der Reinlichste. An seiner Krawatte konnte ich jederzeit ablesen, was er gefrühstückt hatte. Meistens offensichtlich ein weichgekochtes Ei. Seine Hemden wusch er nur selten. Einmal hatte er mir anvertraut, dass er sie lediglich in einer Art Rotationsverfahren auslüftete. »Das ist viel effizienter, als sie zu waschen«, hatte er allen Ernstes erklärt. Dabei kam er anscheinend aus gutem Haus.

»Die Kneipe vermisse ich gar nicht, nein, überhaupt nicht«, hatte er mir versichert. »All die Betrunkenen, und dann der Qualm, nein wirklich, das ist eigentlich gar nicht meine Welt. Ich bin etwas Besseres gewöhnt. Meine Eltern hatten ein Hotel in Bad Neuenahr, ganz in der Nähe vom Kasino. Feines Publikum, kann ich Ihnen sagen. Ganz feines Publikum! Und das Essen! Wissen Sie, was Omelette Surprise ist? Oder Profiteroles? Süßspeisen waren die Spezialität meiner Mutter, und sie hat mir alles darüber beigebracht. Und mein Vater hatte einen exzellenten Weinkeller!« Er schnalzte genießerisch mit der Zunge. »Erlesene Weine, sage ich Ihnen. Auch darüber weiß ich bestens Bescheid.«

Im Anfang war er immer zu Hause, wenn ich kam, und folgte mir auf Schritt und Tritt, um sich mit mir zu unterhalten. Zuerst ließ ich mich darauf ein. Er war sicher einsam, dachte ich, vor allem jetzt, wo er die Kneipe nicht mehr hatte. Verheiratet war er offenbar nie gewesen, und es gab keinerlei Anzeichen für eine Frau in seinem Leben. Natürlich war es ein bisschen lästig, dass er mir nicht von der Seite wich, und ich kam auch nicht so recht mit der Arbeit voran. Aber er tat ja niemandem weh, wenn er mit seiner feinen Lebensart prahlte, und ich glaubte, irgendwann würde er sich schon zurückziehen, wenn er merkte, dass ich nur einsilbige Antworten gab. Doch das störte ihn leider überhaupt nicht. Von Mal zu Mal wurde er mutiger, und schließlich machte er mir Avancen, erst versteckt, dann immer offener. Es begann mit verlockenden Einladungen – »Am Samstag ist im Porzer Krankenhaus Tag der offenen Tür. Haben Sie nicht Lust, mit mir dorthin zu gehen? Das ist bestimmt interessant!« – und reizenden Komplimenten – »Die Kittelschürze steht Ihnen ganz besonders gut!« –, steigerte sich jedoch bald zu Anzüglichkeiten – »Wären Sie denn auch bereit, leichter bekleidet für mich zu putzen?« –, und schließlich wurde er handgreiflich. Er nahm jede Gelegenheit wahr, Körperkontakt herzustellen, berührte wie unabsichtlich meine Brust oder drängte sich an einer engen Stelle in der Wohnung an meinem Hinterteil vorbei.

Schließlich wurde es mir zu bunt. »Jetzt reicht es, Herr Poensgen!«, erklärte ich ihm, als er mal wieder seine Hände nicht bei sich behalten konnte. »Ich werde mir eine neue Putzstelle suchen. Es wird mir zu anstrengend, Ihnen dauernd auf die Finger zu klopfen. Und ein Nein ist ja höchstens was für fünf Minuten. Danach haben Sie es wieder vergessen und machen munter weiter.«

Er lief knallrot an, und einen Moment lang befürchtete ich, dass er einen Schlaganfall bekommen würde, aber er stammelte nur kleinlaut: »Es tut mir leid, Frau Hildegard, es tut mir leid. Ich habe ja gar keine Erfahrungen mit Frauen. Bitte, glauben Sie mir, ich wollte Ihnen nicht zu nahe treten, ich hatte gehofft, Sie erwidern meine Gefühle. Wirklich, Frau Hildegard, oh, ich hoffe, Sie verzeihen mir. Offensichtlich hat meine Frau Mutter es versäumt, mir den richtigen Umgang mit Damen beizubringen.« Wie ein schuldbewusster Dackel schaute er mich an. Der Blick war besonders herzzerreißend, weil er leicht schielte – sein linkes Auge sah immer haarscharf an mir vorbei.

»Herr Poensgen«, sagte ich, angesichts seiner offensichtlichen Verlegenheit schon wesentlich milder gestimmt, »ich mache bei Ihnen sauber, nicht mehr und nicht weniger, und wenn Sie nicht möchten, dass ich heute zum letzten Mal gekommen bin, dann sollten Sie Ihre Annäherungsversuche in Zukunft unterlassen. Und ich habe auch nicht die Zeit, mich ständig mit Ihnen zu unterhalten. Am liebsten wäre es mir, Sie ließen mich bei der Arbeit ganz in Ruhe. Vielleicht können Sie ja einen Freund besuchen oder ins Museum gehen, während ich hier bin.«

Er schluckte. Dann nickte er zögernd. »Ja, das mache ich«, gelobte er. Er überlegte kurz, dann fügte er hinzu: »Und Sie wären nicht vielleicht doch …« Er führte den Satz nicht zu Ende und sah mich bittend an.

»Nein«, erwiderte ich mit fester Stimme. Und um meiner Ablehnung noch mehr Nachdruck zu verleihen, log ich, ohne mit der Wimper zu zucken: »Außerdem wäre mein Mann sicher nicht damit einverstanden.«

»Oh«, stieß er erschreckt hervor. »Ich hatte ja keine Ahnung. Entschuldigen Sie, Frau Hildegard, entschuldigen Sie vielmals.« Und damit verließ er fluchtartig das Zimmer, und kurz darauf hörte ich die Wohnungstür zuschlagen.

»Männer«, murmelte ich kopfschüttelnd. Er war ja harmlos und wahrscheinlich nur einsam, der arme Kerl. Und er tat mir eigentlich leid. Aber wo käme ich denn hin, wenn ich allen einsamen Männern in Köln ihren Willen ließe?

Ich machte mich wieder an die Arbeit, und zehn Minuten später verschwendete ich keinen Gedanken mehr an Willibert Poensgen. Es gab ein viel wichtigeres Thema.

In fünf Wochen hatten Tante Röschen und Onkel Alfons goldene Hochzeit – fünfzig Jahre waren sie dann verheiratet. »Und immer noch glücklich wie am ersten Tag«, pflegte Onkel Alfons zu sagen. Ich glaubte es ihm unbesehen, wenn ich sah, wie er liebevoll nach Tante Röschens Hand griff, und wie ihre Augen strahlten, wenn sie ihn ansah, auch wenn sie oft mit ihm schimpfte.

Die Dorfgemeinschaft hatte ein großes Fest geplant – selbst in einer so ländlichen Gegend wie der Eifel war es mittlerweile ungewöhnlich, wenn Menschen so lange so glücklich miteinander verheiratet waren. Jeder aus dem Dorf war mit irgendeiner Aufgabe betraut. Einige kümmerten sich um den Blumenschmuck für das Haus und die Kirche, andere waren für das Programm zuständig und organisierten Musik und Reden, und wieder andere sorgten für das leibliche Wohl. Zu Letzteren, zum Koch- und Backkomitee, gehörten auch Doro und ich, und zu unserem Erstaunen hatte sich Madeleine Lohmann, die zurückhaltende Französin, ebenfalls bereit erklärt mitzumachen.

Am Abend nach der ersten Planungssitzung hatte Doro mich angerufen und mir erzählt, wie sie mit der dicken Marie Hemmersbach, der Frau unseres Ortsvorstehers, bei Madeleine Lohmann gewesen war.

»›Oh, isch koche sehr, sehr gerne‹, hat sie gesagt. ›Was soll isch machen für die nette Frau Bendärmachär?‹« Doro hatte gelacht. »Wirklich süß. Und dann hat sie eine lange Liste französischer Gerichte mit wohlklingenden Namen heruntergerasselt, und wir haben keine Silbe verstanden.« Sie machte eine Pause, als würde sie die melodischen Wörter noch einmal hören, und fügte versonnen hinzu: »Aber es hat so schön geklungen. Und dann«, fuhr sie fort, »ruft die dicke Marie: ›Warten Sie, warten Sie, nicht so schnell, Frau Lohmann, wir verstehen doch Ihre Sprache gar nicht‹.« Ich musste lächeln. »›Ah, oui‹, sagt Madame Lohmann, ›Sie müssen entschuldigen, Frau 'ämmersbach, mit mir sind die Keulen durchgegangen.‹ Ich wusste erst gar nicht, was sie meint, Hilde. Die Keulen? Welche Keulen? Aber dann dämmerte es mir«, gluckste Doro. »›Die Gäule, Madame Lohmann, die Gäule‹, habe ich gesagt.«

»Schade, da wäre ich gerne dabei gewesen«, warf ich bedauernd ein. »Auf jeden Fall hört sie sich nett an. Dass sie gerade bei den Goldhochzeitsvorbereitungen für Röschen und Alfons mitmachen will, finde ich ja lieb. Und sie scheint auch eine ganz interessante Person zu sein.«

»Ja, finde ich auch«, erwiderte Doro. »›Ja, was 'abe isch gesagt?‹, hat sie stirnrunzelnd gefragt, und dann hat sie herzlich gelacht und uns das Du angeboten. Nächstes Wochenende gehen wir beide, also du und ich, zu ihr zum Probeessen, weil sie meinte, sie könne sich nicht entscheiden, was sie machen solle. Ich habe gesagt, du seist eine hervorragende Entscheiderin und wüsstest vor allem, was dem Jubelpaar schmeckt. Marie Hemmersbach kann zum Glück nicht, weil sie auf eine Familienfeier in Wuppertal muss, aber das ist ganz gut so, die hätte uns sonst bestimmt alles weggegessen«, meinte Doro.

»Na, da bin ich ja mal gespannt«, erwiderte ich. »Ich find's schön, dass sie bei Tante Röschen und Onkel Alfons mitmacht. Das zeugt doch davon, dass sie sich in die Dorfgemeinschaft einfügen möchte.«

»Hmm«, sagte Doro. »Vielleicht erfahren wir ja am Samstag ein bisschen was über sie. Ich möchte zu gerne mal wissen, was sie eigentlich so tief in die Eifel verschlagen hat. Und sie bekommt nie Besuch. Außer letzte Woche, da war so ein junger Typ bei ihr. Ich habe ihn nur von Weitem gesehen, als ich zum Jagdhaus gefahren bin. Lange, etwas fettige dunkle Haare, schlaksig, er sah ein bisschen ungepflegt aus. Und so düster. Irgendwie passte er gar nicht zu ihr.«

»Du kannst ja auch nicht wissen, mit wem sie so umgeht«, sagte ich nachdenklich. »Wir kennen sie ja gar nicht. Ich muss Schluss machen, Doro. Regina kommt gerade nach Hause, und wir wollen noch ins Kino.«

»Hey, ihr macht ja tolle Sachen«, sagte Doro leicht neidisch. »Tja, wenn man in der Stadt lebt …«

Ich lachte. »Das nächste Mal gehen wir in Euskirchen ins Kino. Oder du übernachtest mal wieder hier. Du brauchst nicht eifersüchtig zu sein.«

Während ich das Gespräch Revue passieren ließ, hatte ich die gesamte Wohnung geputzt. Herr Poensgen war nicht wieder aufgetaucht. Erleichtert räumte ich die Putzsachen in die kleine Kammer neben der Küche und warf die Einmal-Handschuhe in den Müllbeutel, den ich mit nach unten nahm. Mittlerweile hatte sich bei jedem meiner Kunden eine Routine ausgebildet, die mir die Arbeit wesentlich erleichterte. Vieles machte ich wie auf Autopilot, weil es so vertraute Abläufe waren. Ich schaltete einfach ab, und die Arbeit lief wie von selber.

Das war eine zweischneidige Sache, weil das natürlich auch bedeutete, dass ich geistig überhaupt nicht mehr gefordert wurde. In meinem alten Job war ich intellektuell zwar auch nicht übermäßig beansprucht worden, aber ich erledigte zumindest die Korrespondenz und sprach mit

Kunden. Und ich hatte Kollegen, mit denen immer ein Austausch stattfand.

Hier jedoch putzte ich alleine vor mich hin, und selbst wenn die Kunden zu Hause waren wie Oma Schmitz zum Beispiel, konnte ich mich ja nicht die ganze Zeit mit ihnen unterhalten. Im Grunde genommen war es also eine einsame Angelegenheit. Einsam, anstrengend und wenig unterhaltsam.

»Ich glaube, ich habe mir das ein bisschen schöngeredet«, murmelte ich vor mich hin, als ich zu meinem letzten Termin an diesem grauen Montag fuhr.

Das war im Übrigen auch so eine Auswirkung des einsamen Arbeitens – ich redete häufig mit mir selber. Mit wem sollte ich auch sonst reden? Ich konnte ja nicht jedes Mal, wenn ich mit dem Fahrrad durch die Stadt strampelte, zum Handy greifen und zu Hause anrufen.

In der letzten Zeit hegte ich immer häufiger Zweifel an der Richtigkeit meiner Entscheidung. Ich hatte es mir wohl zu einfach vorgestellt, in die Großstadt zu ziehen und mein Geld mit Putzen zu verdienen, so als ob das ein Teilzeitjob wäre, der einem genügend Freizeit für Aktivitäten in interessanter Umgebung ließ. Anscheinend war ich nicht dazu geschaffen, alleine vor mich hin zu arbeiten. Natürlich könnte ich mein Unternehmen größer aufziehen und Mitarbeiter einstellen, aber das war im Moment nicht zu machen. Woher sollte ich die Kunden nehmen, um auch noch Mitarbeiter zu bezahlen?

»Nicht gut durchdacht«, sagte ich zu mir, als ich vor der internistischen Praxis in Ehrenfeld mein Fahrrad an den Fahrradständer schloss. »Hildegard, das sieht dir gar nicht ähnlich. Du bist doch sonst nicht so blauäugig.«

Aber es half ja nichts. Solange sich mir keine andere

Arbeit bot, musste ich durchhalten. Doch der Gedanke, dass ich mir ins eigene Fleisch geschnitten hatte, ging mir nicht mehr aus dem Kopf.

Was ist zum Beispiel, wenn ich krank werde?, dachte ich, während ich die Tür zur Praxis aufschloss und die Deckenbeleuchtung einschaltete. Die Holzdielen knarrten, als ich rasch nach hinten ins Mitarbeiterzimmer lief, um mich umzuziehen und den Putzeimer zu holen. Wenn ich ins Krankenhaus musste? Bei den Beschwerden, die ich in der letzten Zeit hatte, konnte das schnell passieren. Und eines war klar: Wenn ich nicht arbeitete, verdiente ich auch kein Geld. Wer sollte mich dann versorgen?

Dr. Fresenius hatte heute anscheinend nicht viele Patienten gehabt, im Wartezimmer sah alles aufgeräumt aus. Ich ordnete den Zeitschriftenstapel auf dem kleinen Beistelltisch, wobei ich kurz das Foto von Caroline von Monaco auf dem Titelbild einer Illustrierten bewunderte. Die Frau war schon weit über fünfzig – dafür sah sie echt klasse aus. Aber sie musste ja ihren Lebensunterhalt auch nicht mit Putzen verdienen, dachte ich seufzend und fuhr mir unwillkürlich durch die dunklen Haare. Zu Hause musste ich dringend zum Friseur. Von einer Frisur konnte bei mir schon seit einer ganzen Weile keine Rede mehr sein. Die Mahagonifärbung war längst herausgewachsen, und der Scheitel war breit und grau wie eine Autobahn. Bei der Arbeit band ich mir die Haare einfach im Nacken zusammen, damit sie mir nicht ins Gesicht fielen, und mittlerweile waren sie so lang geworden, dass ich sowieso nichts anderes mehr mit ihnen anfangen konnte. Das war wohl auch eine Auswirkung meines Jobs – ich ließ mich ein bisschen gehen und achtete nicht mehr so auf mein Äußeres.

»Vor dem großen Familienfest musst du dich dringend verschönern lassen«, sagte ich mir, während ich mit energischen Bewegungen begann, den Boden zu wischen. Ich war so in Gedanken versunken, dass ich es zuerst gar nicht merkte, als ich mit dem Wischmopp an ein Hindernis stieß. Dann hielt ich inne und bückte mich. Auf der freien Fläche zwischen Beistelltisch und Fenster lag ein Portemonnaie, ein großes Damenportemonnaie aus dunkelbraunem, genarbtem Leder. Ich hob es auf und betrachtete es unschlüssig. Sollte ich es einfach hier in der Praxis liegenlassen? Oder sollte ich es abgeben? Aber wo? Im Fundbüro? Ich machte es auf und schaute hinein. Ziemlich viele Scheine, stellte ich fest. Ich traute mich nicht, sie herauszunehmen und zu zählen, aber es waren bestimmt mehr als vierhundert Euro. In den Fächern steckten jede Menge Kreditkarten. Ich zog eine heraus. Antonia von Lengsdorf hieß die Frau, der das Portemonnaie gehörte.

In einer Seitentasche mit Reißverschluss steckte der Personalausweis. Offensichtlich wohnte sie in Köln, in der Goethestraße. Ich hatte keine Ahnung, wo das war. Na ja, das würde ich schon herausfinden. Oder sollte ich das Portemonnaie doch lieber hierlassen?

Nein, dachte ich, die Besitzerin wird es mittlerweile gemerkt haben, und sie macht sich bestimmt Sorgen. Wahrscheinlich weiß sie gar nicht, dass sie es hier verloren hat, und wenn ich es ihr noch heute Abend bringe, dann freut sie sich sicher.

Ich blickte auf die Uhr. Jetzt war es acht. Da es heute so wenig zu tun gab, würde ich spätestens in einer Stunde mit der Praxis fertig sein, und dann konnte ich bei ihr vorbeiradeln und ihr das Portemonnaie bringen – falls es nicht zu weit war.

Im örtlichen Telefonbuch stand sie nicht, wie ich nach getaner Arbeit feststellte. Aber wenigstens die Straße fand ich im Stadtplan. Wie ich es mir gedacht hatte, lag sie in einem der nobelsten Viertel von Köln, in Marienburg. Das war wenigstens nicht so weit von meiner Wohnung in der Südstadt entfernt. Nicht auszudenken, wenn ich jetzt noch durch die halbe Stadt hätte radeln müssen.

Draußen war es nicht nur dunkel geworden, es hatte auch angefangen zu nieseln. Der ganze Tag war grau gewesen, aber jetzt sah man fast gar nichts mehr, zumal die Beleuchtung hier in der Seitenstraße nicht die beste war. Deshalb glaubte ich zunächst auch, ich könne mein Fahrrad wegen der Dunkelheit nicht finden, doch als ich das offensichtlich durchgesägte Sicherheitsschloss am Fahrradständer entdeckte, war klar, dass es jemand geklaut hatte. Fassungslos starrte ich auf die verstümmelte Kette in ihrem Plastikmantel. Der Mann im Fahrradladen hatte behauptet, diese teuren Sicherheitsschlösser seien praktisch unknackbar. Ja, von wegen!

»Oh nein! Verdammt, verdammt, verdammt!«, fluchte ich. Das hatte ich jetzt davon, dass ich unbedingt in der Stadt wohnen wollte – in der Eifel wäre mir das nicht passiert. In unserem Dorf schloss ich das Fahrrad nicht einmal an, wenn ich es auf der Straße abstellte, aber hier musste man ständig damit rechnen, dass es einem abhandenkam.

Und jetzt? Öffentliche Verkehrsmittel konnte ich vergessen. Von hier bis in die Südstadt zu fahren – oder sogar nach Marienburg – würde bis Mitternacht dauern. Da konnte ich gleich zu Fuß laufen. Ich würde in den sauren Apfel beißen und mir ein Taxi nehmen müssen.

Ich zog mir die Kapuze meiner Regenjacke tief ins Gesicht und marschierte zur Venloer Straße, einer der großen

Ausfallstraßen, die aus dem ringförmig angelegten Köln herausführen. An der Ecke standen zum Glück drei Taxen.

Ich stieg in den ersten Wagen ein und wäre am liebsten sofort wieder ausgestiegen. Der Fahrer war offenbar eine kölsche Frohnatur, und als ich ihm die Adresse nannte, erwiderte er: »Kenn isch nit. Wo soll dat sin?«

»In Marienburg«, sagte ich müde, woraufhin er zwar losfuhr, mich dann aber im Rückspiegel betrachtete und nachdenklich sagte: »Du siehst nicht so aus, als ob du dahin gehören würdest, Mädchen.«

Ich erstarrte. Was ging es den Mann an, wo ich hingehörte? Und dann dieses vertrauliche Du in der Anrede, das nervte mich. Normalerweise machte es mir nichts aus, im Gegenteil, ich fand es sogar eher gemütlich, wie die Leute miteinander umgingen. Heute Abend jedoch hätte ich mich wahrscheinlich über alles geärgert. In scharfem Tonfall und mit meiner arrogantesten Stimme sagte ich: »Du siehst auch nicht so aus, als ob du in ein Taxi gehören würdest.«

Er stutzte kurz, sagte aber nichts – wahrscheinlich war er so beschränkt, dass ihm die Ironie völlig entgangen war. »Ich meine ja nur«, murmelte er und fuhr weiter den Anweisungen nach, die ihm die sexy Frauenstimme des Navigationssystems gab.

Schließlich bogen wir vom Gürtel in die Goethestraße ein, und er hielt vor einer Backsteinvilla. »Hier wären wir«, sagte er.

Ich war froh, endlich aussteigen zu können, auch wenn ich mir im Klaren darüber war, dass ich den Weg nach Hause wohl laufen musste. Die Marienburg ist so ein vornehmes Wohnviertel, dass es nirgendwo so etwas Profanes wie eine Straßenbahn oder einen Taxistand gibt, und dass um diese Uhrzeit noch ein Bus fuhr, wagte ich zu bezweifeln.

Müde fuhr ich mir mit der Hand durchs Gesicht, dann straffte ich die Schultern und trat auf das schmiedeeiserne Tor der Villa zu. Es war ein imposanter, harmonischer Bau aus rotem Backstein mit grünen Fensterläden vor den weißen Sprossenfenstern. Nur die unteren Fenster des mit Efeu und wildem Wein bewachsenen Gebäudes waren erleuchtet, und auf der Kieseinfahrt standen ein großer Volvo-SUV und eine Mercedes-Limousine. Blinzelnd beugte ich mich über das Klingelschild. »Lengsdorf« stand da. Dann war ich ja wohl richtig. Entschlossen drückte ich auf den Klingelknopf.

Zuerst blieb alles still, aber dann ging die Außenbeleuchtung an. »Ja, bitte?«, ertönte eine Stimme.

Ich räusperte mich. »Ich bin Hildegard Bendermacher«, sagte ich. »Ich habe das Portemonnaie von Frau von Lengsdorf gefunden.«

»Einen Moment, bitte«, sagte die körperlose Stimme, und dann summte das Tor. Ich drückte es auf und ging zum Hauseingang, der an der Seite lag.

Der gepflasterte Weg wurde auf beiden Seiten von Strahlern beleuchtet, die in den Boden eingelassen waren. Über der ebenerdigen Haustür wölbte sich ein Portal mit einem Ziegeldach auf viereckigen, gemauerten Säulen. An der schweren Eichenhaustür mit dem Löwenkopf-Klopfer aus Messing hing ein Kranz von pastellfarbenen Hortensienblüten. Als ich mich der Tür näherte, ging sie auf, und eine untersetzte Frau in einem hellblauen Hemdblusenkleid stand im Rahmen. Sie blickte mir misstrauisch entgegen. Hinter ihr stolzierte eine zierliche Siamkatze durch die Empfangshalle.

»Guten Abend«, sagte ich. »Hildegard Bendermacher. Ich mache in der Praxis von Dr. Fresenius sauber, und dabei habe ich heute Abend das Portemonnaie von Frau von Lengsdorf gefunden. Ich hätte angerufen, aber es war keine Telefonnummer drin.«

Die Frau musterte mich. »Ja, geben Sie her«, sagte sie.

Unwillkürlich wich ich einen Schritt zurück. Das ging mir entschieden zu schnell. »Sind Sie Frau von Lengsdorf?«, fragte ich. Es kam mir nicht richtig vor, das Portemonnaie einfach einer fremden Frau in die Hand zu drücken.

»Nein, ich bin die Haushälterin, aber Sie können mir das Portemonnaie geben.«

»Ich würde es aber lieber Frau von Lengsdorf persönlich geben.«

»Das ist nicht möglich«, sagte sie unfreundlich.

In diesem Moment rief jemand im Hintergrund: »Wer ist denn da, Marianne?«

Eine zierliche, jüngere Frau trat auf die Haustür zu. Die Wandlampen im Gang rahmten sie mit ihrem warmen Licht so ein, dass sie wie von einem Heiligenschein umgeben war.

Ich weiß, das klingt jetzt ungeheuer kitschig, aber es war ein magischer Moment. Ich habe mich immer für einen Verstandesmenschen gehalten – Hildegard, die Putzfrau mit Köpfchen –, aber einen Augenblick lang stand ich da wie erstarrt angesichts der fast überirdischen Erscheinung. Noch wenn ich heute daran denke, läuft mir ein Schauer über den Rücken.

Als sie näherkam, legte sich die esoterische Anmutung. Es war eine ganz normale Frau in Hose, T-Shirt und Strickjacke, klein und zart, mit ganz kurzen, braunen Haaren und viel zu großen braunen Augen in dem schmalen Gesicht mit der geraden Nase und dem blassen Mund. Sie schien etwas am Bein zu haben, denn sie bewegte sich ein wenig ruckartig.

»Frau von Lengsdorf«, sagte die Haushälterin, die offenbar Marianne hieß, »ich habe gedacht, Sie seien schon zu Bett gegangen.«

»Nein, es war mir noch zu früh.« Sie hatte eine raue, tiefe Stimme, die gar nicht so richtig zu der zierlichen Person passen wollte. Lächelnd wandte sie sich an mich. »Sie haben mein Portemonnaie gefunden? Was für ein Glück – ich hatte noch gar nicht bemerkt, dass ich es verloren hatte. Wo war es denn?«

»Ich putze montagabends in der Praxis von Dr. Fresenius«, erwiderte ich. »Es lag im Wartezimmer neben einem Beistelltisch.« Ich reichte ihr das Portemonnaie.

Sie ergriff es und zog einen Hundert-Euro-Schein heraus. »Haben Sie vielen Dank für Ihre Mühe«, sagte sie und wollte mir den Geldschein reichen.

»Nein, danke«, wehrte ich ab. »Das Geld kann ich nicht annehmen. Es ist doch wohl selbstverständlich, dass ich Ihnen Ihr Eigentum zurückbringe.«

Sie musterte mich nachdenklich, zog aber die Hand mit dem Geld nicht zurück. »Betrachten Sie es als Spesen für Ihre Auslagen«, sagte sie schließlich. »Wie sind Sie denn hierhergekommen?«

»Mit dem Taxi«, erwiderte ich, fügte aber hastig hinzu: »Aber zurück kann ich laufen. Ich wohne in der Südstadt, das ist ja nicht so weit.« Innerlich jedoch haderte ich mit mir. Was ist denn mit dir los?, fragte ich mich. Hast du dich heute noch nicht genug bewegt?

Antonia von Lengsdorf zog die Augenbrauen hoch.

»Seien Sie nicht albern«, erwiderte sie mit ihrer rauen Stimme. »Es ist gleich ...« Sie schaute auf ihre Armbanduhr. »Es ist gleich halb elf, und zu Fuß brauchen Sie von hier bis in die Südstadt mindestens eine Dreiviertelstunde, wenn sie nicht gerade einen Dauerlauf machen wollen. Kommen Sie herein«, sie machte eine einladende Handbewegung. »Marianne kann Ihnen ein Taxi rufen.«

Die Haushälterin, die wartend an der Seite gestanden hatte, nickte und verschwand durch eine der Türen, die von der Eingangshalle abgingen.

»Kommen Sie.« Mit ihren seltsam ruckartigen Bewegungen ging Antonia von Lengsdorf mir voraus zu einer Flügeltür. Als wir näher kamen, schwang sie geräuschlos auf. Wir befanden uns in einem großen Wohnraum mit einer breiten Fensterfront zum Garten hin.

»Nehmen Sie Platz. Es dauert bestimmt zehn Minuten, bis das Taxi kommt.« Sie wies auf eine Sitzgruppe am Fenster.

Gehorsam setzte ich mich, lehnte aber dankend ab, als sie fragte, ob sie mir etwas anbieten könne. Sie setzte sich auf das Sofa mir gegenüber. Sofort sprang die Siamkatze, die ihr gefolgt war, auf ihren Schoß und rollte sich schnurrend zusammen. Antonia von Lengsdorf lächelte. »Das ist Madame Siao«, sagte sie. Die Katze blickte mich aus ihren blauen Augen aufmerksam an. »Sie folgt mir auf Schritt und Tritt. Es ist sehr freundlich von Ihnen, dass Sie mir mein Portemonnaie gebracht haben«, fügte sie hinzu. »Sie müssen mir erlauben, mich irgendwie erkenntlich zu zeigen. Darf ich Sie zum Essen einladen?«

Ich schwieg verblüfft. Mit allem hätte ich gerechnet, aber nicht damit. »Ich ... ich weiß ...«, begann ich, aber dann riss ich mich zusammen. Warum eigentlich nicht?

Die Frau machte einen netten Eindruck, und wer weiß, vielleicht brauchte sie ja eine Putzfrau. In so einem Haushalt würde das Saubermachen sicher mehr Spaß machen. »Ja, gerne«, erwiderte ich entschlossen.

Antonia von Lengsdorf lächelte. »Am Freitagabend, um 19.00 Uhr? Nichts Besonderes, nur wir beide, ein nettes Abendessen.«

In diesem Moment klingelte es auch schon an der Tür. Das war bestimmt der Taxifahrer. Ich sprang auf. Auch Antonia von Lengsdorf erhob sich. Es war ganz offensichtlich mühsam für sie, sich zu bewegen. Mit langsamen Schritten begleitete sie mich zur Tür.

»Bis Freitag dann«, verabschiedete sie sich von mir. »Ich freue mich. Und noch mal vielen Dank.«

# 6

Als ich gegen halb zwölf endlich nach Hause kam und nichtsahnend die Küche betrat, saß Regina am Küchentisch und weinte. Hastig warf ich meine Tasche auf den Stuhl neben dem Kühlschrank und rannte zu ihr. »Was ist denn los?«, fragte ich bestürzt und legte ihr den Arm um die Schultern.

Sie antwortete nicht, sondern schluchzte nur leise vor sich hin. Die dünnen, blonden Haare klebten ihr an den Schläfen, ihre Brille hatte sie auf das karierte Tischtuch gelegt, und über ihre Wangen zogen sich schwarze Streifen von der Wimperntusche. Sie saß ganz aufrecht da, die Hände im Schoß, und die Tränen liefen ihr übers Gesicht.

»Um Himmels willen, Regina«, drängte ich, »sag doch was! Ist was mit deiner Mutter? Warum weinst du denn so?«

Langsam hob sie den Kopf und blickte mich an. »Herbert!«, stieß sie hervor.

»Was ist mit ihm?«, fragte ich. Herbert war ihre neueste Internetbekanntschaft, sie hatte seit gut zehn Tagen mit ihm Mails ausgetauscht, und wenn ich abends nach Hause gekommen war, hatte ich sie am Telefon kichern hören.

»Wir haben uns heute getroffen«, sagte sie tonlos.

»Ja, und?« Ich streichelte ihr über die Schulter. »War es so schlimm?«

»Schlimmer«, schluchzte sie. »Er hat gesagt, ich hätte ein völlig überholtes Foto von mir geschickt. ›Du kennst dich wohl gut mit Photoshop aus?‹« Sie äffte seine Stimme nach: »›So eine alte Scharteke hätte ich nicht erwartet.‹« Sie schniefte. »Hilde, er hat ›alte Scharteke‹ gesagt. Sehe ich denn so schrecklich aus?«

Ich schüttelte den Kopf. »Was ist das denn für ein bescheuerter Ausdruck? Das sagt doch heutzutage kein Mensch mehr. Und ich habe ja das Foto gesehen, das du ihm geschickt hast. Genauso hübsch siehst du aus, und keinen Tag älter! Das ist wahrscheinlich ein klassischer Fall von Projektion!«, fügte ich mit Nachdruck hinzu.

»Meinst du?« Sie schniefte erneut und schaute mich hoffnungsvoll an. Puh, dachte ich, zum Glück hat sie aufgehört zu weinen.

»Das war ein schönes, aktuelles Foto von dir«, fuhr ich fort. »Es war für den Anlass genau richtig. Du hast gar nichts falsch gemacht.«

Regina zog ein Taschentuch aus der Hosentasche und putzte sich die Nase. Sie nickte. »Du hast recht«, sagte sie beinahe trotzig. »So sehe ich das auch. Aber es ist einfach schrecklich, wenn du dich das erste Mal mit jemandem triffst, und der macht dich dann so nieder. Ich bin mir vorgekommen wie der letzte Idiot.«

Ich nickte verständnisvoll. »Das kann ich gut verstehen. Damit rechnet man ja auch nicht. Was war das denn überhaupt für ein Typ? Hast du das vorher nicht gemerkt?«

Sie schüttelte unglücklich den Kopf. »Nein, am Telefon und in den Mails hat er sich super angehört. So verständnisvoll und freundlich. Aber im Übrigen sieht er auch nicht so aus wie auf seinen Fotos. Er hat seine Bilder bestimmt bearbeitet, er hatte nämlich wesentlich mehr Bauch …« Nach kurzem Nachdenken setzte sie hinzu: »Und auch weniger Haare.«

»Ach, Regina.« Ich trat an den Kühlschrank und nahm die angebrochene Weinflasche heraus. »Möchtest du auch ein Glas?«, fragte ich sie. »Mir ist jetzt nach Alkohol. Ich habe einen Höllentag hinter mir.«

Sie nickte. »Ja, gerne. Ich glaube, ich könnte sogar was Stärkeres vertragen, aber das haben wir ja nicht im Haus.«

»Weißt du«, sagte ich, nachdem ich uns beiden ein Glas Wein eingeschenkt und mich zu ihr an den Küchentisch gesetzt hatte, »manchmal denke ich, diese ständige Suche nach dem Glück und nach einer Beziehung, die bringt auch nichts. Die macht uns eher unglücklich.«

»Du meinst, *mich* macht sie unglücklich«, stellte Regina richtig.

»Ja, na ja.« Ich zuckte mit den Schultern. »Ich guck mir das jetzt ja schon eine ganze Zeit lang an, und die Typen, die du übers Internet gefunden hast, waren nicht gerade das Gelbe vom Ei.« Ich räusperte mich und fuhr vorsichtig fort: »Und findest du nicht auch, dass du es ein bisschen übertreibst? Ich meine, lass dir doch mal mehr Zeit zwischen den Kandidaten.«

»Du hast ja recht.« Regina putzte sich erneut die Nase und schaute mich unglücklich an. »Aber mir läuft die Zeit weg, schließlich werde ich fünfzig. Du doch auch.« Sie schürzte die Lippen. »Hast du eine bessere Idee? Wo soll ich denn jemanden kennenlernen? Den ganzen Tag arbeite ich.« Sie trank einen Schluck Weißwein. »Und du weißt ja, bei uns in der Agentur kommt keiner in Frage.«

Sie blickte nachdenklich vor sich hin. »Elias vielleicht. Aber nein, Quatsch«, sie schüttelte den Kopf. »Nein, das ist ja Blödsinn. Der ist viel zu jung für mich. Und sonst? Glaubst du, ich lerne jemanden in der Straßenbahn oder im Supermarkt kennen? Heutzutage sucht doch jeder im Internet.«

»Das ist ja gerade das Problem«, erwiderte ich. »Was meinst du, wie viele Freaks da unterwegs sind? Du lernst jemanden kennen, glaubst, du unterhältst dich nett mit ihm und kannst ihn ein bisschen einschätzen, und am Ende hast du noch Glück gehabt, wenn er dich bloß nicht attraktiv genug findet. Wenn du Pech hast, murkst er dich nämlich ab. Oder aber du hast bis ans Ende deiner Tage einen Stalker am Hals.«

Regina wurde blass. »Hildegard!«, sagte sie empört. »Wie bist du denn drauf? Das sind ja die reinsten Horrorszenarien. Also, so schlimm war Herbert nun auch nicht. Er war zwar gemein, aber doch nicht gefährlich.« Versöhnlicher fügte sie hinzu: »Obwohl, ich glaube, so ganz unrecht hast du nicht. Aber was soll ich denn machen? Ich will nicht allein bleiben.«

»Kann ich ja verstehen.« Ich zuckte mit den Schultern. »Ich bin wahrscheinlich keine gute Ratgeberin, so lange, wie ich schon solo bin. Und ich bin ja nicht auf der Suche. Tu einfach, was du für richtig hältst. Und denk vor allem an eins: Der Mann, der dich bekommt, hat einen Sechser im Lotto, auch wenn er dir was anderes weismachen will.«

»Hm.« So ganz überzeugt wirkte Regina nicht. Prüfend schaute sie mich an. »Sag mal, wo kommst du eigentlich so spät her?« Sie wehrte hastig ab, als ich die Stirn in Falten legte. »Nein, nein, ich will dich nicht kontrollieren, um Himmels willen! Aber du hast doch eben

gesagt, du hättest einen Höllentag hinter dir. Was w
denn los?«

Ich erzählte ihr die ganze traurige Geschichte. »Morgen gehe ich erst mal zur Polizei und melde den Fahrraddiebstahl«, schloss ich. »Zum Glück habe ich morgen früh sowieso frei. Da kann ich anschließend gleich los, mir ein neues Fahrrad kaufen. Vielleicht gucke ich mich mal auf diesem Markt für gebrauchte Fahrräder in Raderberg um.«

»Um wie viel Uhr ist das Fahrrad gestohlen worden?« Der Beamte, der meine Anzeige aufnahm, warf mir einen mürrischen Blick zu. Wenn er nicht so schlecht gelaunt das Gesicht verziehen würde, könnte er eigentlich ganz nett aussehen, dachte ich, mit seinem graumelierten Schnauzbart und den braunen Augen. Aber anscheinend war ihm eine Laus über die Leber gelaufen. Und das ließ er an mir aus.

Ich zuckte die Schultern. »Irgendwann zwischen neunzehn und einundzwanzig Uhr«, erwiderte ich. »Keine Ahnung. Es stand im Fahrradständer vor einer Arztpraxis in der Gutenbergstraße.«

»Und es war abgeschlossen?«, vergewisserte sich der Polizist.

»Ja, das habe ich doch bereits gesagt«, erklärte ich ungeduldig. »Mit einem stabilen Bügelschloss. Unknackbar, hat der Mann im Fahrradladen gemeint.«

»Tja.« Er verzog den Mund. »Das nützt Ihnen sowieso nichts. Wenn Fahrräder nach neunzehn Uhr noch auf der Straße stehen, sind sie nicht versichert.«

»Was?« Entgeistert guckte ich den Mann an. »Das darf doch nicht wahr sein. Wissen Sie, wie teuer das Fahrrad tzt erklären Sie mir, ich bekäme noch nicht d von der Versicherung zurück? Sie sind ja anz Schlauer!« Meine Stimme wurde unwill- ıter.

regen Sie sich mal nicht so auf, junge Frau«, sagte der Beamte, der nicht wesentlich älter als ich sein konnte. »Ich bin nicht die richtige Adresse für Ihren Zorn. Das ist doch nicht meine Schuld, wenn Sie so leichtsinnig mit Ihrem Eigentum umgehen. Machen Sie das mal mit Ihrer Versicherung aus. Ich habe Ihnen lediglich die Information gegeben.« Er warf mir einen unfreundlichen Blick zu und murmelte etwas vor sich hin, allerdings so leise, dass ich es nicht verstehen konnte. Etwas Freundliches war es bestimmt nicht.

»Leichtsinnig?« Ich stemmte die Hände in die Hüften. »Das erzählen Sie mir doch nur, weil Sie keine Lust haben, sich damit zu befassen. Ja, ja, das kennt man ja. Wenn's drauf ankommt, ist keiner zuständig«, murrte ich. Und ehe ich mir auf die Zunge beißen konnte, rutschte mir noch ein »typisch fauler Beamter« heraus.

Der Polizist zog die Augenbrauen hoch. »Das habe ich jetzt nicht gehört«, erwiderte er gleichmütig. »Wenn Sie hier in Köln unbedingt so ein teures Rad fahren müssen …« Er ließ den Satz unvollendet. »Da kann ich Ihnen leider auch nicht helfen. Ich kann lediglich die Anzeige aufnehmen. Wie lautet denn die Fahrrad-Rahmennummer?«

»Fahrrad-Rahmennummer?« Ich blickte ihn fragend an. »Keine Ahnung. Wo steht die denn überhaupt?«

Er verdrehte die Augen. Vielleicht dachte er, ich hätte es nicht gemerkt. Dann notierte er sich irgendwas auf einem Formular und blickte mich wieder an. »Ich kann Ihnen leider keine Hoffnungen machen, dass wir es wiederfinden. Ihre Beschreibung trifft auf Hunderte von Rädern zu, und ohne Fahrrad-Rahmennummer können wir gar nichts ausrichten. Vielleicht sollten Sie selber einmal im Internet recherchieren. Es ist schon häufig vorgekommen, dass jemand sein Fahrrad bei eBay wiedergefunden hat.«

»Oh!« Die Wut kochte in mir hoch. »Wozu komme ich denn überhaupt hierher, um Anzeige zu erstatten? Die Polizei, dein Freund und Helfer!« Ich lachte bitter. »Da kann ich ja nur lachen! Ich kann doch als Steuerzahler erwarten, dass Sie wenigstens den Schein wahren und so tun, als wollten Sie mir helfen! Aber nein, Ihnen fällt nichts Besseres ein, als mich runterzumachen! Hat man Ihnen auf der Polizeischule eigentlich gar nichts beigebracht?«

»Jetzt wird's mir aber langsam zu dumm mit Ihnen. Passen Sie auf, was Sie sagen.« Seine Nerven waren wohl auch nicht die besten. Finster blickte er mich an.

»Ach ja?« Kampflustig baute ich mich vor ihm auf. »Drohen, das könnt ihr! Aber lassen Sie es nur gut sein. Ich bin auf Ihre Unterstützung nicht angewiesen! Guten Tag!«

Damit drehte ich mich auf dem Absatz um und marschierte hinaus. Ich meinte zu hören, dass er ganz leise »Blöde Kuh!« knurrte, aber ich kann mich auch geirrt haben. Ich fragte mich allmählich sowieso, was mich geritten hatte, so ausfallend zu werden. Irgendetwas an dem Mann brachte mich zur Weißglut. Aber wahrscheinlich war ich nur überreizt. War ja auch kein Wunder.

Zum Glück verlief der Rest des Tages ereignislos. Ein Anruf bei der Versicherung ergab, dass der Beamte auf der Polizeiwache tatsächlich recht hatte. Die Versicherung brauchte nicht zu bezahlen, weil mein Fahrrad nach neunzehn Uhr auf der Straße abgestellt gewesen war. Die Tatsache, dass ich es abgeschlossen hatte, zählte nicht. Ich verkniff es mir, mich auch noch mit der Versicherung herumzustreiten, und begab mich stattdessen zum Markt für gebrauchte Fahrräder, wo ich ein günstiges Fahrrad erstand, das zum Glück nicht mehr besonders gut aussah. Eigentlich war es sogar richtig schäbig. Für Diebe war es sicher nicht attraktiv, aber es war stabil und funktionsfähig und erfüllte seinen Zweck. Und wenn es doch gestohlen wurde, war der Schaden nicht so groß. Ein bisschen trauerte ich meinem alten Fahrrad hinterher, aber ich beschloss, mich von solchen unwichtigen Ereignissen nicht herunterziehen zu lassen. Schließlich hatte ich nur einen Gegenstand verloren und keinen Menschen. Und den unfreundlichen Polizisten verstaute ich ganz tief in meinem Hinterkopf. Seine schlechte Laune war doch nicht mein Problem!

Zufrieden radelte ich zu meiner Putzstelle. Das Leben lief wieder einigermaßen rund. Ab Freitag hatte ich nur noch schöne Dinge vor: Zuerst war ich zum Abendessen bei Antonia von Lengsdorf eingeladen, am Samstag traf ich mich mit den Frauen aus dem Dorf zur Menübesprechung für die goldene Hochzeit von Tante Röschen und Onkel Alfons, und am Sonntag würde ich mich von Tante Röschen verwöhnen lassen.

Bei dem Gedanken ans Wochenende hatte ich gute Laune, und entsprechend beschwingt fuhr ich am Donnerstagabend nach Hause, nachdem ich die Praxis geputzt hatte. Es nieselte ein wenig, aber da ich mich zu Hause in die Badewanne legen und richtig entspannen wollte, hatte ich die Kapuze von meinem Regencape zurückgeschoben. Ich musste mir sowieso die Haare waschen. Das bisschen Regen schadete mir nicht. Fröhlich pfeifend fuhr ich durch den Park und überlegte gerade, ob ich Frau von Lengsdorf am nächsten Abend Blumen oder lieber eine Flasche Wein mitbringen sollte, als plötzlich vor mir auf dem Weg eine riesige dunkle Masse auftauchte. Schwarz und gewaltig kam sie auf mich zu galoppiert. Irgendjemand stieß einen grellen Pfiff aus und rief: »Elli! Elli!« Erschrocken riss ich den Lenker herum, geriet ins Trudeln und stürzte. Kurz sah ich noch einen mächtigen Kopf mit einem riesigen Maul über mir, irgendetwas tropfte feucht auf meine Hand, dann wurde ich von einem gewaltigen Wirbel mitgerissen und verlor das Bewusstsein.

Ich schwebte durch einen milchigen Spiralnebel, dessen Sog mich immer wieder in neue Weiten des Weltalls katapultierte. Ich schwamm in einem riesigen Ozean, hüpfte wie ein Ball über die Wellen, drehte mich kopfüber und kopfunter. Mein Magen hob und senkte sich mit der Bewegung, und mir war auf einmal schrecklich übel.

»Hilde! Hildeee! Hilde – gard! Kannst du mich hören?«, sagte eine ferne Stimme.

Mühsam öffnete ich die Augen. Der Nebel und der Ozean verschwanden, aber die Übelkeit blieb. Vor mir stand Regina und musterte mich besorgt. Als sie sah, dass ich sie anschaute, stieß sie einen erleichterten Seufzer aus. »Gott sei Dank! Ich habe schon gedacht, du wachst nie mehr auf! Aber sie haben mir gesagt, dass es ein Weilchen dauern kann. Wie viele Finger siehst du?« Sie hielt mir vier Finger vors Gesicht.

»Vier«, murmelte ich erschöpft. Meine Zunge klebte

am Gaumen, und ich hatte einen Geschmack wie Pappe im Mund. »Mir ist schlecht. Und der Kopf tut mir weh. Kannst du mir was zu trinken geben?« Ich blickte sie flehend an.

»Ja, klar.« Sie griff nach der Schnabeltasse, die auf dem Nachttisch neben meinem Bett stand, und hielt sie mir an die Lippen. »Aber vorsichtig, nicht so hastig.«

Ich trank einen Schluck. Anscheinend war kalter Kamillentee in der Tasse. Er schmeckte abscheulich. Aber zumindest ließ die Übelkeit nach. »Was ist denn passiert?«, fragte ich. »Wo bin ich hier überhaupt?« Als ich versuchte, den Kopf zu drehen, schoss ein stechender Schmerz hindurch, so dass ich den Versuch sofort wieder aufgab und still liegenblieb.

»Nicht bewegen!«, befahl Regina sofort. »Du bist im Krankenhaus, genauer gesagt im Hildegardis-Krankenhaus. Passt doch gut, oder?«

Ich verzog meine Mundwinkel zur Andeutung eines Lächelns, aber selbst das tat weh, also ließ ich es.

»Du bist im Park einem Hund ausgewichen und gestürzt. Wirklich, Hilde, du solltest dir langsam mal einen Helm anschaffen – ohne Helm ist Fahrradfahren einfach zu gefährlich, da kann ja Gott weiß was passieren!« Sie tätschelte meine Hand. »Auf jeden Fall hat der Hundehalter den Notarzt gerufen, weil du bewusstlos gewesen bist. Da lag wahrscheinlich ein Ast oder ein Stein oder so auf dem Weg. Du hast ein Loch im Kopf und wohl auch eine Gehirnerschütterung. Hier!« Sie nahm meine Hand und führte sie an meinen Kopf. »Siehst du, du hast einen dicken Verband. Da ist das Loch.«

Zaghaft betastete ich die Stelle. Allerdings war sie so dick verbunden, dass ich nichts spüren konnte. »Und wie kommst du hierher?«, fragte ich mit schwacher Stimme. »Oh, Mann, Regina, mir ist schlecht. Ich glaube, ich muss mich übergeben.«

»Das liegt an der Gehirnerschütterung«, erklärte Regina fachmännisch. »Warte, ich fahre dich ein bisschen nach oben, damit ich dir die Spuckschale vorhalten kann.«

Sie drückte einen Knopf auf der Fernbedienung, und das Kopfteil des Bettes fuhr in die Höhe. Leider ging gleichzeitig auch das Fußteil hoch, so dass ich auf einmal wie ein Klappmesser im Bett zusammengedrückt wurde.

»Aua!«, stöhnte ich. »Die Spuckschale.«

Regina reagierte blitzschnell und hielt mir mit der einen Hand die Spuckschale unter das Kinn, während sie mit der anderen auf den Knopf drückte, der das Bett am Fußende wieder herunterfuhr. Ich würgte ein bisschen, es kam jedoch nicht viel heraus. Erschöpft sank ich wieder in die Kissen zurück.

»Der Mann, dem der Hund gehört, hat mit mir gesprochen«, beantwortete Regina meine Frage von vorhin.

Ich blickte sie verständnislos an.

»Na ja, ich hatte dich auf dem Handy angerufen, und er ist drangegangen«, fuhr sie fort. »Er ist übrigens bei der Polizei.«

»Was?«, stöhnte ich. »Willst du damit sagen, dass ich über einen Polizeihund gestürzt bin?« Erinnerungsfetzen gingen mir durch den Kopf. Die große dunkle Masse. Glühende Augen. Genau, das Viech hatte rot glühende Augen gehabt, da war ich mir plötzlich ganz sicher. »Ich hätte schwören können, das war der Hund von Baskerville.« Erschöpft schloss ich einen Moment lang die Augen.

»Nein, nein«, sagte Regina. »Das war kein Polizeihund. Der Hund ist sein Privatvergnügen. Also, so hat er es mir jedenfalls erklärt. Aber das können wir wirklich ein anderes Mal besprechen. Du solltest dich jetzt ausruhen. Morgen komme ich wieder und höre mir an, was sie mit dir vorhaben.«

»Ja«, murmelte ich. Die Augen fielen mir beinahe von selber zu. »Ich glaube, ich muss ein bisschen schlafen. Morgen geht's mir bestimmt schon besser.«

»Genau«, pflichtete Regina mir bei. »Genieß es, dass du alleine im Zimmer liegst. Hoffentlich bleibt das so. Na, heute Nacht wird wohl niemand mehr dazukommen. Gute Nacht, Süße. Schlaf schön.« Sie drückte mir einen Kuss auf die Wange, eine liebevolle Geste, die ich von ihr gar nicht kannte – es musste schlimm um mich stehen –, und ging.

Am nächsten Morgen ging es mir schon wesentlich besser. Ich hatte gerade mein Frühstück zu mir genommen – Pfefferminztee aus der Schnabeltasse, weil ich mich möglichst nicht aufrichten sollte, und zwei kleine Scheiben Weißbrot mit Butter und Marmelade – und sinnierte darüber, warum das Essen in deutschen Krankenhäusern meistens nicht besonders gut war, als es an der Tür klopfte. Ich wunderte mich ein wenig, dass die Tür nicht gleich aufging, weil Ärzte und Pflegepersonal eigentlich nur pro forma anklopften und gleich darauf die Tür aufrissen. Auf mein »Herein« betrat ein Mann das Krankenzimmer. Ich blickte ihm entgegen. Wenn ich den Kopf nach links drehte, pochte er immer noch heftig, aber es ging besser als nach rechts, wo sich das Loch befand.

Der Mann kam mir irgendwie bekannt vor. Diese große Gestalt mit dem Bauchansatz, der Beinahe-Glatze und dem graumelierten Schnauzbart hatte ich schon einmal gesehen. Im Moment jedoch konnte ich ihn nicht unterbringen. Er riss die Augen auf, als er mich sah.

»Sie sind das?«, sagte er entgeistert.

Fragend zog ich die Augenbrauen hoch. Die Bewegung ging gerade noch. Als ich versuchte, mich ein wenig aufzurichten – was kläglich misslang –, stürzte er ans Bett. »Oh nein, Entschuldigung, passen Sie auf. Bewegen Sie sich nicht!«

»Wer sind Sie?«, fragte ich verwirrt.

»Oh, Entschuldigung«, wiederholte er. »Günther Bartels. Mein Hund hat Sie umgerannt. Mit dem Fahrrad. Nein, Blödsinn«, korrigierte er sich hastig, »natürlich saß nicht Elli auf dem Fahrrad, sondern Sie. Offensichtlich haben Sie ja wieder ein Fahrrad.«

Verständnislos blickte ich ihn an. »Möglicherweise hat mein Kopf Schaden genommen«, sagte ich, »aber ich verstehe Sie nicht. Und wer ist Elli?«

»Elli ist mein Hund«, erklärte er, als sei es das Selbstverständlichste auf der Welt, dass sein Hund Elli hieß. »Eine Dänische Dogge.«

Ich verzog die Mundwinkel. Das wurde ja immer alberner. Aber es erklärte natürlich, warum ich glaubte, eine Bestie gesehen zu haben, schließlich sind Doggen ganz schön groß. »Ach so«, erwiderte ich, so hitzig es mir in meiner angeschlagenen Verfassung möglich war. »Und warum lassen Sie so ein Riesenviech im Dunkeln frei rumlaufen? Damit es harmlose Fahrradfahrer zu Fall bringt?«

Der Mann machte ein zerknirschtes Gesicht. »Es tut mir wirklich sehr, sehr leid. Normalerweise macht sie so was nicht, aber sie hat wohl nicht aufgepasst. Vielleicht hat sie auf der anderen Seite vom Weg ein Eichhörnchen gesehen oder so. Sie liebt nämlich Eichhörnchen.« Nach kurzem Schweigen fügte er hinzu: »Die Eichhörnchen können allerdings mit ihr nichts anfangen. Ich habe es auf jeden Fall schon der Versicherung gemeldet. Also, natürlich nicht das Eichhörnchen …« Er verhaspelte sich schon wieder. Als er meinen Blick sah, schwieg er, dann fuhr er fort: »Ich weiß gar nicht, ob ich das erwähnen sollte, schließlich hat es Sie ja schwer erwischt, aber Ihr Licht vorne am Fahrrad hat nicht funktioniert. Möglicherweise hat mein Hund Sie tatsächlich nicht gesehen.«

»Was?« Unwillkürlich richtete ich mich auf, sank jedoch sofort wieder mit einem Schmerzenslaut in die Kissen zurück. »Das ist gelogen! Ich habe das Fahrrad gerade erst gekauft, und als ich Probe gefahren bin, war alles in Ordnung.«

»Na ja, wie auch immer«, erwiderte er friedfertig. Anscheinend wollte er eine schwerkranke Frau nicht unnötig aufregen. »Auf jeden Fall tut es mir wirklich leid, das müssen Sie mir glauben.« Er streckte den Arm aus.

Erst jetzt bemerkte ich, dass er einen Blumenstrauß in der Hand hielt. Rosa Rosen und Tulpen. Interessante Mischung. Er war wohl kaum in den Blumenladen gegangen und hatte gesagt: »Ich brauche da einen netten Strauß für eine Frau, die über meine Dogge gestürzt ist und sich schwer verletzt hat.« Irgendwie sah der Strauß so selbstgebastelt aus. Aber auch rührend.

»Kleine Aufmerksamkeit«, murmelte er verlegen. »Ich gehe mal im Schwesternzimmer nach einer Vase fragen.«

Verwirrt blickte ich ihm nach. Und dann dämmerte es mir. Deshalb kam er mir so bekannt vor! Der Bauchansatz! Die schütteren Haare! Der Seehundschnäuzer! »Sie sind der unfreundliche Polizist!«, empfing ich ihn, als er wieder das Zimmer betrat. Ein wenig umständlich stellte er die Vase mit den Blumen auf die Fensterbank.

»Polizist ja«, bestätigte er. »Unfreundlich weiß ich nicht.«

»Na ja«, erwiderte ich, »besonders entgegenkommend waren Sie nicht, als ich den Diebstahl meines Fahrrads gemeldet habe. Und dann lassen Sie mich auch noch von Ihrem Hund über den Haufen rennen.«

»Das eine hat ja nun mit dem anderen nichts zu tun«, verteidigte er sich. »Das mit Elli war ein unglückliches Missgeschick.«

»Das müssen Sie erst einmal beweisen«, entgegnete ich trocken.

»Ich muss gar nichts beweisen«, sagte er aufgebracht.

Ich verzog schmerzerfüllt das Gesicht. »Nicht so laut«, stöhnte ich.

»Oh, Entschuldigung«, sagte er sofort. »Nein, Sie müssen mir glauben – das mit Elli tut mir wirklich sehr, sehr leid. Und ich gebe zu, es kann sein, dass ich schlechte Laune hatte an dem Tag. Aber das hatte nichts mit Ihnen zu tun.« Wie ein schuldbewusster Dackel blickte er mich an.

Erschöpft schloss ich die Augen. Mir war schwindlig. »Ja, ja, ich glaube Ihnen. Es ist ja noch einmal gutgegangen.«

»Ich gehe jetzt besser«, verkündete er. »Sie müssen sich ausruhen. Schauen Sie, die Blumen habe ich hier auf die Fensterbank gestellt.« Er zeigte darauf, als hätte er eine besondere Leistung vollbracht. Dabei war es genau die Richtung, in die ich gar nicht gucken konnte. »Wenn ich darf, komme ich morgen noch einmal wieder.«

»Meinetwegen«, murmelte ich. Die Unterhaltung hatte

mich angestrengt. »Auf Wiedersehen.« Ich war eingeschlafen, noch ehe er das Zimmer verlassen hatte.

Am nächsten Tag kam er jedoch nicht wieder. Ebenso wenig am übernächsten. Nicht, dass es mir etwas ausgemacht hätte. Aber wenn mir nicht gerade schwindlig oder übel war, fand ich es schon etwas merkwürdig. Wenn mein Hund jemanden umgerannt und ins Krankenhaus gebracht hätte, dann wäre ich bestimmt jeden Tag hingegangen, um am Krankenbett zu sitzen. Und außerdem hatte er es ja angekündigt. Es wäre unterhaltsam gewesen, wenn ich mich noch ein bisschen mit ihm hätte streiten können.

Regina sah das Ganze pragmatischer. »Wer weiß, was ihm dazwischengekommen ist. Vielleicht hatte er ja auch einen Unfall«, sagte sie und wedelte mit einem länglichen grauen Briefumschlag. »Der war heute in der Post. Ich glaube, der ist von seiner Versicherung. Er hat es wohl gleich gemeldet.«

Und so war es auch. Mit Reginas Hilfe füllte ich den Fragebogen zum Unfallhergang aus, den sie mir geschickt hatten – solche Aufgaben verlangen einem einiges ab, wenn man nur mit Mühe aufrecht sitzen und nicht lange klar denken kann.

Anschließend half Regina mir in das kleine Badezimmer, das zu meinem Krankenzimmer gehörte, in dem ich zum Glück immer noch allein lag. Ich hakte mich bei ihr ein, und wir gingen die wenigen Meter bis zur Badezimmertür eng aneinander geklammert mit schlurfenden Schritten wie ein uraltes Ehepaar – oder im Hinblick auf die figürlichen Unterschiede vielleicht eher wie Dick und Doof.

Regina blickte liebevoll auf mich herunter. »Und kommen Ihre Enkelkinder Sie denn auch ab und zu besuchen?«, fragte sie mit verstellter Stimme, während sie mich ins Badezimmer bugsierte. Nach einem kurzen Schreckmoment brach ich in Lachen aus, aber davon taten mir Kopf und Rippen so weh, dass mir die Tränen kamen.

»Na, na«, beruhigte Regina mich und strich mir vorsichtig über die zerzausten Haare. »Ist ja schon gut. Das ist alles ein bisschen viel für dich, was?«

Als Regina schließlich gegangen und ich so erschöpft wieder in die Kissen gesunken war, als hätte ich den Mount Everest bestiegen, dachte ich schon nicht mehr an Günther Bartels. Was sollte ich mich auch mit ihm herumschlagen? Ich hatte ganz andere Sorgen. Und sie wurden umso größer, je länger ich untätig im Krankenhaus herumlag.

»Ich weiß nicht mehr, wie es weitergehen soll«, weinte ich mich bei Doro aus, die zu Besuch gekommen war. Sie hatte sich kurzerhand bei Regina einquartiert und wollte für die nächsten Tage in Köln bleiben, um mir beizustehen. »Nichts klappt. Solange ich krank bin, verdiene ich kein Geld, und überhaupt, ich will auch nicht mehr putzen gehen. Es ist mir alles zu viel. Ich will nicht mehr, Doro.«

Doro streichelte mir mitfühlend über die Hand. »Ich versteh dich ja«, sagte sie tröstend. »Aber jetzt zahlt ja erst mal die Versicherung. Du kriegst doch sicher Schmerzensgeld oder so? Und wenn du wieder gesund bist, sieht bestimmt alles schon wieder anders aus. Von irgendwas musst du ja schließlich leben, ob hier oder in der Eifel. Und du hast immer gesagt, dass dir Putzen Spaß macht. Du findest es doch schön, wenn alles blitzt und blinkt.«

Doro war felsenfest davon überzeugt, dass ich jeder Situation etwas Positives abgewinnen konnte. »Ich bewundere dich maßlos dafür, wie schnell du dich immer an den eigenen Haaren aus dem Sumpf ziehst«, hatte sie einmal zu mir gesagt. »Ich glaube, deine Selbstheilungskräfte sind ziemlich ausgeprägt.« Einerseits schmeichelte es mir, so eingeschätzt zu werden, andererseits bedeutete es natürlich auch, dass niemand es mir abnahm, wenn ich mal im Selbstmitleid badete. Jetzt ging es mir einfach nur schlecht, und ich wollte bedauert werden.

»Ja, aber da habe ich auch noch nicht gewusst, was einem so alles wehtut, wenn man nichts anderes mehr macht«, jammerte ich. »Außerdem ist es auf Dauer eben doch ziemlich eintönig. Meistens bin ich allein, und mir fehlt einfach der Austausch mit anderen – ab und zu möchtest du dich ja auch mal unterhalten.«

Doro zuckte ratlos mit den Schultern. »Ich kann das alles absolut nachvollziehen. Für mich wäre das sowieso nichts. Da bin ich lieber mit dem Fahrrad an der frischen Luft unterwegs, um die Post auszutragen. Aber solange uns nichts Besseres für dich einfällt, musst du noch ein bisschen ausharren. Und es sind ja nicht alle Putzstellen so schlimm. Also, Oma Schmitz zum Beispiel ist doch richtig süß. Und sie wäre aufgeschmissen, wenn du nicht mehr zu ihr kämest. Sie hat doch keine Familie mehr, oder?«

»Nein. Nur eine Kusine zweiten Grades oder so, aber die wohnt in Oldenburg, soweit ich weiß. Sie ruft wohl ab und zu mal an, aber das ist auch schon alles.«

Es war geschickt von Doro, die Rede auf Oma Schmitz zu bringen. Es lenkte mich von meinen eigenen Problemen ab, wenn ich mir um jemand anderen Gedanken machen konnte, und um Oma Schmitz sorgte ich mich schon seit geraumer Zeit. So oft ich konnte, fuhr ich auch außerhalb meiner Arbeitszeiten bei ihr vorbei, einfach, um nach ihr zu sehen. Ich hatte den Eindruck, dass sie immer zerbrechlicher wurde – so als ob sie nicht mehr richtig essen würde. Sie war zwar keineswegs dement, aber sie wurde immer vergesslicher. Zuerst war es noch lustig gewesen, dass sie ständig ihre Brille, ihr Hörgerät oder ihr Gebiss verlegte, das ich einmal sogar im Kühlschrank fand. Wir machten Scherze darüber, und ich schärfte ihr ein, sich nur ja nichts selber zu kochen, damit sie nicht aus Versehen die Herdplatten anließ. Aber mit der Zeit wurde es immer schlimmer, und ich fand es nicht mehr zum Lachen, wenn sie das Wasser laufen ließ oder vergaß, die Kühlschranktür zu schließen. Sie war nun mal zweiundneunzig, und das Alter forderte eben seinen Tribut. Aber das größte Problem war natürlich, dass sie alleine in ihrer Wohnung saß und keine Aufgabe mehr hatte. Das Leben draußen fand ohne sie statt.

Manchmal, wenn ich zu ihr kam, saß sie am Küchentisch und starrte einfach nur vor sich hin. Einmal hatte sie zu mir gesagt: »Kind, ich hab gar keine Freude mehr am Leben. Manchmal weiß ich gar nicht, warum ich morgens überhaupt aufstehen soll. Ich bin doch zu nichts mehr nütze. Wenn ich wenigstens Familie hätte.« Sie klang so traurig, dass es mir beinahe das Herz zerriss. »Aber ich will auch nicht ins Heim«, fügte sie trotzig hinzu. »Am schönsten fände ich es, wenn du bei mir einziehen würdest.«

»Ach, Oma Schmitz, das geht doch nicht«, erwiderte ich hilflos. »Ich muss Geld verdienen. Und ich habe auch noch eine Familie, um die ich mich kümmern muss.«

»Ja, ja, ich weiß ja.« Resigniert hatte sie abgewinkt, und ich war mir ganz schlecht vorgekommen.

All das ging mir durch den Kopf, während ich mehr oder weniger still im Krankenhausbett lag. Fernsehen wollte ich nicht. Zum einen hing der Fernseher so weit oben an der Wand, dass ich den Kopf verrenken musste, um etwas mitzukriegen, und zum anderen lief sowieso nur Mist, weil es hier im Krankenhaus eine begrenzte Auswahl an Sendern gab. Lesen konnte ich nicht, weil ich mich nicht konzentrieren konnte. Mein Kopf begann zu schmerzen, und die Buchstaben verschwammen mir vor den Augen. So lagen die Zeitschriften und Bücher, die Regina und Doro mir fürsorglich gebracht hatten, unbeachtet auf meinem Nachttisch. Selbst Telefonieren war mir zu anstrengend, vor allem mit Tante Röschen und Onkel Alfons, die sich schreckliche Sorgen um mich machten.

Bei Tante Röschen äußerte sich das so, dass sie sich eingehend nach der Qualität des Krankenhausessens erkundigte. »Kind, du würdest viel schneller gesund, wenn du was Richtiges zu essen bekämest. Soll ich dir nicht einen schönen Gemüseeintopf vorbeibringen? Mit Rindfleisch? Den magst du doch so gerne!«

Ihr Gemüsegarten war Tante Röschen heilig. Sie liebte ihn noch mehr als den Blumengarten. »Blumen sind ja schön und gut«, pflegte sie immer zu sagen, »aber so ein Gemüsegarten ist unbezahlbar. Wenn ich Tomaten aus dem Supermarkt essen müsste …« Allein schon der Gedanke bereitete ihr Übelkeit. Und ich musste zugeben, alles, was sie an Gemüse anbaute, war sensationell lecker. Ich glaube, sie redete immer mit den Pflanzen, und deshalb taten sie ihr den Gefallen und gediehen besser als anderswo.

Also blieb ich lieber still auf dem Rücken liegen und tat gar nichts. Nur meine Gedanken kreisten, und obwohl sie keineswegs positiv waren, konnte ich sie nicht abstellen.

Machte die Vertretung bei Oma Schmitz, die Regina für mich organisiert hatte, alles richtig? Wann konnte ich endlich wieder arbeiten? Wie sollte es weitergehen? Womit konnte ich mein Geld sonst noch verdienen? Gab es nicht etwas, was Spaß machte und trotzdem den Lebensunterhalt sicherte? Warum war das Leben manchmal so ungerecht? Drängende Fragen, auf die ich keine Antwort wusste.

# 7

Nachdem ich aus dem Krankenhaus entlassen worden war, machte ich weiter wie bisher. Was blieb mir anderes übrig? Die Arbeit fiel mir jedoch zunehmend schwerer, nicht nur wegen meiner Rückenprobleme und Gelenkschmerzen, sondern auch, weil sie oft so eintönig war. Aber ich kämpfte mich tapfer durch, und irgendwie ging es immer weiter. Ein wenig half mir der wohl angeborene rheinische Fatalismus, dieses »Et kütt wie et kütt« und »Et es noch immer jot jejange«, der allerdings manchmal mit meinem ebenfalls angeborenen harten Eifelschädel kollidierte, wenn ich mich innerlich gegen die tägliche Freudlosigkeit und Langeweile auflehnte.

Nur langweilig war das Leben allerdings auch nicht. Irgendwas passierte immer. Eines Abends im Juni kam mir Regina schon an der Wohnungstür entgegen, als ich von der Arbeit kam.

»Ich bin heute extra früher gegangen«, sagte sie aufgeregt. »Gleich holt mich Wolfgang ab.«

»Wolfgang?« Ich runzelte die Stirn. »Hast du den schon mal erwähnt? Habe ich dir nicht richtig zugehört?« Ich warf ihr einen schuldbewussten Blick zu. Die Geschichten über ihre Internet-Amouren anzuhören, bereitete mir immer größere Mühe. Ich konnte mir die ständig wechselnden Namen kaum merken, und meistens war es spätestens nach dem ersten Treffen auch schon wieder vorbei mit der Liebe.

»Nein, nein, ich hab dir noch nichts von ihm erzählt«, erwiderte sie eifrig. »Ich kenne ihn noch gar nicht so lange. Eigentlich wollte ich mich bei der Flirtbörse schon abmelden, ich bin nur noch ein letztes Mal reingegangen. Zum Abschied sozusagen. Und da war er. Ach, Hilde!« Sie verdrehte schwärmerisch die Augen. »Als ich sein Foto gesehen habe, da wusste ich, das ist er!«

Typisch Regina, dachte ich. Schnell entflammt und dann wird sie doch wieder enttäuscht. Skeptisch blickte ich sie an. »Du hast dich in sein Foto verliebt?« Ich ging in die Küche, um mir einen Tee zu machen. »Habt ihr euch denn schon mal getroffen?«

Regina schüttelte den Kopf. »Nein, heute ist das erste Mal.«

»Und da lässt du dich von ihm zu Hause abholen? Hättet ihr euch nicht erst einmal an einem neutralen Ort treffen können? In einem Café oder so?« Kopfschüttelnd nahm ich die Dose mit dem Rooibostee vom Regal. Ich öffnete den Deckel und stellte fest, dass sie leer war. »Oh, Mist. Haben wir noch Tee?« Ich drehte mich zu Regina um.

»Im Schrank sind noch Teebeutel. Pfefferminze«, erwiderte sie. »Es war nicht nur das Foto. Wir haben einfach ziemlich schnell festgestellt, dass wir die gleichen Interessen haben. Er liebt Musik, genau wie ich, liest gerne Krimis und geht gern in Ausstellungen.« Sie lächelte verzückt. »So gut hat es noch nie gepasst. Deshalb habe ich ihm auch meine Adresse gegeben. Er wollte mich unbedingt abholen.«

»Na ja, Pfefferminze ist immer noch besser als gar nichts«, brummte ich und bückte mich, um die Schachtel mit den Teebeuteln aus dem Unterschrank zu holen. »Aber eigentlich heißt es doch immer, dass man sich beim ersten Mal sicherheitshalber irgendwo treffen soll, wo man sich notfalls sofort wieder verabschieden kann.«

»Ach, was du immer für Bedenken hast. Dir würde es nicht anders gehen, wenn du jemanden kennenlernen würdest, mit dem du dich auf Anhieb so gut verstehst. Außerdem holt er mich ja nur ab. Wir gehen um die Ecke ins Lagerfeld. Übrigens, wie findest du mich?« Sie drehte sich einmal um die eigene Achse. Das weiße Sommerkleid mit Rosendruck war neu, ein bisschen im Stil der Sechziger, ärmellos, mit weitem schwingenden Rock und einem schmalen Gürtel in der Taille. Da Regina groß und dünn war (»Wie ein Kleiderständer«, sagte sie immer leicht verzweifelt), konnte sie fast alles tragen und sah eigentlich immer gut aus.

»Schick. Neu?«

»Mhm. Auf der Merowinger Straße hat so ein kleiner Laden aufgemacht, und da hing es im Fenster. Ich konnte nicht dran vorbeigehen. Steht es mir denn?« Sie blickte mich ängstlich an.

»Ja, absolut. Das ist ja das Tolle an deiner Figur – du kannst einfach alles anziehen und siehst immer hervorragend aus«, stellte ich neidlos fest.

Bekümmert schaute Regina an sich herunter. »Den meisten Männern bisher war ich zu dünn.«

»Ach, wart's mal ab«, tröstete ich sie. »Vielleicht ist es ja jetzt tatsächlich der Richtige. Und der wird hin und weg sein, wenn er dich sieht.«

Sie strahlte mich dankbar an. »Dieses Mal habe ich

wirklich ein gutes Gefühl. Ich weiß einfach, dass es der Richtige ist. Der Cardigan dazu reicht, oder? Es ist doch warm draußen.«

Ich goss kochendes Wasser in meinen Teebecher. »Ja, ganz wunderbare Luft. Und es soll trocken bleiben heute Abend. Du brauchst also keinen Schirm mitzunehmen. Und die Schuhe sind auch perfekt.« Ich schaute auf ihre dunkelroten Peeptoes mit dem kleinen Keilabsatz. Ihre Fuß- und Fingernägel hatte sie im gleichen Farbton lackiert. »Also, wenn ich ein Mann wäre …« Ich zog den Teebeutel aus dem Wasser.

Regina sah mich verwundert an. »Lässt du den Tee nicht länger ziehen?«

Ich schüttelte den Kopf. »Ich war mal Fastenwandern, und da habe ich gelernt, dass man Teebeutel nur ganz, ganz kurz ins kochende Wasser hängen sollte, damit der Tee eine wohltuende Wirkung hat. Alles …«

Es läutete an der Tür, und Regina schoss wie der Blitz aus der Küche. Amüsiert verzog ich die Mundwinkel. Ich hatte jedoch keine Gelegenheit, den kurzen Wortwechsel an der Tür zu verfolgen, weil mein Handy klingelte. Ich schaute auf das Display. »Doro ruft an«, stand dort. Als die Wohnungstür ins Schloss fiel, unterhielten wir uns bereits, weil wir die letzten Vorbereitungen zur Goldhochzeit von Tante Röschen und Onkel Alfons besprechen mussten.

Ich rechnete nicht damit, dass Regina so bald wiederkommen würde, und genoss es, die Wohnung für mich alleine zu haben. Obwohl es ein warmer Abend war, zog es mich nicht mehr hinaus. Stattdessen duschte ich ausgiebig und schlüpfte in Jogginghose und T-Shirt. Mit einem Glas

Wein setzte ich mich in den Korbsessel auf dem Balkon, der auf den Hinterhof hinausging, und vertiefte mich in den Krimi, den Regina mir zum Geburtstag geschenkt hatte. Bis jetzt war ich nicht dazu gekommen, auch nur einen Blick hineinzuwerfen. Oft war ich nach der Arbeit so müde, dass ich nur noch ins Bett fiel. Aber der heutige Abend war einfach zu schön. Ein blasser Mond hing voll und rund am dämmerigen Himmel, und die Luft war weich und lau. Aus einem der Höfe drangen Lachen und leises Stimmengewirr zu mir herauf. Als ich aufblickte, sah ich den Schein von Laternen – und dem Duft nach zu urteilen, der mir in die Nase stieg, feierte die Hausgemeinschaft schräg gegenüber anscheinend ein Grillfest.

Der Krimi war spannend, und wie spät es war, merkte ich erst, als es trotz Windlicht und dem Licht der Küchenlampe, das auf den Balkon hinausdrang, zu dunkel zum Lesen wurde. Ich markierte die Stelle mit einem Eselsohr und stand auf, um hineinzugehen. Gerade hatte ich mein Glas in die Spülmaschine gestellt, als ich hörte, wie die Wohnungstür geöffnet wurde.

»Regina?«, rief ich. »Da bist du ja schon.«

Regina trat in die Küche. »Ja«, sagte sie betont munter. »Satz mit x – das war wohl nix.«

»Warum? Du hattest doch so große Erwartungen.«

»Hm.« Sie zuckte mit den Schultern. »Da war einfach nichts. Der Mann ist total langweilig. Und er hat anscheinend auch nur so getan, als wäre er an den gleichen Dingen interessiert wie ich. Er hat von nichts wirklich eine Ahnung gehabt.« Sie schüttelte den Kopf. »Na ja, den Abend kann ich jedenfalls unter Erfahrung verbuchen. Langsam habe ich das Gefühl, du hast recht mit deiner Abneigung gegen Partnersuche im Internet.«

Ich zog die Augenbrauen hoch. Der Mann musste ja wirklich zum Abgewöhnen gewesen sein. Regina hatte noch nie freiwillig zugegeben, dass ich mit meinen Bedenken recht haben könnte. »Wie fand er dich denn?«, fragte ich.

»Keine Ahnung.« Regina gähnte. »Ich glaube, ganz gut. Aber eigentlich ist es mir auch egal. Ich erzähl dir morgen alles – obwohl, viel zu erzählen gibt es da nicht. Das Gespräch hat sich so mühsam hingezogen, und wir haben die meiste Zeit geschwiegen. Komisch, wenn man bedenkt, wie viel wir uns per Mail und am Telefon zu sagen hatten.« Sie überlegte kurz, dann fügte sie hinzu: »Auf die Gefahr hin, dass du mich für verrückt hältst: Er hat irgendwie so komisch gerochen. Also nicht nach Parfüm oder Aftershave oder so, sondern er selber, seine Haut. Es war mir richtig unangenehm, und ich war froh, als ich endlich gehen konnte.«

»Nein, nein«, beruhigte ich sie. »Ich halte dich keineswegs für verrückt. Das ist ja genau das, was ich immer sage: Wenn du jemanden im Internet kennenlernst, dann hast du eben nur einen sehr theoretischen Eindruck von ihm. Und das kann gut oder aber auch gründlich schiefgehen.« Ich streckte mich. »Ich gehe jetzt auch ins Bett. Morgen muss ich früh raus. Und am Samstag serviere ich übrigens bei den Schulte-Baumhoffs.«

Regina blickte mich fragend an. »Wer ist das?«

»Ach, sie sind mit Frau Bündlein befreundet. Sie wohnen in Weiden. Ich glaube, sie sind ganz in Ordnung. Und offensichtlich ziemlich wohlhabend. Der Mann ist irgendein hohes Tier bei Bayer Leverkusen, und die Frau ist anscheinend Radio-Moderatorin beim WDR.« Nach kurzem Nachdenken fügte ich hinzu: »Manche Leute haben einfach ein schönes Leben. Immer wenn du so was siehst, denkst du automatisch, dass du es auch gerne mal so hättest.«

»Na, der Zug ist wohl schon lange abgefahren«, stellte Regina trocken fest. »Und wieso servierst du da?«, fragte sie. »Hast du nicht schon genug Arbeit?«

»Sie haben vor einem halben Jahr zum zweiten Mal Nachwuchs bekommen, und das kleine Mädchen wird am Samstag getauft. Sie wollen die Taufe zu Hause feiern. Frau Schulte-Baumhoff hat mich angesprochen, als ich bei ihrer Nachbarin war, und mich gefragt, ob ich Häppchen reichen und mich darum kümmern kann, dass immer genügend Geschirr und Gläser sauber sind. Keine Sorge«, beruhigte ich Regina, der ich ansah, dass ihr diese Mehrbelastung für mich nicht gefiel, »sie bezahlen hervorragend, und länger als bis sieben, halb acht brauche ich nicht zu bleiben. Taufen dauern ja meistens nicht so lang.«

»Na gut.« Regina zuckte mit den Schultern. »Du musst es wissen. Aber vergiss nicht, dass du dich auch an den nächsten Wochenenden nicht ausruhen kannst. Die Goldhochzeit und die ganzen Vorbereitungen werden bestimmt ganz schön anstrengend. Du musst schließlich noch ein bisschen auf dich aufpassen. Du hattest eine schwere Gehirnerschütterung.«

»Ja, ja, Mutter Regina.« Ich winkte ab. »Ich mache das bei den Schulte-Baumhoffs nur ausnahmsweise, weil sie mich so nett gebeten hat. Außerdem ist es eine nette Abwechslung. Mal was anderes als das ewige Putzen und Saubermachen. Vielleicht sind ja ein paar Promis da. Und das Geld kann ich auch ganz gut brauchen.«

Ich war gerade eingeschlafen, als mich das Klingeln des Telefons weckte. Im ersten Moment dachte ich, es wäre schon morgen und der Wecker hätte geklingelt, aber dann hörte ich, wie Regina auf nackten Füßen in die Küche tapste, wo das Telefon auf dem Tisch lag. Schlaftrunken meldete sie sich, aber anscheinend war niemand dran, denn ich hörte, wie sie leise fluchend auflegte und wieder in ihr Zimmer ging. Ich war so müde, dass ich schnell wieder einschlief, und so bekam ich auch nicht mit, dass das Telefon in dieser Nacht noch insgesamt sechs Mal klingelte.

Regina saß am nächsten Morgen mit verquollenen Augen am Küchentisch und hielt sich an einem großen Becher mit dampfendem Kaffee fest, als ich hereinkam. Ich schnappte mir ein Brötchen aus dem Brotkorb, füllte ein Glas unter dem Wasserhahn und kippte es hinunter.

»Mmh, heute früh ist Kranenberger angesagt«, bemerkte Regina. »Lecker!«

»Ich hab's eilig. Freitags bin ich doch immer bei Oma Schmitz, und sie hat gleich einen Termin beim Augenarzt. Wenn ich zu spät dran bin, kommt sie am Ende noch auf die Idee, alleine die Treppe runterzugehen.« Ich wandte mich zum Gehen.

»Übrigens, ich hab heute Nacht kein Auge zugemacht«, rief Regina hinter mir her. »Dauernd hat das Telefon geklingelt, und wenn ich drangegangen bin, wurde aufgelegt.«

Ich blieb an der Tür stehen und drehte mich zu ihr um. »Ach du liebes Lieschen! Na, vielleicht irgendein Betrunkener, der immer wieder auf Wahlwiederholung gedrückt hat. Du Ärmste. Du hättest den Stecker ziehen sollen.«

»Ja, das wäre besser gewesen. Aber ich denke immer, es könnte doch etwas Wichtiges sein, gerade wenn es nachts klingelt.« Regina gähnte. »Kommst du nach Oma Schmitz nach Hause, oder bist du den ganzen Tag unterwegs?«

»Nein, heute Nachmittag habe ich frei.«

Aber dann hatte ich doch nicht frei. Oma Schmitz hatte sich zum Frühstück Haferbrei kochen wollen, war aber über dieser Tätigkeit mal wieder am Küchentisch eingeschlafen. Es roch verbrannt, als ich die Wohnung betrat. Hastig lief ich in die Küche. Oma Schmitz saß friedlich schlafend im Morgenmantel auf ihrem Lehnstuhl, das Kinn war ihr auf die Brust gesunken, und sie schnarchte leise. Auf dem Herd stand ein schwärzlich angelaufener Topf, aus dem leise blubbernd eine graue Masse auf die Herdplatten quoll. Es war eine einzige Schweinerei. Nachdem wir beim Augenarzt gewesen waren und ich die Wohnung geputzt hatte, verbrachte ich fast zwei Stunden damit, den Herd wieder einigermaßen sauber zu bekommen. Der Freitag war so gut wie gelaufen.

Oma Schmitz allerdings schien die Situation nach anfänglichem Schuldbewusstsein sehr zu genießen. Ich glaube, insgeheim freute sie sich darüber, dass ich ihr länger als vorgesehen Gesellschaft leistete.

Das Haus der Schulte-Baumhoffs lag in einer ruhigen Seitenstraße, in der man vom Verkehrslärm auf der Hauptstraße nichts mitbekam. Hier lebte man wie auf dem Land. Es war ein etwas langweiliges, weiß verputztes Haus aus den fünfziger Jahren, das jedoch liebevoll renoviert und hergerichtet worden war, mit graublauen Fensterläden und einer passenden Haustür. Sie stand offen, als ich mein Fahrrad unter dem Küchenfenster abstellte und abschloss – sicher war sicher, auch wenn ich mich auf einem Privatgrundstück befand.

Von außen sah man dem Haus gar nicht an, wie geräumig es war, und der etwas spießige erste Eindruck bestätigte sich innen nicht. Die Räume waren groß und hell – lichtdurchflutet, wie Makler es gerne nennen – und geschmackvoll eingerichtet. Ich fühlte mich sofort wohl in diesem Haus. Weil mir auffiel, dass es keine Heizkörper gab, überlegte ich kurz, ob wohl alles mit Fußbodenheizung ausgestattet war, aber dann sah ich die mit Holzrosten verkleideten Schächte. Gute Idee, die Heizrohre tiefer zu legen, dachte ich.

Frau Schulte-Baumhoff wartete bereits auf mich. »Ziehen Sie sich schnell um, Frau Bendermacher«, rief sie mir entgegen. »Der Caterer kommt gleich, und ich möchte, dass Sie ihn in Empfang nehmen. Meine Hilfe, Anastasia, kommt auch noch.« Sie hatte hochrote, kreisrunde Flecken auf den Wangen und war sicher aufgeregt. So ein großes Fest feierte man schließlich nicht alle Tage, und es sollte ja auch alles klappen.

»Ich bin gleich fertig, Frau Schulte-Baumhoff. Ich muss nur noch andere Schuhe anziehen und die Schürze umbinden«, erwiderte ich und lief in den Hauswirtschaftsraum im Keller. Dort schlüpfte ich in meine bequemen Ballerinas und band mir die weiße Schürze mit der Lochstickerei um, die meine Arbeitgeberin mir für den heutigen Tag besorgt hatte.

Als ich die Treppe hinaufging, parkte der Lieferwagen des Catering-Unternehmens gerade vor dem Haus. Frau Schulte-Baumhoff hatte die kleine Noemi auf dem Arm, die in einem weißen Kleidchen mit passenden Söckchen sehr süß aussah. Ihr großer Bruder Niklas, ebenfalls herausgeputzt mit weißem Hemd und Weste, hielt sich am Rock seiner Mutter fest und plapperte ununterbrochen.

»Niklas«, sagte die geplagte Mutter mit einer Engelsgeduld zu dem Vierjährigen, »lass mich mal gerade los. Der Papa holt schon das Auto aus der Garage, und wir müssen gleich losfahren.« Zu mir sagte sie: »Frau Bendermacher, wir müssen jetzt in die Kirche. Sie kümmern sich hier um alles, oder?« Sie blickte mich flehend an.

»Ja, klar«, beruhigte ich sie. »Sie haben mir ja alles genau erklärt. Das klappt schon, keine Sorge.«

»Ach, da kommt ja Anastasia.« Sie zeigte auf eine stämmige Frau in mittleren Jahren, die mit langsamen Schritten auf das Haus zukam. »Haben Sie bitte ein Auge auf sie, Frau Bendermacher, ja?«, flüsterte Frau Schulte-Baumhoff mir zu. »Sie ist manchmal ein bisschen ungeschickt.«

Ich nickte ihr beruhigend zu.

»Gegen zwölf sind wir wieder zurück, und dann soll der Sektempfang beginnen. Das machen wir auf der Terrasse.« Sie blickte besorgt zum Himmel. »Es wird doch nicht regnen, oder?«

»Ach was!« Ich schob sie Richtung Einfahrt, wo ihr Mann den kleinen Niklas gerade im Kindersitz auf der Rückbank des Autos anschnallte. »Es soll die nächsten Tage heiß und trocken bleiben.«

Der Caterer brachte die ersten Platten herein und wartete an der Tür, um von mir eingewiesen zu werden. Die nächste Stunde über sorgte ich dafür, dass alles an den richtigen Ort kam. Anastasia hatte sich ebenfalls eine weiße Schürze umgebunden, schien sich jedoch für nichts zuständig zu fühlen. Vielleicht hatte Frau Schulte-Baumhoff ihr aber auch gar nichts erklärt. Sie kam aus Russland und sprach nicht besonders gut Deutsch. Freundlich lächelnd stand sie die meiste Zeit da, und ich scheiterte mit all meinen Kommunikationsversuchen. Schließlich gab ich auf, erwiderte ihr Lächeln und beschränkte mich auf Fingerzeige.

Ich stellte fest, dass es mir großen Spaß machte, alles perfekt zu arrangieren. Kritisch beäugte ich die Platten mit Fingerfood, die hereingetragen wurden. Mozzarella-Tomaten-Spießchen mit Basilikum, Hühnchen mit Erdnuss-Saté, Zucchini-Röllchen mit Frischkäse, Pflaumen im Speckmantel und kleine Frikadellen mit Ananasstückchen – alles sehr appetitlich und hübsch angerichtet, aber insgeheim dachte ich, dass ich bestimmt auf kreativere Ideen gekommen wäre. Gerade für eine Taufe hätten Dekoration und Speisen ein bisschen ausgefallener und dem Anlass entsprechend sein können, zumal auch viele kleine Kinder da waren. Eiermäuse oder Hotdog-Spießchen wären nur zwei Möglichkeiten gewesen. Ein Schokobrunnen vielleicht für Schokoladenfrüchte. Und statt der mächtigen Tauftorte lieber viele kleine Kuchen. Andererseits wusste ich ja nicht, was Schulte-Baumhoffs bestellt hatten. Vielleicht hatten sie es sich ganz genau so gewünscht.

An der Qualität der Speisen war allerdings nichts auszusetzen, und der Empfang und das anschließende Essen verliefen reibungslos. Das Wetter war schön, die Stimmung war fröhlich, und mir machte es richtig Spaß, Häppchen herumzureichen und ein Auge auf alles zu haben. Die Gäste waren gut gelaunt und freundlich, und mehr als einmal hörte ich, wie jemand Frau Schulte-Baumhoff fragte, wo sie denn »eine solche Perle« her hätte, was mir natürlich schmeichelte.

Es gab nur einen einzigen Zwischenfall. Allerdings muss ich sagen, dass er die Stimmung eher belebte als trübte. Anastasia bewegte sich beim Servieren wie eine

Schlafwandlerin zwischen den Gästen. Mehr als einmal stieß sie jemanden an oder drückte einem Gast das Tablett in den Rücken, weil sie einfach nicht guckte, wo sie hintrat. Und nur so konnte das Unglück dann auch passieren.

Der Nachmittag war schon fortgeschritten, es war heiß, und ich hatte ihr leichtsinnigerweise ein Tablett voller Gläser mit Rhabarber- und Apfelsaftschorle in die Hand gedrückt. Mit ihren gemessenen, leicht schlurfenden Schritten bewegte sie sich von der Küche auf die Terrassentür zu. Ich sah ihr nach und dachte noch: Hoffentlich schläft sie nicht im Stehen ein.

Da geschah es. Weil sie die Füße nicht richtig anhob, stolperte sie über eine Ecke des Teppichs, die umgeschlagen war. Krachend stieß sie gegen die Scheibe – die zum Glück standhielt –, und während die Gläser auf sie niederprasselten, trat sie haltsuchend mit einem Fuß so fest auf den Holzrost der Heizung, dass er unter ihrem Gewicht nachgab und sie mit einem Bein in den Trümmern steckenblieb. Vielleicht war die Stelle schon ein wenig morsch gewesen. Später gestand mir Frau Schulte-Baumhoff, dass sie bei der Renovierung des Hauses die Roste über den Heizungsrohren nicht erneuert, sondern lediglich gestrichen hatten.

Die Gäste drehten sich um, als sie den Krach hörten, und wir schauten alle fassungslos auf das Desaster. Anastasia stand wie ein klebriger begossener Pudel mit einem Bein im Schacht, das Tablett immer noch in den Händen. Um sie herum lagen zerbrochene Gläser, aus denen die Schorle auf die Heizungsrohre sickerte. Anastasias weiße Bluse und ihre Schürze waren völlig durchnässt, und ein halbvolles Glas drohte von ihrer Schulter herunterzufallen. Gerade als ich dachte, jetzt bricht sie in Tränen aus, begann sie zu lachen, und nach einer Schrecksekunde stimmten alle erleichtert in ihr lautes Lachen ein. Wohnzimmer und Terrasse bebten vor Lachen, und Anastasia war nicht die Einzige, die sich die Tränen aus den Augen wischen musste.

Die restliche Feier verlief ohne Zwischenfälle. Es war wirklich eine nette Abwechslung von meinem anstrengenden Putzalltag, und ich bedauerte es richtig, als sie vorbei war.

Während ich am frühen Abend nach Hause radelte, stellte ich mir vor, welchen Spaß es machen würde, ein Catering-Unternehmen zu gründen. Aber das waren unerfüllbare Träume. Dazu brauchte man Startkapital – und das hatte ich nicht. Außerdem schossen solche Unternehmen gerade wie Pilze aus dem Boden, und um bei so viel Konkurrenz bestehen zu können, müsste mir schon etwas ganz Besonderes einfallen. Ich war realistisch genug, mir einzugestehen, dass ich mir so ein Unternehmen nicht leisten konnte. Aber träumen war ja wohl erlaubt.

In der Wohnung klingelte das Telefon, als ich die Treppe hinaufkam. Hastig schloss ich auf und nahm das Gespräch an, aber in diesem Moment wurde aufgelegt.

Regina war nicht zu Hause, doch auf dem Küchentisch lag ein Zettel. »Bin mit Kollegen im Biergarten in der Alteburger Straße. Komm auch, wenn du nach der Arbeit nicht zu müde bist.«

Gute Idee. Das Wetter war viel zu schön, um in der stickigen Wohnung zu bleiben. Rasch lief ich in mein Zimmer, um mich umzuziehen. Wieder klingelte das Telefon, und wieder wurde aufgelegt, sobald ich dranging.

Als ich im Badezimmer stand, klingelte es zum dritten Mal. Jetzt reichte es aber langsam. Irritiert schüttelte ich den Kopf. Ich meldete mich, und dieses Mal sagte eine Männerstimme: »Ist Regina zu Hause?«

»Wer spricht denn da?«, fragte ich. Keine Antwort. »Hallo?«, fragte ich. »Wer spricht denn da?« Daraufhin hörte ich ein Räuspern.

»Ich bin ein Freund von Regina«, sagte dieselbe Männerstimme. »Ist sie zu Hause?«

»Nein, leider nicht«, antwortete ich.

»Wo ist sie denn?«, fragte der Mann.

Was war das denn für einer? Er hörte sich irgendwie merkwürdig an. »Wollen Sie mir nicht erst einmal sagen, wer Sie sind?«, schlug ich vor. »Dann kann ich ihr ausrichten, dass Sie angerufen haben.« Er legte auf.

Jetzt hatte ich aber genug. Kurz entschlossen ergriff ich meine Umhängetasche und machte mich auf den Weg. Ich hatte gerade die Wohnungstür abgeschlossen, als drinnen erneut das Telefon klingelte.

Kopfschüttelnd wandte ich mich zum Gehen.

# 8

Zufrieden lehnte ich mich in dem Korbsessel zurück. »Das war sensationell«, sagte ich zu Antonia von Lengsdorf. »Ich glaube, so gut habe ich noch nie gegessen.«

Sie strahlte. »Warten Sie erst mal den Nachtisch ab«, sagte sie. »Joghurtparfait mit beschwipsten Himbeeren ist meine Spezialität.«

»Wollen wir uns nicht duzen?«, fragte ich. Wir hatten sofort einen Draht zueinander gehabt und uns unterhalten, als würden wir uns ewig kennen. Es stellte sich heraus, dass wir die gleichen Filme mochten und die gleiche Art von Musik liebten. Im Kino war sie allerdings lange nicht gewesen, und auf meine verwunderte Frage erklärte sie nur lapidar: »Ich schaue mir die Filme auf DVD an.«

Jetzt fügte ich hinzu: »Ich bin doch die Ältere von uns beiden und darf das anbieten. Aber nur, wenn es Ihnen recht ist.«

Antonia hob ihr Glas. »Ich hab schon die ganze Zeit überlegt, ob wir das blöde ›Sie‹ abschaffen sollen. So viel Spaß wie mit dir habe ich schon lange nicht mehr gehabt. Ja, ich würde mich sehr gerne mit dir duzen. Auf dein Wohl, ich heiße Antonia.«

»Hildegard. Für gute Freunde Hilde.«

»Na dann prost, Hilde.« Antonia lächelte.

Wir stießen an. Dabei musterte ich sie verstohlen. Sie hatte feine Linien um die Mundwinkel, die darauf hindeuteten, dass sie oft die Lippen zusammenpresste. Allzu häufig lachte sie bestimmt nicht.

»Bist du eigentlich schon immer putzen gegangen?«, fragte Antonia. »Entschuldige, wenn ich das so unverblümt sage, aber ich finde, es passt gar nicht zu dir.«

Ich runzelte die Stirn. »Warum?«

»Ach, passen ist vielleicht der falsche Ausdruck. Sagen wir mal so, ich bringe dich mit anspruchsvolleren Tätigkeiten in Verbindung. Und außerdem wirkst du nicht besonders glücklich damit.«

»Da ist sicher was dran«, erwiderte ich. »Ich habe jahrelang als Sekretärin gearbeitet, aber dann ist mein Chef gestorben, und ich bin gekündigt worden. Und weil ich außer dem Abitur keinen Abschluss habe, bin ich auf die Idee gekommen, eine Art Ein-Mann-Unternehmen, nein, eher Eine-Frau-Unternehmen, auf die Beine zu stellen und putzen zu gehen.« Ich lächelte sie an. »Und du hast recht. Mittlerweile bin ich nicht mehr so besonders glücklich damit. Nach dem tollen Abendessen würde mich eher die Vorstellung reizen, mit dir gemeinsam in der Küche zu stehen und zu kochen. Zuerst habe ich ja gedacht, ich hätte Spaß daran, anderer Leute Dreck wegzuputzen, weil ich es gerne sauber habe, doch abgesehen davon, dass ich einige ziemlich schwierige Kunden habe, halte ich es auch körperlich nicht mehr lange durch. Rückenschmerzen und so.« Ich zuckte mit den Schultern. »Aber mir fällt auch nichts anderes ein.«

Ich erzählte ihr die ganze traurige Geschichte, die mit dem Tod meines Schwiegervaters angefangen hatte. »Und dabei habe ich eigentlich gedacht, als Putzfrau zu arbeiten sei gar nicht so schlecht. Meinem Sohn gefiel das Ganze von vorneherein nicht«, sagte ich, »aber es liegt mir nicht, die Hände in den Schoß zu legen. Ich war ja eine ganze Weile arbeitslos, und irgendwas musste ich doch machen. Außerdem bin ich dadurch auch mal aus der Eifel herausgekommen. Das ist ja auch schon was.«

Antonia musterte mich nachdenklich, sagte aber nichts. Insgeheim hatte ich gehofft, sie würde mir eine Stelle in ihrem großen Haushalt anbieten. Allerdings hatte ich im Laufe des Abends erfahren, dass sie über reichlich Personal verfügte. Wahrscheinlich hatte sie keinen Bedarf.

Die Haushälterin, Frau Schumacher, brachte das Dessert aus der Küche. »Soll ich dazu den Champagner öffnen, Frau von Lengsdorf?«, fragte sie. »Oder möchten Sie lieber den Marsala?«

»Was möchtest du, Hilde?« Antonia blickte mich fragend an.

Ich lächelte. »Wenn du mich so fragst, dann entscheide ich mich für den Champagner.«

»Hach, ich genieße das, einen Gast zu haben«, seufzte Antonia. »Ich habe mir immer eine große Familie gewünscht und davon geträumt, wie lebhaft es dann am großen Esstisch zugehen würde. Wie in Italien oder in Frankreich, weißt du.« Ihr Blick wurde ganz wehmütig.

Das Joghurtparfait war göttlich. Ich stöhnte leise vor Wonne, als ich es löffelte. Die fruchtigen, leicht alkoholisierten Himbeeren rundeten den sahnigen Geschmack ab.

»Das sind Himbeeren aus meinem Garten«, sagte Antonia, die mich lächelnd beobachtete. »Gut, was? Am liebsten esse ich sie allerdings direkt vom Strauch. Möchtest du noch etwas Nachtisch?«

»Nein, nein.« Ich wehrte ab. »Ich kann nicht mehr. Leider! Es war wirklich himmlisch. Das beste Essen überhaupt! Hast du ohne Hilfe gekocht?« Ich blickte sie fragend an und merkte dann, wie ich rot wurde. »Entschuldigung«, setzte ich hastig hinzu. »Ich meine nur, weil du … na ja … deine Bewegungen …« Hilflos brach ich ab. Das hörte sich irgendwie falsch an. Konnte ich sie wirklich danach fragen? Wer weiß, was sie hatte? Am Ende war es etwas Schreckliches, worüber sie nicht sprechen wollte. Ich presste die Lippen zusammen und warf Antonia einen unbehaglichen Blick zu.

»Ja, kochen kann ich ganz gut alleine – wie lange das so bleibt, weiß ich allerdings nicht.« Antonia lächelte schief. »Ich habe MS. Noch geht es mir ganz gut, wenn man von den Bewegungsstörungen absieht. Blöd ist nur, dass die Krankheit wie ein Damoklesschwert über einem schwebt. Du kannst einfach nicht sicher sein, wann du den nächsten Schub kriegst, und danach kann es sehr schlimm sein, oder auch nur ein kleines bisschen schlimmer. Das weiß man vorher nie. Und auch die Schmerzen kommen meistens unerwartet.« Sie machte eine kleine Pause. »Nicht so angenehm«, sagte sie dann.

Ich atmete tief durch, unsicher, wie ich reagieren sollte. Antonia hörte sich nicht so an, als ob sie bemitleidet werden wollte. Aber ich konnte auch nicht einfach ignorieren, was sie gesagt hatte. Leise fragte ich: »Wie lange hast du die Krankheit schon?«

»Seit fünfzehn Jahren«, antwortete Antonia.

»So lange schon?« Ich konnte mein Erstaunen nicht verbergen.

Antonia nickte. »Es hat heftig angefangen, aber der Krankheitsverlauf war bis jetzt eher langsam. Ich war damals im fünften Monat schwanger und habe das Kind verloren.« Ein Schatten huschte über ihr Gesicht. »Danach konnte ich keine Kinder mehr kriegen.« Sie zuckte resigniert mit den Schultern. »Dabei hätte ich am liebsten mindestens vier gehabt. Ich habe immer von einer großen Familie geträumt. Du hast Kinder, oder?«

»Ach, Mensch, du Ärmste!« Ich wusste nicht, was ich sagen sollte, und so berührte ich sie nur leicht an der Schulter. Dann nickte ich. »Ja, einen Sohn. Rouven studiert in England, in London.«

Antonia blickte nachdenklich vor sich hin. Dann hob sie den Kopf und lächelte mich an. »Entschuldigung, ich wollte dich nicht mit alten Geschichten langweilen.«

»Nein, nein«, wehrte ich ab. »Du langweilst mich nicht. Ich habe dich ja danach gefragt.«

Sie blickte in den Garten. Motten taumelten im Schein der Kugellampen, die wie leuchtende Steine in kleinen Gruppen auf dem Rasen lagen. Die hohen Kiefern in einer Ecke ragten wie dunkle Wächter auf. Es duftete nach Harz und nach dem Jasmin, dessen weiße Blüten in der Dunkelheit schimmerten. »Ich hatte viel Blut verloren und lag fast drei Wochen im Krankenhaus. Als ich wieder zu Hause war, kam ich nicht auf die Beine, und schließlich haben sie festgestellt, dass ich Multiple Sklerose habe. Vielleicht hatte ich deshalb auch die Fehlgeburt. Ich kam wieder ins Krankenhaus, und in dieser Zeit ist mir mein Mann abhandengekommen«, schloss sie lakonisch.

»Ach, herrjemine.« Ich verzog mitfühlend das Gesicht. »Wie meinst du das, ›abhandengekommen‹?«

Antonia zuckte mit den Schultern. »Er hat das Alleinsein nicht ausgehalten und hatte wohl auch Probleme mit dem Gedanken, sein Leben lang an eine kranke Frau gebunden zu sein. Wir waren ja erst zwei Jahre verheiratet, und niemand von uns hat im Traum daran gedacht, dass ich ernsthaft krank sein könnte. Wir waren doch noch so jung.« Sie räusperte sich. »Na ja, er hat sich dann mit meiner Schwester eingelassen. Vermutlich hat er sich gedacht, dass es auf die Art und Weise wenigstens in der Familie bleibt.«

»Was?« Ich schaute sie ungläubig an. Das war ja wohl das Allerletzte. Im Vergleich zu diesem Prachtexemplar hatte Gregor sich ja wie der perfekte Gentleman verhalten. Und die Schwester schien auch ein ganz besonderes Früchtchen zu sein. »Und was hast du gemacht?«

»Was sollte ich machen?«, erwiderte Antonia. »Ich habe den Kontakt zu beiden abgebrochen. Meine Eltern waren schon tot, und meine Schwester hat auch hier im Haus gewohnt. Immerhin haben sie beide so viel Anstand besessen, dass sie sofort ausgezogen sind, und als ich aus dem Krankenhaus kam, waren sie schon weg. Jens ist noch einmal gekommen und wollte mir alles erklären, aber ich hatte weder die Kraft noch das Verlangen danach, mir seine Version der Geschichte anzuhören, und ich habe ihn einfach hinausgeworfen.«

»Und deine Schwester? Hast du von der noch mal was gehört? Hast du denn sonst noch Geschwister?«

Antonia schüttelte den Kopf. »Nein, nur Babette. Sie ist bloß vierzehn Monate jünger als ich, und wir standen uns eigentlich immer sehr nahe, deshalb habe ich es ihr besonders übel genommen.«

»Ja, das kann ich gut verstehen«, warf ich ein. »Ich habe zwar keine Geschwister, aber mir würde es ja schon reichen, wenn meine beste Freundin so einen Vertrauensbruch begehen würde.«

»Na ja, sie sind dann weggezogen, und ich habe zuerst nichts mehr von ihnen gehört«, fuhr Antonia fort. »Der zweite Schub kam ziemlich bald danach. Ob es da einen Zusammenhang gibt, weiß ich nicht.« Sie zuckte mit den Schultern. »Das kann man wahrscheinlich so oder so sehen. Es ist ja auch noch nicht genau erforscht, woher die Krankheit überhaupt kommt. Jedenfalls habe ich wochenlang im Krankenhaus gelegen, und als ich entlassen wurde, habe ich so gut es ging mein Leben eingerichtet. Zum Glück haben mir meine Eltern genug hinterlassen, dass ich finanziell unabhängig bin und mir Personal leisten kann. Arbeiten brauche ich auch nicht.« Sie schwieg einen Moment und trank einen Schluck Wasser. »Entschuldigung, ich habe einen ganz trockenen Hals«, sagte sie. »Ich habe noch nie jemandem die ganze Geschichte erzählt.« Sie lächelte schief. »Es nimmt mich wahrscheinlich doch mehr mit, als ich gedacht habe.«

»Du brauchst dich nicht zu entschuldigen«, wehrte ich ab. »Um Himmels willen, wofür denn? Im Gegenteil, ich empfinde es als große Ehre, dass du gerade mir alles erzählst.« Aufmunternd lächelte ich sie an.

Antonia erwiderte mein Lächeln. »Lieb von dir. Es gibt auch eigentlich nicht mehr viel zu erzählen«, fuhr sie fort. »Als ich nach dem zweiten Schub aus dem Krankenhaus kam, hat meine Schwester noch einmal angerufen. Die Sache mit Jens war zu Ende, kaum dass sie angefangen hatte. Sie konnten wohl beide nicht damit umgehen, dass ich immer im Hintergrund war.«

»Ach, tatsächlich?«, sagte ich trocken.

Antonia lächelte ein wenig gequält. »Meiner Schwester glaube ich das sogar. Jens allerdings …« Sie zuckte erneut mit den Schultern. »Ich weiß nicht. Er hatte bestimmt schon wieder eine andere kennengelernt und sich deshalb aus dem Staub gemacht. Auf jeden Fall wollte Babette sich unbedingt mit mir aussprechen, aber ich war dazu einfach nicht in der Lage. Ich habe sie ziemlich kühl abserviert und ihr auch gar nicht gesagt, dass ich krank war.«

»Hat sie sich danach noch mal gemeldet?«, fragte ich.

Antonia nickte. »Vor einem Jahr habe ich einen Brief von ihr bekommen. Sie hatte mir damals am Telefon gesagt, dass sie eine Stelle an einem spanischen Krankenhaus angenommen hat – sie ist Krankenschwester –, weil sie möglichst weit von Deutschland weg wollte. Da hat sie dann anscheinend ihren Mann kennengelernt und ist mit ihm nach Mallorca gezogen, nach Palma.« Sie runzelte die Stirn. »Ich glaube, er kam von da oder so. Auf jeden Fall hat sie auf Umwegen – sie hatten wohl Klassentreffen oder so etwas – erfahren, dass ich hier immer noch allein lebe. Daraufhin hat sie mir geschrieben. Ihr Mann ist mittlerweile gestorben, und sie lebt alleine in ihrem Haus in Palma. Mit zwei Hunden und drei Katzen.«

»Hast du ihr geantwortet?«, fragte ich gespannt.

Antonia schüttelte den Kopf. »Nein. Ich wollte immer, aber irgendwie habe ich keinen Anfang gefunden, und dann habe ich es gelassen.«

»Bist du ihr denn noch böse?«

Erneut schüttelte sie den Kopf. »Ach was. Das ist alles schon so lange her. Jens hätte mich ohnehin verlassen, er ist nicht der Mann, der in schwierigen Situationen zu dir hält. Ihm trauere ich nicht nach. Und dass er sich gerade mit Babette eingelassen hat – tja, sie war halt noch so jung damals. Und wir waren beide ein bisschen durcheinander – schließlich war es nicht lange her, dass wir unsere Eltern verloren hatten.«

»Wenn du das alles so klar siehst, warum rufst du sie nicht einfach an?«, schlug ich vor. »Immerhin ist sie doch deine nächste Verwandte. Und du hast selber gesagt, dass ihr euch früher so nahe wart.«

Ich sah Antonia an, wie es in ihr arbeitete. »Ja, vielleicht hast du recht«, antwortete sie schließlich ausweichend. »Ich muss mir das alles noch einmal durch den Kopf gehen lassen.«

Da ich das Gefühl hatte, dass für sie das Thema beendet war, hielt ich lieber den Mund. Es ging mich ja auch nichts an.

Das Gespräch mit Antonia beschäftigte mich. Misch dich nicht immer in das Glück oder Unglück anderer Leute ein, Hildegard, mahnte ich mich, als ich durch die milde Nacht nach Hause radelte. Du solltest lieber dein eigenes Leben in Ordnung bringen. Doch Antonia war offensichtlich einsam, und ich konnte es nicht lassen, ich wollte ihr helfen.

Doro behauptete liebevoll, es sei eine meiner größten Macken, dass ich mir ständig Gedanken um das Leben anderer machen würde, statt für mich vernünftige Entscheidungen zu treffen. Und sie hatte ja recht. »Im Grunde genommen«, hatte sie bei einem unserer Treffen vor ein paar Wochen gesagt, »hält dich die Fürsorge für andere nur davon ab, dich deinen eigenen Problemen zu stellen. Mit deinen Putzstellen folgst du dem gleichen Muster – du kannst dich um andere kümmern und brauchst dir nicht anzugucken, woran es bei dir fehlt.«

Ach, Doro, meine kluge Freundin, dachte ich innerlich seufzend. Ich vermisste sie manchmal sehr.

Ich hatte noch nicht den Schlüssel ins Schloss der Wohnungstür gesteckt, als ich Regina schon wieder schluchzen hörte. Ich verdrehte die Augen und unterdrückte einen Seufzer, als ich die Küche betrat. Die Männerarien gingen mir langsam auf den Wecker.

Regina saß mit rotverheulten Augen im Schlafanzug am Küchentisch, vor sich ein Glas Rotwein und eine Schachtel Zigaretten. Im Aschenbecher lagen bereits mindestens acht halb gerauchte Kippen, und nur die Tatsache, dass es so warm war und die Balkontür sperrangelweit offen stand, verhinderte, dass in der Küche der Rauchmelder ansprang.

»Und, wer ist es dieses Mal?«, fragte ich mit kaum verhohlener Ungeduld. Ich wies mit dem Kinn auf die Schachtel Zigaretten. »Ist er es wirklich wert, dass du seinetwegen wieder anfängst zu rauchen?«

Regina schniefte. »Es ist nicht so, wie es aussieht«, sagte sie mit matter Stimme.

»Ach nein?« Ich zog mir einen Stuhl an den Tisch. »Wie denn?«

»Es ist kein neuer«, erklärte Regina. »Der Typ, mit dem ich letztens aus war. Der, der mir nicht gefallen hat, nachdem ich ihn kennengelernt hatte.«

Ich blickte sie fragend an.

»Der, der so komisch gerochen hat. Weißt du nicht mehr?«

»Ach ja.« Jetzt fiel es mir ein. Der Abend, an dem sie so früh nach Hause gekommen war, weil der Typ absolut nicht ihre Erwartungen erfüllt hatte.

»Kannst du dich noch erinnern, dass danach die halbe Nacht lang das Telefon geklingelt hat?« Regina zog mit zitternden Fingern eine Zigarette aus der Schachtel und zündete sie an. Sie inhalierte tief, bevor sie fortfuhr: »Später hatte ich außerdem jede Menge Anrufe auf dem Handy, und auch auf der Arbeit hat ständig das Telefon geklingelt. Immer mit unterdrückter Nummer. Hier hat es wohl nur nicht mehr so häufig geklingelt, weil du ab und zu drangegangen bist. Und irgendwann haben wir ja auch nachts den Stecker rausgezogen.«

Ich nickte. Es war mir nicht geheuer gewesen, weil es immer sein konnte, dass irgendwas mit Tante Röschen oder Onkel Alfons war, und eigentlich wollte ich für sie gerne Tag und Nacht erreichbar sein, andererseits hatten sie ja meine Handynummer. Und das ständige Telefonklingeln war mir auch auf die Nerven gegangen.

»Ja, und? Was ist mit ihm?«, fragte ich.

Regina atmete tief durch und drückte die kaum angerauchte Zigarette aus.

»Er hat mir heute im Treppenhaus aufgelauert«, sagte sie. »Eben, als ich nach Hause gekommen bin. Auf einmal hat jemand seine Hände von hinten um meinen Hals gelegt. Nicht fest, eher so, als wollte er mich in den Arm nehmen, aber trotzdem. Ich habe natürlich geschrien wie am Spieß, aber anscheinend war heute keiner zu Hause. Auf jeden Fall hat niemand reagiert.«

»Ja, und der Typ?« Ich schaute sie entgeistert an.

Regina stieß die Luft aus und wollte sich erneut eine Zigarette aus der Schachtel ziehen.

»Nein, jetzt lass das mal.« Ich legte meine Hand auf ihre. »Was hat der Typ gemacht?«

»Der ist abgehauen, aber vorher hat er noch gesagt: ›Ich sorge dafür, dass du deines Lebens nicht mehr froh wirst, du Schlampe.‹ Oh, es war so eklig, diese Stimme direkt an meinem Ohr.« Regina schaute mich kläglich an. »Was soll ich denn jetzt machen, Hilde? Ach, ich bin so erleichtert, dass du da bist. Ich habe solche Angst gehabt.«

»Und du bist sicher, dass er es war?« Ich überlegte. »Also, zuerst einmal rufen wir bei der Polizei an.«

»Ja, aber was sollen die denn machen? Er hat mir doch nichts getan – und ich kann gar nichts beweisen.«

»Egal«, sagte ich. »Wir müssen das auf jeden Fall melden. Du weißt ja zumindest, wie er heißt, und sie können ihn mal überprüfen.«

In diesem Augenblick klingelte das Telefon. Ohne nachzudenken hob ich ab und zischte wütend in den Hörer: »Wenn du nicht damit aufhörst, du perverses Schwein, dann ...«

Doros aufgebrachte Stimme schallte mir entgegen: »He! Was dann? Wie bist du denn drauf?«

»Ach, Doro«, sagte ich erleichtert. »Wir haben schon gedacht, es wäre Reginas Stalker.«

»Reginas was?«

Ich gab das Telefon weiter an Regina. »Erzähl Doro mal, was passiert ist.«

»Ach du lieber Himmel«, schrie Doro so laut, dass ich ihre Stimme hörte, obwohl ich mittlerweile am Kühlschrank stand und mir eine Flasche alkoholfreies Bier herausholte. Morgen musste ich fit sein. Wir hatten Manöverbesprechung wegen der goldenen Hochzeit. Entschlossen nahm ich Regina das Telefon aus der Hand. »Doro«, sagte ich, »es ist schon spät. Was ist denn überhaupt los?«

»Ihr müsst die Polizei anrufen«, schrie Doro aufgeregt.

»Ja, das wissen wir. Aber weswegen rufst du denn eigentlich an?«

»Ach, das hat Zeit bis morgen«, entgegnete Doro. »Ich

wollte dich nur noch mal daran erinnern, dass du diese Origami-Tauben für die Deko mitbringst.«

Ich verdrehte die Augen. »Es hätte gereicht, wenn du mir eine WhatsApp-Nachricht geschickt hättest.«

»Ja, das schon«, erwiderte sie zögernd. »Aber da ist noch was anderes. Aber lass besser, ich erzähle es dir, wenn wir uns sehen. Es war vielleicht doch keine gute Idee, dich mitten in der Nacht anzurufen.«

»Was ist denn los?«, fragte ich besorgt. »Hast du Krach mit deinem Mann?«

»Nein, wie kommst du denn darauf!« Doros Stimme klang empört.

»Ich dachte ja nur. Du rufst doch sonst nicht so spät an. Du musst ja schließlich morgen früh aufstehen.« Doros Job als Briefträgerin brachte es nicht nur mit sich, dass sie an den meisten Samstagen arbeiten musste, sondern sie musste auch besonders früh aufstehen – um halb fünf, also eigentlich mitten in der Nacht, wie ich fand.

»Nein, es ist …« Doro druckste sichtlich herum. »Also es ist so: Tante Röschen hat mich angerufen, sie konnte dich wohl nicht erreichen.«

Das stimmte. Ich hatte mein Handy bei Antonia ausgeschaltet, um nicht beim Essen gestört zu werden. Und bis jetzt hatte ich es noch nicht wieder eingeschaltet.

»Anscheinend ist Alfons seit einer ganzen Weile so merkwürdig. Na ja, und heute Abend war er auf einmal verschwunden. Ich hab schon geschlafen, als sie mich angerufen hat. Sie sagt, er ist in den letzten Wochen so in sich gekehrt, aber wenn sie ihn fragt, sagt er nichts.«

»Ja, und ist er wieder aufgetaucht?«, fragte ich nervös. Was waren das denn für Geschichten?

»Ja, ja«, beruhigte Doro mich. »Aber anscheinend war

er völlig durcheinander, und als Röschen ihn gefragt hat, wo er war, hat er nur gesagt ›Im Wald‹. Das ist schon alles komisch, Hilde.«

»Ja, das finde ich auch.« Beunruhigt blickte ich auf die große runde Uhr, die über der Küchentür hing. Mittlerweile war es Viertel vor eins. Zu spät, um in die Eifel zu fahren.

»Na, jetzt ist er ja erst einmal wieder da. Und Tante Röschen hat geschworen, dass sie ihn nicht wieder weglässt. Lass uns morgen noch mal ausführlich darüber reden«, meinte Doro. »Vielleicht kriegst du ja was aus ihm raus. Möglicherweise hat es einen ganz harmlosen Grund, meint Norbert gerade, und er bastelt irgendwo was als Geschenk für den fünfzigsten Hochzeitstag.«

»Ja, vielleicht hast du recht«, stimmte ich zu. »Jetzt mitten in der Nacht kann ich sowieso nichts machen. Und morgen Mittag bin ich ja da.«

»Genau.« Doro gähnte. »Schlaft gut, ihr beiden. Ihr habt es nötig. Für einen einzigen Tag waren das ziemlich viele Aufregungen, was?«

Nachdenklich legte ich auf. Was mochte mit Onkel Alfons sein? Ich würde morgen mit ihm und Tante Röschen reden. »Und wir rufen jetzt erst mal die Polizei an«, wandte ich mich an Regina.

»Meinst du, das muss sein? Ich weiß doch gar nicht, ob er wirklich ein Stalker ist. Vielleicht gibt er ja jetzt Ruhe, wo er mir einmal gründlich Angst eingejagt hat.«

Ich verzog das Gesicht. »Ich habe mal gelesen, dass nur zwanzig Prozent aller Stalking-Opfer zur Polizei gehen. Dabei nehmen die solche Fälle mittlerweile richtig ernst. Ich glaube, es gibt sogar so was wie Stalking-Beauftragte.«

Sie warf mir einen zweifelnden Blick zu, und genau in

diesem Moment klingelte schon wieder das Telefon. Wir blickten uns erschreckt an.

»Ich gehe dran«, sagte ich und nahm ab. Eine Männerstimme zischte: »Es wird dir noch leidtun, dass du nichts von mir wissen wolltest!« Ehe ich antworten konnte, hatte der Mann aufgelegt.

# 9

Um Viertel vor zwei lagen wir schließlich im Bett. Ich hatte bei der Polizei angerufen und Anzeige erstattet, und man hatte mir gesagt, morgen früh käme der Stalking-Beauftragte gleich um neun bei uns vorbei. Dann hatte ich den Telefonstecker gezogen und Reginas Handy ausgeschaltet.

»Wir müssen uns den Wecker stellen«, sagte ich zu Regina und trank meinen letzten Schluck alkoholfreies Bier. »Sonst verschlafen wir am Ende noch.«

Sie nickte müde und verschwand im Bad. Ich reckte mich gähnend, räumte mein Glas in die Spülmaschine, schaltete das Licht in der Küche aus und machte mich auf den Weg in mein Zimmer. »Ich lasse die Tür einen Spalt auf«, rief ich Regina durch die geschlossene Badezimmertür zu. »Du brauchst keine Angst zu haben.«

Aber dann müssen wir wohl beide vergessen haben, uns den Wecker zu stellen, denn als jemand um neun an der Tür Sturm klingelte, schliefen wir noch. Ich träumte gerade von einer Südseeinsel mit wogenden Palmen. Wohlig seufzend lag ich im warmen Sand, als plötzlich aus dem türkisblauen Wasser eine Straßenbahn auftauchte. Sie fuhr direkt auf mich zu. Dabei klingelte sie laut und hupte wie verrückt. Mein Herz begann zu rasen, und ich sprang hastig auf, um dem klingelnden Ungetüm zu entgehen, das jedoch nicht aufhörte und immer weiter klingelte und hupte, klingelte und hupte, klingelte und …

Erschrocken fuhr ich hoch. Das Klingeln und Hupen hörte nicht auf. Schlaftrunken blickte ich mich um. Auf dem Nachttisch brummte mein Handy, das auf Vibration gestellt war, und drehte sich dabei im Kreis. Ich schaute aufs Display. Tante Röschen! Ach, du lieber Himmel! Hoffentlich war nichts passiert. Als ich das Gerät ergriff, stellte ich fest, dass das Klingeln von der Tür kam. Ein erneuter Blick aufs Display bestätigte meine Befürchtungen – es war zehn nach neun! Regina hatte anscheinend nichts gehört und schlief noch.

Hastig sprang ich auf und schlüpfte in meinen Bademantel. Barfuß rannte ich zur Tür. Im Laufen nahm ich den Anruf entgegen. »Kind? Kind, bist du das?«, rief die aufgeregte Stimme von Tante Röschen. »Warum gehst du denn nicht ans Telefon?«

»Tante Röschen? Es klingelt gerade an der Tür. Ich rufe dich gleich zurück«, unterbrach ich sie und legte auf. Ich stieß mir den nackten Fuß an der Kommode und rieb den angeschlagenen dicken Zeh fluchend am Knie, als ich die Wohnungstür öffnete. »Oh, verflucht …« Mir blieb der Mund offen stehen, und vor Überraschung fiel mir beinahe das Handy aus der Hand.

»Sie?«, stieß ich hervor. »Was wollen Sie denn schon wieder? Lassen Sie mich doch endlich in Ruhe!«

Der uniformierte Polizeibeamte, der vor der Tür stand, runzelte die Stirn. »Sie haben mich angefordert«, sagte er mürrisch.

»Nein, keineswegs«, entgegnete ich spitz. »Wir erwarten den Stalking-Beauftragten der Kölner Polizei.« Dann dämmerte es mir. »Das sind ja wohl nicht etwa Sie?«

Er nickte ernst. »Doch, das bin ich. Darf ich hereinkommen?« Sein Blick blieb an meinem Morgenmantel hängen. »Sind Sie immer noch krank?«, fragte er misstrauisch.

»Nein«, gab ich patzig zurück. »Sehe ich so aus?«

Er wurde rot. »Nein, nein, natürlich nicht«, versicherte er mir hastig. »Entschuldigen Sie. Ich habe nur gedacht …«

»Denken scheint bei Ihnen nicht allzu viel zu bringen«, erwiderte ich. »Sie haben ja auch gedacht, dass Ihr Hund Ihnen gehorcht.«

»Das werfen Sie mir wohl in hundert Jahren noch vor, was?«, sagte er bitter.

Ich wehrte ab. »Nein, um Gottes willen! Allein schon die Vorstellung, dann immer noch mit Ihnen zu tun haben zu müssen …«

Regina steckte verschlafen den Kopf aus ihrem Zimmer. »Mit wem streitest du …« Erschreckt zog sie den Kopf wieder zurück. »Ich komme sofort«, rief sie aus dem Schlafzimmer. »Geht schon mal in die Küche.«

Ich wusste selbst nicht, was mich geritten hatte, so zu reagieren. Aber irgendwie reizte mich der Mann – allerdings wohl nicht im positiven Sinn … Also riss ich mich zusammen und sagte einigermaßen höflich: »Ja, dann kommen Sie mal mit.«

Er folgte mir in die Küche. Regina ließ sich Zeit – wahrscheinlich stand sie vor ihrem Kleiderschrank und überlegte, was sie anziehen sollte –, und so lungerten wir beide einigermaßen verlegen in der Küche herum.

»Äh, ja«, sagte ich schließlich, »kann ich Ihnen einen

Kaffee anbieten? Meine Freundin muss jeden Moment hier sein.«

»Ja, danke, einen Kaffee nehme ich gerne«, antwortete er.

Um eine Unterhaltung in Gang zu bringen, fragte ich betont munter: »Und, was macht Ihr Hund?«

»Danke«, erwiderte er reserviert. »Elli geht es gut. Sie wartet unten vor der Haustür.«

»Ah, ja.« Ich nickte. »Sozusagen auch im Dienst. Solange sie da sitzt, traut sich ja wohl keiner ins Haus.«

»Nein«, bestätigte er ernst, aber in seinen Augen funkelte es. »Das war meine Absicht.«

Ich verzog unwillkürlich die Mundwinkel. Damit er es nicht sah, drehte ich mich um und hantierte mit der Kaffeemaschine. Zum Glück betrat Regina in diesem Augenblick die Küche. Sie trug Jeans und T-Shirt. Die leuchtend rot gefärbten Haare – beim letzten Mal hatte sie ein bisschen viel Henna genommen – hatte sie zu einer Art Vogelnest zusammengesteckt, damit sie nicht in alle Himmelsrichtungen abstanden.

»Tante Röschen hat gerade angerufen«, sagte ich zu ihr. »Ich muss sie zurückrufen. Kaffee ist gleich fertig.« Ich nickte Günther Bartels zu und drückte mich an Regina vorbei durch die Tür, froh, dem Ganzen zu entkommen.

»Kind«, weinte Tante Röschen ins Telefon. »Wo bist du denn? Nie kann ich dich erreichen! Aber jetzt ist es ja sowieso schon passiert.«

»Was ist passiert?«, fragte ich alarmiert.

»Alfons ist im Krankenhaus.«

»Wie, im Krankenhaus?«, fragte ich erschrocken.

»Na, er ist doch aus dem Bett gefallen.«

»Wie, aus dem Bett gefallen?«

»Jetzt sprich mir doch nicht immer alles nach«, sagte Tante Röschen gereizt. »Das will ich dir gerade erzählen.«

»Ja, ist ja schon gut«, erwiderte ich friedfertig. »Aber die Frage ist wohl berechtigt.«

»Wir haben uns doch das neue Bett gekauft«, holte Tante Röschen aus. »Du weißt schon, in Kall, in diesem großen Möbelladen, das habe ich dir erzählt. Ich habe es dir auch im Prospekt gezeigt.«

Das stimmte. Tante Röschen hatte es sich vor einiger Zeit in den Kopf gesetzt, dass sie unbedingt eines von diesen neuen, modernen Betten haben müssten, die wegen der zahlreichen Matratzen so hoch sind, dass man fast eine Leiter braucht, um hineinzuklettern.

»Ja, und gestern ist es geliefert worden«, fuhr sie fort. »Das alte haben sie übrigens gleich mitgenommen. Praktisch, oder?« Sie wartete meine Antwort gar nicht ab, sondern redete weiter. »Ich habe es sofort frisch bezogen, und dann haben wir die erste Nacht darin geschlafen. Also, ich finde es ja sagenhaft bequem!« Sie geriet ins Schwärmen und pries die Vorzüge des Betts, als würde sie neuerdings in der Möbelbranche arbeiten. Manchmal neigt sie dazu, sich vom eigentlichen Thema zu entfernen.

»Ja, ich glaube es dir, Tante Röschen«, unterbrach ich sie. »Was ist denn jetzt passiert?«

»Das will ich dir doch gerade erzählen«, sagte sie beleidigt. »Wir schlafen also in dem Bett, und es sieht auch ganz wunderbar aus in unserem Schlafzimmer, ich habe die neue Bettwäsche genommen, die du uns zu Weihnachten geschenkt hast …«

»Tante Röschen!«

»Ja, und auf einmal gibt es einen gewaltigen Krach, und ich wache auf und kriege einen Riesenschreck, weil nämlich Alfons auf dem Boden liegt, und, Kind, ich kann dir sagen, er hat so laut gestöhnt, dass ich Angst bekommen habe.«

Ich zog erschreckt die Luft ein. »Ach, du lieber Himmel! Hat er sich was gebrochen?«, fragte ich.

»Nein, zum Glück wohl nicht.« Tante Röschens Stimme klang so, als säßen ihr die Tränen sehr locker. »Der Arzt hat gesagt, er hätte wahrscheinlich die Schulter ausgekugelt und die Hüfte geprellt. Er ist ja nur auf eine Seite gefallen. Wie ein nasser Sack!«, fügte sie aufgeregt hinzu. »Wie ein nasser Sack! Sie haben ihn erst einmal mit ins Krankenhaus genommen. Ich fahre gleich mit dem Taxi hin. Bei Taxi Justen habe ich schon angerufen, der muss jeden Moment da sein. Ich wollte dir nur vorher Bescheid sagen.«

»Ich komme, so schnell ich kann«, versprach ich ihr. »Warte im Krankenhaus auf mich.«

Anderthalb Stunden später stand ich im Mechernicher Krankenhaus auf dem Gang und redete mit dem diensthabenden Arzt. Dass es so schnell gegangen war, hatte ich Antonia zu verdanken. Mit Bus und Bahn wäre ich ewig unterwegs gewesen, und da ich die weite Strecke unmöglich mit dem Fahrrad fahren konnte, hatte ich in meiner Verzweiflung Antonia angerufen und sie gefragt, ob sie mir eines ihrer Autos leihen könnte.

»Du kannst jetzt unmöglich selber fahren«, hatte sie erklärt. »Ich schicke dir meinen Chauffeur vorbei, ich brauche ihn heute sowieso nicht. Er holt dich in fünf Minuten ab. Ich würde ja mitkommen und dir die Hand halten, aber gleich kommt meine Physiotherapeutin.«

Und so kam es, dass ich wie Queen Elizabeth im dicken Mercedes in die Eifel kutschiert wurde – was ich sicher noch mehr genossen hätte, wenn ich mir nicht solche Sorgen um Onkel Alfons gemacht hätte.

Offensichtlich hatte er einen kleinen Schlaganfall gehabt. »Ein Glück, dass er so schnell hier war. Er ist glimpflich davongekommen«, sagte der Arzt. »Leichte motorische Störungen im rechten Arm und der rechten Hand, aber ansonsten ist alles so weit in Ordnung. Wir behalten ihn ein paar Tage zur Beobachtung hier, und dann kann er in die Reha. Danach ist Ihr Mann wieder wie neu«, wandte er sich an Tante Röschen, der der Schock immer noch anzusehen war.

»Tante Röschen!« Tröstend legte ich ihr den Arm um die Schultern. »Hast du gehört? Alles nicht so schlimm.«

Sie nickte stumm und schniefte hörbar. »Ja«, murmelte sie. »Der Mann hat mir einen ganz schönen Schrecken eingejagt.« Sie blickte mich bekümmert an. »Die goldene Hochzeit können wir wohl jetzt nicht feiern. Aber das wollte ich sowieso nicht. Das ganze Theater, das immer darum gemacht wird.«

Ich tätschelte ihr die Schulter. »Die Feier können wir bestimmt nachholen. Jetzt ist erst einmal Onkel Alfons wichtig. Du gehst am besten zu ihm, und ich warte hier auf dich. Anschließend fahren wir dann gemeinsam nach Hause.«

Später, als ich Tante Röschen nach Hause gebracht und sie mit einer Schlaftablette in ihr neues Bett gepackt hatte, rief ich Doro an, um sie über die Ereignisse zu informieren. Dabei erfuhr ich gleich die nächste Hiobsbotschaft.

»Madeleine Lohmann sitzt hier bei mir«, begann sie.

Ich unterbrach sie: »Ja, du kannst ihr gleich Bescheid sagen. Ich bin eben mit Tante Röschen aus dem Krankenhaus gekommen. Die Feier zur Goldhochzeit fällt natürlich flach. Ich kann verstehen, dass den beiden nicht danach zumute ist. Außerdem ist Onkel Alfons dann wahrscheinlich sowieso noch in der Reha.«

»Ja, das habe ich mir schon gedacht«, erwiderte Doro. »Aber deshalb ist Madeleine nicht bei mir. Sie hat im Moment ganz andere Sorgen. Ihr Stiefsohn will sie einweisen lassen.«

»Wie einweisen?«, fragte ich verständnislos. »Und dass sie einen Stiefsohn hat, höre ich zum ersten Mal.«

»Glaub mir«, Doro seufzte, »von dem würdest du auch lieber gar nichts wissen. Das scheint ein wirklich unangenehmer Zeitgenosse zu sein.« Im Hintergrund war die erregte Stimme von Madame Lohmann zu hören, ich konnte aber nicht verstehen, was sie sagte.

»Warte mal«, sagte Doro. Dann wandte sie sich anscheinend an ihren Besuch. »Madeleine, du brauchst keine Angst zu haben. Hilde wird dich nicht verraten.« Zu mir sagte sie: »Einweisen wie einweisen. Er will sie in die Klapsmühle stecken. Ich weiß ja, dass du jetzt viel um die Ohren hast, aber kann ich bei euch vorbeikommen? Ich möchte das gerne mit dir persönlich besprechen.« Sie merkte offenbar, dass ich zögerte, denn sie fügte hastig hinzu: »Madeleine bleibt hier. Ich komme alleine.«

Eine Dreiviertelstunde später saßen wir im Wintergarten, tranken Tante Röschens selbstgemachten Holunderblütensaft und aßen den Rhabarberkuchen, den wir in der Speisekammer gefunden hatten.

»Zum Glück schläft sie«, sagte ich und warf einen Blick

auf Tante Röschens Schlafzimmertür, hinter der leises Schnarchen ertönte. »Sie war ja mitten in der Nacht wach, und die Jüngste ist sie auch nicht mehr. Ich frage mich bloß, was ich mit ihr machen soll, wenn Alfons in der Reha ist. Ich kann sie doch hier nicht alleine lassen. Haus und Garten in Ordnung zu halten, das schafft sie doch nie im Leben ohne ihn.«

»Nein.« Doro schüttelte den Kopf. »Das geht nicht. Und Norbert und ich können ihr zwar ab und an helfen, aber wir können uns auch nicht ständig um sie kümmern. Wir müssen ja arbeiten.«

»Ja, und stell dir vor, ihr passiert irgendwas. Wenn Alfons hier oben alleine gelebt hätte, dann wäre die Sache schlimmer ausgegangen.« Unglücklich blickte ich meine Freundin an. »Auf die Dauer geht das alles gar nicht. Eigentlich müsste ich wieder zurückkommen.«

Doro runzelte die Stirn. »Und wenn du sie mit nach Köln nimmst?«, schlug sie vor. »Etwas anderes fällt mir jetzt auf die Schnelle auch nicht ein.«

Ich zuckte hilflos mit den Schultern. »Es wird mir letztlich gar nichts anderes übrigbleiben. Aber sie will bestimmt nicht. Kannst du dir vorstellen, dass sie das Haus und ihren geliebten Garten zurücklässt? Und was meinst du, was Regina dazu sagt?«

»Sie kann ihr doch das Gästezimmer geben«, schlug Doro vor. »Ich glaube nicht, dass Regina was dagegen hat. Die Wohnung ist schließlich groß genug. Aber warte mal ab, vielleicht kann sie ja auch mit in die Reha.«

Bekümmert blickte ich vor mich hin. Das war wirklich ein Problem, und irgendwann würde ich mich ernsthaft damit auseinandersetzen müssen, weil die beiden alten Leute so oder so nicht alleine hier draußen bleiben konnten.

»Na ja, wir haben ja noch ein bisschen Zeit«, beruhigte ich mich. »Solange Onkel Alfons im Krankenhaus liegt, geht sie sowieso nicht weg. Sie will ihn ja sicher jeden Tag besuchen.«

»Warum war denn Onkel Alfons eigentlich in der letzten Zeit so komisch?«, fragte Doro. »Tante Röschen hat sich doch darüber beschwert, dass er öfter mal plötzlich verschwunden war. Das waren hoffentlich nicht die Vorboten vom Schlaganfall? Oder wird er dement?«

»Nein, Quatsch.« Ich schüttelte den Kopf. »Als Tante Röschen kurz aus dem Zimmer war, hat er mir gesagt, dass er oben in der Waldhütte an einer Holzskulptur für sie arbeitet. Wegen der Goldhochzeit. Er hat den Stamm von dem alten Birnbaum, der beim letzten Sturm umgestürzt ist, da hinaufgeschafft und bearbeitet ihn jetzt. Wahrscheinlich hat er sich dabei übernommen, und deshalb hatte er jetzt auch den Schlaganfall.«

»Och, das ist aber eine schöne Idee«, sagte Doro gerührt. »Aber er hätte besser Norbert um Hilfe gebeten, der hätte ihm den Stamm doch transportieren können.«

»Ja, das hätte er mal besser getan.« Ich verzog die Mundwinkel. »Aber du kennst die beiden ja. Sie würden sich eher die Zunge abbeißen, als jemanden um Hilfe zu bitten, weil sie niemandem zur Last fallen wollen.«

»Apropos um Hilfe bitten, ich wollte ja auch die Sache mit Madeleine mit dir besprechen«, warf Doro ein. »So eine Geschichte hast du noch nicht gehört. Meinst du, du könntest sie am Montag mit nach Köln nehmen?«

»Ach so, ja, was ist denn überhaupt passiert?«, fragte ich. »Du hast gesagt, ihr Stiefsohn will sie in die Psychiatrie einweisen lassen?«

»Ja, stell dir vor!« Doro war ganz aufgebracht. »Sie hat

wohl Vermögen, unter anderem zwei Mietshäuser in Bonn, die sie von ihrem verstorbenen Mann geerbt hat. Und der hatte aus seiner ersten Ehe einen Sohn, der anscheinend ziemlich missraten ist. Schon der Vater hatte Probleme mit ihm, er nimmt Drogen und macht kriminelle Geschäfte und so, und der Vater wollte ihn eigentlich enterben, aber Madeleine hat ein gutes Wort für den Sohn eingelegt, und dann hat er ihm doch die Hälfte vermacht. Und jetzt will der arbeitsscheue Kerl auch noch die andere Hälfte. Ständig lauert er Madeleine auf, damit sie ihm Geld gibt. Und weil sie nichts freiwillig herausrückt, hat er ihr jetzt gedroht, sie entmündigen und in die Psychiatrie einweisen zu lassen, wenn sie ihm nicht ein Dokument unterschreibt, mit dem er Zugriff auf ihre Konten hat.«

»Geht das denn so einfach?«, fragte ich. »Das kann ich mir kaum vorstellen.«

»Ach, was weiß ich!« Doro fuhr sich mit der Hand durch die blonden Locken. »Er hat ihr an ihrem Haus aufgelauert und ihr gedroht, er würde vor Gericht erzählen, wie verwirrt sie wäre, und dass sie nicht in der Lage wäre, sich um ihre Belange zu kümmern. Sie glaubt auf jeden Fall, dass ihm das gelingt, sie ist ja Französin, und ich weiß gar nicht, ob sie die deutsche Staatsbürgerschaft hat.«

»Ist das nicht automatisch so, wenn sie mit einem Deutschen verheiratet war?«, warf ich ein. »Und außerdem, was hat das denn damit zu tun, ob sie Französin ist oder nicht?«

»Ach, was weiß ich. Jetzt hat sie auf jeden Fall Angst«, fuhr Doro fort. »Allerdings gar nicht so sehr davor, dass er ihr das Geld wegnehmen könnte, sondern einfach vor ihm. Wie gesagt, er scheint ein ziemlich unangenehmer Zeitgenosse zu sein.« Sie verzog das Gesicht. »Ich habe dir doch erzählt, dass ich einmal von Weitem so einen komischen Typ bei ihrem Haus gesehen habe – das scheint er gewesen zu sein.«

»Hm, die arme Frau. Ich kann verstehen, dass sie Angst vor ihm hat«, sagte ich. »Das ist ja auch eine furchtbare Situation. Stell dir mal vor, Rouven würde sich so benehmen.« Ich schüttelte den Kopf. »Das fände ich auch schrecklich.«

Doro bedachte mich mit einem nachsichtigen Blick. »Hilde, bei dir ist doch nichts zu holen. Warum sollte Rouven dich entmündigen lassen?«

»Na ja«, verteidigte ich mich, »vielleicht, weil sein Vater ihn aufgehetzt hat oder so. Ich meine ja nur.«

»Blödsinn!«, erklärte Doro. »Außerdem ist Rouven nicht dein Stiefsohn.«

»Ja, da hast du auch wieder recht.« Unwillkürlich musste ich grinsen. »Aber warum soll ich Madeleine denn mit nach Köln nehmen? Was will sie da?«

»Na ja, sie hat verständlicherweise Angst, hier alleine zu bleiben. Ich hab mich ja sowieso schon immer gewundert, warum sie sich da oben so einmauert. Sie hat seit Jahren die Hecke nicht mehr schneiden lassen. Im Haus ist es ganz dunkel, weil gar kein Licht mehr durchkommt. Brrr!« Doro schüttelte sich. »Jetzt fühlt sie sich hier nicht mehr sicher, und deshalb möchte sie lieber in die Großstadt, weil sie denkt, dass sie sich da besser verstecken kann. Das stimmt ja auch sicher, aber andererseits will sie natürlich nicht alleine sein, das kann man ja verstehen. Ich hab ihr jedenfalls vorgeschlagen, dass sie erst einmal mit zu dir kommen kann.«

»Was?« Ich schaute meine Freundin entgeistert an. »Sag mal, spinnst du? Ich kann doch nicht das halbe Dorf bei Regina anschleppen! Ich bin nur Untermieterin!«

»Also, vom halben Dorf kann gar keine Rede sein. Ich dachte bloß, dass sie bei dir am besten aufgehoben ist. Du weißt immer einen Rat, und bange machen lässt du dich so schnell auch nicht.« Doro riss flehend ihre blauen Augen auf. »Es ist ja nicht für lange. Sie hat sonst niemanden, und sie will nur ein bisschen Abstand, bis der Junge wieder zur Vernunft gekommen ist. Außerdem will sie eines der Häuser verkaufen und ihm dann sowieso Geld geben.«

»Na, ob das so klug ist, nach allem, was du mir erzählt hast«, sagte ich zweifelnd.

»Ja, das weiß ich auch nicht, aber das ist ja ihre Sache. Auf jeden Fall will sie, bis alles geregelt ist, erst einmal von der Bildfläche verschwinden. Bitte, Hilde, du bist doch unsere Beste«, schmeichelte sie. »Ich wüsste sonst niemanden, der sich um sie kümmern könnte. Und sie wird euch doch auch nicht zur Last fallen. Im Gegenteil, wahrscheinlich macht sie den Haushalt, und ihr könnt euch abends nach der Arbeit an einen gedeckten Tisch setzen.«

Ich kaute auf meiner Unterlippe. Die Frau tat mir ja leid. Sie war nett. Sie hatte es sicher nicht verdient, dass ihr Stiefsohn so mit ihr umsprang. Seufzend hob ich die Hände. »Also gut, ich frage Regina. Aber das sage ich dir gleich«, fuhr ich fort, als Doro aufsprang und mir um den Hals fiel, »wenn die nicht einverstanden ist, kann ich auch nichts machen. Dann muss Madeleine sich ein Zimmer suchen.«

»Ja, ja.« Doro winkte ab. »Regina wird nichts dagegen haben. Du musst es ihr nur richtig verkaufen. Sie frisst dir sowieso aus der Hand. Du kümmerst dich doch immer um alle ihre Probleme. Mit dir im Haus hat sie sich glatt die Therapeutin gespart.«

Ich warf meiner besten Freundin einen scharfen Blick zu. »Ach, so siehst du das also? Interessant. Und was sparst du in diesem Fall mit mir?«

Doro grinste. »Komm, sei nicht so giftig, das steht dir nicht.« Sie wurde wieder ernst. »Mir tut Madeleine einfach leid. Wenn sie hier bleiben wollte, hätte ich ihr auch bei uns Asyl angeboten, aber sie will lieber in die Großstadt, weil da mehr los ist. Außerdem findet er sie da nicht so leicht. Und ich verstehe sie ja.«

»Ja«, gab ich zu, »ich sehe das genauso. Es ist nur blöd, dass das mit Onkel Alfons gerade jetzt passiert ist. Wenn das so weitergeht, habe ich sie am Ende noch alle in Köln sitzen, und ich weiß wirklich nicht, wie ich das dann unter einen Hut kriegen soll.«

»Das lassen wir auf uns zukommen«, meinte Doro gelassen. »Wenn es so weit ist, überlegen wir uns, wie wir damit umgehen.« Sie tätschelte mir die Schulter. »Du bist nicht allein, Hilde. Und gemeinsam fällt uns schon was ein.«

Ihre Worte gingen mir durch den Kopf, als ich am Dienstagmorgen schließlich nach Köln fuhr. Ich war den Montag über bei Tante Röschen geblieben und am Sonntag und am Montag mit ihr ins Krankenhaus gefahren. Onkel Alfons ging es den Umständen entsprechend ganz gut, aber ich merkte ihm an, dass der Schlaganfall ihm Angst gemacht hatte.

Alt und schmal lag er in seinem weißen Krankenhausbett. Er bemühte sich sehr, Tante Röschen nicht noch mehr zu verstören und zu ängstigen, aber daran, wie seine linke Hand ständig die unbewegliche rechte Hand streichelte und knetete, merkte man seine Unruhe.

So gut es ging, versuchte ich ihm die Sorgen zu nehmen. »Der Arzt hat gemeint, nach der Reha bist du wie neu«, berichtete ich ihm. »Du wirst sehen, das wird schon alles wieder. Das war jetzt ein Warnschuss. Du darfst einfach nicht mehr so schwer arbeiten, und du wirst in Zukunft jeden Tag deine Medikamente gegen den hohen Blutdruck nehmen müssen.«

»Es hat doch kein Mensch gewusst«, warf Tante Röschen ein, »dass Alfons zu hohen Blutdruck hat. Darauf wäre ich im Leben nicht gekommen. Du hast ja nie einen roten Kopf gehabt, Alfons«, sagte sie fast anklagend zu ihm.

»Hohen Blutdruck erkennt man selten an einem roten Kopf, Tante Röschen«, erwiderte ich. »Achtet in Zukunft einfach darauf, dass ihr regelmäßig zum Arzt geht und euch untersuchen lasst. Und nehmt eure Medikamente! Ich möchte noch ein bisschen von euch haben!«

»Ist ja gut, Kind«, besänftigte Onkel Alfons mich. »Unkraut vergeht nicht, das siehst du doch an mir. Ich tue ja alles, was der Arzt sagt. Ich gehe sogar in die Reha – und hoffentlich wird die Hand dann wieder!« Sorgenvoll betrachtete er seine reglose Hand. Ich wusste, was ihm durch den Kopf ging. Wer sollte in Zukunft das ganze Holz für Ofen und Herd hacken? Wer sollte die Reparaturen durchführen, die bei so einem alten Haus immer wieder anstanden? Bestimmt dachte er auch an die Holzskulptur für Tante Röschen. Ich nahm mir vor, mit Norbert zu reden – der würde den beiden bestimmt bereitwillig helfen.

Am liebsten hätte ich mir die ganze Woche freigenommen, aber das konnte ich mir nicht leisten. Schließlich musste ich ja Geld verdienen. Aber nachdem Tante Röschen mir hoch und heilig versprochen hatte, sofort Doro anzurufen, wenn sie Hilfe brauchte, machte ich mich einigermaßen beruhigt auf den Weg nach Köln.

»So gebrechlich bin ich schließlich noch nicht«, hatte Tante Röschen gemeint. »Eine Weile komme ich schon gut alleine zurecht.« Um es mir zu beweisen, war sie erst einmal in ihren Gemüsegarten gegangen und hatte Gurken und Tomaten für mich geerntet. »Geh du mal in die Himbeeren«, sagte sie zu mir. »Die Sträucher hängen voll, und ich komme jetzt in der nächsten Zeit wohl nicht so oft dazu.«

Sie hatte recht. Die dicken roten Früchte leuchteten mir schon von Weitem entgegen. Himbeeren liebte ich, und da man in der Stadt schon für ein kleines Schälchen ein Vermögen bezahlte, nahm ich Tante Röschens Angebot dankbar an. Regina würde sich freuen, und ich konnte mich wenigstens ein bisschen erkenntlich zeigen für ihre Hilfsbereitschaft.

Es war wirklich schön, Freundinnen zu haben, auf die ich mich verlassen konnte. Doro wollte sich um Tante Röschen kümmern, mit ihr zum Einkaufen und ins Krankenhaus fahren, und Regina hatte auf meinen Anruf, ob sie Madeleine für eine Zeitlang Asyl gewähren könnte, völlig unkompliziert reagiert. »Die Ärmste«, hatte sie mitleidig gemeint. »Was ist das denn für eine schreckliche Geschichte! Vom eigenen Sohn entmündigt zu werden! Bring sie ruhig mit. Für mich können im Moment gar nicht genug Frauen in der Wohnung sein.«

Die Sache mit dem Stalker machte ihr zu schaffen, und solange wir ihm nichts nachweisen konnten und er frei herumlief, mussten wir eben alle auf sie aufpassen.

Und so saß ich schwer bepackt mit Gurken, Tomaten, gelben und grünen Zucchini und einem kleinen Eimerchen voller Himbeeren neben Madeleine im Zug nach Köln.

Sie war nicht so lebhaft und munter wie sonst, aber das konnte ich ihr nicht verübeln. Tief in Gedanken versunken schaute sie aus dem Fenster, und als ich ihr die Hand auf den Arm legte, zuckte sie zusammen. »Keine Sorge, Madeleine, das wird schon alles wieder«, tröstete ich sie. Onkel Alfons hätte jetzt bestimmt eines seiner Sprichwörter von sich gegeben. »Kommt Zeit, kommt Rat«, sagte er immer oder, noch besser, »Wenn du glaubst, es geht nicht mehr, kommt von irgendwo ein Lichtlein her«. Hoffentlich sprach er sich damit jetzt selber Mut zu.

Madeleine lächelte ein wenig trübe und nickte. »Ja, das hoffe ich auch. Er ist ja eigentlich ein guter Junge«, sagte sie leise.

»Na, jetzt übertreibst du aber«, wandte ich ein. »Besonders gut scheint er mir nicht zu sein, so wie er sich aufführt.«

»Doch, früher war er so lieb. Er ist ein bisschen in schlechte Gesellschaft getreten … oh nein«, verbesserte sie sich, »geraten. Man sagt geraten, *n'est-ce pas?*«

Ich nickte.

»Er meint das sicher nicht so. Er wird schon wieder Vernunft bekommen.« Dieses Mal fiel ihr der Fehler nicht auf, und ich hütete mich, sie zu verbessern. Abgesehen von ihrem charmanten Akzent sprach sie hervorragend Deutsch. Wenn ich so gut Französisch sprechen könnte wie sie Deutsch, dachte ich insgeheim, wäre mein Leben vielleicht anders verlaufen.

Aber das war ja Unsinn. Hätte, wäre, könnte. Was hatte die arme Frau davon, dass sie Fremdsprachen sprach?

Einen missratenen Stiefsohn, der sie bedrohte und in die Psychiatrie stecken wollte, um an ihr Geld zu kommen. Ich sollte dankbar für mein Leben – und meinen einigermaßen gut geratenen Sohn – sein und etwas aus dem machen, was mir gegeben war, statt mich selbst zu bemitleiden! Entschlossen setzte ich mich aufrecht hin und lächelte Madeleine ermutigend zu. Voller Dank erwiderte sie mein Lächeln.

»Mein Mann und ich, wir hatten keine eigenen Kinder«, sagte Madeleine. »Udo war neun, als wir uns kennengelernt haben, und ich habe ihn sehr lieb gewonnen. Ich kann es irgendwie gar nicht glauben, dass er mich so bedrängt.« Sie schniefte. »Wer weiß, was er für Schwierigkeiten hat. Der arme Junge!«

Ich schwieg. Ich hatte mir schon meine eigene Meinung über diesen jungen Mann gebildet. Wer so mit seiner Stiefmutter umsprang, der hatte kein Mitleid verdient, fand ich. Aber Madeleine war natürlich nicht geholfen, wenn ich ihr sagte, was ich von dem »armen Jungen« hielt. Zunächst war es wichtig, sie in Sicherheit zu bringen.

Madeleine war keine Last, im Gegenteil, sie war eine angenehme Mitbewohnerin, die sich ohne große Umstände in unsere kleine WG einfügte. Wie Doro vorausgesagt hatte, kümmerte sie sich um den Haushalt, kaufte ein und kochte für uns, so dass Regina und ich uns vorkamen wie in einem sehr komfortablen Hotel. Sie kochte sensationell gut, und Regina wurde nicht müde zu betonen, dass sie mit ihrem Essen Maßstäbe setzte.

»In deinen Coq au vin könnte ich mich reinsetzen«, sagte sie eines Abends, während wir ermattet auf unseren

Stühlen hingen, weil Madeleine uns mit einem mehrgängigen Menü überrascht hatte, als wir von der Arbeit kamen.

»Besser nicht. Dann iss ihn lieber auf«, antwortete Madeleine lächelnd. »Es ist noch ein bisschen da.«

»Nein.« Regina blies die Backen auf. »Ich kann nicht mehr. Aber man sollte meinen, du wärst Spitzenköchin!«

Das Rätsel um ihren Beruf hatte sich im Übrigen auch gelöst. Sie hatte Doro erzählt, dass sie Übersetzerin war und Romane aus dem Deutschen ins Französische übersetzte.

»Dass sie so einen starken Akzent hat, hindert sie anscheinend nicht daran«, hatte Doro zu mir gesagt, als sie es mir berichtete. »Sie hat mir offenbar angesehen, was ich gedacht habe, denn sie hat nur gelacht und gemeint, sie muss doch nicht vorlesen.« Dozierend hatte sie den Finger gehoben. »Sie hat es mir auch erklärt: Es ist wohl wichtiger, seine Muttersprache perfekt zu beherrschen als die Fremdsprache.« Nachdenklich legte sie den Kopf schief. »Auch eine schöne Arbeit, oder? Wäre das nichts für dich? Du warst doch in Französisch ganz gut in der Schule.«

»Ja.« Ich seufzte. »Aber ich nehme mal an, dass du dazu ein Studium brauchst. Und selbst wenn nicht, wie soll ich denn an Aufträge kommen?«

»Vielleicht über deine Frau Bündlein?«, schlug Doro vor. »Die arbeitet doch im Verlag, oder?«

»Ja, schon«, sagte ich. »Aber ich mag sie nicht fragen. Ich bin ja ihre Putzfrau. Für mich kommt was anderes leider nicht in Frage. Ich muss wohl weiter putzen gehen.«

# 10

Als ich den Hausflur betrat, hörte ich den Schrei. Eine Frau schrie markerschütternd, so dass es durch das gesamte Treppenhaus hallte.

»Um Gottes willen«, murmelte ich und rannte die Treppe hinauf. Im dritten Stock, unserer Etage, lehnte Regina kreidebleich, mit aufgerissenen Augen, an der Wand neben unserer Tür und öffnete gerade den Mund, wahrscheinlich um erneut loszuschreien. Sie sah mich, klappte den Mund wieder zu und deutete mit zitternder Hand auf den Fußabtreter. Dort lag, blutig und mit halb abgehacktem Kopf, eine tote Taube. Ich hielt mir die Hand vor den Mund, weil ich würgen musste.

In diesem Moment ging die Tür zu unserer Wohnung auf, und Madeleine, die ich am Morgen dort abgeliefert hatte, steckte den Kopf heraus.

»Pass auf!«, rief ich mit erstickter Stimme und deutete auf die Taube.

Auch Madeleine wurde bleich, als sie das massakrierte Tier sah. »Wer macht so was?«, rief sie bestürzt aus. »Das ist ja entsetzliisch!« Plötzlich begann sie am ganzen Leib zu zittern und schlug die Hand vor den Mund. »O Gott!«, schrie sie. »Hat Udo mich hier schon gefunden?« Ihre Stimme kippte hysterisch.

Scharf sagte ich zu ihr: »Geh in die Wohnung zurück. Wir wissen gar nicht, ob das Udo war.«

Ich schob den Fußabtreter beiseite. »Komm, mach einen großen Schritt und geh rein«, sagte ich zu Regina, die immer noch wie erstarrt an der Wand lehnte. »Ich rufe die Polizei.«

Eine Viertelstunde später war Günther da. Er inspizierte den Fundort und stellte fachmännisch fest, dass es wahrscheinlich nicht der Tatort war, da ansonsten viel mehr Blut und Federn herumliegen müssten.

Ich verdrehte die Augen. Ich konnte nichts dagegen tun. Obwohl die Situation so ernst war, reizte mich dieser Mann bis zur Weißglut. »Dazu hätte ich Sie nicht herholen müssen«, bemerkte ich sarkastisch. »Das hätte ich auch selber feststellen können.«

»Ach ja?« Er musterte mich aus seinen braunen Augen. »Könnten Sie Ihre Freundin im Ernstfall auch beschützen?« Ein wenig großspurig legte er die Hand an sein Pistolenhalfter.

Ich schnaubte verächtlich. »Wir sind doch hier nicht im Wilden Westen«, murmelte ich leise. »Das ist ja wohl immer noch Ihre Aufgabe.« Aber selbst ich musste – wenn auch widerwillig – zugeben, dass er recht hatte. Ich zog mich zurück und überließ ihm das Feld. Madeleine saß in der Küche und verfolgte das Geschehen im Flur mit großen Augen.

»Ich hatte solche Angst, es hätte etwas mit mir zu tun«, sagte sie. »Aber du hast wahrscheinlich recht. Udo kann es nicht gewesen sein. So viel Gemeinheit traue ich ihm dann doch nicht zu.«

Da war ich mir zwar nicht so sicher, aber ich hatte keine

Sekunde daran gezweifelt, dass das eklige Geschenk von Reginas Stalker kam. Udo hätte in der Eifel reichlich Gelegenheit zu so einer Tat gehabt, wenn das sein Stil wäre. »Woher sollte er denn auch wissen, dass du jetzt hier wohnst?«, beruhigte ich sie. »Nein, die Taube geht höchstwahrscheinlich auf das Konto von Reginas Stalker.« Ich erzählte ihr, was er sich schon so alles geleistet hatte, von den nächtlichen Daueranrufen und Drohungen bis hin zum Auflauern im Treppenhaus.

»Aber dass er jetzt tote Tiere vor die Tür legt, verleiht dem Ganzen eine neue Dimension«, fügte ich hinzu. »So weit ist er bisher nicht gegangen.« Ich rieb mir fröstelnd die Oberarme. »Man fragt sich wirklich, was er sich noch alles ausdenken wird.«

Madeleine hatte mit aufgerissenen Augen zugehört. »Und jetzt bin ich auch noch hier – eine Sorge mehr«, sagte sie. »O Gott, hoffentlich passiert nichts Schlimmes.«

»Das Beste wäre, die beiden würden zufällig im Treppenhaus aufeinanderstoßen und sich gegenseitig die Köpfe einschlagen«, sagte ich grimmig. »Dann wären wir das Problem mit einem Schlag los!«

Madeleine blickte mich zweifelnd an. »Wirkliiisch?«, sagte sie.

Ich schüttelte den Kopf. »Nein, war nur Spaß, Madeleine. Das habe ich natürlich nicht ernst gemeint.« Aber insgeheim dachte ich, dass mir diese Lösung gut gefallen würde.

Regina redete immer noch mit Günther, da wollte ich jetzt lieber nicht stören. Ich wandte mich an Madeleine: »Ich bin heute Abend eingeladen. Ich kann euch doch alleine lassen, oder?«

»Ja, sicher.« Madeleine lächelte. »Wir sind ja keine kleinen Kinder.«

»Das hat mir einfach großen Spaß gemacht«, sagte ich später an diesem Abend zu Antonia. »Dieses Büfett, und die Platten mit dem Fingerfood. Es war nur alles ein bisschen einfallslos zubereitet, weißt du, das Übliche. Tomate mit Mozzarella, Hühnerspießchen und so. Es war zwar lecker, aber uns beiden wären bestimmt interessantere Häppchen eingefallen.«

Ich traf mich mittlerweile regelmäßig mit Antonia. So unterschiedlich wir waren, wir verstanden uns großartig. Obwohl sie um einiges jünger war als ich, konnte sie manche Situationen – vielleicht bedingt durch ihre Krankheit und das viele Alleinsein – besser beurteilen, und ihr Rat bedeutete mir viel. Sie sah die Dinge sehr klar, und vor allem machte sie mir allein durch ihre Anwesenheit immer wieder bewusst, wie gut es mir ging und wie läppisch meine kleinen Wehwehchen waren. Sie mochte es, wenn ich von meinen Kunden erzählte, von den zahlreichen großen und kleinen Problemen, mit denen ich im Alltag konfrontiert war.

Antonia musterte mich nachdenklich. In der letzten Zeit litt sie unter einem leichten Tremor und wackelte fast unmerklich mit dem Kopf, auch wenn sie ganz still dasaß. Ihre Hände zitterten ein wenig. Vermutlich ein neuer, kleiner Schub, dachte ich. Aber es schien sie nicht weiter zu stören. Sie hatte mich angerufen und gefragt, ob ich Lust hätte, nach der Arbeit bei ihr vorbeizukommen. »Nichts Großartiges«, hatte sie gesagt, »nur eine Kleinigkeit zu essen und ein Glas Wein. Ich würde so gerne mal bei dir vorbeikommen, aber in der letzten Zeit bin ich wieder besonders schlecht auf den Beinen, und wenn es dir nichts ausmacht, würde ich lieber auf meinem Sofa bleiben.«

»Das ist schon okay«, hatte ich gesagt. »Ich bin so gegen halb sieben mit dem Fahrrad bei dir.« Sie hatte sich nie beklagt, aber ich spürte, wie sehr es ihr zu schaffen machte, dass sie durch ihre Krankheit ans Haus gefesselt war. Sie war eigentlich ein geselliger Mensch, aber da sie nur selten weggehen konnte, kannte sie kaum jemanden.

Wir saßen gemütlich auf Antonias Terrasse, der Brunnen plätscherte leise, und zwischen den Bäumen und Sträuchern gingen die Lampen an, weil es langsam dunkel wurde. Die Kleinigkeit zu essen hatte sich als köstliche, noch warme Gemüsequiche herausgestellt, und dazu gab es einen frischen, leichten Weißwein.

Antonia trank einen kleinen Schluck. »Und wenn du selber so ein Catering-Unternehmen gründen würdest? Ich könnte dir auf jeden Fall beim Kochen helfen. Das könnte man ja von hier aus machen. Meine Küche ist groß genug.«

»Nein.« Ich schüttelte den Kopf. »Das ist mit viel zu hohen Kosten verbunden. Du brauchst ja zumindest eine Grundausstattung an Töpfen, Geschirr, Gläsern und Besteck. Außerdem gibt es so viele Anbieter. Jeder, der einigermaßen kochen kann, macht sich damit selbständig.« Ich seufzte. »Ich würde ja gerne, aber das kann ich mir einfach nicht leisten.«

»Ich …«, sagte Antonia, doch ich unterbrach sie. »Nein, nein, ich kann mir schon denken, was du sagen willst. Aber das kommt überhaupt nicht in Frage. Und es ist sowieso nicht durchzuführen, jedenfalls nicht so, dass etwas dabei herauskommt. Vergiss es!«

»Ja, aber …«, begann Antonia erneut, doch auch dieses Mal ließ ich sie gar nicht erst ausreden.

»Antonia!« Ich schaute sie streng an. »Du bist wirklich zu gut für diese Welt! Behalt dein Geld lieber für dich. Ich sage dir, ein Cateringservice wäre ein Fass ohne Boden!« Ich spreizte die Finger und zählte ihr vor: »Ich bräuchte ein großes Auto zum Ausliefern, am besten einen Lieferwagen. Wir müssten eine Agentur beauftragen, ein Logo zu entwickeln und Werbung zu machen, dann die ganze Ausstattung und vielleicht sogar noch ein oder zwei Angestellte – das ist alles viel zu aufwendig. Und dann weißt du immer noch nicht, ob es überhaupt funktionieren würde. Hier hat doch jeder Lebensmittelladen und jede Metzgerei einen Cateringservice!«

Antonia schwieg einen Moment. Dann sagte sie kleinlaut: »So uneigennützig, wie du glaubst, ist mein Vorschlag gar nicht. Aber du hast natürlich recht, Catering-Unternehmen gibt's wie Sand am Meer. Und eigentlich ist es auch nicht das, was ich will. In erster Linie würde ich gerne was mit dir zusammen machen. Aber hier zu Hause für so ein Unternehmen zu kochen, wäre wohl auch ziemlich einsam.« Sie zuckte ein wenig unglücklich mit den Schultern. »Weißt du, mir ist manchmal so langweilig. Ich kann nicht so am Leben teilhaben, wie ich gerne möchte. Wenn ich mich nur sicherer draußen bewegen könnte.«

»Und wenn du mit dem Rollstuhl fahren würdest?«, schlug ich hilflos vor. »Dann könntest du wenigstens ab und zu mal in die Stadt oder an den Rhein. Optimal ist das nicht, aber immer noch besser, als alleine hier herumzusitzen.« Insgeheim nahm ich mir vor, Kontakt mit Antonias Schwester aufzunehmen. Sie konnte vielleicht wenigstens mal zu Besuch kommen.

Antonia schüttelte resigniert den Kopf. »Das geht auch nicht. Mir ist es oft so schwindlig, und das wäre viel zu gefährlich.« Sie schwieg, dann fuhr sie fort: »Außerdem weißt du bei dieser blöden Krankheit nie, was als Nächstes passiert. Es gibt Tage, da geht alles ganz gut. Ich kann laufen, zwar ein bisschen ruckartig, das hast du ja gesehen, aber dann kann es auch ganz plötzlich passieren, dass irgendetwas nicht mehr funktioniert. Ich halte ein Glas in der Hand und führe es zehnmal ohne Probleme zum Mund, und beim elften Mal rutscht es mir aus der Hand und fällt zu Boden.«

Ich streckte die Hand aus und legte sie auf Antonias Unterarm. Unwirsch zog sie ihn weg. »Du brauchst mich nicht zu bemitleiden. Das erledige ich schon selber!« Ihre Stimme klang spröde.

Ich verdrehte die Augen. »Wie kommst du auf die Idee, dass ich Mitleid mit dir habe? Diese Gefühlsregung ist mir völlig fremd.«

Antonia schaute mich verblüfft an, musste jedoch lachen. »Na, dann ist es ja gut. Tut mir leid. Ich will immer ganz emotionslos die Fakten wiedergeben, aber das gelingt mir nicht so ganz.«

»Kunststück!«, erwiderte ich trocken. »Mir würde es nicht anders gehen, wenn ich in deiner Haut stecken würde.«

Es ging schon auf Mitternacht zu, als ich nach Hause fuhr. Die Mondsichel hing am nachtblauen Himmel, und die Stille am Rhein wurde nur gelegentlich unterbrochen, wenn ein Schiff vorbeituckerte. Normalerweise legte ich die Strecke bis zu Reginas Wohnung so schnell wie möglich zurück, aber die Nacht war so mild, und mir ging so viel durch den Kopf, dass ich unbewusst langsam fuhr. Gemächlich trat ich in die Pedale und dachte über das Gespräch mit Antonia nach. Vielleicht hatte ich zu schnell abgelehnt. Reizvoll war der Gedanke schon. Ich nahm mir vor, das Thema bei unserem nächsten Treffen noch einmal anzuschneiden.

Außer mir war zu dieser späten Stunde kaum jemand unterwegs. Ich war so in Gedanken, dass ich erst nach einer Weile merkte, dass mir ein Geräusch folgte. Klick, klick, klick. So als ob jemand mit Stöckelschuhen über den Asphalt ging. Unwillkürlich drehte ich mich um, aber da war nichts. Hoch und finster ragten die Bäume auf, und der Weg hinter mir lag im Dunkeln. Keine Menschenseele war zu sehen.

Stirnrunzelnd fuhr ich weiter, jetzt allerdings ein wenig schneller. Auch das Klicken wurde schneller. Und es kam näher. Was sollte ich machen? Sollte ich stehenbleiben und mich der Gefahr stellen? Sei nicht blöd, Hilde, mahnte ich mich, sieh zu, dass du wegkommst.

So fest ich konnte, trat ich in die Pedale meines alten Drahtesels. Ich hatte es ja zum Glück nicht mehr weit, hinter der nächsten Kreuzung konnte ich schon in unsere Straße einbiegen, auf der selbst um diese Uhrzeit meistens noch etwas los war. Hoffentlich blieb die Ampel so lange grün.

Blieb sie nicht. Fluchend bremste ich und wartete. Bei Rot zu fahren traute ich mich nicht, weil hier die Straßenbahn kreuzte. Aber auch sonst wäre ich brav stehen geblieben. In dieser Beziehung war ich einfach das Landei aus der Eifel. Bei uns gab es nicht so viele Ampeln, deshalb respektierten wir sie.

Vorsichtig wandte ich den Kopf, um zu erkunden, was

da die ganze Zeit hinter mir her geklickt war. Das Herz schlug mir bis zum Hals. Und dann stockte mir der Atem, und ich hätte fast laut aufgeschrien. Neben mir stand plötzlich ein riesiger schwarzer Hund und schaute mich freundlich an. Ich hoffte zumindest, dass er freundlich schaute. Irgendetwas an seinem Blick stimmte nicht. Ich kam nicht gleich darauf, was es war, aber dann sah ich es. Er hatte ein blaues und ein braunes Auge, und ich hatte das Gefühl, er schielte ein bisschen.

»Ach, du lieber Himmel«, murmelte ich. »Der Hund von Baskerville.« Sein Maul war leicht geöffnet, so dass man sein prächtiges Gebiss sah, und eine ziemlich große, hellrosa Zunge hing seitlich heraus. Er hechelte ein wenig. Die Ampel war immer noch rot.

Nervös blickte ich geradeaus. Sobald das Auto, das da vorne kam, vorbei war, würde ich losfahren, nahm ich mir vor. Ich hatte keine Lust, kurz vor Mitternacht an einer verlassenen Kreuzung in Köln zu stehen und mich mit einer ausgewachsenen Dogge zu unterhalten, die ihren Besitzern offensichtlich weggelaufen war und jetzt ein Plätzchen für die Nacht suchte. Ich habe keine Angst vor Hunden, aber dieses Exemplar war selbst mir eine Nummer zu groß. »Du könntest gut als Pony durchgehen«, sagte ich zu dem schwarzen Hund, der näher gekommen war, vertrauensvoll an meinem Bein schnupperte und dabei einen kleinen Sabberfaden auf meiner Hose platzierte.

Die Ampel wurde gelb, und ich wollte gerade wieder in die Pedale treten, als das Auto, das ich schon von Weitem gesehen hatte, genau vor mir anhielt.

Auf einmal kam ich mir vor wie in einem amerikanischen Thriller. In Sekundenschnelle rasten alle möglichen Szenarien durch meinen Kopf – Entführung, Mord und was es sonst noch so an schrecklichen Dingen gibt. Andererseits, wer vergreift sich schon freiwillig an einer Frau, die von einem riesigen Hund begleitet wird?

Ein Mann sprang aus dem Wagen und kam auf den Hund und mich zugelaufen. »Elli, da bist du ja! Kannst du mir mal sagen, was du dir dabei gedacht hast, einfach abzuhauen?«

Fassungslos sah ich den Mann in Hemd und Jeans mit dem leichten Bauchansatz an, der sich vor dem Hund aufgebaut hatte. Elli zog den Schwanz ein und drängte sich an mich. Beinahe wäre ich mitsamt meinem Fahrrad umgefallen.

»Die Frage wird Ihnen der Hund wohl kaum beantworten können«, stieß ich schließlich hervor. »Was soll das werden, Herr Bartels? Ist das eine besonders infame Methode, um harmlose Frauen in Angst und Schrecken zu versetzen? Bringt man Ihnen das auf der Polizeischule bei? Sollten Sie das nicht eher verhindern?«

Der Mann schaute mich nicht weniger fassungslos an. »Entschuldigung, Frau Bendermacher!«, sagte er entgeistert. »Was machen Sie denn hier?«

Ich stieg vom Fahrrad und warf ihm einen kampflustigen Blick zu. »Die Frage sollte ich ja wohl eher Ihnen stellen«, sagte ich zu dem Polizisten. »Wo treiben Sie und Ihr Hund sich eigentlich immer herum? Ihre Elli ist mir von Marienburg bis hierher gefolgt, und ich habe wahrscheinlich Glück gehabt, dass sie mich nicht schon wieder vom Fahrrad geschubst hat. Das tut sie ja gerne.«

»Elli!«, sagte er streng zu seiner schuldbewusst dreinblickenden Dogge, die sich immer noch schutzsuchend an mich lehnte. »Sitz!« Gehorsam plumpste Elli auf ihr Hinterteil.

»Das nützt jetzt auch nichts mehr«, stellte ich fest.

Günther Bartels zuckte hilflos mit den Schultern. »Es tut mir leid, Frau Bendermacher. Elli geht einfach für ihr Leben gern alleine spazieren, und wenn ich auch nur einen Moment lang nicht aufpasse, ist sie weg.«

»Dann dürfen Sie sie eben nicht von der Leine lassen«, erwiderte ich.

Er zuckte mit den Schultern. »Ja, klar. Aber sie soll sich ja auch mal austoben.« Er verzog unglücklich das Gesicht. »Sie hat Ihnen doch nichts getan, oder?«

»Nein.« Ich machte eine abwehrende Handbewegung. »Sie scheint wirklich lammfromm zu sein. Eine ganz Liebe, oder?« Ich tätschelte Elli, die mich mit ihrem Silberblick anschmachtete, den Kopf. »Ich hab mich nur erschrocken. Ich war bei einer Freundin, und als ich zurückgefahren bin, war die ganze Zeit so ein klickendes Geräusch hinter mir. Da kann man in der Nacht schon Angst bekommen.«

»Ja, das verstehe ich. Darf ich Sie denn, sozusagen als Entschädigung für die ausgestandene Angst, noch auf einen Absacker einladen?«

Ich schaute unschlüssig auf meine Armbanduhr. »Es ist schon ziemlich spät«, sagte ich zögernd.

»Ja, sicher«, gab er zu und lächelte zerknirscht. Sein ganzes Gesicht veränderte sich, wenn er lächelte – auf einmal sah er richtig nett aus. Und er hatte schöne Zähne, weiß und gleichmäßig. »Entschuldigen Sie, ich dachte ja nur, auf den Schrecken könnten wir beide einen vertragen.« Wieder lächelte er.

»Ja, eigentlich haben Sie recht«, erwiderte ich friedfertig. Hallo, Hilde, dachte ich, so kenne ich dich ja gar nicht. Du bist auf einmal so weichgespült. Du stehst wohl unter

Schock. »Wenn Sie wissen, wo noch was offen ist, komme ich gerne mit.«

Die Kneipe, in die er mich führte, war sogar noch ziemlich voll. An der langen Theke standen die Gäste bis in die zweite Reihe, und wir fanden nur mit Mühe einen Platz an der Ecke. Elli legte sich sofort zu Günther Bartels' Füßen, eng an die Holzverschalung der Theke gedrückt. Offensichtlich kannte sie sich hier aus.

Ich blickte mich staunend um. »Das hätte ich nicht gedacht, dass hier um diese Uhrzeit noch so viel los ist.«

Bartels nickte. »Hier ist eigentlich immer Betrieb. Das ist eine der ältesten Kneipen im Viertel.« Er hielt inne, weil der Wirt hinter der Theke ihm ungefragt ein Kölsch hinstellte. Mich fragte der Mann: »Willst du auch eins?«

»Nein, danke«, lehnte ich ab. »Bringen Sie mir bitte ein Wasser.«

Der Wirt schüttelte den Kopf. »Willste dir die Hände waschen?«, murmelte er ungnädig.

Ich wandte mich an Günther Bartels. »Die Kneipe ist aber nicht deshalb so beliebt, weil der Wirt so freundlich ist, oder?«

Er lachte. »Das geht einem kölschen Wirt gegen die Ehre, wenn jemand in der Kneipe Wasser trinkt.«

Ich rang mir ein Lächeln ab. »Ja, ich weiß, aber mir ist es jetzt nicht mehr nach Bier. Ich muss morgen früh raus.«

Trotzdem gefiel es mir irgendwie, mitten in der Nacht im Gedränge zu stehen. Das war der Vorteil am Leben in der Stadt – irgendwo war immer etwas los. In der Eifel war es entschieden ruhiger. Bei uns im Dorf wurden abends um acht die Bürgersteige hochgeklappt, wie Tante Röschen immer zufrieden feststellte.

Ich lächelte Günther Bartels freundlich an und nippte an meinem Wasser. So halb bereute ich es, nicht auch ein Kölsch bestellt zu haben. Mach dich mal locker, Hilde, dachte ich. »Und«, sagte ich schließlich, »irgendwelche spektakulären Fälle aufgeklärt in der letzten Zeit?«

Er lachte, und erneut stellte ich fest, wie nett er dann aussah. »Bei uns ist es leider nicht so spektakulär«, antwortete er. »Ab und zu wird mal ein Fahrrad geklaut …«

»Ha, witzig …«, murmelte ich.

»Mord und so was kommt bei uns auf der Wache sowieso ganz selten vor«, fuhr er fort.

»Hat es das denn überhaupt schon einmal gegeben?«, fragte ich neugierig.

»Mhm.« Er nickte. »Vor Jahren hat der damalige Besitzer der Pizzeria auf der Merowinger Straße seine Frau erschossen. Und dann hat er sich bei uns auf der Wache selber angezeigt. Das war eine ganz furchtbare Geschichte.« Er schauderte. »So ein Eifersuchtsdrama. Aber das war eigentlich die größte Sache. Allerdings komme ich als Stalking-Beauftragter natürlich auch mit schwierigeren Fällen in Berührung.«

»Apropos«, sagte ich. »Gibt es schon neue Erkenntnisse über den Typ, der meine Freundin verfolgt? Haben Sie wegen der toten Taube irgendetwas herausgekriegt?«

Er schüttelte den Kopf. »So schnell geht das nun auch nicht. Ich darf eigentlich nicht mit Ihnen darüber reden, aber wir kommen da nicht so recht weiter. Wir wissen noch gar nicht, wer hinter diesen Drohanrufen und dem toten Vogel steckt.«

»Wieso?«, fragte ich verblüfft. »Ich denke, Regina hat gesagt, das sei der Mann, den sie über das Portal kennengelernt hat?«

»Ja, sie hat uns auch seinen Namen gegeben, aber es hat sich herausgestellt, dass der Mann falsche Angaben gemacht hat. Weder Name noch Adresse stimmen, und wir haben bis jetzt keinen Anhaltspunkt. Wir müssten ihn schon auf frischer Tat ertappen.«

»Ja, und was passiert jetzt?« Ich schaute ihn erschreckt an. Das waren ja keine guten Neuigkeiten. Wenn die Polizei gar nicht wusste, wer der Mann war, konnte sie ihn auch nicht verhaften. Und solange er frei herumlief, würde er uns womöglich weiter belästigen.

Günther wollte gerade antworten, als ein bulliger, älterer Mann mit Halbglatze in Lederjacke und Jeans auf ihn zukam und ihm krachend auf die Schulter schlug. »Ja, Günther, dich habe ich ja lange nicht gesehen! Wie läuft's denn so? Alles paletti? Moni hat auch kürzlich nach dir gefragt.« Elli, die bis dahin an der Theke gelegen und geschlafen hatte, rappelte sich auf und fing an zu hecheln.

»Den Hund hast du wohl zur Erinnerung behalten, was? Ja, ja, so was vergisst man nicht so leicht«, sagte der Stiernacken.

»Elli, Platz!«, befahl Bartels scharf. Gehorsam klappte der Hund sich wieder zusammen.

Der Blick des Mannes glitt zu mir. Er hatte ganz kleine Augen mit weißen, borstigen Wimpern. Unverschämt musterte er mich von oben bis unten. »Ah, auf Brautschau, was? Na, ich will nicht stören.« Und weg war er.

Günther Bartels war ziemlich rot geworden. »Entschuldigung«, murmelte er. »Man kann sich nicht aussuchen, wen man trifft.«

»Ist schon okay«, erwiderte ich verständnisvoll. »Das war bestimmt ein alter Kunde, was?«

Er wurde noch eine Spur röter. »Nein«, sagte er einsilbig.

»Nein?«, wiederholte ich. Das interessierte mich jetzt.

»Nein«, sagte er noch einmal. »Das war mein Schwager.« Er klang irgendwie unglücklich.

»Ah«, sagte ich. »Sie sind verheiratet?« Innerlich fluchte ich. Das hatte ziemlich blöd geklungen. Außerdem ging es mich gar nichts an. Was dachte ich mir bloß?

»Nein«, sagte er wieder, als wenn er kein anderes Wort kennen würde. »Ex-Schwager. Ich *war* verheiratet. Ich bin geschieden«, setzte er hinzu. »Gott sei Dank.«

Mir fiel keine Erwiderung ein. Stumm schaute ich ihn an. »Elli auch. Gott sei Dank«, setzte er nach. Es klang über die Maßen erleichtert. Und da konnte ich mich nicht mehr halten. Ich musste lachen. Ich konnte gar nicht mehr aufhören zu lachen. Schließlich rang ich nur noch keuchend nach Luft und war wahrscheinlich genauso puterrot im Gesicht wie er vorher. Elli hatte sich trotz des Verbots ihres Herrchens wieder aufgesetzt und schaute mich aus ihren unterschiedlichen Augen fragend an. Ich konnte es ihr nicht verdenken. Ich kam mir ja selber total bescheuert vor. Es war doch völlig egal, ob dieser Polizist verheiratet oder geschieden war oder einen ganzen Harem hatte. Oder?

Und dann war es ganz normal, dass Günther mir die Hand auf die Schulter legte und sagte: »Jetzt beruhige dich mal. So komisch ist das nun auch nicht.«

Ich schüttelte hilflos den Kopf. »Nein, nein, du hast ja recht«, stammelte ich und wischte mir die Lachtränen aus den Augen.

»Muss ich dir die Geschichte jetzt erzählen?«, fragte er besorgt.

»Nein.« Ich musste schon wieder lachen. »Musst du nicht. Das kannst du dir für eine andere Gelegenheit aufheben.«

»Gut«, sagte er sichtlich erleichtert. »Wollen wir mit einem Kabänes darauf anstoßen, dass wir uns jetzt duzen?«, fragte er.

Ich mag zwar eigentlich keinen Kabänes, aber an diesem Abend verblüffte ich mich selber. Wir stießen mit dem Kräuterschnaps an, es gab sogar den obligatorischen Kuss auf beide Wangen – spürte ich was? Nein, es war wahrscheinlich schon zu spät, und ich war zu müde, aber unangenehm war es nicht –, und dann begleitete er mich das kurze Stück bis nach Hause. Vor der Haustür gab es noch einen Wangenkuss, ich streichelte Elli über den Kopf, und dann lief ich beschwingt die Treppe hinauf.

Meine Hochstimmung dauerte am nächsten Morgen noch an, als ich mich aufs Fahrrad schwang, um zu Oma Schmitz zu fahren. Dann allerdings war sie mit einem Schlag vorbei.

»Hallo, guten Morgen, Oma Schmitz! Ich bin's«, rief ich, als ich die Tür zu ihrer Wohnung aufschloss. Keine Antwort. Es war still. Totenstill. Mir klopfte auf einmal das Herz bis zum Hals. Hastig rannte ich in die Küche. Alles war unberührt, kein Krümel auf der wild gemusterten Wachstuchdecke, das Geschirr vom Abendessen stand sauber abgewaschen im Abtropfgestell am Spülbecken. Die Sonne schien durch die Spitzengardine vor dem Küchenfenster, und über der Fensterbank mit den Usambaraveilchen brummte träge eine Fliege.

Jetzt bekam ich richtig Angst. »Oma Schmitz!«, rief ich noch mal laut. Nichts.

Im Schlafzimmer war sie auch nicht. Das Bett war ungemacht, die Bettdecke zurückgeschlagen. Die Nachttischlampe brannte, und daneben lag ihr Notfallknopf.

Sie trug ihn sonst immer um den Hals, aber vermutlich hatte sie ihn zum Schlafen abgelegt.

Na toll, dachte ich, da liegt er gut. Jetzt gab es nur noch eine Möglichkeit.

Sie lag im Badezimmer auf dem Boden. An ihrem Kopf war eine kleine Blutlache. Und sie stöhnte ganz leise.

Gott sei Dank, sie lebt, dachte ich. Mit fliegenden Händen zog ich mein Handy aus der Tasche und wählte den Notruf. Dann hockte ich mich neben die reglose Gestalt und tastete nach ihrem Puls.

»Oma Schmitz!«, sagte ich leise. »Oma Schmitz, was machen Sie nur?« Der Puls war ganz schwach, aber spürbar. Ich traute mich nicht, sie zu bewegen. Ich wusste nur, dass man Verletzte in die stabile Seitenlage bringen sollte, aber Oma Schmitz lag schon auf der Seite, und wahrscheinlich hatte sie sich den Kopf aufgeschlagen, als sie gestürzt war.

Wie mochte das passiert sein? Ratlos hockte ich neben ihr und streichelte ihr vorsichtig über die dünnen weißen Haare. Hoffentlich kam der Krankenwagen bald. Sie trug ihr gutes geblümtes Nachthemd, das ich ihr erst vor Kurzem gekauft hatte, weil sie meinte, sie bräuchte mal wieder was Neues. Als ich mit dem Baumwollnachthemd aus einem Euskirchener Fachgeschäft angekommen war, in dem auch Tante Röschen immer ihre Nachthemden kaufte, hatte sie ganz andächtig über die gestickten Vergissmeinnicht auf der Passe gestreichelt und gesagt: »So was Schönes habe ich ja noch nie gehabt! Das kann ich aber nur für gut anziehen.«

Wie sie jetzt so dalag, in ihrem hellblau geblümten Nachthemd und dem Bettjäckchen – sie verfügte über einen ganzen Stapel von selbstgestrickten Bettjäckchen in allen Pastelltönen, die am Hals mit einem Satinband zusammengehalten wurden –, kamen mir fast die Tränen.

Endlich klingelte es an der Tür, und die Sanitäter kamen eilig die Treppe heraufgelaufen. Sie machten nicht viele Umstände und nahmen sie gleich mit. Noch war sie nicht wieder bei Bewusstsein.

Als sie weg waren, packte ich rasch eine kleine Tasche mit Waschzeug und Wäsche zum Wechseln. Nach kurzem Überlegen legte ich etwas zum Anziehen und ihren neuesten Heftchenroman dazu. Und ihre Tasche mit dem Portemonnaie, dem Ausweis und der Lesebrille brauchte sie auch. Ach so, ja, und natürlich ihr Gebiss, das in einem Glas auf dem Nachttisch stand. Schließlich wollte ich nicht davon ausgehen, dass sie nicht mehr aus dem Krankenhaus herauskam.

Ich hatte gerade alles zusammengepackt und wollte ihr ins Krankenhaus hinterherfahren, als mein Handy klingelte. Sofort begann mein Herz heftiger zu klopfen. O Gott, dachte ich, nicht schon wieder eine Katastrophennachricht …

»Ja?«, sagte ich vorsichtig, nachdem ich abgenommen hatte. Man wusste ja nie, es konnte alles Mögliche passiert sein. Normalerweise wurde ich um diese Zeit nicht angerufen – es wussten alle, dass ich bei der Arbeit war und nicht gestört werden wollte.

»Frau Bendermacher?«, sagte eine nervöse Stimme. »Hilbig hier.«

Ich runzelte die Stirn. Vorsichtshalber fragte ich nach. »Frau *Dr.* Hilbig?«

»Ja, genau«, bestätigte sie. »Ich wusste nicht, ob Sie sich an mich erinnern.«

Wie hätte ich Frau *Dr.* Hilbig vergessen können! »Noch habe ich kein Alzheimer«, sagte ich spitz.

»Nein, nein, natürlich nicht!« Sie hüstelte verlegen. »So habe ich es auch nicht gemeint. Entschuldigen Sie«, fügte sie hastig hinzu. Ich zog die Augenbrauen hoch. Was war denn los?

Einigermaßen unfreundlich sagte ich: »Frau Dr. Hilbig, ich habe keine Zeit. Was wollen Sie denn?«

»Nun ja«, sie hüstelte erneut, »die Sache ist die ... Ich kann sehr gut verstehen, dass Sie so ungehalten sind ... also, Frau Bendermacher, ich wollte Sie fragen, ob ich mein Verhalten damals im Krankenhaus irgendwie wiedergutmachen kann.«

»Was?«, fragte ich verblüfft. Das war das Letzte, womit ich jetzt gerechnet hätte. Aber dann dämmerte es mir. Ja, klar, die Dame fand bestimmt keine geeignete Putzfrau, jedenfalls keine, die so gut und zuverlässig war wie ich.

Mit ihren nächsten Sätzen bestätigte sie genau das. Stockend erklärte sie mir, wie sehr sie bereute, sich im Krankenhaus so danebenbenommen zu haben. »Mir ist leider erst später klargeworden, dass Sie natürlich genau das Richtige getan haben«, sagte sie. »Das Kind ist mittlerweile wieder ganz gesund ...«

»Das freut mich«, warf ich ein.

»Ja, danke«, sagte sie. »Und die Ärzte im Krankenhaus haben mir bestätigt, dass Sie sozusagen in der letzten Minute gehandelt haben. Also, liebe Frau Bendermacher, ich kann Ihnen gar nicht genug danken.«

»Das freut mich, Frau Dr. Hilbig«, erwiderte ich ungeduldig. »Ich habe jetzt allerdings keine Zeit, um mit Ihnen zu plaudern. Ich möchte nicht unhöflich erscheinen ...« Jedenfalls nicht unhöflicher als unbedingt nötig, dachte ich. »… aber ich habe einen dringenden Termin. Können wir unser Gespräch ein anderes Mal fortsetzen?«

»Ja, selbstverständlich, Frau Bendermacher.« Dr. Annette Hilbig klang erleichtert. »Sie melden sich wieder, ja? Sagen Sie mir einfach, wann Sie Zeit für ein Gespräch haben. Und wie gesagt, wenn ich irgendetwas für Sie tun kann … Ich würde mein schlechtes Benehmen gerne wiedergutmachen.« Sie räusperte sich. »Und lassen Sie endlich den dummen Titel weg. Mein Name ist Hilbig.«

»Ja, das mache ich gerne, Frau Hilbig«, antwortete ich. »Aber jetzt muss ich mich sputen. Ich melde mich bei Ihnen. Versprochen.«

Kopfschüttelnd legte ich auf. Wunder gab es wahrhaftig immer wieder. Andererseits lehrte mich der Vorfall auch, dass man den meisten Menschen nur Zeit zum Nachdenken lassen musste, dann kamen sie schon von alleine zur Vernunft. Natürlich funktionierte das nicht bei allen, wie man am Beispiel meines Exmannes sehen konnte, aber bei den meisten war doch Einsicht vorhanden. Man musste nur an das Gute im Menschen glauben.

# 11

Im Krankenhaus lag Oma Schmitz klein und zerbrechlich mit eingefallenen Wangen in den Kissen. An einem Infusionsständer hing ein durchsichtiger Beutel mit Kochsalzlösung, die über einen dünnen Schlauch in ihre Armvene tröpfelte. Die Platzwunde am Kopf war verbunden worden, ihr linkes Auge war zugeschwollen und die ersten bräunlich blauen Verfärbungen begannen sich abzuzeichnen. Aber sie war bei Bewusstsein.

»Oma Schmitz, was machen Sie nur für Sachen?« Ich stellte die hastig gepackte Reisetasche auf den Tisch und trat an ihr Bett. Dankbar nahm sie ihr Gebiss entgegen und setzte es sich ein. »Dass du daran gedacht hast, Kind«, sagte sie. »Ohne meine Zähne bin ich nur ein halber Mensch.«

»Wie ist das denn passiert, Oma Schmitz?«, fragte ich. »Oder können Sie sich nicht mehr erinnern?«

Sie lächelte kläglich. »Doch. Ich musste zur Toilette«, erklärte sie, »aber mir ist schwindlig geworden, und dann bin ich wohl umgefallen. Ich weiß nicht mehr so genau.« Sie griff nach meiner Hand und schaute mich aus ihrem heilen Auge eindringlich an. »Kind, eines musst du mir versprechen«, flüsterte sie drängend. »Ich will nicht ins Altersheim. Auf gar keinen Fall. Ich sterbe, wenn ich dahin muss.« Sie drückte meine Hand. »Bitte, das musst du mir versprechen. Ich will wieder zurück in meine Wohnung.«

Ich blickte auf die schmale Greisenhand, die in meiner lag. »Jetzt werden Sie erst mal wieder gesund, Oma Schmitz«, sagte ich ausweichend. »Das ist das Wichtigste. Und wie es dann weitergeht, sehen wir schon. Sie wissen doch, et kütt, wie et kütt.«

»Ja, aber ich will auf jeden Fall wieder in meine Wohnung zurück«, beharrte sie. »Ich kann mich doch noch alleine versorgen, oder?«

Es hatte keinen Zweck, ihr die Wahrheit zu verschweigen, dachte ich. Früher oder später würde sie doch damit konfrontiert. »Oma Schmitz«, sagte ich unglücklich, »das bleibt abzuwarten. Vielleicht erholen Sie sich ja wieder, aber wenn Sie mich fragen, ist es eigentlich viel zu gefährlich. Sie müssten jemanden haben, der Tag und Nacht bei Ihnen ist. Wenn es nach mir ginge, würde ich sie nicht mehr alleine wohnen lassen. Dieses Mal ist es ja noch glimpflich abgegangen, aber beim nächsten Mal stürzen Sie womöglich so, dass Sie sich schlimmer verletzen.«

Sie schaute mich flehend an. »Kannst du denn nicht zu mir ziehen?«, fragte sie.

»Sie wissen doch, dass das nicht geht«, sagte ich. »Wovon soll ich denn leben? Sie haben doch auch nur eine kleine Rente.« Ich streichelte ihr die Hand. »Glauben Sie mir, mir wäre es auch am liebsten, wenn Sie nicht ins Heim müssten. Aber ich weiß nicht, wie ich das machen soll. Ich glaube nicht, dass Sie in Ihre Wohnung zurückkönnen. Aber jetzt müssen Sie erst einmal gesund werden! Und danach sehen wir weiter«, setzte ich hinzu.

Sie begann leise zu weinen. Die Tränen liefen ihr einfach so über das runzlige Gesicht. Das hielt ich nicht aus.

Am liebsten hätte ich mitgeweint. Ich strich ihr über die Haare. »Weinen Sie doch nicht«, bat ich sie. »Ich verspreche Ihnen, ich finde eine Lösung. Ich überlege mir was!« Ich hatte zwar keine Ahnung, was ich mir einfallen lassen sollte, aber in diesem Moment hätte ich ihr am liebsten das Blaue vom Himmel versprochen. Ich konnte es nicht ertragen, dass die alte Frau so traurig war. Vorsichtig nahm ich sie in die Arme und küsste sie auf die tränenfeuchte Wange. »Es wird schon alles gut, ganz bestimmt!«

Innerlich schüttelte ich jedoch den Kopf über mich. Hildegard, Hildegard, dachte ich, das ist mal wieder typisch für dich! Du kannst nicht das Elend der ganzen Welt auf deine Schultern laden. Sei doch mal ehrlich, wie willst du denn der armen alten Frau helfen? Du hast weder die Mittel noch die Zeit dazu!

Aber ich konnte nicht aus meiner Haut. Tief im Inneren war ich davon überzeugt, dass mir schon irgendetwas einfallen würde.

Oma Schmitz ließ sich auf jeden Fall von mir beruhigen. Sie seufzte zufrieden, dann sagte sie: »Ich will jetzt ein bisschen schlafen. Und du musst ja bestimmt zur Arbeit fahren.« Sie schloss die Augen.

Ich blieb noch eine Weile bei ihr sitzen und hielt ihre Hand. Dann gab ich ihr einen Kuss auf die Stirn und ging.

So langsam nahm die Schar der Schutzbefohlenen, die ich um mich versammelt hatte, bedenkliche Ausmaße an.

»Hildegard, gut, dass Sie kommen«, empfing mich Frau Bündlein. Sie war seit ihrem Treppensturz mir gegenüber merklich freundlicher und zugänglicher geworden. Anscheinend hatte sie es doch zu würdigen gewusst, dass ich ihre Einkäufe erledigt hatte und sogar außerhalb meiner Arbeitszeit zu ihr geradelt war. Seit zwei Wochen hatte sie zudem – offensichtlich geschahen noch Zeichen und Wunder – aufgehört zu rauchen. Wie sie mir ausführlich erklärt hatte, war es ihr nach zahllosen vergeblichen Versuchen dieses Mal gelungen, weil endlich ein Ratgeber erschienen war, der es ihr leicht gemacht hatte, auf ihre geliebten Zigaretten zu verzichten. Zusätzlich war sie noch zu einem Hypnose-Fachmann gegangen, um sicherzugehen, dass die Methode auch anschlug. Jetzt aß sie zwar ständig Gummibärchen und hatte auch schon ein oder zwei Kilo zugenommen, aber da sie von Natur aus schlank, sogar eher hager war, wirkte sich das nur positiv aus.

Jetzt stand sie in der Tür, die kurzen, rotgefärbten Haare streng nach hinten gekämmt, in einer weiten, hellgrauen Leinenhose und einer kurzen dunkelroten Kastenjacke. Es stand ihr nicht schlecht, aber ich fand immer, dass sie einen – na ja – etwas kunsthandwerklichen Eindruck machte. Kette und Armband mit dicken türkisfarbenen Perlen trugen dazu bei. Andererseits – es war ihre persönliche Note, und mir stand es wahrhaftig nicht zu, ein Urteil darüber abzugeben. Ich war einfach nur froh, dass sie nicht mehr rauchte, da konnte sie sich meinetwegen anziehen, wie sie wollte.

»Ich hatte ganz vergessen, Ihnen beim letzten Mal zu sagen, dass ich heute für eine Woche nach Mallorca fliege. Ich besuche eine Freundin in Palma und wollte Sie bitten, Mimi zu versorgen. Die Freundin, die das sonst immer übernimmt, ist leider nicht da, und ich möchte das arme Tier nicht so gerne in eine Tierpension bringen. Katzen sind da so empfindlich, und Mimi ist besonders sensibel.«

»Nein, nein, das ist schon in Ordnung«, erwiderte ich. »Sie brauchen sie nicht wegzugeben. Ich kann morgens und abends vorbeifahren, sie füttern und ein bisschen mit ihr spielen.« Das war gleichzeitig eine großartige Gelegenheit, den letzten Rest Rauch aus der Wohnung zu lüften, fand ich. Der Katze würde es ebenfalls guttun. Wenn anschließend der Anstreicher kam, würde man die Räume nicht wiedererkennen. Und noch etwas fiel mir ein. »Apropos Mallorca, Frau Bündlein«, sagte ich rasch. »Ich habe auch eine Bitte an Sie. Würden Sie mir einen Gefallen tun? Es ist sehr wichtig.«

»Ja, sicher«, sagte sie ungewohnt milde. »Dann kann ich mich wenigstens ein bisschen revanchieren, wo Sie mir doch so geholfen haben. Um was geht es denn?«

»Die Schwester einer guten Freundin von mir lebt in Palma«, erklärte ich. »Meine Freundin hat schon seit Jahren keinen Kontakt mehr zu ihr, wegen eines dummen Familienstreits. Sie ist sehr krank, und ich möchte die beiden Schwestern wieder zusammenbringen.«

Frau Bündlein lächelte. »Sie spielen gerne Schicksal, oder? Soll ich für Sie Adresse und Telefonnummer herausfinden?«

»Ja.« Dankbar nickte ich. »Das wäre toll. Ich wüsste gar nicht, wo ich von hier aus anfangen sollte zu suchen. Vielleicht steht sie ja in Palma im Telefonbuch. Haben Sie etwas zu schreiben für mich? Dann schreibe ich Ihnen den Namen auf. Sie müsste eigentlich noch ihren Mädchennamen tragen. Sie hat zwar geheiratet, aber ich habe mich schlaugemacht, und in Spanien nimmt die Frau nicht den Namen des Mannes an, sondern behält ihren.«

Frau Bündlein betrachtete nachdenklich den Zettel mit Babette von Lengsdorfs Namen, den ich ihr reichte. »Ich kann natürlich nichts versprechen«, sagte sie. »Aber ich werde es auf jeden Fall versuchen.«

Die Sonne tauchte den Weg durch den Park in goldenes Licht, aber ein beschaulicher Heimweg war mir nicht gegönnt. Mein Handy klingelte. Vorsorglich hielt ich an und stieg ab. Als ich das letzte Mal während des Radfahrens telefoniert hatte, war ich bedrohlich ins Schlingern geraten, als plötzlich ein kleines Kind vor mein Fahrrad gelaufen war.

»Wo bist du gerade, Kind?«, jammerte Tante Röschen ins Telefon. »Kannst du nicht nach Hause kommen? Ich weiß nicht mehr, wo mir der Kopf steht.«

Mit einem ähnlichen Anruf hatte ich schon seit einiger Zeit gerechnet. Onkel Alfons war alleine in die Reha-Klinik gefahren. Angehörige waren dort nicht erwünscht, anscheinend war man der Auffassung, dass sie die Genesung verzögerten, und Tante Röschen hätte sich in einem Hotel einquartieren müssen, um in Alfons' Nähe zu sein. Natürlich hatte sie sich dafür entschieden, zu Hause zu bleiben. Aber dass das Leben im abgelegenen Jagdhaus für Tante Röschen allein viel zu mühsam war, war mir von vorneherein klar gewesen. Ich hatte sogar schon mit Regina über die Möglichkeit geredet, Tante Röschen nach Köln zu holen, allerdings war die Wohnung im dritten Stock nicht gut für sie geeignet – sie konnte unmöglich jeden Tag so viele Treppen steigen. Und wenn sie nicht genug rauskam, war sie nicht zu genießen. Abgesehen davon kannte sie sich in der Stadt ja auch nicht aus.

Ich seufzte. »Heute ist doch erst Mittwoch. Ich komme am Freitagabend zu dir. Wie geht es denn Onkel Alfons? Kümmern sie sich gut um ihn in der Klinik?«

Ich sah förmlich, wie Tante Röschen abwinkte. »Ja, sicher. Ich glaube fast, ihm geht es besser als mir. Wirklich, Kind, ich muss mich morgens regelrecht zwingen aufzustehen, weil ich genau weiß, wie viel hier zu tun ist. Kannst du dir nicht wenigstens ein paar Tage freinehmen?«, fragte sie hoffnungsvoll.

»Tante Röschen«, erwiderte ich geduldig, »das haben wir doch schon besprochen. Es geht nicht. Ich kann dir höchstens anbieten, dass du für eine Zeitlang nach Köln kommst. Allerdings liegt die Wohnung von Regina im dritten Stock, und jetzt, wo Madeleine Lohmann auch noch da ist, wird es eng. Du müsstest bei mir im Zimmer schlafen.«

»Hmm«, machte Tante Röschen. Es klang nicht begeistert. »Ich weiß nicht …«

In diesem Moment ertönte das Anklopf-Signal. »Hör mal, da ruft noch jemand an«, sagte ich zu Tante Röschen. »Ich melde mich später wieder. Und ich mache mir Gedanken, versprochen.« Rasch legte ich auf und nahm das andere Gespräch an. Schließlich stand ich sowieso schon, und in der Sonne war es angenehm.

»Hilde«, schluchzte Regina hysterisch am anderen Ende der Leitung, »er hat's schon wieder getan!«

»Was? Und wer?«, fragte ich begriffsstutzig.

»Der Stalker! Dieses Mal hat er uns einen Hundehaufen vor die Tür gelegt!«

»Iiih!«, sagte ich empört. »Das wird ja immer ekliger.«

»Ja, und ich hab's nicht gesehen und bin reingetreten!« Ich konnte beinahe hören, wie Regina sich schüttelte. »Das stinkt! Widerlich! Die Schuhe kann ich wegschmeißen!«

»Habt ihr Günther verständigt?«, fragte ich.

»Ja, er ist auch gleich vorbeigekommen«, sagte Regina. »Aber was soll er machen? Er hat uns geraten, den Haufen zu fotografieren, genau wie die Taube, aber er hat ja keine Beweise, dass das der Typ war, mit dem ich ausgegangen bin. Mann, manche Leute sind echt krank!«, fügte sie nachdrücklich hinzu.

»Wenn ich nur wüsste, was wir gegen den Kerl unternehmen könnten«, sagte ich. Schon wieder klopfte jemand in der Leitung an. »Regina, da ruft jemand an. Ich bin gleich zu Hause.«

»Ja, ist gut«, sagte sie ein bisschen ruhiger. »Bis gleich. Günther ist auch noch hier.«

Eigentlich wollte ich das nächste Gespräch gar nicht annehmen. Wenn das so weiterging, stand ich morgen früh noch hier und telefonierte. Aber auf dem Display sah ich, dass Antonia anrief. Vielleicht brauchte sie Hilfe. Zögernd nahm ich den Anruf an. Von allen Seiten stürmten sie auf mich ein. Im Moment wurde mir alles ein bisschen zu viel.

»Na, wo bist du?«, scholl mir die Stimme der Freundin entgegen. »Willst du nicht vorbeikommen? Es ist so ein schöner Abend, und ich fühle mich ein bisschen allein.«

»Tut mir leid«, antwortete ich. »Ich muss nach Hause. Der Stalker hat wieder zugeschlagen.«

»Ach du je, das ist ja furchtbar. Aber natürlich, dann musst du nach Hause«, sagte Antonia. Ihre Munterkeit klang bemüht. Es gehörte zu ihrem Krankheitsbild, dass sie immer wieder in depressive Phasen verfiel. Aber heute Abend war Regina nun mal wichtiger. »Wie ist es denn mit morgen?«

»Ja, das geht«, sagte ich. »Ich komme nach der Arbeit vorbei. Aber ich kann erst später bei dir sein – morgen putze ich in der Praxis.«

»Ja, okay«, erwiderte sie. Sie klang resigniert. »Bis morgen dann.«

Nachdenklich steckte ich mein Handy in die Tasche und stieg wieder aufs Fahrrad. Irgendetwas musste ich mir einfallen lassen. Im Moment war die Situation sozusagen flächendeckend unbefriedigend. Antonia war viel zu oft alleine, auch wenn sie noch so viel Personal hatte. Sie brauchte einfach mehr Leben um sich herum. Die Sache mit Oma Schmitz brannte mir auf der Seele, und auch Tante Röschen bereitete mir Sorgen. Hinzu kamen noch die arme Regina mit ihrem Stalker und Madeleine Lohmann, die nicht wusste, wie sie sich gegen ihren Stiefsohn zur Wehr setzen sollte. Sie hatte mittlerweile das Gefühl, dass er sie auch hier aufgestöbert hatte. Überall glaubte sie ihn zu sehen, und sie war extrem schreckhaft geworden. Und mittendrin stand ich, unzufrieden mit meiner Arbeit, belastet mit den Problemen meiner Mitmenschen, die ich allesamt zu lösen versuchte. Das konnte nicht so weitergehen!

Günther war immer noch da, stellte ich fest, als ich in der Bonner Straße ankam. Vor der Haustür saß Elli. Sie erhob sich, als sie mich sah, und drängte sich freudig schwanzwedelnd an mich. »Ist das Ihr Hund?«, fragte der Paketbote, der in der zweiten Reihe geparkt hatte und mit einem großen Paket unter dem Arm auf die Haustür zutrat. Er musterte den großen Hund misstrauisch. »Da traut sich ja kein Mensch vorbei. Halten Sie ihn mal lieber fest, bis ich im Haus bin.«

»Nein, das ist nicht mein Hund, aber er tut nichts. Sie brauchen keine Angst zu haben«, erwiderte ich spitz.

»Ja, ja, das sagen sie alle«, murrte er. Anscheinend hatte er schlechte Erfahrungen gemacht. Er schob sich seitlich an uns vorbei und klingelte bei Regina, wie ich feststellte, als ihre Stimme aus der Gegensprechanlage drang.

»Paket für Steinwachs«, sagte er.

»Warten Sie, ich komme runter«, rief Regina.

Kurz darauf hörte ich ihre Absätze auf der Steintreppe klappern, und dann stand sie in der Tür. Günther folgte ihr auf dem Fuß. Im Dienst war er allerdings nicht mehr, denn er trug Jeans und Lederjacke.

»Oh, da bist du ja«, sagte Regina zu mir. Günther strahlte mich an. Er freute sich sichtlich, mich wiederzusehen. Mein Herz tanzte einen kleinen Quickstepp. Aber nur ganz kurz, mehr ließ ich nicht zu. Ein Mann war schließlich das Letzte, was ich jetzt brauchen konnte. Ich hatte schon genug um die Ohren.

Stirnrunzelnd nahm Regina das Paket entgegen. »Komisch«, sagte sie. »Ich habe doch gar nichts bestellt. Was mag das sein?« Sie betrachtete den Absender. »Ach, das kommt anscheinend aus der Agentur. Merkwürdig, warum schicken die mir was nach Hause?« Ratlos drehte sie das Paket in den Händen.

Der Paketbote, der sich schon wieder zum Gehen gewandt hatte, blickte sie fragend an. »Ist irgendwas mit dem Paket?«, fragte er.

»Nein, nein, alles in Ordnung«, erwiderte Regina. »Ich wundere mich nur, weil ich gar nichts erwartet habe.«

Günther machte plötzlich ein ganz besorgtes Gesicht. »Wartet mal«, sagte er. »Soll ich das Paket nicht lieber auf die Wache mitnehmen?«

Ich nickte. »Ja, das habe ich auch gerade gedacht. Möglicherweise kommt es ja von deinem Stalker«, sagte ich zu Regina. Mir fiel etwas ein. Erschreckt schaute ich Günther an. »Wenn es nun eine Bombe enthält?«

»Ach was«, erklärte Regina. »Es kommt doch aus der Agentur, warum soll da eine Bombe drin sein? Und man muss ja nicht hinter allem gleich den Stalker vermuten.«

»Eine Bombe halte ich auch für unwahrscheinlich«, sagte Günther bedächtig. »Aber wenn es dich beruhigt, kann ich das Paket mit auf die Wache nehmen.« Er hielt es sich ans Ohr und schüttelte es sanft. »Da drin bewegt sich nichts. Es ist ganz leicht.«

»Ja, aber das heißt doch nichts«, wandte ich ein, »der Inhalt kann trotzdem gefährlich sein. Schließlich hat der Stalker bis jetzt schon zu ziemlich drastischen Mitteln gegriffen.« Eben am Telefon hatte sich Regina ziemlich über die eklige Hinterlassenschaft auf dem Fußabtreter aufgeregt. Ich verstand nicht so ganz, warum sie jetzt auf einmal so tat, als sei überhaupt nichts passiert. Ob das an Günther lag?

»Ja, der Stalker schon, aber ich kann mir gar nicht vorstellen, dass es von ihm kommt.« Günther musterte das Paket eindringlich, als könnte er so den Inhalt erkennen. »Dazu wäre der Abstand doch ein bisschen zu kurz.«

»Na, wenn du das sagst«, entgegnete ich spitz. Manchmal hatte er wirklich etwas Besserwisserisches.

Regina zuckte mit den Schultern. »Weißt du was?«, sagte sie zu Günther. »Mach es doch hier an Ort und Stelle auf. Dann wissen wir gleich, was drin ist. Wahrscheinlich stellt sich der Inhalt als harmlos heraus. Ich erwarte zwar keine Post aus der Agentur, aber es wird schon nichts Schlimmes sein. Da vertraue ich auf deine Erfahrung.« Sie lächelte ihn an. Dann betrachtete sie das Paket nachdenklich. »Allerdings ist es ziemlich gut verschnürt.«

Ach was, dachte ich. Sind die beiden also auch schon beim Du? Absurderweise versetzte es mir einen kleinen eifersüchtigen Stich, dass sie so locker miteinander umgingen. Sofort rief ich mich energisch zur Ordnung. So ein Quatsch! Warum sollten sie sich nicht duzen?

Günther musterte das Paket prüfend. Dann zog er ein Schweizer Taschenmesser aus der Tasche. »Ein richtiger Mann hat immer Werkzeug dabei«, erklärte er. Manchmal neigte er zur Großspurigkeit, fand ich. Er durchtrennte die Schnüre und schlitzte das Klebeband auf. Ein Haufen Styroporkügelchen quoll heraus.

»Na, so eine Schweinerei! Ich muss wohl den Besen holen«, sagte Regina.

»Warte, ich mach das schon«, bot ich ihr an. Als ich mit Besen und Schaufel wiederkam, hatten die beiden neben weiterem Verpackungsmaterial eine nackte Barbiepuppe zutage gefördert, die auf einem roten Herz aus Pappe lag. Zwischen ihren Beinen steckte eine Stecknadel.

»Igitt!«, stieß Regina hervor. »Das ist ja widerlich! Wer kommt denn auf solche Ideen?«

»Zum Glück ist es wenigstens kein totes Tier oder so«, sagte ich. Aber beim Anblick der nackten Barbie lief mir ein kalter Schauer über den Rücken. Ich wandte mich an Günther. »Für mein Gefühl kommt das hier einer körperlichen Drohung schon ziemlich nahe, meinst du nicht? Und das sieht mir ganz nach dem Stalker aus, oder?«

Günther betrachtete das Paket mit zerfurchter Stirn. »Ja, du hast recht. Ich nehme es mit auf die Wache«, erklärte er. »Vielleicht finden wir ja etwas, was uns Aufschluss gibt.« Er warf Regina einen Blick zu. »Auf jeden Fall kann man schon sagen, dass die Häufigkeit zunimmt.«

»Und die Aktionen werden abgedrehter«, warf ich ein.

Günther nickte. »Ja, so könnte man sagen.« Er wandte sich zum Gehen. »Elli, komm.« Die beiden verschwanden im Gedränge auf dem Bürgersteig.

»Wo ist denn eigentlich Madeleine?«, fragte ich Regina, als wir die Treppe hinaufstiegen.

»Sie hat sich nicht mit runter getraut. Ich glaube, sie hat ziemliche Angst vor ihrem Stiefsohn«, erwiderte Regina. »Ach, das habe ich dir ja noch gar nicht erzählt. Als sie heute Mittag einkaufen gehen wollte, hat der Junge ...« Sie korrigierte sich. »Ach, was rede ich denn da. Von wegen Junge! Also, der Kerl hat wohl hier vor dem Haus herumgelungert, als sie einkaufen gehen wollte. Zum Glück hat sie ihn an der Haustür schon gesehen und ist deshalb gar nicht erst rausgegangen. Aber jetzt hat sie natürlich erst recht Angst. Er scheint sie allerdings nicht gesehen zu haben, sonst hätte er bestimmt versucht, ins Haus zu kommen.« Seufzend fügte sie hinzu: »Männer, ich sag's dir! Manchmal weiß ich nicht, was schlimmer ist, der Stalker oder dieser geldgierige Kerl. Wie mag er es herausgefunden haben?«

Ich zuckte mit den Schultern. »Keine Ahnung. Vielleicht hat er im Dorf jemanden gefragt. Wenn er so dringend Geld braucht, wird er ja alles daransetzen, ihre Spur nicht zu verlieren.« Ich schüttelte den Kopf. »Und wenn er erst einmal weiß, dass sie hier wohnt, dann ist sie hier auch nicht mehr sicher. Er kennt zwar deinen Namen nicht und weiß nicht, in welcher Wohnung sie sich aufhält, aber er kann sich ja jederzeit in den Hausflur schleichen und ihr auflauern.«

»Ja, und sie kann auch nicht die ganze Zeit in der Wohnung bleiben.« Regina zog ihren Schlüssel aus der Tasche und schloss die Tür auf. Die verdreckte Fußmatte war offensichtlich bereits entfernt worden. Regina bemerkte meinen Blick. »Die liegt schon in der Mülltonne«, sagte sie. »Günther wollte sie nicht zur Beweisaufnahme mitnehmen. Komisch, oder? Im Fernsehen kommt dann sofort die Spusi.«

Ich musste lachen. »Aber doch nicht für einen Hundehaufen auf dem Fußabtreter.«

Regina zuckte die Schultern. »Na, wie auch immer. Madeleine muss auf jeden Fall woanders hin. Hier wird es zu gefährlich für sie«, stellte sie fest.

»Ja.« Ich nickte. »Nur, wo soll sie hin? Wir können sie ja nicht einsperren!«

»Lass uns mal überlegen«, erwiderte Regina und ging hinein. In diesem Moment klingelte mein Handy schon wieder.

Leise fluchend zog ich es aus der Tasche. »Oh Mann, das reißt heute nicht ab!«

Günthers Stimme drang an mein Ohr. »Sehen wir uns heute Abend?«, fragte er.

»Wieso?«, fragte ich begriffsstutzig zurück. »Wir haben uns doch gerade gesehen.«

Er geriet ein bisschen ins Stottern. »Nein, ich meine, na ja, gehst du noch mit mir in den Biergarten? Das Wetter ist so schön.«

Mir fiel ein, dass ich Antonia abgesagt hatte, weil Regina mich heute Abend brauchte, aber sie kam mir gar nicht so bedürftig vor. Sie saß bereits mit Madeleine in der Küche, und die beiden debattierten darüber, wie sie sich am besten verhalten sollten.

Na ja, dachte ich achselzuckend, ich musste mich ja schließlich nicht immer um alles kümmern. Und heute Abend war der Gedanke, mit Günther in den Biergarten zu gehen, zu verlockend. Ich spürte nur einen leisen Hauch von schlechtem Gewissen, als ich zusagte.

»Tja, und dann hat sie mich mitsamt Elli sitzen lassen«, schloss Günther. »Dieser Fitness-Fuzzi hat es ihr angetan.« Er schaute an sich herunter und grinste schief. »Kann ich gar nicht verstehen.«

Wir hatten im Biergarten im Volksgarten einen Tisch am Rand mit Blick auf den See ergattert, wo auch Elli genügend Platz hatte, um sich hinzulegen, ohne ständig vom Kommen und Gehen der Gäste gestört zu werden.

»Nein, wirklich, das ist auch kaum zu verstehen«, pflichtete ich ihm lächelnd bei. Ich hatte ihn gefragt, wie er ausgerechnet an eine Dogge gekommen sei – für die Stadt nicht gerade der geeignetste Hund –, und er hatte mir erzählt, dass Nadine – so hieß seine Exfrau – irgendwann unbedingt einen kleinen Hund haben wollte. Er musste mit ihr auf diverse Hundemessen gehen, und schließlich hatte sie sich einen Welpen ausgesucht, der ihr besonders süß erschien.

»Ich habe mir damals schon gedacht, dass sie auf keinen Fall so klein bleibt«, erklärte Günther. »Elli hatte als junger Hund schon riesengroße Pfoten, und eigentlich war auch der Kopf überproportional groß. Aber wenn Nadine sich einmal etwas in den Kopf gesetzt hatte, dann gab es kein Halten mehr. Sie war es gewöhnt, immer und überall ihren Willen zu bekommen.« Er warf Elli einen bekümmerten Blick zu. »Und wenn sie dann hatte, was sie wollte, verlor sie das Interesse daran.« Er zuckte verlegen mit den Schultern. »Ich habe es nicht übers Herz gebracht, den Hund ins Tierheim zu bringen.«

Er mochte manchmal mürrisch wirken, aber er hatte

offensichtlich auch eine weiche Seite. »Zumindest ist Elli gut erzogen«, erwiderte ich. »Und sie ist zwar groß für die Stadt, aber vom Wesen her so sanftmütig, dass ihre Größe nicht so viel ausmacht.«

Günther bedachte mich mit einem dankbaren Blick. »Das hast du nett gesagt«, erklärte er. »Du bist ganz anders als Nadine.«

Ich zog die Augenbrauen hoch. »Na, das will ich hoffen.«

Ich fühlte mich in seiner Gegenwart seltsam wohl. Das war mir bei einem Mann lange nicht mehr passiert. Es hatte seit meiner Scheidung schon den einen oder anderen Interessenten gegeben, aber es war nie ernsthaft einer in Betracht gekommen, und nach den ersten Treffen war ich meistens froh gewesen, sie wieder los zu sein. Gregor hatte meine romantischen Blütenträume gründlich zerstört, und eigentlich wollte ich gar keinen Mann mehr.

Bei Günther jedoch war das anders. Ich ertappte mich dabei, wie ich ihn verstohlen musterte und auf einmal alles an ihm nett fand. Mir fiel zum ersten Mal auf, dass er eine schöne, weiche Stimme hatte, die in meinem Bauch ein leises Kribbeln auslöste.

Er schaute mich aus seinen dunkelbraunen Augen an. »Jetzt habe ich aber genug von mir geredet«, sagte er. »Du hast mir noch gar nichts von dir erzählt.«

Der Abend verging wie im Flug. Ich dachte nicht an meinen schmerzenden Rücken, nicht an die Arbeit, die mir immer schwerer fiel, und auch nicht daran, dass ich am nächsten Tag früh raus musste. Mit jedem Wort kamen wir uns näher, wir lachten über dieselben Dinge, und ganz zum Schluss schwiegen wir und schauten uns nur an. Er brachte mich nach Hause, und als er mich vor der

Haustür an sich zog und küsste, war ich auf einmal wieder jung und alles war neu und frisch. Voller Verheißung.

»Bis morgen dann«, sagte er, als er sich zum Gehen wandte. »Ich rufe dich an. Darf ich?«

»Ja«, hauchte ich und rannte beschwingt die Treppe hinauf.

In der Wohnung brannte noch Licht. Regina und Madeleine saßen in der Küche und blickten mir erwartungsvoll entgegen.

»Na, das hätte ich mir ja denken können«, sagte ich und grinste die beiden an. »Mir hätte ja glatt was gefehlt, wenn ihr jetzt nicht auf mich gewartet hättet. Geht's euch gut?«

»Ja«, antworteten sie gleichzeitig. Regina erwiderte mein Grinsen. »Und dir?«, fragte sie. »War's schön?«

»Jaaa«, sagte ich und lächelte. »Ich erzähle es euch morgen, ja? Jetzt muss ich ins Bett.«

Günther meldete sich schon am nächsten Mittag, aber nicht, um sich erneut mit mir zu verabreden, sondern weil sie einen Mann festgenommen hatten, der dabei erwischt worden war, wie er eine geköpfte Taube vor einer Wohnungstür platzierte.

Auch aus anderen Stadtteilen waren Anzeigen eingegangen, weil tote Vögel oder Hundekothaufen vor den Haustüren lagen, und weil alleinstehende Frauen mit Telefonanrufen und nächtlichen Überfällen terrorisiert worden waren. Bei einer hatte er sogar nachts im Schlafzimmer gestanden, war aber geflüchtet, als sie laut um Hilfe schrie.

Günther rief Regina im Büro an und bat sie, zwecks Gegenüberstellung ins Präsidium zu kommen. Als ich abends von der Arbeit nach Hause kam, ein wenig enttäuscht, weil mein neuer Freund nichts von sich hatte hören lassen, saß Regina wieder mit Madeleine in der Küche und erzählte ihr, was passiert war. Ich kam gerade herein, als sie sagte: »Das war wirklich wie im Fernsehen. Ich stehe also da hinter der Glasscheibe und auf der anderen Seite steht dieser Mann, den sie auf frischer Tat ertappt haben. Ah, Hilde, gut, dass du kommst.« Sie wandte sich mir zu. »Stell dir vor, sie haben den Taubenmörder erwischt. Er hat nicht nur uns genervt, sondern war offensichtlich in der ganzen Stadt unterwegs. Na ja, und was soll ich euch sagen, er war's nicht!« Sie hob die Hände.

»Wie, er war's nicht?«, fragte ich verwirrt. »Ich denke, er ist auf frischer Tat ertappt worden.«

»Ja, ja.« Regina nickte eifrig. »Er hat ja auch alles zugegeben. Aber ich kenne den Mann nicht. Ich habe ihn noch nie gesehen. Und mein Date war er ganz bestimmt nicht. Das muss reiner Zufall gewesen sein, dass er auf mich gekommen ist. Ich habe ihn heute echt zum ersten Mal gesehen.«

»Irre.« Ich schüttelte den Kopf. »Ja, und jetzt?«

»Nichts jetzt. Er wird wohl verurteilt werden, und vielleicht haben wir dann Ruhe.«

»Oder auch nicht«, sagte Madeleine düster. »Das bleibt abzuwarten.«

# 12

Und du meinst wirklich, dass es ihr nichts ausmacht?« Oma Schmitz verzog besorgt das Gesicht. Klein und verhutzelt saß sie auf der Bettkante im Krankenzimmer und schaute mir zu, wie ich ihre Sachen zusammenpackte.

Ich schüttelte den Kopf. »Nein, im Gegenteil, Oma Schmitz. Antonia freut sich, dass du das Zimmer in ihrem Haus beziehst. Sie hat sogar extra ein neues Bett für dich kommen lassen. Du wirst dich wundern, wie gut du darin liegen kannst!«

Ich hatte mit Antonia darüber gesprochen, dass ich nicht wusste, wo ich all meine Schützlinge unterbringen sollte, und sie hatte mir spontan ihr Haus angeboten.

»Deshalb habe ich dir das aber jetzt nicht erzählt, Antonia«, hatte ich gesagt. »Überleg dir gut, was du da anbietest. Es ist doch eine Zumutung, all die Leute aufzunehmen.«

»Also, erst einmal sind es nicht ›all die Leute‹«, hatte Antonia entgegnet, »sondern Frauen, die dir nahestehen. Und als Zumutung empfinde ich es bestimmt nicht, wenn sich der große alte Kasten ein bisschen mit Leben füllt.«

Antonias Haus kam mir jetzt manchmal vor wie ein kleines, sehr komfortables Hotel. Oma Schmitz und Madeleine Lohmann hatten ihre Zimmer bereits bezogen, und am Wochenende wollte ich Tante Röschen abholen, damit sie während Alfons' Reha nicht allein sein musste. Sie hatte sich zunächst mit Händen und Füßen dagegen gewehrt und tief in Onkel Alfons' Kiste der beliebten Redensarten gegriffen.

»Einen alten Baum verpflanzt man nicht, Kind«, sagte sie mehrmals mit sorgenzerfurchtem Gesicht.

Ich lachte. »Tante Röschen, von Verpflanzen kann gar keine Rede sein. Sieh es einfach als kurzen Urlaub. Du jammerst doch ständig, dass du es allein im Jagdhaus nicht schaffst.«

»Ja, aber hier im Dorf habe ich alle meine Bekannten und Freunde«, wandte sie ein. »Ich weiß gar nicht, ob ich mich überhaupt an andere Menschen gewöhnen kann.«

»Die verlierst du ja auch nicht«, erwiderte ich geduldig. »Es ist doch nicht für immer. Und auch in deinem ›hohen Alter‹ …«, ich bedachte sie mit einem leicht spöttischen Blick, »… wirst du ja wohl in der Lage sein, dich mit anderen Leuten zu unterhalten. Außerdem kennst du ja immerhin Madeleine Lohmann.«

»Na ja, ein bisschen«, gab sie zu. »Kennen ist zu viel gesagt. Und in der Stadt ist es immer so laut …« Sie blickte mich bang an.

»Ach, Tante Röschen, da wo Antonia wohnt, ist es mindestens so ruhig wie bei dir hier in der Eifel. Und sieh es doch einmal so: Auch für mich ist es beruhigend, schließlich bin ich ganz in der Nähe. Wenn du bei Antonia bist, kann ich jeden Tag nach der Arbeit vorbeikommen. Und du wirst sehen: Antonia ist sehr, sehr nett und Oma Schmitz sowieso. Sie freut sich schon auf dich!«

Mir war eine Zentnerlast vom Herzen gefallen, als sie

schließlich ihren Koffer gepackt und sich bereit erklärt hatte, es »in der Stadt einmal zu versuchen«.

Dann allerdings hatte es ihr auf Anhieb gefallen. Bei der ersten Gelegenheit zupfte sie mich am Ärmel und flüsterte mir zu: »Die ist ja richtig nett!« »Die« war natürlich Antonia, und ich fragte mich, was Tante Röschen sich vorgestellt hatte. Wahrscheinlich hatte sie Angst gehabt, in eine Art Pflegeheim zu kommen, und jetzt freute sie sich, dass die Atmosphäre in der Marienburger Villa ungezwungen und fröhlich war.

Antonia hatte die Gabe, jedem Gast die Scheu zu nehmen und ihn willkommen zu heißen. Zum Glück ging sie völlig unkompliziert mit der Situation um. Sie gab mir sogar das Gefühl, ich täte ihr einen Gefallen.

»Ach, Hilde, ich kann dir gar nicht sagen, wie dankbar ich dir bin! Ich habe so viel Platz, und du weißt ja, wie sehr ich darunter gelitten habe, dass es so still und leer im Haus war. Seit Oma Schmitz und Madeleine Lohmann bei mir wohnen, kann ich nachts endlich wieder gut schlafen!«

»Und es wird dir ganz bestimmt nicht zu viel, wenn jetzt noch Tante Röschen dazustößt?«, hatte ich besorgt gefragt.

»Nein, wie kommst du darauf! Mir wäre es am liebsten, du würdest auch bei mir wohnen!« Auffordernd hatte sie mich angelächelt. »Na, wie wäre das?«

»Nein«, hatte ich abgewehrt, »das geht nicht. Ich kann Regina nicht einfach allein lassen. Der Stalker hat sich zwar lange nicht mehr gerührt, aber man weiß ja nie, was da noch kommt.«

Seitdem die Polizei den Mann verhaftet hatte, der in der ganzen Stadt allein lebende Frauen verfolgt und belästigt hatte, hatten auch die ständigen Telefonanrufe aufgehört. Vielleicht wollte der Mann, mit dem Regina sich getroffen hatte, sie nur noch zwei oder drei Mal ärgern und sich dann zurückziehen. Möglich war alles. Aber so oder so wäre es mir nicht richtig vorgekommen, Regina in der großen Wohnung allein zu lassen, schließlich war sie die Erste gewesen, die mir bereitwillig ein Zimmer angeboten hatte, als ich in die Stadt gezogen war.

Nachdem ich Oma Schmitz in ihrem neuen Zimmer untergebracht und sie der Fürsorge von Antonia und Frau Schumacher überlassen hatte, begab ich mich also auf den Weg nach Hause. In Antonias Gegend herrschte kaum noch Verkehr, und während ich durch die stillen, dunklen Straßen radelte, musste ich unwillkürlich an Günther und Elli denken. Es war jetzt schon eine Woche her, seit wir im Volksgarten gewesen waren, und Günther hatte sich nicht wie versprochen bei mir gemeldet. Nach zwei Tagen hatte ich zum Telefon gegriffen, aber unter seiner privaten Nummer ging niemand dran, und sein Kollege auf dem Präsidium sagte nur, er sei nicht zu sprechen. Ich schaute mich nach der großen Dogge um, aber zu dieser Stunde schliefen Herr und Hund wahrscheinlich längst, wo auch immer sie sein mochten. Es war ja schließlich mitten in der Woche.

Regina allerdings schlief noch nicht. Als ich mein Fahrrad in den Hof schob, sah ich, dass in der Küche Licht brannte. Sie saß am Küchentisch, ein Glas Weißwein vor sich und ein verträumtes Lächeln auf dem Gesicht.

»Lass mich raten«, sagte ich. »Du hast einen neuen Mann kennengelernt.«

Sie nickte. »Ja, Günther.«

Ich runzelte die Stirn. »Wie jetzt? Günther?«

»Mhm.« Sie seufzte selig. »Er ist so wunderbar. Aber wir haben nur telefoniert.«

Schon wieder kam ich mir vor wie im falschen Film. Was war nur los? Wieso lief plötzlich was zwischen Regina und Günther? Und ich hatte die ganze Zeit gedacht, er hätte Interesse an mir. Ich schüttelte den Kopf, aber klarer wurde er davon auch nicht. Seit unserem schönen Abend im Volksgarten hatte Günther nicht mehr angerufen, und ich hatte ihn nicht mehr gesehen. Und jetzt turtelte er mit Regina? Das war mehr als merkwürdig.

»Ich kann es dir gar nicht beschreiben«, schwärmte Regina. »So hat es mich noch nie erwischt.«

Nein, wirklich, das brauchte ich mir nicht anzutun. Schon gar nicht heute Abend. Ich war so zufrieden mit mir gewesen. Hatte sich denn auf einmal die ganze Welt gegen mich verschworen?

In diesem Moment piepste Reginas Handy auf dem Tisch. Sie kicherte glücklich. »Da, das ist er schon wieder. Guck mal, wie süß!« Sie hielt mir ihr Smartphone unter die Nase.

»Süße Träume! Schlaf gut, mein Schnurzelchen! Günther«, stand auf dem Display, mit zahlreichen Herzen und Kuss-Smileys versehen.

Ich rieb mir die Augen. Das war ja nicht zum Aushalten. Barsch sagte ich: »Ich gehe jetzt ins Bett!«

»Nein, nein, warte«, sagte Regina. »Wie war es denn? Hat alles geklappt? Ist Oma Schmitz glücklich mit ihrer neuen Unterkunft? Du hast noch gar nichts erzählt.«

»Das verschieben wir auf morgen«, erwiderte ich mürrisch. »Jetzt bin ich zu müde. In ein paar Stunden ist die

Nacht schon wieder vorbei.« Ohne Reginas Antwort abzuwarten, verließ ich die Küche.

Aber als ich dann schließlich in meinem Bett lag, konnte ich nicht einschlafen. Viel zu viel ging mir im Kopf herum. Und immer wieder sah ich Günthers Gesicht vor mir.

Mein in der Nacht aufgestauter Ärger wuchs den ganzen nächsten Tag über heimlich, still und leise in mir weiter, und schließlich entlud er sich mit einem gewaltigen Knall, als ich abends um sechs das Tor aufschloss, um mein Fahrrad in den Hof zu schieben.

Günther winkte von der anderen Straßenseite und kam mit Elli herübergelaufen, als ich gerade das Fahrrad und zwei schwere Einkaufstüten balancierte. Freudestrahlend wedelte er mit einem Blumenstrauß und zwei Tickets.

»Tut mir leid, dass ich mich so lange nicht gemeldet habe«, rief er von Weitem. »Ich erkläre dir alles. Stell dir vor, ich habe Karten für das Sommertheater bekommen. Für Donnerstag, übermorgen. Kommst du mit?«

Irritiert drehte ich mich um. »Sommertheater? Was für ein Sommertheater? Mein Bedarf an Sommertheater ist gedeckt!«

»Na, das Tanzfestival in der Philharmonie. Da kommt diese amerikanische Truppe. Die sind wirklich toll, und eigentlich waren sie schon ausverkauft«, sprudelte er glücklich hervor. Als er mein ablehnendes Gesicht sah, fügte er unsicher hinzu: »Du hast doch letzte Woche gesagt, du würdest alles für eine Karte geben.«

Das stimmte tatsächlich. Ich hatte ihm an dem Abend im Biergarten erzählt, wie sehr ich mich schon als Kind für Tanz interessiert hatte. In der Eifel gab es leider nur wenige Möglichkeiten für zukünftige Balletttänzerinnen, aber als kleines Mädchen war ich in Mechernich im Ballettkurs gewesen, den eine dünne, sehr alte und sehr runzelige ehemalige Tänzerin gab. Ich war eine ihrer Meisterschülerinnen. In meiner Phantasie schwebte ich bereits im Tutu und mit Spitzenschuhen über die Bühnen der Welt – wie eine Siebenjährige sich eben eine Karriere als Primaballerina vorstellt –, aber dann war meine Mutter krank geworden. Mein Vater hatte für solche »Faxen«, wie er es nannte, keinen Sinn. Mit der Zeit waren dann andere Interessen an die Stelle des Tanzens getreten, aber geblieben waren mir die Liebe zum Ballett und die glühende Bewunderung für die Menschen, die so leichtfüßig über die Bühne sprangen.

Und jetzt stand dieser Mann, der seit gestern offenbar das Herz meiner Freundin und Wohnungsgenossin erobert hatte, strahlend vor mir und hielt mir zwei Eintrittskarten unter die Nase.

»Ich dachte, du freust dich!«, sagte er, immer noch enthusiastisch.

»Willst du nicht lieber mit Regina hingehen?«, schlug ich ihm bissig vor.

»Mit Regina? Wieso denn mit Regina?« Verständnislos schaute er mich an. Was bildete sich der Vollidiot eigentlich ein? Dachte er, ich wüsste nicht, was zwischen ihnen beiden lief?

Erbost funkelte ich ihn an. »So etwas Schönes teilt man doch normalerweise mit der Person, an der einem was liegt«, sagte ich spitz.

Günther wurde rot. »Ja, klar«, sagte er. »Deshalb bin ich ja hier. Möchtest du denn nicht mitgehen?« Bittend sah er mich an.

Langsam riss mir der Geduldsfaden. »Was denkst du Blödmann dir denn eigentlich?«, herrschte ich ihn an. »Was soll das? Machst du immer gerade der Frau den Hof, die dir in den Kram passt? Heute bin ich wohl wieder an der Reihe! Glaubst du, ich wüsste nicht, was du so treibst?«

Günther blickte mich verwirrt an. »Wie meinst du das? Ich habe die Karten doch erst heute Nachmittag bekommen! Außerdem konnte ich mich nicht vorher melden.« Elli, die die ganze Zeit neben ihm gestanden hatte, gähnte und legte sich mitten auf den Bürgersteig. Die Leute, die vorbei wollten, mussten notgedrungen auf die Straße ausweichen, zumal auch ich mit meinem Fahrrad den Weg versperrte.

Mit meiner Geduld war es jetzt vorbei. Wütend setzte ich zu einer Schimpftirade an. »Ach, auf einmal verstehst du nicht, wie ich das meine! Das ist ja interessant. Stehst du immer so auf der Leitung? Das ist wohl deine Masche, was? Du hältst mich ja offenbar für reichlich beschränkt!«

»Moment, Moment …«, unterbrach Günther mich. »Ich weiß zwar immer noch nicht, wovon du redest, aber beleidigen lasse ich mich nicht von dir. Wie kommst du dazu, so über mich herzufallen? Ich wollte dir doch nur eine Freude machen. Lass mich es wenigstens erklären.«

»Ach was, ich lege keinen Wert auf deine Erklärungen. Es ist ja sowieso alles gelogen«, erwiderte ich aufgebracht. »Und deine milden Gaben will ich nicht, du blöder Arsch!« Ich war mittlerweile so auf hundertachtzig, dass ich selber nicht mehr wusste, was ich sagte. Meine Stimme wurde immer lauter. »Die kannst du an deine anderen Damen verschenken.«

»Was redest du denn da? Was für andere Damen?« Günther war es offensichtlich ebenfalls leid. »Es gibt keine anderen Damen!« Auch seine Stimme war lauter geworden.

»Ach, und was ist mit Regina?«, brüllte ich zurück. Die Leute drehten sich irritiert nach uns um. Manche grinsten, und es war Günther deutlich anzusehen, wie peinlich ihm dieser Auftritt mitten auf der Straße war.

»Was soll mit Regina sein?«, fragte er mühsam beherrscht.

»Jetzt tu nicht so«, höhnte ich. »Du hast ihr doch die ganze Nacht über glühende Liebesbotschaften geschickt.« Mit affektierter Stimme zitierte ich: »Süße Träume, mein Schnurzelchen!«

Günther schnappte nach Luft wie ein Fisch auf dem Trockenen, und einen Moment lang glaubte ich, er würde tatsächlich keine Luft mehr bekommen. Dann sagte er leise, mit erstickter Stimme: »Ich habe keine Ahnung, wovon du redest. Aber du hast anscheinend nicht alle Tassen im Schrank!« Er warf mir den Blumenstrauß mitsamt den Karten vor die Füße. Dann drehte er sich auf dem Absatz um und ging. Elli, die auf dem Bürgersteig fast schon eingeschlafen war, hob verwirrt den Kopf, rappelte sich auf und lief ihm hinterher, ohne dass er sie dazu hätte auffordern müssen.

Ich stand da und schaute den beiden entgeistert nach. Was war das denn jetzt gewesen? Mir war ganz heiß, und das Herz klopfte mir bis zum Hals. Hastig bückte ich mich nach dem Blumenstrauß und den Karten und hob alles auf, bevor jemand darauf trat. Vage dämmerte mir, dass ich mich gerade sehr schlecht benommen hatte.

Als ich mein Fahrrad durch das Tor schieben wollte, trat Regina aus der Haustür. Sie trug ein schickes grünes Etuikleid und eine kurze schwarze Lederjacke und stöckelte auf aufsehenerregend hohen Pumps auf mich zu. Anscheinend war sie bester Laune, denn sie strahlte übers ganze Gesicht.

»Wie siehst du denn aus?«, sagte sie statt einer Begrüßung, vertiefte das Thema jedoch nicht, sondern fuhr gleich fort: »Drück mir die Daumen, Hilde, ich treffe mich mit Günther in der Flora. Ich bin so aufgeregt! Hoffentlich wird es gut.«

Langsam begriff ich gar nichts mehr. »Wieso trefft ihr euch in der Flora? Günther war doch gerade hier! Er ist vor einer Minute weg.«

Regina schüttelte irritiert den Kopf. »Wie, Günther war hier? Woher willst du das denn wissen? Du kennst ihn doch gar nicht. Du weißt überhaupt nicht, wie er aussieht!«

»Natürlich kenne ich Günther«, erwiderte ich. Meine Schläfen begannen zu pochen. Langsam bekam ich Kopfschmerzen. »Ich sage dir, er war gerade eben noch mit Elli hier. Aber jetzt ist er wieder weg.« Was dazwischen vorgefallen war, brauchte ich ihr ja nicht zu erläutern. Das ging sie schließlich nichts an.

Regina blickte mich immer noch aus großen, verständnislosen Augen an. Schließlich begann sie zu lachen. »Hilde«, gluckste sie, »du bist ja nicht mit Geld zu bezahlen. Hast du etwa gedacht, ich meine d e n Günther? U n s e r e n Günther? Günther, den Polizeibeamten? Wie kommst du denn auf die schwachsinnige Idee?« Sie fiel mir um den Hals und gab mir einen Kuss auf die Wange. »Ach du armes Schätzchen, nein, natürlich nicht, es ist doch ein ganz anderer Günther. Er heißt nur genauso! Ich käme doch nie auf die Idee, dir deinen Günther wegzunehmen. Um Gottes willen! Aber jetzt muss ich mich beeilen, sonst komme ich noch zu spät! Mach's gut! Ciao!«

Immer noch lachend stöckelte sie eilig auf ihren hohen Absätzen Richtung Straßenbahnhaltestelle.

Ich stand da wie belämmert. So etwas Blödes war mir in meinem ganzen Leben noch nicht passiert. Ich hatte Günther auf offener Straße niedergebrüllt, weil ich tatsächlich geglaubt hatte, er habe sich auf einmal in Regina verknallt. Was war ich nur für eine riesengroße dumme Kuh! Oh, es war alles so oberpeinlich!

Völlig benommen schob ich mein Fahrrad in den Hof, nahm Blumen und Tickets aus dem Korb und ging langsam die Treppe hinauf. Ein Glück, dass Madeleine Lohmann nicht mehr bei uns wohnte. Die Einzige, mit der ich jetzt reden wollte, war Doro.

»Ich wollte gar keinen Mann«, weinte ich am Telefon. »Und als ich am wenigsten damit gerechnet habe, war plötzlich einer da.«

»Das ist meistens so«, gab Doro zurück und bemitleidete mich ein wenig. Sie wusste genau, was ich in einer solchen Situation brauchte. Gott sei Dank war sie zu Hause gewesen, und so konnte ich ihr gleich mein Herz ausschütten.

»Aber ich hab's versaut, Doro«, jammerte ich. »Du kannst dir nicht vorstellen, was ich ihm alles an den Kopf geschmissen habe. Also, wenn ich er wäre, ich würde mich nie wieder bei mir melden!«

»Dann gibt's nur eines«, sagte Doro nüchtern. »Du musst zu ihm gehen und dich bei ihm entschuldigen.«

»Das kann ich nicht!«, heulte ich. »Du weißt doch, dass ich das nicht kann. Kannst du ihm nicht alles erklären?«

»Hilde!«, sagte Doro. Lachte sie etwa? Fand sie das Ganze komisch? »Wie alt bist du? Das musst du schon alleine machen.«

»Nein, das kann ich nicht«, erwiderte ich. »Wenn ich vor ihm stehe, dann fällt mir nichts mehr ein.«

»Eben ist dir ja auch genug eingefallen«, wandte Doro ein. »Es geht nicht anders. Du musst ihm sagen, dass es ein Missverständnis war, und letztlich musst du ihm wohl auch sagen, dass du dich in ihn verliebt hast.«

Ich schluckte. »Ich glaube, dann bleibe ich lieber allein«, erklärte ich bockig.

Ich hörte förmlich durchs Telefon, wie Doro mit den Schultern zuckte. »Hilde, dann kann ich dir leider auch nicht helfen. Dass ich mit ihm rede, kommt definitiv nicht in Frage.«

Zutiefst unglücklich über mich und die Welt legte ich auf. Vielleicht, so dachte ich, würde er ja auf mich zukommen und es mir leichtmachen. Noch war nicht alle Hoffnung verloren.

So betrüblich mein Privatleben auch aussehen mochte, so erfreulich lief es dagegen im Beruf. Frau Schulte-Baumhoff meldete sich bei mir und bot mir an, an vier Tagen in der Woche als Haushälterin bei ihnen zu arbeiten. Die Elternzeit war für sie vorbei, und sie war wieder als Rundfunk-Moderatorin tätig. Das Angebot klang verlockend. Feste Arbeitszeiten von neun bis fünf, freitags frei und ein gutes Gehalt. Putzen brauchte ich nicht, weil sie ja Anastasia hatten. Ich wäre nur für Organisation, Küche und die Kinder zuständig. Ich zögerte nicht lange und sagte zu.

Als ich Antonia am Abend davon erzählte, sagte sie erfreut: »Dann können wir ja nun endlich den Plan umsetzen, den ich schon die ganze Zeit mit mir herumtrage.«

Ich blickte sie verwundert an. »Was für einen Plan?«

»Ist dir nicht auch aufgefallen, dass hier im Haus jetzt lauter Frauen versammelt sind, die gerne kochen und es auch gut können?«

»Ja, schon, wenn ich so darüber nachdenke«, gab ich zu. »Hast du denn die Kochkünste der anderen schon mal ausprobiert?«

»Die von Oma Schmitz ehrlich gesagt noch nicht, sie ist dazu rein körperlich gar nicht mehr in der Lage, aber sie hat uns schon eine Menge guter Tipps gegeben, auch für Gerichte, auf die wir selber nicht unbedingt gekommen wären, also eher klassische Gerichte.«

»Ach ja, was denn?«, fragte ich neugierig.

»Na, zum Beispiel Herzragout mit kleinen Zwiebelchen und Pilzen in Rotweinsauce. Uns ist alleine beim Zuhören das Wasser im Mund zusammengelaufen. Oder auch Nieren in Senfsauce.«

Ich verzog das Gesicht. »Iiih, Nieren sind nicht meins.«

»Du musst sie nur gründlich putzen und wässern«, belehrte Antonia mich. »Und in Senfsauce mag ich sie am allerliebsten. Aber das war es gar nicht, was ich dir erzählen wollte. Wir haben uns nämlich überlegt, ob wir nicht so eine Art Restaurant aufmachen und andere Leute bekochen wollen.«

»Antonia«, sagte ich, »ist dir klar, was da alles dranhängt? Und wo willst du das machen? Hier im Haus geht das nicht.«

»Doch, das geht auch hier im Haus. Einen privaten Supperclub kann uns niemand verbieten. Dazu brauchst du keine Genehmigungen, keine besonders ausgestatteten Räumlichkeiten – das ist eher so, als ob du privat zum Essen einlädst. Nur, dass du die Leute vorher möglicherweise gar nicht kennst.«

»Hm.« Nachdenklich runzelte ich die Stirn. »Und was sagen die anderen dazu?«

»Madeleine ist ja zurückhaltend, aber sie hat zumindest gesagt, dass sie gerne mit uns kochen würde. Und deine Tante Röschen ist sowieso ein Schatz. Ich glaube, ohne Kochen und Backen kann sie nicht leben. Sie ist noch nicht lange hier, aber ich glaube, ich habe schon zwei Kilo zugenommen.« Antonia lachte leise. »Oma Schmitz ist Feuer und Flamme. Ich glaube, sie hat genauso gern Menschen um sich herum wie ich, und das hat sie die letzten Jahre auch nicht oft gehabt. Aber was sagst du denn dazu?« Erwartungsvoll sah sie mich an.

»Jaa, jaaa«, sagte ich gedehnt. »Ich könnte es mir schon vorstellen. Das würde bestimmt Spaß machen.«

Antonia lächelte zufrieden. »Wusste ich's doch«, sagte sie. »Hilde, das wird wunderbar!«

# 13

Die Vorbereitungen zu unserem ersten Dinner liefen auf Hochtouren. Madeleine und ich wurden damit beauftragt, auf dem Markt einzukaufen, der zweimal in der Woche im Viertel stattfand.

Erhitzte Debatten über das Menü waren dem vorausgegangen. Unsere bunt gemischten WG-Mitglieder waren einfach zu unterschiedlich, um rasch auf einen gemeinsamen Nenner zu kommen. Gertrud Schmitz und Tante Röschen, die sich trotz des Altersunterschieds – Oma Schmitz nannte Tante Röschen hartnäckig einen »jungen Hüpfer« – blendend verstanden, plädierten für ein »klassisches Festtagsessen«. Für sie bestand es aus Rinderbouillon – »Unbedingt mit Markklößchen, die mache ich euch auch!«, erklärte Tante Röschen. Oma Schmitz nickte nachdrücklich. Cordon bleu – für Oma Schmitz das Synonym für vornehme Küche. »Allein schon der Name«, sagte sie andächtig, nachdem ihr Madeleine Lohmann erklärt hatte, dass Cordon bleu übersetzt so viel wie »blaues Band« hieß, eine Auszeichnung, die in Frankreich besonders guten Köchen verliehen wurde. Dazu Kartoffelkroketten und Prinzessböhnchen im Speckmantel. »Und zum Nachtisch eine bayerische Creme«, schwärmte Tante Röschen verträumt. »Mit Himbeeren.«

Das war für sie der Inbegriff von Luxus. »Und außerdem«, fügte sie hinzu, als wir ihr vorsichtig klarzumachen versuchten, dass heute etwas anders gegessen wurde, »habe ich beim Friseur in einer Zeitschrift gelesen, dass traditionelle Gerichte im Trend liegen!«

Willibert Poensgen, den wir wegen seiner hervorragenden Weinkenntnisse – und auch weil wir einen Mann als Hilfe ganz gut brauchen konnten – zu allen Vorbesprechungen eingeladen hatten, genoss es sichtlich, dass er ein so gewichtiges Wort mitreden konnte. »Meine Mutter war eine begnadete Köchin«, wandte er sich zum wiederholten Mal an die beiden alten Damen. »Wissen Sie, was Omelette Surprise oder Profiteroles sind?«

Oma Schmitz mochte ja ein bisschen vergesslich und tüdelig sein, aber das wurde selbst ihr zu viel. »Herr Poensgen, das haben Sie mir schon fünf Mal erzählt«, tadelte sie ihn. »Ich weiß, was das ist!« Sie warf ihm einen strengen Blick zu, und er senkte beschämt den Kopf. Das war für Gertruds weiches Herz zu viel. Sie tätschelte ihm die Hand und sagte mit ihrer brüchigen Altfrauenstimme: »Aber Sie sind ja auch gar nicht für die Nachspeisen zuständig, oder? Sie sollen uns doch schönen Wein aussuchen!«

Wir saßen in Antonias geräumiger Küche um den großen Pinienholztisch, jeder mit Block und Stift bewaffnet. Antonia schaute strahlend in die Runde. Endlich war mal was los in ihrem Haus! »Profiteroles wären gar nicht so verkehrt«, meldete sie sich zu Wort. Herr Poensgen lächelte sie dankbar an. »Was haltet ihr davon, wenn wir dazu Williamsbirnen in Holunderbeerensirup machen?«

»Gute Idee«, sagte Tante Röschen anerkennend. »Die Holunderbeeren sind jetzt gerade reif. Am besten fährst du in den Garten, Kind«, wandte sie sich an mich, »und pflückst welche. Dann kann ich den Sirup einkochen.«

Ich nickte. »Ich sage Doro Bescheid. Sie kommt am Wochenende und kann welche mitbringen.« An Antonia gewandt fragte ich: »Bekommt man denn jetzt Williamsbirnen?«

Sie nickte. »Sie sind spätestens Anfang September reif. Auf dem Markt müssten sie eigentlich zu kriegen sein.«

Nach langem Hin und Her einigten wir uns schließlich auf ein Menü, das größtenteils von Antonia zusammengestellt worden war. »Sie sind ja eine Künstlerin, Kind«, hatte Tante Röschen staunend gesagt, als die Speisenfolge feststand. Zuerst gab es Rote Bete auf dreierlei Arten zubereitet – gekocht, roh mariniert mit Erdnusssauce und gebacken mit Sauerrahm-Curry. Dann eine Lauchschaumsuppe mit Parmesankeksen, Fettuccine mit Kürbis, Apfel und Rehfilet. Als Hauptgericht gebratene Entenbrust mit Apfel-Portwein-Sauce und Kartoffelnestern und anschließend eben Profiteroles mit Williamsbirnen in Holunderbeerensirup.

Alle waren begeistert, selbst die beiden alten Damen. »Was sind Fetuschiene?«, fragte Oma Schmitz nur. Alles andere kannte sie, und als wir ihr erklärten, dass Fettuccine Bandnudeln waren, die wir selbermachen würden, nickte sie zufrieden. Sie und Tante Röschen boten sogar freiwillig an, die »Hilfsarbeiten« wie Kartoffelschälen und Gemüseputzen zu übernehmen, damit wir »Kreativen« uns nicht mit so »niederen Tätigkeiten« befassen mussten.

»Wenn ich rote Hände bekomme, weil ich die Roten Bete schäle, ist das nicht so schlimm wie bei euch. Bei mir sieht es ja keiner«, erklärte Tante Röschen. Oma Schmitz nickte zustimmend. »Ihr könnt ja Handschuhe tragen«, wandte Antonia ein, aber die beiden alten Frauen protestierten. »Mit Handschuhen habe ich kein Gefühl in den Fingern«, sagte Tante Röschen, dabei hatte sie selbst mir das beigebracht. Und wieder nickte Oma Schmitz.

Herr Poensgen bot ebenfalls an, wir könnten ihn jederzeit in der Küche anstellen. Auch Antonias Haushälterin, Frau Schumacher, ließ sich von der allgemeinen Aufregung anstecken und erklärte, sie sei an dem Abend gerne zum Servieren und Aushelfen bereit. Madeleine, Antonia und ich sollten Zeit haben, uns um die »Komposition der Gerichte« zu kümmern, wie Willibert Poensgen es formulierte. Tante Röschen, die neben mir saß, zupfte mich am Ärmel. »Siehst du«, flüsterte sie mir zu, »ich hab's dir doch gesagt – du solltest irgendwas mit Kochen machen! Du wirst sehen, bald brauchst du nie mehr zu putzen!«

»Ich putze schon jetzt nicht mehr«, flüsterte ich zurück. »Aber das Kochen ist nur Zeitvertreib.«

Finanziell zahlte sich unser Supperclub keineswegs aus, dazu war der Rahmen zu klein. Aber als Programm für das Grüppchen einsamer Menschen, das sich in Antonias schönem, großem Haus zusammengefunden hatte, funktionierte er großartig. Und für mich war er genau die Abwechslung, den ich von meinem anstrengenden Job brauchte.

Oma Schmitz war aufgeblüht, seit sie ein Zimmer in der Villa bewohnte. Bisher hatte sie sich nicht ein einziges Mal darüber beschwert, dass sie nicht mehr in ihre alte Wohnung zurückkonnte. Im Gegenteil, sie genoss es, von Antonias Haushälterin umsorgt zu werden – »Frau Schumacher kann doch viel besser kochen als dieses ›Essen auf Rädern‹, was du mir geschickt hattest, Kind«, sagte sie zu mir. Wenn sie einen Arzttermin wahrnehmen musste, brauchte ich mir nicht mehr freinehmen, um sie zu begleiten, sondern der Chauffeur fuhr sie hin und holte sie auch wieder ab.

»Da bin ich auf meine alten Tage direkt noch eine feine Dame geworden, Hilde«, sagte sie zu mir. Aber dann verzog sie besorgt das Gesicht. »Meinst du, Antonia kommt mit dem Geld hin, was ich ihr zahle?«

»Ja, ja, mach dir keine Gedanken, Oma Schmitz«, beruhigte ich sie. »Das ist absolut ausreichend. Du hilfst ja auch beim Kochen.«

»Ja.« Oma Schmitz nickte lächelnd. »Ich glaube, sie brauchen mich hier wirklich.«

Antonia hatte zunächst gar kein Geld für das Zimmer haben wollen, das die alte Dame bei ihr bewohnte. Sie unterhielt sich mit ihr genauso gerne wie ich, und Marianne Schumacher, die Haushälterin, spielte mit ihr Karten und ließ sich von ihr das Häkeln beibringen. Gemeinsam hatten sie schon eine ganze Kollektion neuer Topflappen gehäkelt; als jedoch Gertrud Schmitz sich daranmachen wollte, Überzüge für die Klopapierrollen zu häkeln, streikte Frau Schumacher. Ich hatte Antonia klargemacht, dass Gertrud Schmitz nicht die Frau war, die auf Kosten anderer leben wollte. Sie musste ihr zumindest das Gefühl geben, dass sie für ihr Zimmer bezahlte.

Madeleine, die mir im Zug noch erklärt hatte, was für ein »lieber Junge« ihr Stiefsohn früher gewesen sei, fühlte sich mittlerweile richtiggehend von ihm verfolgt. Sie glaubte, ihn schon einige Male in der Südstadt gesehen zu haben. Die Tatsache, dass er jederzeit vor der Tür stehen konnte, hatte Antonia jedoch nicht daran gehindert, ihr ebenfalls ein Zimmer anzubieten.

»Hier sind Sie tagsüber wenigstens nicht allein«, hatte sie gemeint. »Und ich kann mein Französisch ein bisschen üben.«

Das tat Madeleine gut, aber sie war trotzdem schreckhaft und nervös geworden. Jedes Mal, wenn das Telefon läutete oder es an der Haustür klingelte, zuckte sie zusammen. Die fröhliche, lebenslustige Französin war nur noch ein Schatten ihrer selbst, und von ihrer optimistischen, zupackenden Art war nicht mehr viel zu spüren. Sie tat uns allen leid, und ich glaube, jeder von uns hätte sie gerne beschützt, wenn wir nur gewusst hätten, wie.

Ich hatte bereits mit Frau Dr. Hilbig darüber geredet, was Madeleine gegen ihn unternehmen könnte, und sie hatte sofort angeboten, sie zu beraten und, wenn nötig, vor Gericht zu vertreten. Sie war überhaupt so freundlich und zugänglich wie nie zuvor. Die Sache mit ihrer Tochter war anscheinend ein heilsamer Schock gewesen. Sie hatte mich zum Abendessen eingeladen und sich so ausführlich entschuldigt, dass ich ganz verlegen geworden war. Außerdem stellte ich fest, dass es ihr keineswegs darum ging, wieder eine gute Putzfrau zu haben.

»Ich weiß wirklich nicht, was in mich gefahren ist«, sagte sie ein ums andere Mal. »Wenn es irgendetwas gibt, womit ich mein Verhalten wieder gutmachen kann, dann sagen Sie es mir.«

»Im Nachhinein kann ich Sie verstehen«, hatte ich gesagt. »Sie haben sich wahrscheinlich solche Sorgen um die Kleine gemacht, dass Sie außer sich vor Angst waren. Und dann reagiert man schon mal über. Lassen Sie uns nicht mehr darüber reden. Ich habe allerdings tatsächlich ein Anliegen.«

»Er will die Sache vor Gericht bringen, wenn ich ihm nicht regelmäßig Geld gebe«, erzählte mir Madeleine, als wir mit einer langen Einkaufsliste bewaffnet zum Markt gingen. Ihr hübscher französischer Akzent machte die Aussage nicht besser. Ich schaute sie entsetzt an.

»Seit wann weißt du das denn? Warum hast du nichts gesagt?«, fragte ich.

Madeleine schüttelte den Kopf. »Ich weiß es nur seit gestern … nein«, korrigierte sie sich, »es heißt, ›erst‹ seit gestern.«

»Ach, komm«, sagte ich ungeduldig, »deutsche Grammatik sollte jetzt nicht dein Problem sein. Ich rufe sofort Frau Dr. Hilbig an, wenn wir wieder zu Hause sind. Du brauchst eine gute Anwältin. Ich habe ihr schon erzählt, worum es geht, und sie ist bereit, dir zu helfen.«

Madeleine nickte unglücklich. »Ja, ich brauche wirklich Hilfe. Die ganze Geschichte ist so absurd.«

»Was wirft er dir denn überhaupt vor?«, fragte ich. »Er muss ja irgendwas in der Hand haben. Es kann doch nicht so einfach sein, jemanden vor Gericht zu zerren, nur weil man Geld von ihm haben will.«

»Na ja.« Madeleine zuckte mit den Schultern. »Es ist einfach und auch wieder nicht. Er will ein psychiatrisches Gutachten vorlegen, hat er gesagt. Ich weiß nicht, wie er darauf gekommen ist, aber ich war nach dem Tod meines Mannes freiwillig drei Monate in einer psychiatrischen Klinik, weil ich schwere Depressionen hatte. Ich war sehr, sehr traurig damals«, fügte sie leise hinzu.

Mitfühlend schaute ich sie an. »Und in der Zeit ist er

wahrscheinlich auf die Idee gekommen, dass er sich gleich das gesamte Erbe unter den Nagel reißen könnte.«

»Ja, genau.« Sie nickte. »Ich soll ihm eine – wie heißt das? – Abtretungserklärung unterschreiben. Er war immer gegen mich. Sein Vater wollte ihn eigentlich enterben, weil er schiefe Geschäfte gemacht hat …« Sie blieb stehen, kramte umständlich in ihrer großen Handtasche nach einem Taschentuch und putzte sich die Nase. Dann lächelte sie mich zaghaft an. »Nein, krumme Geschäfte. Aber ich habe ihn überredet, das nicht zu tun und Udo die Hälfte zu überlassen. Ich war ein bisschen dumm.« Resigniert verzog sie die Mundwinkel.

»Tja, und jetzt will er sich die andere Hälfte auch noch holen. Wahrscheinlich hat er sein Erbe schon auf den Kopf gehauen.« Ich legte Madeleine die Hand auf die Schulter. »Das musst du Frau Dr. Hilbig alles erzählen. Sie kann dir bestimmt helfen. Jetzt lass uns erst einmal einkaufen.«

Madeleine nickte. »Ja, natürlich, ich will dich auch gar nicht mit meinen Sorgen belästigen.«

»Nein, so habe ich das nicht gemeint«, wehrte ich ab. »Wir sind alle für dich da, darauf kannst du dich verlassen.«

Es machte Spaß, auf dem Markt einzukaufen. Stück für Stück hakten wir unsere Liste ab. Wir probierten uns von Stand zu Stand durch, immer auf der Suche nach den knackigsten Radieschen, den saftigsten Birnen und dem frischesten biologisch angebauten Gemüse. Besonders Madeleine war gut darin, überall die besten Produkte zu finden. Die Marktleute mochten sie, weil sie merkten, wie viel sie von gutem Essen verstand.

»Du bist das reinste Trüffelschwein«, sagte ich zu ihr.

Sie blickte mich verwirrt und ein bisschen empört an. »Ich bin doch kein Schwein«, sagte sie. »Was soll das heißen, ›Trüffelschwein‹?«

»Das sollte ein Kompliment sein«, erklärte ich. »Werden in Frankreich die Trüffeln nicht mit Schweinen gesucht?«

»Ach, so meinst du das!« Sie kicherte. »Ja, natürlich. Manchmal aber auch mit Hunden. Kommt darauf an.«

Das lenkte meine Gedanken auf Elli und damit auf Günther. Seit unserem unseligen Gespräch an jenem Abend vor Reginas Haus hatte ich nichts mehr von ihm gehört. Ich konnte es ihm nicht verdenken. Auch wenn ich es mir nicht eingestehen wollte, merkte ich doch immer stärker, wie sehr er mir fehlte.

Doros Bemerkung ging mir durch den Kopf. »Du bist groß darin, für andere alles zu regeln, aber in deinem eigenen Leben gibt es noch eine ganze Menge aufzuräumen. Bei dir selber bist du manchmal hilflos«, hatte sie gesagt und mich dabei eindringlich angeschaut. »Pass mal ein bisschen auf dich auf, Hilde. Du musst nicht immer so tun, als ob nur die anderen die Baustellen hätten. Bei dir herrscht auch eine ganze Menge Unordnung. Kehr mal zur Abwechslung ein bisschen vor deiner eigenen Haustür, statt dich um die Sorgen der anderen zu kümmern.«

Damals hatte ich abgewehrt. »Ach, hör auf, Doro. Bei mir läuft doch alles. Abgesehen von meinen Rückenschmerzen kann ich mich nicht beklagen.«

»Eben, Rückenschmerzen«, hatte sie bloß erwidert. Natürlich war mir klar, was sie meinte. Ich wusste ja, dass ich mich von meinen eigenen Problemen ablenkte, indem ich mich ständig um andere kümmerte. Pech war nur, dass ich mich – auch wenn ich es gar nicht vorgehabt hatte und es mir nur widerwillig eingestehen wollte – in Günther verliebt hatte. Und das ließ sich auch mit meiner Fürsorge für die anderen nicht übertünchen.

»Wir nehmen fünf … was heißt ›betteraves rouges‹ auf Deutsch, Hilde?« Madeleines Stimme durchbrach meine trüben Gedanken. »Rote Bete«, erwiderte ich mechanisch.

Französisch war in der Schule mein Lieblingsfach gewesen, und ich hatte in der Oberstufe den Leistungskurs belegt. Unsere Lehrerin, Isa Liebe, hatte bei uns ein tiefes Verständnis für Sprache und Land geweckt, indem sie genau die richtigen Theaterstücke – *Antigone* von Jean Anouilh – und Texte von französischen Chansons mit uns durchnahm. Noch heute lief mir bei manchen Textstellen ein Schauer über den Rücken, und ich dachte voller Dankbarkeit an Frau Liebe. Hätte ich doch damals nur etwas daraus gemacht, dann wäre mein Leben sicherlich einfacher gewesen …

»Danke«, sagte Madeleine und wandte sich wieder an den Gemüsebauern. »Rote Bete«, wiederholte sie und zeigte auf die Knollen, die sie haben wollte.

»Haben wir jetzt alles?«, fragte ich.

Madeleine betrachtete prüfend den Einkaufszettel. »Ja, wir müssen nur noch zum Geflügelhändler«, erwiderte sie.

Energisch rief ich mich zur Ordnung. Ich konnte ja durchaus aktiv werden und mich bei Günther entschuldigen. Aber das wollte ich nicht, also wollte ich wohl auch keinen neuen Mann. Außerdem war ich nach der Erfahrung mit Gregor froh, meine Freiheit zu haben und selbst über mein Leben bestimmen zu können.

Schwer bepackt gingen wir mit unseren Einkäufen den

Gürtel entlang. Ein Schwarm grüner Halsbandsittiche flog über unseren Köpfen aus einer Baumkrone auf und schwirrte unter unmelodischem Krächzen zu den nächstliegenden Bäumen. Madeleine schaute nach oben. »Ich habe mich immer noch nicht daran gewöhnt, dass in Köln so exotische Vögel frei herumfliegen«, sagte sie. »Aber es scheint ihnen hier zu gefallen.«

Ich nickte. »In der Stadt ist es ja auch viel wärmer als bei uns auf dem Land. In der Eifel habe ich noch keinen Sittich gesehen. Aber du hast recht – ich finde das auch immer noch aufregend. Ein bisschen kommt man sich vor wie in Afrika oder so.«

»Da wäre ich jetzt am liebsten«, sagte Madeleine bekümmert. »Dann hätte ich keine Probleme mit dieser dummen Geschichte. Udo gibt keine Ruhe. Er hat meine neue Adresse schon wieder herausgefunden und mir einen Brief geschrieben. Er sagt, das Erbe stünde mir nicht zu, und ich sei sowieso nicht mehr in der Lage, für mich selbst zu sorgen. Sogar dass ich hier mit euch in Köln zusammenwohne, ist für ihn ein Zeichen, dass ich alleine nicht mehr klarkomme. Ach, es tut mir so leid! Am Ende ziehe ich euch alle noch da mit hinein.«

Ich schüttelte den Kopf. »Das braucht dir nicht leidzutun. Aber mir ist wirklich ein Rätsel, wie man so in das Leben eines anderen eingreifen kann. Du kannst doch nicht einfach jemanden für unzurechnungsfähig erklären lassen, nur weil er dir nicht in den Kram passt und du ihn aus dem Weg haben willst.«

Madeleine zuckte mit den Schultern. »Ich habe mich ja nach dem Tod meines Mannes selbst in die Klinik einweisen lassen, weil ich so schlimme Depressionen hatte. Damit habe ich ihm vermutlich in die Arme gespielt.«

»Hm«, sagte ich, ohne sie darauf hinzuweisen, dass es den Ausdruck so nicht gab. Ich wusste ja, was sie meinte. »Und meinst du, Frau Dr. Hilbig kann etwas dagegen unternehmen?«

»Ich hoffe es.« Madeleine nickte. »Wirklich, Hilde …«, sie schaute mich an, »wenn du nicht gewesen wärst, hätte ich ja gar nicht gewusst, an wen ich mich wenden soll. Und ich bin euch so dankbar, dass ich bei Antonia wohnen kann. Da fühle ich mich sicherer als alleine oder bei Regina.« Sie schwieg. »Versteh mich nicht falsch«, fügte sie dann hinzu. »Bei Regina war es sehr schön, aber … ich habe mittlerweile solche Angst vor ihm.«

»Nein, nein, keine Sorge, ich verstehe dich nur zu gut. Wir haben ja deine blauen Flecken gesehen. Du hättest zur Polizei gehen sollen.« Udo hatte Madeleine bei ihrer letzten Begegnung so grob am Arm gepackt, dass seine Finger blauschwarze Abdrücke auf ihrer hellen Haut hinterlassen hatten. Ich hatte Günther davon erzählt, aber er konnte nichts machen, wenn sie ihn nicht anzeigte. Und das wollte sie nicht.

»Regina hat auch Verständnis für die Situation – sie hatte ja mit ihrem Stalker selber genügend Probleme.«

»Ja, das war wirklich schrecklich«, stimmte Madeleine mir zu. »Zum Glück hat die Polizei ihn gefangen.«

Schon wieder dachte ich an Günther. Ärgerlich schüttelte ich den Kopf. Heute Abend war unser erstes Dinner, und das würde ich mir auf keinen Fall von solchen Spinnereien verderben lassen.

In Antonias Haus herrschte fröhliche Betriebsamkeit. Oma Schmitz saß mit der Haushälterin am Tisch und schälte die Kartoffeln für die Kartoffelnester. Dabei sang sie selbstvergessen abwechselnd alte Kölner Lieder und Küchenlieder, eine merkwürdige Mischung, die aber bei allen gut anzukommen schien.

Antonia legte den Finger auf die Lippen, als sie uns sah, damit wir die Darbietung nicht störten. Ich holte mein Smartphone aus der Tasche und hielt die Szene fest. Oma Schmitz merkte gar nicht, dass ich sie filmte, während sie voller Inbrunst sang »Ach, wat wor dat fröher schön doch in Colonia …«.

Wir ließen sie singen und wichen mit unseren Einkäufen ins Esszimmer aus, wo Tante Röschen und Willibert Poensgen den großen Esstisch aus poliertem Birnbaumholz für das Abendessen deckten.

»Es ist so rührend«, flüsterte Antonia. »Sie singt Lieder, die habe ich noch nie gehört. Eben hat sie ein altes Küchenlied gesungen, irgendwas von einem sterbenskranken jungen Mann, der für seine Geliebte ein Edelweiß pflücken wollte und abgestürzt ist …« Sie lächelte und redete in normaler Lautstärke weiter. »Warum flüstere ich überhaupt? Hier kann sie uns ja nicht hören. Es war hinreißend schön. ›Lebt mein Sohn, ist er verschieden? Ich will seine Pflegerin sein‹. Und jetzt dieses alte Kölner Lied. Hilde, was hast du mir nur für wunderbare Leute ins Haus gebracht!«

Ich lächelte. »Ja, Oma Schmitz ist wirklich was Besonderes. Du natürlich auch, Tante Röschen«, beruhigte ich meine Tante, die mir einen scharfen Blick zuwarf. »Und du, Madeleine«, fügte ich hinzu, für den Fall, dass sie sich benachteiligt fühlte. Aber Madeleine hatte gar nicht zugehört. Sie schaute versonnen auf den schön gedeckten Tisch. Mit leuchtenden Augen wandte sie sich zu uns.

»Das ist sooo schön!«, sagte sie. »Eine richtige Table d'Hôte. Das erinnert mich an früher.«

»Hattet ihr so etwas zu Hause auch?«, fragte Antonia.

Madeleine nickte. »Meine Eltern hatten eine kleine Pension in der Nähe von Marseille. Auf dem Land.« Ihr Gesichtsausdruck wurde ganz verträumt, als sähe sie alles noch einmal vor sich. »Wir hatten eine große Küche mit einer riesigen steinernen Feuerstelle, über der immer ein großer Kupferkessel hing. Manchmal kochte Maman sogar darin.« Sie lächelte. »Aber nur wenn wir große Gesellschaften hatten, wie eine Hochzeit oder so. Sonst hat sie ganz normal auf dem Gasherd gekocht. Wir hatten nur fünf Gästezimmer. Und die Gäste haben im Speisezimmer an der großen Tafel gegessen, alle zusammen. Im Sommer haben wir vor dem Haus einen Tisch aufgebaut. Da war ein Kiesplatz mit hohen Platanen.«

»Wie lange habt ihr denn da gewohnt?«, fragte Antonia.

Madeleine zuckte mit den Schultern. »Ich weiß nicht genau, auf jeden Fall war ich noch ziemlich klein. Es war ein schönes altes Haus, daran kann ich mich erinnern, mit grauen Fensterläden, ein richtiger Landgasthof. Wir hatten sogar einen Esel, und ich weiß noch, er hat mir so leidgetan, weil er immer allein war. Ich habe ihn jeden Tag besucht, damit er Unterhaltung hatte. Aber schließlich konnten wir nicht mehr dableiben, es gab immer so viel zu reparieren, und meine Eltern hatten nicht viel Geld. Wir sind wieder nach Marseille gezogen. Ich war sehr traurig«, fügte sie hinzu. »Mir hat es da so gut gefallen.«

»Siehst du, dann kannst du den Supperclub jetzt umso mehr genießen«, sagte ich zu ihr. »Wir versuchen einfach, ein bisschen französisches Flair hineinzubringen.« Zu Antonia sagte ich: »Hat Regina eigentlich schon die Tischkärtchen und die Menükarten gebracht?«

Antonia schüttelte den Kopf. »Nein, bisher nicht, aber es ist ja noch früh. Die Gäste kommen erst um halb acht. Hat sie dir schon verraten, wie sie aussehen sollen?«

Ich schüttelte den Kopf. »Nein, aber da verlasse ich mich ganz auf sie. Sie hat gemeint, es würde etwas Schlichtes, Modernes. Also auf keinen Fall mit Goldrand oder so.«

Wir hatten das Menü einmal zur Probe gekocht und mit acht Personen gegessen. Oma Schmitz, Willibert Poensgen, Tante Röschen, Doro und Regina waren uneingeschränkt zufrieden gewesen und hatten uns die höchste Punktzahl zugestanden, als nähmen wir an einem Wettbewerb teil, aber Antonia, Madeleine und ich waren uns einig, dass manche Gerichte noch verbesserungswürdig waren. Allerdings hatte uns der Probelauf genügend Sicherheit für den heutigen Abend gegeben.

Auf Katharina Bündleins Betreiben hin hatte der »TagesAnzeiger« vor einiger Zeit über uns berichtet, und wir hatten sie mit ihrem Freund Claude Winkler zu dem heutigen Abend eingeladen. Dass er Redakteur bei einer bekannten Food-Zeitschrift war, hatte sie uns jetzt erst mitgeteilt, und das machte uns natürlich ein bisschen nervös. Auch Frau Schulte-Baumhoff hatte uns im Radio erwähnt. Sie war ebenfalls mit ihrem Mann eingeladen. Außerdem nahm Dr. Fresenius mit seiner Frau am Essen teil sowie ein Ehepaar aus der Nachbarschaft. Da sie alle nur eine Spende beitrugen, gaben wir uns erst gar nicht der Illusion hin, dass wir Gewinn machen würden, aber das war auch nicht nötig, wie Antonia versichert hatte.

»Lasst mich mal machen«, sagte sie. »Wir kochen, weil es uns Spaß macht, und wir bewirten ausgesuchte Leute, weil wir uns gerne in netter Gesellschaft aufhalten. Wenn der Supperclub erst einmal bekannt ist, werden sich die Leute darum reißen, bei uns essen zu dürfen. Dann können wir auch Geld damit verdienen, ihr werdet sehen!«

Ich war nicht ganz so überzeugt davon, aber ich schwieg, weil ich Antonia nicht den Spaß verderben wollte. Für sie war das Konzept optimal – sie brauchte nicht hinauszugehen, die Menschen kamen zu ihr. Da Madeleine und ich den Großteil der Arbeit in der Küche erledigten, konnte sie ihrer Aufgabe als Gastgeberin nachkommen, ohne dass es für sie zu anstrengend wurde.

Hektisch schaute ich auf die Uhr und griff zu den Einmal-Handschuhen, um mich den Roten Beten zu widmen. Gleich war es halb acht, und ich hatte das Gefühl, alles würde zu spät fertig.

»Hoffentlich halten sich die Gäste an die akademische Viertelstunde«, murmelte ich vor mich hin. Aber eigentlich brauchte ich mir keine Gedanken zu machen. Wir waren absolut in der Zeit, und außerdem bekamen die Gäste erst einmal einen Aperitif von Willibert Poensgen kredenzt, der eine große Sache aus der Wein- und Spirituosenauswahl gemacht hatte. Regina hatte rechtzeitig die Tischkarten und das Menü gebracht, die sie nach ihrem Entwurf in der Druckerei der Agentur hatte anfertigen lassen. Sie bewunderte die schön gedeckte Tafel – Frau Schumacher hatte den Grüngürtel geplündert und alles frühherbstlich mit Efeu und Holunderbeeren geschmückt, und Tante Röschen hatte ihre besten Serviettenfaltkünste angewandt und auf jeden Teller einen Stoffschwan gezaubert.

Tante Röschen schaute mir über die Schulter, als ich die auf dreierlei Art zubereitete Rote Bete in feinen Scheiben direkt auf den Tellern anrichtete. »Wie im Fernsehen«, hauchte sie andächtig, als ich als letztes Finish ein wenig Kresse über einen Fleck Balsamico-Creme streute. »Da machen sie das auch immer so. Was du alles kannst, Kind.«

»Na, hoffentlich schmeckt es auch.« Ein bisschen nervös war ich ja schon.

Die Gäste waren mittlerweile eingetrudelt. Ich warf einen Blick durch den Türspalt. Antonia hatte sie noch mit Schürze begrüßt, weil sie anschließend wieder in die Küche ging, und jetzt standen sie bei einem Glas Sekt in der Empfangshalle und machten sich miteinander bekannt. »Das ist ein 1999er Riesling-Sekt, ein erstklassiges Tröpfchen!«, hatte uns Herr Poensgen versichert. »Ich kenne den Winzer an der Mosel persönlich. Familienbetrieb in dritter Generation. Meine Eltern haben schon bei seinem Vater Wein gekauft.«

Gespannt musterte ich die Leute und lauschte auf die anerkennenden Bemerkungen zu Ambiente und Aperitif, als plötzlich mein Handy klingelte. Ärgerlich drehte ich mich um. Wo hatte ich es nur hingelegt? Ach ja, da drüben auf die Anrichte, neben den Obstkorb. Hastig griff ich es mir, damit das laute Klingeln die Gäste nicht störte.

Eine mir unbekannte Stimme sagte am anderen Ende der Leitung: »Hildegard Bendermacher?«

»Ja«, antwortete ich. »Wer spricht denn da?«

»Babette von Lengsdorf. Frau Bündlein hat mir Ihre Telefonnummer gegeben.«

»Oh!« Mir wurde es heiß – Frau Bündlein hatte Antonias Schwester tatsächlich gefunden! Ich hatte sie eigentlich heute Abend danach fragen wollen. »Frau von Lengsdorf«, sagte ich aufgeregt, »rufen Sie aus Mallorca an?«

»Ja«, erwiderte sie. »Ich bin in Palma am Flughafen. In einer Dreiviertelstunde geht meine Maschine nach Köln.«

Ich schluckte. »Heute Abend ist es ganz ungünstig«, gestand ich. »Wir haben ein großes Essen …« Ungeduldig wehrte ich Willibert Poensgen ab, der mich anscheinend etwas fragen wollte. Ich stupste Madeleine an und zeigte auf die Vorspeisenteller, die ins Esszimmer gebracht werden mussten. Da kam Antonia in die Küche. Vor lauter Aufregung waren ihre Bewegungen noch ruckartiger als sonst, und auf den Wangen hatte sie kreisrunde rote Flecken. Als sie sah, dass ich telefonierte, nahm sie die Dinge in die Hand und gab Marianne Schumacher, Madeleine und Herrn Poensgen mit leiser Stimme Anweisungen. Ich drehte ihr den Rücken zu und flüsterte ins Telefon: »Es ist jetzt wirklich ganz ungünstig. Können Sie mich nach der Landung noch einmal anrufen?«

»Bei Ihnen scheint ja einiges los zu sein.« Babette von Lengsdorf klang amüsiert. »Okay, ich melde mich, wenn ich in Köln gelandet bin.« Sie legte auf.

Antonia drückte mir die beiden verbleibenden Vorspeisenteller in die Hand. »Hier, die fehlen noch. Ein wichtiger Anruf?« Sie blickte mich fragend an.

Ich schüttelte den Kopf. »Nein, nur eine Kundin, die in Urlaub fliegt und mir noch etwas Wichtiges auftragen wollte. Sie ruft später noch mal an, wenn sie angekommen ist.« Erst als ich es ausgesprochen hatte, fiel mir auf, dass ich ja bis auf Schulte-Baumhoffs, die heute Abend hier waren, gar keine Kunden mehr hatte. Aber Antonia schien nichts zu merken.

Sie schaute nach den Fettuccine, die auf einem Nudelgestell antrockneten. Die Lauchschaumsuppe brauchte nur noch kurz aufgeschlagen zu werden, die Parmesankekse waren bereits fertig. Jeweils zwei lagen auf den Untertellern der Suppentassen.

Die Gäste unterhielten sich angeregt, als wir die Vorspeisenteller abräumten und die Suppe servierten. Wein und Wasser standen auf dem Tisch, damit sie sich selber nachschenken konnten.

»Am besten gefällt mir«, sagte Katharina Bündlein gerade, »wenn alles selbstgemacht ist. Diese Parmesankekse hier scheinen ja ganz frisch gebacken zu sein. Ach, es sieht alles so lecker aus!« Sie wandte sich an ihre Tischnachbarin. »Ich habe vor Kurzem erst aufgehört zu rauchen, und seitdem schmecke ich alles viel intensiver. Rauchen Sie?«

Die Frau verneinte. »Ich kann gar nichts damit anfangen. Als junges Mädchen habe ich es mal versucht, aber es schmeckte mir einfach nicht, und da habe ich es gelassen.«

»Sie Glückliche«, erwiderte Katharina Bündlein. Sie tunkte ihren Löffel in die Suppe und probierte. »Mmmh, köstlich!«, sagte sie. »Wie findest du es?«, fragte sie ihren Freund, der ihr gegenübersaß.

Gespannt blieb ich an der Tür stehen, um zu hören, was er zu sagen hatte.

Natürlich bemerkte er, dass ich interessiert lauschte. Lächelnd hob er sein Weinglas und prostete mir zu. »Ganz wunderbar! Bis jetzt ist alles perfekt! Und wer auch immer den Wein ausgesucht hat, hat seine Sache ganz besonders gut gemacht.«

Das klang doch vielversprechend. »Ich werde es Herrn Poensgen ausrichten. Das wird ihn freuen«, erwiderte ich zufrieden, und an alle gewandt sagte ich: »Ihnen noch einen guten Appetit!«

»Ja, essen Sie und Frau von Lengsdorf denn nicht mit?«, fragte ein beleibter älterer Herr mit Brille, der sich als Antonias Nachbar vorgestellt hatte. Er war zusammen mit seiner Frau da, einer hübschen Fünfzigerin mit grauem Pagenkopf, die andächtig jeden Bissen genoss. Jetzt hob sie den Kopf und blickte mich an. »Ja, genau, wir hatten eigentlich damit gerechnet, dass Sie mit uns essen.«

Ich lächelte. »Wir werden uns nach dem Essen zu Ihnen setzen. Aber bis dahin gibt es noch einiges vorzubereiten.«

Ich verschwand wieder in der Küche. Madeleine kam gerade aus dem Garten, ein Körbchen mit Kapuzinerkresse in der Hand.

»Wir haben doch den Tisch schon dekoriert«, sagte Herr Poensgen, der sich genießerisch ein kleines Gläschen seines Weißweins gönnte, nicht ohne zuvor auch den anwesenden »Damen« etwas eingeschenkt zu haben.

»Willibert«, erwiderte Madeleine, »du wirst es nicht glauben, aber die Blumen kann man essen! Ich dekoriere damit die Kartoffelnester.«

Willibert Poensgen schnaubte ungläubig. »Die Gäste sollen die Blumen essen? So etwas habe ich ja noch nie gehört.« Er schaute auf die leuchtend roten und gelben Blüten der Kapuzinerkresse. »Demnächst bietest du den Gästen noch Rosen und Stiefmütterchen an, was?«

Madeleine lachte. »Schon möglich!«, sagte sie. »Wart's nur ab.«

Mir war schon seit einiger Zeit aufgefallen, dass Madeleine sich gut mit Willibert Poensgen verstand. In seiner Nähe schien die Anspannung der letzten Wochen von ihr abzufallen, und manchmal war sie geradezu unbekümmert. Und auch er war in Madeleines Gegenwart viel lockerer, als ich ihn je erlebt hatte.

»Na, wenn sich da nicht zwei verwandte Seelen gefunden haben«, hatte ich zu Doro gesagt, als ich ihr davon erzählt hatte. »Aber eigentlich ist er ja auch ein netter Mann. Er ist mir im Anfang nur so auf den Keks gegangen, weil er wirklich keine Ahnung hat, wie man mit Frauen umgeht.«

»Hattest du ihm nicht vorgelogen, du hättest einen Ehemann?«, sagte Doro. »War das kein Problem, als du ihn gebeten hast, als Weinfachmann bei eurem Supperclub mitzumachen?«

»Er hat nie danach gefragt. Vielleicht ahnt er ja, dass ich ihn angeschwindelt habe, um ihn abzuwimmeln. Aber ich glaube, das ist für ihn kein Thema. Er hat Madeleine gesehen und war hin und weg. Für andere Frauen hat er seitdem keine Augen mehr.«

Doro lachte. »Na, das hört sich ja ganz nach einem Happy End an. Jetzt müssen wir nur für dich noch was Passendes finden.«

»Irrtum!« Ich schüttelte den Kopf. »Erst ist Regina an der Reihe. Und ehrlich, Doro, ich weiß gar nicht, ob ich überhaupt noch mal einen Mann will.«

»Wir werden sehen«, antwortete meine Freundin nur.

Daran musste ich jetzt denken, als ich mit Antonia und Madeleine den Pasta-Gang vorbereitete. Tante Röschen hatte das Rehfilet auf den Punkt gebraten, und als Madeleine es aufschnitt, um es auf die Teller zu verteilen, war es innen zart und rosa. Solche Hilfsmittel wie ein Fleischthermometer oder »so neumodischen Kram«, wie Röschen es nannte, brauchte sie dazu nicht. Sie hatte es einfach im Gefühl.

Oma Schmitz war am Tisch vor ihrem Weinglas eingeschlafen. Ihr Kopf war auf die Tischplatte gesunken, und sie schnarchte leise. Ich überließ Antonia und Madeleine das Anrichten und trat zu ihr. Vorsichtig rüttelte ich sie an der Schulter. »Komm, Oma Schmitz, ich bringe dich ins Bett. Es ist schon spät.«

Sie hob den Kopf und blickte mich aus ihren alterstrüben Augen an. Um die hellblaue Iris lag ein milchiggrauer Ring. Oma Schmitz streichelte mir über die Hand. »Ja, ich bin müde.«

Sie erhob sich schwerfällig. »Gute Nacht alle miteinander«, sagte sie zu den anderen. »Gute Nacht, Oma Schmitz«, antwortete Antonia. »Bonne nuit«, sagte Madeleine. »Schlafen Sie gut!«, wünschte ihr Herr Poensgen. »Schlaf gut, Gertrud«, sagte auch Tante Röschen, die sich bereits der Entenbrust widmete.

Ich blickte in die Runde. Normalerweise heißt es ja, zu viele Köche verderben den Brei, aber in unserem Fall stimmte das nicht. So zusammengewürfelt unsere kleine Mannschaft war, so sehr harmonierten wir in der Küche. Intuitiv wusste jeder, was wann zu tun war, und der Wunsch, ein großartiges Essen zu kochen, einte uns.

Die selbstgemachten Fettuccine fanden großen Anklang, ebenso die Entenbrust mit der Apfel-Portwein-Sauce. Die Gäste im Esszimmer aßen alles restlos auf, sogar die Kapuzinerkresse. Wenn wir gehofft hatten, noch etwas abzubekommen, mussten wir diese Hoffnung spätestens begraben, als einige um Nachschlag baten.

Beim Nachtisch gesellte sich Antonia zu den Gästen. Ich sah ihr an, wie froh sie war, endlich sitzen zu können. Sie war ein wenig blass um die Nase, und ihr Tremor war ausgeprägter geworden. Der Abend hatte sie doch mehr angestrengt, als sie zugeben wollte. Andererseits hatte sie jede Minute genossen, und ich wusste, dass sie um nichts in der Welt darauf verzichtet hätte.

Ich blieb mit Madeleine in der Küche, um die Spülmaschine aus- und erneut einzuräumen und ein wenig Ordnung zu schaffen. Auch Tante Röschen hatte sich gähnend in ihr Bett verabschiedet, und wir waren nur noch zu dritt in der Küche. Marianne Schumacher war schon vor einer ganzen Weile nach Hause gegangen.

Gerade wollte ich die Schürze ablegen und ebenfalls ins Esszimmer gehen, als mein Handy klingelte. Babette von Lengsdorf war in Köln gelandet.

»Hören Sie«, sagte sie zu mir, »es gibt zwei Möglichkeiten. Entweder nehme ich mir ein Hotel, und wir reden morgen in aller Ruhe, oder ich setze mich jetzt in ein Taxi und komme nach Marienburg.«

»Antonia weiß von nichts«, erwiderte ich. »Ich habe keine Ahnung, wie sie reagieren wird, wenn Sie auf einmal vor ihr stehen. Was möchten Sie denn am liebsten?«

»Ich möchte jetzt am liebsten nach Hause kommen«, erwiderte Babette. Ihre Stimme war viel heller als die tiefe, etwas raue Stimme von Antonia. Ob sich die beiden Schwestern wohl ähnlich sahen? Antonia hatte mir nie ein Foto von Babette gezeigt. Auf jeden Fall schien Babette eine spontane Person zu sein, sonst hätte sie sich nicht in den Flieger gesetzt, ohne sich vorher mit mir abzusprechen.

»Ja, gut, dann tun Sie das«, sagte ich zögernd. »Das Risiko müssen wir eingehen. Aber ich sage ihr nicht, dass Sie kommen. Die Gäste sind noch da, und ich möchte den Abend nicht vorzeitig beenden.«

»Nein, nein, das ist absolut in Ordnung. Das nehme ich schon auf mich. Bis gleich dann.« Sie legte auf.

Ich schenkte mir noch ein Glas Wein ein. Madeleine und Willibert Poensgen saßen am Küchentisch und unterhielten sich leise. Sie blickten nicht einmal auf, als ich ins Esszimmer ging, um mich ebenfalls zu den Gästen zu setzen.

Die Runde war satt und zufrieden, und alle waren voll des Lobes. Wir hörten nur anerkennende Worte. »Lange nicht mehr so gut gegessen.« – »Dürfen wir wiederkommen?« – »So eine wunderbare Idee, in Ihrem schönen Haus einen Supperclub einzurichten.« Antonia strahlte. Sie war in ihrem Element.

Katharina Bündlein beugte sich zu mir. Leise sagte sie: »Ich hatte ganz vergessen, Ihnen zu berichten, dass meine Suche erfolgreich war. Ich habe …«

Hastig warf ich einen Blick auf Antonia, aber sie war ins Gespräch vertieft. »Ja, ich weiß schon«, unterbrach ich Frau Bündlein und legte einen Finger an die Lippen. »Sagen Sie nichts, es soll doch eine Überraschung sein.«

In diesem Moment läutete es an der Tür.

# 14

Antonia blickte auf die Uhr und zog fragend die Augenbrauen hoch. Ich bedeutete ihr, sie solle sitzenbleiben, und sprang rasch auf.

Herr Poensgen steckte den Kopf durch die Küchentür, als ich die Eingangshalle betrat. »Wer kommt denn noch so spät?«, fragte er besorgt.

»Alles in Ordnung.« Ich winkte ab. »Gehen Sie ruhig wieder in die Küche.« Der Kopf verschwand, und ich hörte Madeleine und Willibert Poensgen leise miteinander reden.

Babette von Lengsdorf war klein, rundlich und blond, ganz anders, als ich sie mir vorgestellt hatte. Sie sah ihrer Schwester überhaupt nicht ähnlich. Sie trug einen kurzen Trenchcoat über ihrer schwarzen Hose und der weiten Bluse, und ihre blonden, halblangen Haare hatte sie am Hinterkopf zu einem Zopf zusammengefasst. Neben ihr stand ein großer schwarzer Stoffkoffer, und über die Schulter hatte sie einen schwarzen kleinen Lederrucksack geschlungen.

»Tut mir leid, dass ich mitten in der Nacht hier aufkreuze«, sagte sie zu mir. »Sie sind sicher Frau Bendermacher, oder?«

»Hilde«, sagte ich automatisch und streckte ihr die Hand entgegen.

»Ich bin Babette.« Sie hatte einen festen, vertrauenerweckenden Händedruck. Hatte Antonia nicht gesagt, sie sei Krankenschwester? Der Beruf passte zu ihr – sie strahlte Ruhe und Zuversicht aus. Auf einmal war ich sehr froh, dass es mir gelungen war, sie nach Köln zu holen.

»Wie geht es Toni?«, fragte sie. Ich hatte noch nie gehört, dass jemand Antonia mit dieser Kurzform angeredet hatte. »Frau Bündlein hat mir gesagt, sie sei ziemlich krank. Aber sie wusste nichts Genaueres.« Sie blickte mich fragend an.

»Komm doch erst einmal rein«, forderte ich sie auf. Sie stellte Koffer und Rucksack in der Garderobe ab. Ohne Mantel sah sie sogar noch kräftiger aus. »Antonia hat Multiple Sklerose«, sagte ich.

»Oh.« Babette schluckte. »Ich hatte ja keine Ahnung. Seit wann?«

»Sie hat die Diagnose nach ihrer Fehlgeburt bekommen«, erwiderte ich.

»Dann …« In Babettes Gesicht arbeitete es.

Ich nickte. »Ja, sie hat es schon gewusst, als du weggegangen bist.«

Babette schwieg und schaute zu Boden. Dann hob sie den Kopf. »Du bist ihre Freundin, oder?« Ich nickte. »Meinst du, sie will mich überhaupt sehen?«

Ich zuckte mit den Schultern. »Ich hätte keinen Kontakt zu dir aufgenommen, wenn ich das nicht glauben würde. Ich weiß nur nicht, ob es einfach wird. Wie ich Antonia kenne, kann ich mir nicht vorstellen, dass sie dir in die Arme fliegt, als wenn nichts vorgefallen wäre.«

»Hm, ich verstehe.« Babette verzog nachdenklich das Gesicht. »Weißt du, ich habe mir so sehr gewünscht, dass wir wieder Kontakt zueinander haben, dass ich gar nicht lange überlegt habe, nachdem Frau Bündlein mich in Palma angerufen hatte. Ich habe einfach Urlaub genommen und einen Flug gebucht. Aber du hast recht. Ich muss natürlich damit rechnen, dass sie mich gar nicht sehen will. Und ich kann es ihr nicht mal übelnehmen.« Sie seufzte.

Ich schaute auf meine Armbanduhr. Es war kurz vor zwölf. Wie passend, dachte ich. »Lass uns mal schnell überlegen, wie wir am besten vorgehen«, sagte ich.

Ich hatte den Satz noch nicht zu Ende gesprochen, als die Tür vom Esszimmer aufging, und die Gäste herausströmten. Antonia führte die kleine Schar an, und ich hörte, wie Katharina Bündleins Freund zu ihr sagte: »Geben Sie nur rechtzeitig Bescheid, wenn Sie das nächste Essen planen. Wir würden zu gerne wieder teilnehmen.« Katharina Bündlein fügte hinzu: »Sie werden sich vor Anfragen nicht retten können, wenn erst einmal Claudes Artikel in ›Schöner Essen‹ erschienen ist!«

Antonia drehte sich lächelnd um, und in diesem Moment sah sie Babette. Sie taumelte ein wenig und stützte sich auf den Arm ihres Arztes, der neben ihr ging. Er warf ihr einen besorgten Blick zu. Aber sie fing sich sofort wieder und begann, die Gäste zu verabschieden. Ich trat zu der Gruppe. Antonia sagte nichts, sondern kniff nur leicht die Augen zusammen.

Routiniert und freundlich reichte sie jedem die Hand und nahm lächelnd die Komplimente für den gelungenen Abend entgegen. Als der letzte Gast gegangen war, schloss sie die Haustür und drehte sich um.

»Was soll das hier?«, wollte sie wissen. »War das deine Idee?« Sie warf mir einen bösen Blick zu.

»Toni!«, sagte Babette und trat einen Schritt auf sie zu, aber Antonia hob abwehrend die Hand. »Du bist noch nicht dran. Zu dir komme ich später«, sagte sie kühl. »War das deine Idee?«, wiederholte sie, an mich gewandt.

Ich nickte betreten.

»Was hast du dir bloß dabei gedacht? Wolltest du Schicksal spielen? Die Familie versöhnen? Na, großartig ...«

»Antonia, ich ...«, begann ich, aber sie unterbrach mich.

»Bist du nie auf den Gedanken gekommen, dass dich das gar nichts angeht? Dass das ganz allein meine Sache ist?«

»Aber ich ...«, wandte ich ein.

»Nichts aber!« Sie ließ mich gar nicht zu Wort kommen. »Du kannst dich nicht einfach in das Leben anderer Menschen einmischen.« Böse schaute sie mich an. »Aber das machst du gerne, oder?«

»Toni, jetzt werde nicht ungerecht«, warf Babette ein. »Hilde hat es doch nur gut gemeint.«

Zornig drehte sich Antonia zu ihrer Schwester um. »Ach, genau wie ihr damals? Alle meint ihr es immer nur gut mit mir. Wie edel und anständig ihr doch alle seid. Komisch, dass es mir oft ganz anders vorkommt!«

Ihre Stimme war immer lauter geworden, und Willibert Poensgen trat aus der Küchentür.

»Ist alles in Ordnung?« Fragend schaute er uns an.

»Ja, ja«, erwiderte ich automatisch. »Die Gäste sind gegangen, Herr Poensgen. Sie können jetzt auch nach Hause gehen. Den Rest räumen wir schon auf.«

Madeleine Lohmann kam ebenfalls aus der Küche. Sie wirkte erhitzt und ein wenig zerzaust. »Ich gehe mit«, verkündete sie und lächelte Willibert Poensgen an. »Wir können ja noch ein wenig spazieren gehen.«

Ich hatte keine Zeit, mich zu wundern, ich war zu sehr mit Antonia und Babette beschäftigt. Ich nickte nur und widmete mich wieder den beiden Frauen.

Ich trat auf Antonia zu und legte ihr die Hand auf den Arm. »Antonia, reg dich bitte nicht so auf. Jetzt ist Babette schon mal hier. Es ist so lange her, seit ihr euch zuletzt gesehen habt. Du hast doch selbst gesagt, du wolltest sie gerne wiedersehen.«

Antonia schüttelte meine Hand ab. »Ja, aber ich habe nicht im Traum daran gedacht, dass du das gleich als Aufforderung nimmst, sie einzuladen.«

»Sie hat mich nicht eingeladen«, sagte Babette ruhig. »Sie hat lediglich Kontakt zu mir aufgenommen. Toni«, erneut trat sie einen Schritt auf ihre Schwester zu, »ich habe solche Sehnsucht nach dir gehabt. Ich habe es einfach nicht mehr ausgehalten. Es tut mir furchtbar leid, was damals passiert ist, aber es ist schon so lange her. Können wir die alten Geschichten nicht ruhen lassen?«

»So leicht kommst du mir nicht davon«, erwiderte Antonia. »Was glaubst du denn? Meinst du, du brauchst nur ein paar Jahre verstreichen zu lassen, und dann vergessen wir, was gewesen ist, und tun einfach so, als wäre es nie passiert?«

»Nein, das glaube ich nicht«, erwiderte Babette gleichmütig. »Mir ist schon klar, dass du es mir nicht leichtmachen wirst.« Sie zuckte mit den Schultern. »Ein bisschen zickig warst du ja immer schon.«

Ich hielt die Luft an. Das war ja schon beinahe unverschämt, wenn man sich die Umstände vor Augen hielt, unter denen die Schwestern auseinandergegangen waren. Wie würde Antonia reagieren?

»Ich?«, rief sie empört. »Ich soll zickig sein? Na, das trifft ja wohl eher auf dich zu. Du warst doch immer diejenige, die zickig reagiert hat, wenn nicht alles nach ihrem Kopf ging.«

Leicht fassungslos schaute ich dem Wortwechsel der Schwestern zu. Plötzlich kam ich mir völlig überflüssig vor. Die beiden brauchten offensichtlich keine Vermittlerin.

»Ich fahre nach Hause«, verkündete ich, aber Antonia und Babette beachteten mich gar nicht.

»Und warum hast du mir nicht gesagt, dass du MS hast?«, sagte Babette aufgebracht.

Ich wartete nicht ab, was sie sich als Nächstes an den Kopf werfen würden. Hastig schnappte ich mir meine Jacke, lief nach draußen und schwang mich auf mein Fahrrad, das neben der Haustür an der Wand lehnte.

Ach, dachte ich, während ich durch die dunklen Straßen radelte, was gäbe ich darum, wenn mir Elli mal wieder hinterherlaufen würde …

Babette blieb leider nur zehn Tage. Länger konnte sie ihre Tiere und ihre Arbeit als Krankenschwester nicht vernachlässigen. Aber sie brachte mit ihrer munteren Art frischen Wind ins Haus, und mir fiel auf, wie gut es Antonia tat. In Babettes Gegenwart wirkte sie wie die jüngere der beiden Schwestern, und sie lachte und kicherte viel mehr als sonst.

Ich hatte befürchtet, dass Antonia mein Verhalten als unzulässige Einmischung betrachtete und mich nicht mehr sehen wollte, aber sie verzieh mir. Ich glaube, sie war froh darüber, dass ich Babette mit ihr zusammengebracht hatte, weil sie selber wohl nie den ersten Schritt getan hätte.

Babette wich Antonia nicht von der Seite. Mit Bestürzung hatte sie registriert, wie schlecht Antonias Gesundheitszustand war. Ich sah Antonia täglich, und weil sie selber nicht viel Aufhebens darum machte, gehörte ihre Krankheit für mich schon zur Normalität. Aber Babette hatte Antonia als gesunde, junge Frau in Erinnerung, und ihr fiel natürlich der Unterschied zu früher ganz besonders auf. Vor allem quälte es sie, dass Antonia oft so starke Schmerzen hatte. Eines Abends, als Antonia sich bereits hingelegt hatte, erfuhr ich, dass sie die Schwester nicht nur besorgt beobachtete, sondern auch Maßnahmen ergriffen hatte.

»Ich weiß ja nicht, wie du dazu stehst«, sagte sie zögernd, »aber ich muss mit dir darüber reden, weil ich übermorgen zurückfliege. Antonia hat so starke Schmerzen, dass sie eigentlich ständig hoch dosierte Schmerzmittel nehmen müsste. Ich bin jedoch der Ansicht, dass man mit Cannabis die gleiche Wirkung erzielen kann. Täglich eine kleine Dosis hilft und macht locker.«

Ich warf ihr einen verwunderten Blick zu. »Das sagst du als Krankenschwester? Ist das denn in Spanien legal?«

Sie zuckte mit den Schultern. »Kleine Mengen für den Eigenbedarf werden geduldet. Wie sieht es denn in Deutschland aus?«

»Keine Ahnung«, erwiderte ich. »Ich meine, es hätte eine Diskussion darüber gegeben und unter bestimmten Umständen wäre es als Medikament erlaubt, aber genau weiß ich das nicht.« Ich dachte an Norbert, der auf die heilende Wirkung seiner Kräuter schwor. »Und du meinst, es ist nicht gefährlich?«

Babette zuckte mit den Schultern. »Antonia hat eine Krankheit, an der sie letztendlich sterben wird. Bis dahin sollte sie aber in der Lage sein, ihr Leben zu genießen. Und wie gesagt, Cannabis macht locker. Sie verträgt es gut, und ...«

»Habt ihr es schon ausprobiert?«

Babette nickte. »Ich habe Kekse gebacken. Einen kleinen Vorrat lasse ich ihr hier. Aber es wäre gut, wenn du für Nachschub sorgen könntest. Meinst du, das geht?«

»Also, ich wüsste nicht, wo man Haschisch kauft, wenn du das meinst«, erwiderte ich. »Aber ... na ja ... wir in der Eifel haben da so unsere Beziehungen. Ich muss aber erst mal nachhören. Versprechen kann ich nichts.«

Babette grinste. »Ich wusste, dass ich mit der Richtigen rede! Ich habe einen Blick dafür.«

Babette war abgereist, und Antonia hatte die gesamte Kochmannschaft zu sich nach Hause eingeladen und Champagner gestiftet, um sich für das erste Dinner zu bedanken. Draußen dämmerte es bereits, und ein verregneter Spätherbsttag ging dem Ende entgegen. Wir saßen im schönen, warm beleuchteten Esszimmer mit Blick auf den tropfenden Garten, in dem überall die Lampen angingen, und prosteten uns zu. Alle waren Antonias Einladung gefolgt, nur Tante Röschen war zu Hause geblieben. Alfons hatte mittlerweile die Reha abgeschlossen. Zwar ging es ihm gut, und man merkte ihm gar nichts mehr an, aber sie wollte ihn am liebsten keine Minute alleine lassen.

Madeleine und Willibert standen dicht nebeneinander und ließen einander ebenfalls nicht aus den Augen. Seit dem Dinner bei Antonia waren die beiden unzertrennlich. Willibert Poensgen betete den Boden an, auf den Madeleine ihre Füße setzte, und auch Madeleine himmelte ihn an, vor allem, wenn er mit seiner klassischen Bildung angab und sie »meine schöne Magelone« nannte. Er hatte ihr erklärt, dass sie ihn mit ihren langen blonden Haaren und den blauen Augen an Ludwig Tiecks Liebesgeschichte von der schönen Magelone und dem Grafen Peter von Provence erinnerte, und sie war tief beeindruckt von seinem Wissen und seinen poetischen Vergleichen.

»So ein wundervolles Kompliment habe ich noch nie gekriegt«, hatte sie ganz verzückt gesagt. »Willibert hat einen schönen Geist!«

Auch sie hatte bei ihm einiges hervorgerufen. Er wirkte bei Weitem nicht mehr so ungepflegt und »knüselig«, wie die Kölner sagen, sondern legte größten Wert auf sein Äußeres. Unter ihren verliebten Blicken blühte er förmlich auf. An seiner Krawatte war nicht länger abzulesen, ob er ein Frühstücksei gegessen hatte oder nicht, und auch die Hemden wechselte er nun täglich.

»Stell dir vor«, hatte Madeleine mir stolz berichtet, »er geht jetzt regelmäßig zur Maniküre und Pediküre. Ach«, sie seufzte glücklich, »er ist wirklich ein schöner Mann!«

»Hm.« Ich lächelte. Was die Liebe doch alles bewirkte! Aber selbst ich musste zugeben, dass ihm die gründliche Körperpflege sehr guttat. Die beiden waren tatsächlich ein ansehnliches Paar.

»Am liebsten wäre es mir, wenn wir so schnell wie möglich ein weiteres Dinner veranstalten könnten«, erklärte Antonia nun.

»So kurz hintereinander?«, fragte ich. »Wird das nicht zu anstrengend für dich?«

Antonia war in der letzten Zeit blass und wurde schnell müde. Ich machte mir Sorgen, dass ihr dieses neue Leben, so aufregend und anregend es auch sein mochte, zu viel Kraft raubte. Andererseits wirkte sie belebt, seit Babette da gewesen war. Sie lachte viel mehr als früher, sprühte geradezu vor Tatendrang, und nicht nur ich sah ihr an, wie sehr sie die Abwechslung genoss. Ich hatte jedoch keine medizinische Ausbildung und konnte nicht beurteilen, wie sich die Anstrengung auf ihre Gesundheit auswirkte.

Antonia winkte ab. »Ach was, wenn es mir zu viel wird, dann nehme ich einfach meine Medizin. Nein, ich hätte Lust, so einen schönen Abend zu wiederholen. Was meint ihr?« Sie blickte erwartungsvoll in die Runde.

»Wäre es nicht besser, eine gewisse Zeitspanne zwischen zwei Einladungen verstreichen zu lassen?«, gab ich zu bedenken. »Wir wollen doch schließlich was Besonderes sein.«

»Unsinn. Die Gäste vom letzten Mal kommen bestimmt gerne wieder, die haben ja schon beim Gehen gefragt, wann das nächste Essen stattfindet. Und außerdem haben sich alle möglichen Leute gemeldet, weil sie den Artikel in ›Schöner Essen‹ gelesen haben. Du hast doch selber gesehen, wie viele Anfragen wir hatten«, widersprach Antonia. »Ich möchte das Vergnügen so oft wie möglich auskosten. Ich weiß doch gar nicht, wie viel Zeit mir noch bleibt.« Sie schaute mich bittend an.

»Genau«, warf Oma Schmitz ein. »Ich möchte schließlich auch noch ein Essen erleben. Von mir aus können wir es gerne schon in zwei Wochen machen.«

Madeleine schaute Oma Schmitz erschreckt an. »Fühlst du dich nicht gut, Oma Schmitz?«, fragte sie besorgt.

Oma Schmitz tätschelte ihr die Hand. »Doch, doch«, beruhigte sie Madeleine. »Aber weiß ich, ob ich morgens noch aufwache, wenn ich abends ins Bett gehe? Das weiß nur der liebe Gott.«

»Aber du wirst hundert Jahre alt, Oma Schmitz, mindestens«, sagte ich. »Vorher lassen wir dich gar nicht gehen.«

»Na ja, so lange dauert das ja auch nicht mehr«, erwiderte sie gelassen.

Wir einigten uns schließlich auf einen Termin Anfang Dezember. Antonia und Oma Schmitz hatten ja recht, dachte ich. Zumindest hatten sie beide einen guten Grund, um ein bisschen Tempo zu machen. Ich schaute in die Runde. Wir waren schon eine merkwürdige kleine Truppe. Und merkwürdig war auch, wie gut wir uns alle verstanden, wo wir so unterschiedlich waren. Nachdenklich schüttelte ich den Kopf.

Regina stieß mir ihren Ellbogen in die Seite. »Was ist los?«, fragte sie. »Du hast gerade ausgesehen wie beim ›Struwwelpeter‹.«

Ich schaute sie verständnislos an. »Wie? Wie beim Struwwelpeter?«

»›Und die Mutter blicket stumm auf dem ganzen Tisch herum‹«, zitierte Regina.

Ich nickte. »Ich habe gerade gedacht, wie erstaunlich es ist, dass wir uns alle so gut verstehen, wo wir doch so unterschiedlich sind und eigentlich gar keinen gemeinsamen Nenner haben.«

»Na, einen gemeinsamen Nenner haben wir doch«, sagte Antonia.

»Wieso?«, fragte ich. »Was soll das denn sein? Das Kochen?«

»Nein, du bist unser gemeinsamer Nenner«, meinte Antonia. »Schließlich hast du uns doch alle zusammengebracht.«

»Und Kochen ist natürlich auch eine Gemeinsamkeit«, erklärte Willibert. Ich blickte ihn erstaunt an. Ich hatte geglaubt, er hätte von unserer Unterhaltung gar nichts mitbekommen, weil er nur Augen für seine schöne Magelone hatte. Aber ich hatte mich wohl geirrt.

Regina schien ähnlich empfunden zu haben. Sie hob lächelnd ihr Glas. »Nicht zu fassen, du kannst ja sprechen«, sagte sie und prostete ihm zu.

»Natürlich kann er sprechen«, sagte Madeleine verwundert und sah ihren Geliebten voller Zuneigung an.

»Lasst die jungen Leute in Ruhe«, mahnte Oma Schmitz, als Regina und ich in Lachen ausbrachen. »Wir sollten lieber überlegen, was wir beim zweiten Essen kochen wollen.«

Den Nachtisch hatten wir als Erstes festgelegt. Schließlich war dann schon Adventszeit, und Madeleines Vorschlag, Spekulatius-Tiramisu mit Glühwein-Eis zu machen, stieß auf allgemeine Zustimmung.

Die Aufteilung sollte wieder so sein, wie sie sich beim ersten Mal bewährt hatte. In diesem Punkt waren sich alle einig. Antonia war für Planung und Ambiente zuständig, und sie beteiligte sich am Kochen, durfte aber nicht zu stark belastet werden. Oma Schmitz hatte hauptsächlich eine beratende Funktion. Mittlerweile taten ihr schnell die Hände weh, weil ihre Gicht schlimmer geworden war. Willibert hatte wie immer die Oberhoheit über die Getränke. Er war beim letzten Mal für seine Weinauswahl sehr gelobt worden, und er würde die Weine und auch den Sekt wieder von dem befreundeten Biowinzer an der Mosel beziehen.

Regina schließlich war unsere künstlerische Leitung. Sie kümmerte sich um die Einladungen und die Menükarten. In der Zwischenzeit hatte sie uns eine Homepage gebastelt, auf der Antonia einen Blog hatte.

»Wie soll denn unser Club überhaupt heißen?«, fragte Regina jetzt. »Bisher stand ja nur ›Supperclub Marienburg‹ und die Adresse auf den Einladungen. Wenn ihr eine ständige Einrichtung daraus machen wollt, sollten wir uns vielleicht einen einprägsamen Namen ausdenken.«

Antonia nickte. »Gute Idee. Am besten sagt jeder, was ihm dazu einfällt. Wie nennt man das noch mal? Brainstorming, oder?«

»›Manger à Marienburg‹«, sagte Madeleine. »Das klingt so schön lautmalerisch.«

»Auf Deutsch wäre das ›Mampfen in Marienburg‹«, überlegte ich laut. »Das gefällt mir allerdings nicht.«

»Nein«, warf Oma Schmitz ein, »das ist nicht vornehm genug.«

Antonia lachte. »So vornehm sind wir hier ja nun auch nicht. ›Cologne Supperclub‹ vielleicht?«

Ich zuckte mit den Schultern. »Dann finde ich eigentlich ›Supperclub Marienburg‹ besser. Die Lage ist ja schon was Besonderes.«

»Eben. Und wozu brauchen wir einen anderen Namen«, mischte Willibert sich ein. »Die Qualität der Speisen spricht schließlich für sich.«

Da konnten wir ihm nur recht geben.

Und so blieb es letztendlich bei »Supperclub Marienburg«. Wir fanden sowieso, dass unsere Stärke weniger auf der Namensgebung als vielmehr auf der Qualität des Essens lag.

Überraschend schnell hatten wir uns auf eine Speisenfolge geeinigt, und am liebsten hätten wir sofort mit dem Kochen angefangen, so gut gefiel uns allen das Menü, das wir für das zweite Abendessen zusammengestellt hatten. Antonia las vor:

Rheinischer Salat aus Hering und Rinderfilet
Steinpilzsuppe mit Blätterteig-Kräuter-Stange
Tafelspitz mit Bouillongemüse und Schnittlauchsauce
Spekulatius-Tiramisu mit Glühwein-Eis

Anschließend sollte es noch Kaffee und Gebäck geben. Ich nahm Antonia zur Seite. »Aber nicht deine Kekse«, sagte ich leise zu ihr.

Sie blickte mich fragend an. »Hat Babette es dir gesagt?«

Ich nickte. »Du solltest vor dem Schlafengehen noch einen essen, du siehst angespannt aus.« Mir war aufgefallen, wie heftig ihre rechte Hand zitterte. Sie versuchte es zu verbergen, indem sie nur die linke Hand benutzte, aber es war trotzdem auffällig.

»Ich habe nicht mehr so viele«, flüsterte sie, aber ich konnte sie beruhigen. Ich hatte schon mit Norbert gesprochen, und er hatte mir eine kleine Papiertüte mit »Kräutern« mitgegeben. »Mehr ist im Moment nicht drin«, hatte er entschuldigend gesagt. »Du weißt ja, dass mir jemand über die Hälfte der Pflanzen geklaut hat. Weiß der Himmel, wer das war. Es ist auf jeden Fall nichts mehr nachgekommen.«

Antonia ging zu Bett, und ich räumte mit Madeleine noch rasch die Küche auf. Zum Glück war Donnerstag, und ich brauchte am nächsten Tag nicht früh raus. Während wir das Geschirr in die Spülmaschine stellten, berichtete Madeleine mir von den Fortschritten, die Annette Hilbig in ihrer Sache gemacht hatte.

»Sie hat mir wirklich sehr geholfen«, sagte sie. »Sie ist eine gute Anwältin. Im Anfang hat sie befürchtet, ich hätte irgendetwas unterschrieben, dann hätte sie nämlich nicht viel machen können. Aber so dumm bin ich natürlich nicht. Udo hat ja ein paarmal Dokumente dabeigehabt, die ich unterschreiben sollte, aber ich habe es nicht getan. Das war noch in der Eifel.«

Ich nickte. »Klar. Deshalb bist du ja auch weggegangen.«

»Ja, er hat mir gedroht, und da habe ich Angst gehabt. Ich weiß noch, das eine Mal war es besonders schlimm. Er war richtig außer sich. Er hat ganz laut geschrien und mich beschimpft. ›Du hast ja noch nicht mal was zu rauchen, du blöde Kuh!‹, hat er gesagt.« Madeleine schüttelte den Kopf. »Also eigentlich hat er noch viel schlimmere Schimpfwörter zu mir gesagt, aber die wiederhole ich jetzt nicht. Manche kannte ich auch gar nicht, die habe ich wieder vergessen. Auf jeden Fall habe ich ihm angeboten, ihm Geld zu geben, damit er sich Zigaretten am Automaten holen kann, aber da ist er beinahe mit den Fäusten auf mich losgegangen. Ich habe das Erstbeste gepackt, was mir in die Finger kam, und das war die Heckenschere, die auf dem Küchentisch lag, weil ich die Buchskugeln beschnitten hatte.«

»Ach, du lieber Himmel«, unterbrach ich sie. »Ich wusste ja gar nicht, dass es so dramatisch zugegangen ist.« Plötzlich durchzuckte mich ein Gedanke. Ich blickte Madeleine scharf an. »Jetzt wird mir einiges klar«, sagte ich. »Er hat gar keine Zigaretten gemeint. Deshalb ist er auch so ausgerastet. Er wollte einen Joint haben.«

Madeleine riss die Augen auf. »So was habe ich nicht.«

»Nein, natürlich nicht«, erwiderte ich. Mehr zu mir selber murmelte ich: »Aber vielleicht ist er ja dann in der Nacht an Norberts Garten vorbeigekommen …« Ob er die Cannabis-Pflanzen gerochen hatte?

»Na ja, auf jeden Fall war es nur das eine Mal so heftig. Ich habe ihm mit der Heckenschere vorm Gesicht rumgefuchtelt und geschrien: ›Lass mich in Ruhe! Hau bloß ab!‹ Er ist tatsächlich gegangen, aber vorher hat er noch gesagt: ›Ich komme wieder, da kannst du sicher sein! Und dann wirst du unterschreiben, oder du wanderst in die Klapse!‹« Madeleine schüttelte sich bei der Erinnerung. »Danach bin ich ja erst mal zu Doro und dann mit dir nach Köln gefahren.«

»Ja, und hierher ist er dir auch schon gefolgt, denn er ist ja dauernd um Reginas Haus herumgeschlichen«, stellte ich fest. »Und was hat Frau Hilbig jetzt vor? Habt ihr Anzeige erstattet?«

Madeleine schüttelte den Kopf. »Weswegen soll ich ihn denn anzeigen? Bisher hat er mir ja nichts getan. Er ist nur lästig und bedrängt mich. Nein, Frau Hilbig hat ihm jetzt erst einmal einen Brief geschrieben und ihn aufgefordert, mich in Ruhe zu lassen.« Nachdenklich verzog sie das Gesicht. »Das war vor über einem Monat, und bis jetzt hat er sich nicht wieder gerührt.«

»Vielleicht hat er ja aufgegeben«, erwiderte ich. »Es kann doch sein, dass ihn der Brief der Anwältin so beeindruckt hat, dass er sich zurückgezogen hat.«

»Ja, vielleicht«, meinte Madeleine. »Aber eigentlich glaube ich das nicht. Ich …«

In diesem Moment klingelte mein Handy.

»Oh Mann«, sagte ich, »diese Dinger sind die Pest. Wer ruft denn jetzt noch an?«

»Rouven ruft an«, stand auf dem Display. Ich nahm ab.

»Rouven«, sagte ich statt einer Begrüßung, »weißt du, wie spät es ist? Von wo rufst du an?«

»Ich stehe vor der Tür«, erwiderte mein Sohn. »Ich habe mich nicht getraut zu klingeln.«

»Vor welcher Tür?«, fragte ich verständnislos.

»Na, in der Goethestraße in Marienburg«, erwiderte er leicht ungeduldig.

»Warte, ich mache dir auf.« Mit meinem Sohn hätte ich gerade am allerwenigsten gerechnet. Zu Madeleine sagte ich: »Jetzt kommt auch noch mein Sohn, Rouven. Tut mir leid, dass er so spät stört.«

»Kein Problem«, erwiderte Madeleine. »Ich gehe sowieso jetzt ins Bett. Du schließt ja ab, wenn ihr geht, oder?«

»Doro hat mir gesagt, dass du hier bist«, erklärte Rouven. Er hatte eine schwere Reisetasche und einen Rucksack dabei und sah ziemlich erschöpft aus. »Hast du noch was zu essen?«, fragte er. »Ich habe ziemlichen Hunger.«

Ich nahm ihn mit in die Küche, wo er sich an den Pinienholztisch setzte und sich über die Reste unseres improvisierten Planungs-Abendessens hermachte. Dabei war es ihm egal, was ich ihm vorsetzte – er schaufelte unterschiedslos alles in sich hinein. Sogar einen Teller Kürbis-Ingwer-Suppe mit Kokosmilch aß er klaglos, obwohl er das früher zu Hause nie gemocht hatte. Offensichtlich hatte er großen Hunger.

»Ich bin mit einer Mitfahrgelegenheit aus London gekommen«, erklärte er mit vollen Backen kauend. »Zuerst bin ich zu Papa gefahren, aber der hat gesagt, er kann mich nicht brauchen.« Stirnrunzelnd blickte er auf. »Miriam Hasenlohe war bei ihm. Kannst du dich noch an die erinnern? Die war mit mir in der Grundschule. Was macht die bei Papa?«

»Keine Ahnung«, erwiderte ich. Das sollte Gregor seinem Sohn mal schön selber erklären. Da mischte ich mich nicht ein.

Rouven blickte sich um. »Schön hier«, sagte er anerkennend. »Wohnst du hier?«

»Nein«, erwiderte ich. »Wie kommst du darauf? Das Haus gehört einer Freundin.«

»Mhm.« Rouven widmete sich erneut dem Essen, das vor ihm stand. Etwas anderes interessierte ihn im Moment nicht.

»Warum bist du überhaupt hier?«, fragte ich ihn. »Ich habe gedacht, du schreibst deine Abschlussklausuren.« Ich runzelte die Stirn. »Für Weihnachtsferien ist es doch noch viel zu früh.«

»Ich habe die Klausuren geschmissen«, erwiderte mein Sohn. »Ich gehe nicht mehr nach London zurück.«

»Was?« Ich starrte ihn ungläubig an. Rouven hatte sich so gefreut, als Gregor sich nach dem Tod seines Vaters letztlich doch bereit erklärt hatte, ihm das Studium im Ausland weiterhin zu finanzieren. Und jetzt wollte er so kurz vor dem Examen aufgeben? »Warum?«

»Hast du noch was zu trinken?« Rouven hielt mir sein leeres Glas hin, und ich schenkte ihm mechanisch aus der Wasserkaraffe auf dem Tisch nach. Kurz durchzuckte mich der Gedanke, dass ich ihn zu mehr Selbständigkeit hätte erziehen sollen. Er ließ sich viel zu selbstverständlich von mir bedienen. Aber jetzt hatte ich keine Zeit, darüber nachzudenken. »Warum?«, wiederholte ich.

»Ich hab ein Mädchen kennengelernt«, erwiderte er, als sei dies die Antwort auf meine Frage.

»Ja, schön«, sagte ich, »und deshalb musst du dein Studium aufgeben?«

»Nein.« Er schüttelte den Kopf. Anscheinend fand er mich ein bisschen begriffsstutzig. »Sie heißt Penelope. Süß, nicht?«

»Ja. Süß.« Ich nickte. »Aber jetzt erklär mir erst einmal, warum du dein Studium abgebrochen hast und aus London weggegangen bist. Mir kommt das jetzt alles ein bisschen plötzlich vor.«

Rouven schüttelte den Kopf. »Nein, das war nicht plötzlich. Ich hab dir nur vorher nichts davon gesagt. Ich weiß ja, wie du so reagierst, und deshalb habe ich nur mit Papa darüber geredet. Seinen Segen habe ich.«

»Na fein«, sagte ich trocken. »Das ist ja die Hauptsache.«

»Ich gehe nach Neuseeland«, fuhr Rouven fort. »Penelope ist aus Wellington. Da kann ich auch mein Studium beenden, und dann habe ich gleich einen Abschluss, der in Neuseeland anerkannt wird. Ihre Eltern haben in der Nähe von Wellington eine große Gärtnerei, und ihr Vater hat mich gefragt, ob ich einsteigen …«

»Langsam, langsam«, unterbrach ich ihn. »Ich komme nicht mehr mit. Wieso fragt dich der Vater von Penelope, ob du in seine Gärtnerei einsteigen willst? Woher kennst du denn die Eltern überhaupt? Du warst doch noch nie in Neuseeland.«

»Sie waren auf Europareise«, erwiderte Rouven, als sei das die selbstverständlichste Sache der Welt. »Und da konnten wir ihnen gleich erzählen, dass wir heiraten wollen. Penelope ist nämlich schwanger.« Er grinste mich an. »Du wirst Oma.«

Jetzt musste ich mich setzen. »Was?« Ich riss die Augen auf. »Wie ist das denn passiert?«

»Ich glaube, das funktioniert immer noch ähnlich wie bei euch damals«, erwiderte mein Sohn.

»Rouven! Das ist ja wundervoll«, sagte ich ein bisschen lahm, aber das lag sicher nur daran, dass mein Kopf um diese Uhrzeit nicht mehr so gut funktionierte.

»Ja? Freust du dich wirklich?«, fragte er, und ich merkte seiner Stimme an, dass er sich nicht sicher gewesen war.

»Ja doch! Selbstverständlich«, beteuerte ich. »Ein Enkelkind! Das ist ja wunderbar!« Nach kurzem Nachdenken setzte ich hinzu: »Allerdings ist mir noch nicht ganz klar, warum ihr unbedingt gleich heiraten wollt. Wie lange kennt ihr euch denn schon?«

»Ach, schon über ein Jahr«, erwiderte mein Sohn, als sei das eine unglaublich lange Zeit. »Und sie ist wirklich toll. Ich glaube, sie wird dir gefallen. Wir wollen im Übrigen nicht nur heiraten, weil sie ein Kind kriegt.«

»Schon über ein Jahr«, wiederholte ich. »Da hättest du sie mir ja auch schon mal vorstellen können. Oder du hättest sie wenigstens erwähnen können.«

»Ja, schon, aber du warst ja immer so beschäftigt mit deiner Arbeit und deinen Freunden hier. Irgendwie hat sich nie die Gelegenheit ergeben.«

Tief im Inneren wusste ich, dass er recht hatte. Das neue Leben hier in Köln hatte mich in Atem gehalten, und Rouven und ich hatten nie besonders lange telefoniert. Oft hatten sich unsere Gespräche auf ein »Ist alles in Ordnung?« und »Lass uns ein andermal reden, ich bin gerade ein bisschen im Druck« beschränkt. Eigentlich war das ja auch nicht schlimm, Rouven war immerhin schon sechsundzwanzig und somit ein erwachsener

Mann, aber er war auch mein einziges Kind. Ich hätte gerne früher gewusst, dass er offensichtlich die Frau seines Lebens kennengelernt hatte und plante, mit ihr in Neuseeland zu leben. Wie oft würde ich mein Enkelkind sehen, wenn es in Wellington aufwuchs?

Das waren ein bisschen viele Neuigkeiten auf einmal. »Darauf brauche ich einen Schnaps, Rouven«, murmelte ich benommen.

Mein Sohn nickte. »Ja, du kannst mir auch einen geben.«

Ich schenkte uns beiden von dem Grappa ein, der noch vom Kochen übriggeblieben war. Als ich mein Glas hob und Rouven zuprostete, musste ich unwillkürlich lachen. »Da sag noch mal einer, das Leben wäre nicht aufregend. Ach, Rouven, ich freue mich so für dich und auch für deine Penelope. Und vor allem freue ich mich auf euren Nachwuchs!«

Nicht zu fassen. Mein Sohn heiratete, und ich wurde Großmutter. Dabei war ich doch noch nicht mal fünfzig!

# 15

Die Zeit verging, wie immer, viel zu schnell. Rouven blieb noch ein paar Tage bei mir in Köln, dann flog er nach Neuseeland, wo Penelope ihn schon erwartete. Allerdings blieb mir als kleiner Trost, dass er vor Jahresende noch einmal mit ihr zusammen nach Deutschland kommen wollte. Als er sich von den Bewohnern der Marienburger Villa verabschiedete, die er natürlich auch kennengelernt hatte, verblüffte Oma Schmitz uns alle zutiefst, weil sie mit zittriger Stimme »Auld Lang Syne« anstimmte.

Wir wussten ja, wie gerne sie sang, aber damit hatte keiner gerechnet, und wir starrten sie alle mit offenem Mund an. Sie ließ sich jedoch nicht beirren und sang das Lied zu Ende, das sie offensichtlich Rouven zu Ehren angestimmt hatte. Dass wir nicht mitsangen, lag mit Sicherheit daran, dass im Gegensatz zu ihr keiner von uns den englischen Text kannte.

»Oma Schmitz«, sagte ich einigermaßen fassungslos, als sie geendet hatte, »woher kannst du das denn?«

»Ich war doch nach dem Krieg in dem englischen Club hier in Bayenthal«, sagte sie. »Habe ich das nie erzählt?«

»Nein.« Ich schüttelte den Kopf. »Was für ein englischer Club?«

»In der Schönhauser Straße gab es einen Club für englische Soldaten«, erwiderte sie, als müssten wir das alle wissen. »Ich habe für die Männer gekocht. Ach, was haben wir für schöne Feste gefeiert«, fügte sie verträumt hinzu.

Ich zog die Augenbrauen hoch. Da glaubte man, jemanden ganz gut zu kennen, aber immer wieder tauchten neue Facetten auf.

Von Günther hörte ich nichts, musste mir aber eingestehen, dass ich mich an seiner Stelle bei mir auch nicht gemeldet hätte. Ich hatte mich zu sehr im Ton vergriffen, und nun war es an mir, die Sache aus der Welt zu schaffen.

Antonia fuhr zu Babette nach Mallorca. Sie hätte es gerne gesehen, dass ich sie begleitete, aber ich hatte ja gerade erst meine neue Stelle bei Schulte-Baumhoffs angetreten und konnte nicht gleich wieder weg. Wenn ich nach Oma Schmitz geschaut hatte, die von Frau Schumacher bestens versorgt wurde, saß ich abends mit Regina in der Küche und hörte mir ihre Geschichten an. Trotz ihrer zahlreichen Internetaktivitäten war sie immer noch alleine.

»So langsam ist es mir egal«, meinte sie an einem Abend. »Ich glaube, mittlerweile sehe ich es als Sport an. Ich bin ja in keinem Sportverein, und dieses ständige Chatten ist ein bisschen wie Gehirnjogging.«

»Na, ich weiß nicht.« Ich sah sie zweifelnd an. »Ich fände es besser, wenn du irgendeinen Sport machen würdest. Und im Idealfall in einem Verein für Männer und Frauen. Dann kämest du auch mehr unter Menschen.«

»Das musst du gerade sagen«, konterte sie. »Du machst doch auch keinen Sport.«

»Nein, das nicht, aber ich fahre ja ständig mit dem Fahrrad, und so ein Haushalt mit zwei kleinen Kindern ist auch körperlich anstrengend«, verteidigte ich mich.

»Hm.« So ganz überzeugt wirkte Regina nicht. »Aber einen Mann findest du da nicht.«

»Ich will ja auch gar keinen«, wehrte ich ab.

Verwundert sah sie mich an. »Wieso? Hast du dich immer noch nicht bei Günther gemeldet?«

Ich schüttelte den Kopf. »Lass uns von was anderem reden«, murmelte ich.

Nach zwei Wochen kam Antonia Erster Klasse und mit einem privaten Krankenpfleger aus Mallorca zurück, weil sie auf keinen Fall die Vorbereitung für das zweite Abendessen verpassen wollte. Normalerweise wäre sie bis vor die Haustür gebracht worden, aber ich holte sie vom Flughafen ab, weil sie darum gebeten hatte. Alles war gut gegangen, und sie hatte keinen neuen Schub gehabt, im Gegenteil, sie hatte sich auf der Insel erholt.

»Es ist so schön da«, schwärmte sie, als wir über die Autobahn nach Hause fuhren. Begeistert erzählte sie von der Landschaft, dem Licht und dem Flair des kleinen Ortes in der Nähe von Palma, in dem Babettes Haus stand. »Natürlich ist jetzt auch da Winter, und du kannst nicht baden, so warm ist es da nicht, aber Babettes Haus hat Meerblick, und du kannst im Wintergarten sitzen und einfach aufs Wasser schauen. Und wir haben sogar Ausflüge gemacht! Nur zwei, und die waren kurz«, fügte sie hinzu, als sie meinen erstaunten Blick sah. Mir war es noch nicht einmal gelungen, sie in die Eifel mitzunehmen, weil sie sofort Atemnot bekam und Schmerzen hatte, wenn sie sich aus ihrer vertrauten Umgebung entfernte. »Es ist merkwürdig, aber ich fühle mich da viel kräftiger als hier.«

»Das liegt bestimmt am milden Klima auf der Insel«, vermutete ich. Und sicher wirkte es sich auch auf ihre Psyche aus, dass sie sich wieder mit ihrer Schwester versöhnt hatte, dachte ich bei mir.

Sie nickte. »Ja, wahrscheinlich. Auf jeden Fall war es wundervoll. Aber jetzt freue ich mich auf zu Hause. Wir müssen bald mit den Vorbereitungen für das Essen anfangen. Vielleicht ändern wir ja auch das Menü noch einmal. Ich habe ein paar interessante Rezepte aus Mallorca mitgebracht. Und du«, wandte sie sich an mich. »Wie geht es dir? Macht die Sache mit Günther Fortschritte?«

Ich wurde rot. »Wie kommst du jetzt darauf?«, wehrte ich ab. »Nein, keine Fortschritte.«

»Wie?«, sagte Antonia erstaunt. »Soll das heißen, dass ihr euch immer noch nicht ausgesprochen habt? Hilde!«, tadelte sie mich streng. »Du benimmst dich wie ein Teenager! Hat er sich denn nicht gemeldet?«

»Nein.« Ich schüttelte unglücklich den Kopf. »Und ich konnte ihn einfach nicht anrufen. Es ist mir alles viel zu peinlich.«

»Der arme Mann!« Antonia zog die Augenbrauen hoch. »Es geht mich ja nichts an, aber dass du dich so benimmst, hat er nicht verdient. Er hat doch gar nichts gemacht.«

»Nein, aber ich«, sagte ich unglücklich.

»Ja, und? Was war das schon? Das war doch bloß ein blödes Missverständnis. Du konntest auch nichts dafür.«

»Nein, aber dafür, wie ich mich aufgeführt habe«, sagte ich. »Du weißt ja gar nicht, was ich ihm alles an den Kopf geworfen habe.«

»Na ja, so schlimm wird es schon nicht gewesen sein.«

Ich schwieg. Mittlerweile waren wir an der Villa angekommen. Frau Schumacher, Oma Schmitz, Madeleine und Willibert Poensgen standen schon zum Empfang bereit. Zum ersten Mal fiel mir auf, wie klein Oma Schmitz geworden war. Winzig und gebeugt stand sie neben den anderen. Frau Schumacher hatte sie fürsorglich untergehakt. Im Rheinland sagt man, »in die Erde gehen«, wenn jemand im Alter kleiner wurde. Es war sicherlich etwas dran an dieser Redensart. Oma Schmitz war immerhin schon vierundneunzig, gute zwanzig Jahre älter als Röschen und Alfons.

Ich weiß nicht, ob es an ihrem Anblick lag oder an Antonias Worten, auf jeden Fall wurde mir in diesem Augenblick bewusst, wie endlich das Leben war, und ich nahm mir vor, bei nächster Gelegenheit mit Günther zu sprechen.

»Puh, ist das warm hier drin!« Doro fächelte sich mit der Hand Luft zu, doch es nützte nichts. Auf ihrer Stirn standen dicke Schweißperlen. Für Anfang November war es viel zu warm. Auch mir lief der Schweiß den Rücken herunter. Allerdings ging es mir sowieso nicht so gut. Seit Tagen schon hatte ich das Gefühl, etwas auszubrüten. Nur Antonia wirkte kühl und frisch wie immer – sie neigte nicht zum Schwitzen.

»Ja«, sagte sie, »Frau Schumacher hat es wirklich gut gemeint und wahrscheinlich die Raumtemperatur viel zu hoch eingestellt. Sie macht das immer wegen Madame Siao – die hat es gerne warm. Schau mal auf dem Thermostat nach und dreh ihn herunter«, wandte sie sich an mich. »Wollt ihr noch was Kaltes trinken?«

»Keine schlechte Idee«, erwiderte Doro. »Am liebsten eine Rhabarberschorle mit ganz viel Eis! Bei dir im Wintergarten kommt man sich vor wie im Sommer.«

Sie hatte den Wunsch noch nicht ganz ausgesprochen, da hatte Antonia schon ihrer Haushälterin geläutet, um ihr aufzutragen, Saft, Wasser und Eiswürfel zu bringen.

»Antonia!«, sagte ich vorwurfsvoll. »Das hätten wir uns auch selber holen können. Du musst Frau Schumacher nicht so springen lassen.«

Wir saßen in Antonias tropischem Wintergarten und redeten über unsere kulinarischen Pläne. Da die Speisenfolge für das bevorstehende Abendessen mehr oder weniger feststand, überlegten wir uns auch schon mal, was wir für die Goldhochzeit von Tante Röschen und Onkel Alfons kochen konnten. Sie sollte auf jeden Fall nachgefeiert werden. Der eigentliche Hochzeitstag war zwar schon seit einigen Monaten vorbei, aber die Dorfgemeinschaft hatte vor, das Fest als Überraschung für die beiden stattfinden zu lassen, zumal ja die meisten Vorbereitungen sowieso schon getroffen worden waren.

Die Frauen aus dem Dorf hatten Girlanden aus Buchsbaum gewunden und weiße Papierröschen gedreht, die hineingesteckt werden sollten. Zwei große Töpfe mit Buchskugeln, ebenfalls mit weißen Röschen besteckt, standen bereit. Bauer Kentenich hielt alles in seiner Scheune verborgen, damit Röschen und Alfons nichts merkten. Sie glaubten nach wie vor, das Fest sei wegen Alfons' Erkrankung endgültig ins Wasser gefallen.

»Es ist wohl auch besser, wenn wir die goldene Hochzeit nicht nachträglich feiern«, hatte Tante Röschen zu mir gesagt. »Wer weiß, was da alles passieren kann. Am Ende kriegt Alfons noch einmal einen Schlaganfall!«

Aber ich sah ihr an, dass es ihr leidtat um den großen Anlass. Schließlich war es keine Kleinigkeit, fünfzig Jahre verheiratet zu sein.

Teilnahmsvoll nickend hatte ich erwiderte: »Ja, da hast du recht. Das ist ja auch alles viel zu anstrengend.« Tatsächlich hatten wir da schon den großen Tag geplant.

Und weil wir es kaum erwarten konnten, saßen wir zusammen und machten uns Gedanken über die kulinarischen Vorbereitungen. Seit Antonia aus Mallorca zurückgekehrt war, hatten wir Kochbücher und Zeitschriften gewälzt, um ein besonderes Büfett zusammenzustellen.

In der Zeit, als Tante Röschen in Köln gewohnt hatte, hatten wir ihre Vorlieben kennengelernt. Die größte Freude würden wir ihr und auch Alfons sicher mit solider Hausmannskost machen – von dem ganzen »neumodischen« Kram hielten sie beide nichts.

»Wisst ihr was?« Antonia hatte mal wieder die guten Ideen. »Wir stellen ein großes, warmes Büfett zusammen, mit Sauerbraten, Rotkohl und Klößen, selbstgemachter Rindfleischsülze mit Bratkartoffeln und Remouladensauce und vielleicht … wie heißt noch mal dieser Kartoffelkuchen aus der Eifel?«

»Döppekooche«, erwiderte Doro.

»Ja, genau. Döppekooche mit Apfelkompott, das ist deftig und gut. Vorher vielleicht klare Bouillon mit Eierstich und hinterher Milchreis mit Zucker und Zimt.«

Ich lächelte. »Du greifst ja ganz schön tief in die Nostalgiekiste. Döppekooche erinnert mich an meine Kindheit. Da habe ich gleich den Geschmack von Kartoffeln und Speck auf der Zunge. Und bei Milchreis muss ich auch an früher denken. Den gab's bei Tante Röschen immer, wenn ich krank war.«

»Haben dir deine Eltern an Ostern auch die Geschichte mit den Glocken erzählt?«, fragte Doro Antonia.

»Nein.« Antonia blickte uns fragend an. »Was hat das mit Milchreis zu tun?«

»Ab Karfreitag läuten die Kirchenglocken nicht mehr, und es heißt, sie fliegen nach Rom zum Papst, um süßen Reisbrei zu essen. Sie kommen erst in der Nacht zum Ostersonntag zurück, und dann läuten sie auch wieder. Als Kind hat mich das so beschäftigt, dass ich meine Mutter angebettelt habe, in der Nacht zum Ostersonntag mit mir nach Köln zu fahren, damit wir sehen können, wie die Glocken vom Dom zurückkommen, vor allem der dicke Pitter.« Doro seufzte. »Ich hätte so gerne gesehen, wie die Glocken durch die Nacht fliegen. Meine Mutter ist aber leider nie darauf eingegangen.«

»Schade.« Antonia lächelte sie an. »Das ist eine hübsche Geschichte. Aber dann passt das ja mit dem Milchreis. Auf jeden Fall ist es ein klassisches Eifler Gericht, und ich glaube, das ist dem Jubelpaar am liebsten.«

»Ja, bestimmt.« Ich überlegte. »Warmes Essen gibt's mittags, nach der Kirche. Und dann müssen wir Kaffee und Kuchen haben. Um die Kuchen und Torten brauchen wir uns nicht zu kümmern. Die werden von den Frauen im Dorf gebacken. Es haben sich schon einige bereit erklärt.«

»Ja, ja, vor allem die dicke Marie Hemmersbach«, warf Doro ein. »Sie will Frankfurter Kranz, Käsesahne und Schwarzwälder Kirschtorte backen. Ich finde es nett von ihr, dass sie gleich drei Kuchen anbietet, und vor allem ihre Schwarzwälder Kirschtorte ist wirklich ein Gedicht. So etwas Schönes hast du noch nie gesehen«, schwärmte sie Antonia vor. »Mit Schwarzwaldtannen aus Schokolade und grünem Waldboden aus gehackten Pistazien.« Ihre Stimme war ganz verträumt, allerdings nur bis sie hinzufügte: »Aber wenn wir Pech haben, hat sie sie vor dem Wochenende schon aufgegessen.«

Antonia lachte. Trotz des Tremors war sie ruhiger und ausgeglichener, seit sie die Reise nach Mallorca unternommen hatte. Sie war längst nicht mehr so verzweifelt auf Ablenkung aus wie vorher, wenngleich es ihr natürlich Freude machte, das Essen für die Goldhochzeit zu planen. Es schien, als ruhte sie mehr in sich. Vielleicht machten ihre Kräuterkekse sie ja auch gelassener, dachte ich bei mir. Ich hätte jetzt am liebsten auch einen zu mir genommen. Dann wären vielleicht die bohrenden Kopfschmerzen weggegangen, die mich schon den ganzen Tag plagten.

»So schlimm kann sie doch gar nicht sein«, entgegnete Antonia. »Du übertreibst!«

»Hast du eine Ahnung!«, erwiderte Doro melodramatisch. »Warte nur ab, bis du sie kennenlernst. Sie ist unglaublich dick, und so schnell, wie sie essen kann, kannst du nicht gucken.«

»Onkel Alfons meint immer, sie sei eine wahre Landschaft von einer Frau«, sagte ich. »Wenn sie dich umarmt, hast du das Gefühl, zwischen ihren Brüsten zu ersticken. Aber sie hat ein großes Herz. Und ein unglaublich herzliches, lautes Lachen. Sie ist wirklich nett, Antonia.«

»Ja, das ist sie, ich gebe es zu«, bestätigte Doro. »Aber beim Essen bin ich lieber nicht in ihrer Nähe. Ich habe immer Angst, dass sie mir alles vom Teller klaut.«

»Zurück zur Goldhochzeit«, befahl Antonia mit gespielter Strenge. »Haben wir alles bedacht? Wir brauchen uns nur ums Essen zu kümmern, oder? Alles andere erledigt die Dorfgemeinschaft, wenn ich das richtig verstanden habe.«

»Genau«, sagte ich. »Schade nur, dass Madeleine immer noch in Frankreich ist. Sie hätte sich wahrscheinlich gerne an den Vorbereitungen beteiligt.«

Madeleine war mit Willibert zu ihren französischen Verwandten gefahren, und Willibert hatte schon vor der Reise sein Glück kaum fassen können. So viel Schönes, wie ihm in der kurzen Zeit mit Madeleine widerfahren war, hatte er wahrscheinlich jahrelang nicht erlebt.

»Aber bis zur Goldhochzeit sind sie doch bestimmt wieder zurück, oder?«, sagte Doro. »Wie lange wollen die beiden denn dableiben?«

»Wo sind sie überhaupt?«, fragte Antonia.

»In einem kleinen Ort im Beaujolais«, sagte ich. »Ich habe den Namen vergessen. Madeleines Vetter hat da ein Weingut. Sie hat mir kürzlich eine Mail geschickt.«

»Hm«, sagte Antonia, »vielleicht kommen wir über sie günstig an Rotwein.«

»Ja, schon möglich.« Ich grinste. »Für Willibert muss es jedenfalls der Himmel auf Erden sein. Mit seiner geliebten schönen Magelone auf einem Weingut!«

»Das ist so süß mit den beiden«, warf Doro ein. »Aber was mir noch einfällt: Müssen wir für dich einen Rollstuhl mitnehmen, Antonia? Die Steigungen in Voissel sind nicht ohne.«

»Das erledigt alles mein Chauffeur«, sagte Antonia. »Ich versuche, ein Stück zu Fuß zu gehen, und wenn es nicht mehr geht, dann kann er mich schieben.«

»Madeleine hat übrigens ein Gedicht auf das Jubelpaar verfasst«, sagte ich. »Wollt ihr mal hören?«

»Ja, klar«, kam unisono die Antwort.

»»Der Ehefrühling ist vorbei, ein warmer Herbst trägt nun die Früchte. Das Glück, dem Paar noch immer treu, schreibt eine goldene Geschichte‹«, deklamierte ich.

Doro wischte sich über die Augen. »Och, wie süß«, sagte sie. Sie war in der letzten Zeit oft gerührt. Wahrscheinlich hing das mit den Wechseljahren zusammen. Aber so genau wusste ich das nicht. Wir hatten schon lange nicht mehr richtig miteinander geredet. Demnächst sollten wir endlich mal wieder einen Mädelsabend zu zweit machen, um uns gegenseitig auf den neuesten Stand zu bringen, nahm ich mir vor.

»Wir lassen es auf ein Schild schreiben und hängen es über die Haustür, findet ihr nicht auch?«

»Ja, gute Idee«, stimmte ich Doro zu.

»Steht eigentlich schon fest, wo das Ganze stattfindet? Wenn das ganze Dorf teilnimmt, dann passen die Gäste unmöglich alle in das Haus«, warf Antonia ein. »Du hast doch gesagt, es sei nicht so groß, Hilde.«

Doro lachte. »Nein, nein, das wäre ja auch viel zu stressig. Auf dem Dorfplatz wird das Schützenzelt aufgebaut. Die Kosten übernimmt der Schützenverein. Ich glaube, Alfons ist Ehrenmitglied, oder?«, wandte sie sich fragend an mich.

Ich nickte. »Ja, die Schützen wollten ebenfalls zu dem Fest beitragen. Sie holen die beiden auch zur Kirche ab. Hoffentlich geht es dir gut genug, dass du kommen kannst«, sagte ich zu Antonia. »Einmal musst du so etwas miterlebt haben. Das hast du noch nicht gesehen! Im Triumphzug durch das ganze Dorf!«

»Das gesamte Tambourkorps marschiert auf«, ergänzte Doro. »Sie bringen dem Jubelpaar zuerst ein Ständchen, so mit allem Drum und Dran, vorneweg der Tambourmajor. Und dann werden die beiden unter Musik zur Kirche geleitet. Ich nehme allerdings an, dass es für Röschen und Alfons eine Kutsche gibt. Die beiden brauchen doch nicht zu Fuß zu laufen, oder?« Sie schaute mich fragend an.

Ich schüttelte den Kopf. »Nein, nein, das ist alles schon geregelt. Soweit ich weiß, verleiht der Marienhof Kutschen, und wenn das Wetter mitspielt, kriegen die beiden eine offene Hochzeitskutsche.«

»Wie romantisch«, sagte Doro verklärt.

Ich erhob mich. »Seid mir nicht böse, aber ich fahre nach Hause. Ich glaube, ich muss mich ein bisschen hinlegen. Mir ist es nicht gut, und ich habe so ein Kratzen im Hals. Außerdem tut mir der Kopf weh.«

»Ja, leg dich besser ein bisschen hin.« Antonia schaute mich besorgt an. »Du bist auch ganz blass um die Nase. Das Wichtigste haben wir ja besprochen.«

»Genau«, bekräftigte Doro. »Du kannst ruhig fahren. Ich kläre mit Antonia noch die Details.« Sie schaute auf ihre Armbanduhr. »In zwanzig Minuten kommt Norbert mich abholen. Sollen wir noch mal bei dir vorbeischauen?«

Ich schüttelte den Kopf. »Nein, ich möchte lieber ein bisschen schlafen. Ich weiß nicht, ich habe so einen schweren Kopf.«

»Herr Meier hat heute frei. Soll ich dir ein Taxi rufen?«

Ich wehrte ab. »Nein, nein, lass, es geht schon. Ich bin ja schnell da.«

Anscheinend war ein grippaler Infekt im Anzug, denn als ich zu Hause ankam, taten mir alle Knochen weh. Mühsam schleppte ich mich in den dritten Stock. In der Wohnung schlüpfte ich erleichtert aus den Schuhen und ließ aufseufzend meine Tasche in die Ecke fallen. Ich ging in die Küche, goss mir ein Glas Wasser ein und schaute rasch die Post durch. Werbung für mich, zwei Briefe für Regina, eine Ansichtskarte, die Doro und Norbert uns aus dem Urlaub auf Korsika geschickt hatten und die jetzt erst, mit sechs Wochen Verspätung, angekommen war.

Erschöpft ließ ich mich auf einen Stuhl fallen. Mir tat der Kopf weh. Regina war in die Eifel gefahren. Bei ihrer Mutter war Osteoporose festgestellt worden, und als brave einzige Tochter wollte sie sich ein bisschen um sie kümmern. Sie hatte sich eine Woche Urlaub genommen, um gemeinsam mit ihrer Mutter die geeigneten Sportkurse und Aktivitäten zu suchen, die ihr guttun würden.

»Ich wäre zwar lieber mit Andreas ein paar Tage nach Norderney gefahren«, gestand sie mir, »aber ich kann sie jetzt nicht allein lassen. Sie hat schreckliche Angst, dass sie demnächst im Rollstuhl sitzt. Sie bezieht ihr ganzes Wissen über die Krankheit aus diesen Klatschblättern, die beim Friseur ausliegen, und ich muss ihr ein bisschen den Kopf zurechtrücken.«

Ich fand, es sprach für ihren Familiensinn, dass sie sich, statt ihre neueste »junge Liebe« zu pflegen, um ihre Mutter kümmerte. Aber wer weiß, vielleicht war ja auch dieser Andreas nicht der Richtige für sie, und es machte ihr gar nichts aus, eine Woche mit ihm gegen eine Woche in Voissel einzutauschen. Bei Regina wusste man das nie. Auf jeden Fall hatte ich die Wohnung für mich alleine.

Gerade hatte ich mich aus meiner Jeans geschält – seit ich in der Stadt lebte, hatte ich keine Figurprobleme mehr; durch das Fahrradfahren und die körperliche Anstrengung hatte ich abgenommen und Muskeln bekommen, und auf einmal konnte ich wieder enge Jeans tragen, ohne dass es albern aussah –, da klingelte es an der Tür. Ich nahm an, jemand stünde unten vor der Haustür, tapste auf bloßen Füßen zur Gegensprechanlage und sagte: »Hallo? Wer ist da?«

Keine Antwort.

Kopfschüttelnd drehte ich mich wieder um. Es passierte häufiger, dass jemand »Klingelmäuschen« spielte. Vielleicht hatte auch der Postbote einfach auf alle Klingeln gedrückt, damit die Haustür geöffnet wurde. Allerdings rief er normalerweise laut und vernehmlich »Post« in den Hausflur.

Ich war gerade wieder in meinem Zimmer angelangt, als es erneut klingelte. Leise fluchend ging ich zurück. Dieses Mal betätigte ich allerdings nicht die Sprechanlage, sondern spähte durch den Spion an der Wohnungstür. Und richtig! Ein jüngerer Mann stand vor der Tür und trat nervös von einem Fuß auf den anderen.

Als niemand auf sein Klingeln reagierte, verzog er erbost das Gesicht. Er baute sich ganz dicht vor der Tür auf und drückte sein Auge an das kleine Loch des Spions. Erschreckt zuckte ich zurück. Natürlich konnte er mich nicht sehen, aber ich hatte trotzdem das Gefühl, er stünde direkt vor mir und könne meine Anwesenheit spüren.

Ich kannte den Mann nicht. Wahrscheinlich irgendein besonders hartnäckiger Vertreter. In der letzten Zeit waren Besuche an der Haustür häufiger geworden. Er war mittelgroß und ziemlich dünn. Soweit ich sehen konnte, trug er Jeans und eine speckige schwarze Lederjacke über dem T-Shirt. Seine dunklen Haare sahen ziemlich ungepflegt aus, fand ich. Überhaupt wirkte er sehr ungewaschen.

Ich beschloss, ihn zu ignorieren. Außerdem hatte ich keine Hose an, ich konnte ihm sowieso nicht die Tür aufmachen. Genau in diesem Moment brach die Hölle los.

Wie entfesselt begann er auf die Tür einzuschlagen und zu treten. »Mach die Tür auf!«, brüllte er. »Ich weiß, dass du zu Hause bist! Ich habe dich hineingehen sehen!«

Wer war das? Ich hatte den Mann noch nie gesehen! Was wollte er von mir?

Im Haus rührte sich nichts. Die Nachbarn über und unter uns waren wahrscheinlich noch auf der Arbeit. Niemand war da, um den tobenden Fremden an der Wohnungstür aufzuhalten.

Wieder donnerte er mit der Faust so fest gegen die Tür, dass ich schon Angst bekam, er würde sie einschlagen. »Mach auf! Mach die Tür auf! Ich muss mit dir reden! Du kannst mir nicht immer aus dem Weg gehen!«

Wie erstarrt stand ich im Flur. War das etwa der Stalker? Eigentlich sah er zu jung aus. Regina hatte sich doch nie mit so jungen Männern eingelassen, oder? Ich schlich wieder zur Tür und blickte erneut durch den Spion. Der Mann war einen Schritt zurückgetreten und schaute wütend auf die Tür. Anscheinend überlegte er, was er als Nächstes tun sollte. Und wenn er jetzt Anlauf nahm und sich gegen die Tür warf? Die wüstesten Szenarien schossen mir durch den Kopf. Ich bekam es mit der Angst zu tun. Was wollte der Typ?

Erneut hämmerte er so heftig auf die Tür ein, dass sie bebte. Hastig zog ich mich in die Küche zurück und griff zum Telefon. Wo war denn nur die Visitenkarte mit Günthers Nummer auf dem Präsidium? Suchend blickte ich mich um. Hoffentlich hatte Regina sie nicht eingesteckt und mitgenommen. In der Eifel nützte sie niemandem. Zum Glück jedoch hatte sie sie mit einem Magneten am Kühlschrank befestigt. Mit fliegenden Fingern wählte ich die Nummer und betete im Stillen, dass Günther nicht gerade bei einem Einsatz.

Vor der Wohnung war der Irre immer noch damit beschäftigt, brüllend gegen die Tür zu donnern, und ich konnte Günther kaum verstehen, als er sich meldete.

»Günther«, sagte ich leise, »ich bin's, Hilde. Günther, du musst sofort kommen, ich glaube, der Stalker steht vor der Wohnung.«

»Hallo?«, kam Günthers Stimme kühl über die Leitung. »Hallo? Wer spricht da? Ich kann Sie nicht verstehen!«

»Ich bin's, Hilde«, sagte ich lauter. Leider war es gerade in diesem Moment vor der Tür still geworden, so dass meine Stimme laut und deutlich zu vernehmen war. Sofort begann der Mann draußen wieder zu toben. »Ich habe doch gewusst, dass du da bist!«

»Hilde!«, sagte Günther gedehnt. »Was gibt's?« Begeistert hörte er sich nicht gerade an. Aber darauf konnte ich jetzt keine Rücksicht nehmen.

»Der Stalker steht vor der Tür!«, erwiderte ich hastig. »Hörst du nicht, wie er tobt?« Ich richtete das mobile Telefon auf die Wohnungstür. Allerdings war es gerade wieder still geworden, und so wunderte es mich nicht, als Günther sagte: »Nein, ich höre nichts. Wer, sagst du, soll da sein?«

»Der Stalker!«, rief ich verzweifelt. »Der Mann, der Regina verfolgt!«

»Warum ruft Regina mich dann nicht an?« Was sollte das jetzt? Durfte ich ihn nicht einmal mehr anrufen? Na ja, ein bisschen verstand ich ihn ja, ich hatte ihm schließlich ordentlich zugesetzt, aber andererseits, der Mann war Polizeibeamter, und da kam die Pflicht ja wohl immer noch an erster Stelle, oder?

»Sie ist nicht da!«, erwiderte ich. »Und ich habe Angst. Günther, er gebärdet sich wie ein Wilder!«

Anscheinend hatte ich überzeugend geklungen. »Okay, ich komme«, sagte er, als ob er mir einen Gefallen tun würde. Zähneknirschend legte ich auf.

»Mach auf!«, brüllte der Kerl wieder. Mannomann, was für Typen Regina so aufsammelte! »Ich höre dich doch! Ich schlage jetzt die Tür ein! Gleich bin ich bei dir, du alte Schlampe!«

Jetzt reichte es aber. »Ich bin keine alte Schlampe!«, schrie ich aufgebracht. »Und Regina bin ich auch nicht! Sie ist gar nicht da!«

Einen Moment lang war es still auf der anderen Seite. Dann knurrte der Mann: »Regina? Das ist gelogen! Ihr lügt doch alle, wenn ihr nur den Mund aufmacht! Ich weiß, dass du hier wohnst. Und ich habe dich hineingehen sehen!«

Der Mann musste einen Augenschaden haben. Mich konnte man ja noch nicht einmal von Weitem mit Regina verwechseln. Sie war doch viel größer als ich.

»Lass mich rein!«, heulte er auf der anderen Seite der Tür. »Mach auf! Mach endlich auf!« Und erneut bebte die Tür. Anscheinend hatte er schon wieder Anlauf genommen.

Erschreckt hielt ich die Luft an. Hoffentlich kam Günther so schnell wie möglich. Was sollte ich tun, wenn das Holz ihm nicht standhielt? Ängstlich musterte ich die Wohnungstür. Sie sah ja eigentlich ganz stabil aus. Außerdem hatte ich den Riegel vorgelegt.

Aber der Wahnsinnige gab nicht auf. Er versuchte es noch einmal! Anscheinend hatte er dieses Mal mehr Anlauf genommen, denn es krachte bedenklich, als er gegen die Tür donnerte. Einmal, und noch einmal. O Gott! Wo blieb Günther bloß?

Beim dritten Versuch schien er sich wehgetan zu haben. Ich hörte ihn fluchen. Vorsichtig näherte ich mich dem Spion und spähte hindurch. Er stand etwa zwei Meter von der Tür entfernt und rieb sich die Schulter, wobei er den Mund bewegte, als ob er leise vor sich hin murmeln würde.

Dann drehte er sich entschlossen zur Tür um und sagte laut: »Na gut, du hast es nicht anders gewollt! Wenn du nicht freiwillig rauskommst, dann zwinge ich dich eben dazu!« Er nahm seinen Leinenbeutel von der Schulter und kramte darin herum. Dann bückte er sich und verschwand aus meinem Blickfeld. So sehr ich mich auch reckte, durch das kleine Guckloch des Spions konnte ich nichts mehr erkennen.

Es raschelte und polterte hinter der Tür, und dann hörte ich ein leises Knistern. Leichter Rauchgeruch drang unter der Tür durch. Ach du lieber Himmel, wollte der Kerl mich etwa ausräuchern?

In diesem Moment klingelte es unten an der Haustür. Gott sei Dank, Günther war endlich da. Ohne nachzufragen, drückte ich auf den Türöffner. Ich hörte, wie unten die Haustür aufging, dann näherten sich Schritte.

»Hilde?«, rief Doro durchs Treppenhaus. »Hilde, bist du da oben? Was riecht denn hier so komisch?«

O Gott, ich musste sie warnen! Sie lief dem Typen ja direkt in die Arme!

»Doro!«, rief ich, so laut ich konnte. »Doro, pass auf! Der Stalker steht vor meiner Tür!«

»Was ist los? Ich kann dich nicht verstehen!« Doros Stimme kam näher. Entschlossen riss ich die Tür auf. Ich konnte doch nicht zulassen, dass meine beste Freundin sich diesem Wahnsinnigen auslieferte.

Dadurch, dass ich die Tür so plötzlich aufriss, fiel der Stalker, der sich wohl gerade aufrichten wollte, vornüber in sein prasselndes Feuerchen, das er mit ein paar dürren Ästen, zwei kleinen Holzscheiten und zusammengeknülltem Zeitungspapier auf der Fußmatte entzündet hatte. Mit einem wütenden Schmerzensschrei rappelte er sich auf.

In der Zwischenzeit jedoch war Doro bereits oben an der Treppe angelangt, erfasste mit einem Blick die Situation und stürzte sich von hinten auf den Mann. Der war damit beschäftigt, die Glutstückchen an seinem Bauch auszuschlagen, die sich teilweise sofort durch sein T-Shirt gefressen hatten. Er stieß Doro grob zur Seite und wandte sich zur Treppe, aber wir klammerten uns mit aller Kraft an ihn.

Erneut ging die Haustürklingel, und irgendwie schaffte ich es, den Türöffner zu drücken. Das musste jetzt aber wirklich Günther sein. Zum Glück war er es auch. Offensichtlich war er trainierter und fitter, als es sein leichter Bauchansatz vermuten ließ, denn er kam wie eine ziemlich schnelle Dampfwalze die Treppe heraufgerannt.

Mit dem Ruf »Achtung, Polizei! Bleiben Sie stehen!« stürmte er auf den Mann zu, der allerdings gar nicht weglaufen konnte, weil er gegen Doro und mich nicht ankam. Mit geübtem Griff zog Günther Handschellen aus der Tasche und kettete den Mann erst einmal ans Treppengeländer.

Ohne sich weiter mit ihm aufzuhalten, lief er dann in die Küche, füllte Wasser in einen Topf, kam zurück und goss den Inhalt des Topfes über das kleine Feuer, das sowieso nur noch schwelte, weil der Mann es bereits mit seinem Körper erstickt hatte.

Doro und ich beobachteten Günther staunend. Er bewegte sich mit beeindruckender Souveränität und wusste anscheinend genau, was er zu tun hatte. Wir kamen uns vor wie Zuschauer bei den Dreharbeiten zum »Tatort«. Schließlich klappte Doro den Mund wieder zu und sagte bewundernd: »Toll! Wie im Fernsehen!«

Ich stupste sie an. »Das ist Günther«, flüsterte ich ihr zu.

Günther mied meinen Blick. Er zückte Block und Kugelschreiber und sagte in geschäftsmäßigem Tonfall: »Kann mir einer von Ihnen berichten, was hier vorgefallen ist?«

Oh, wir waren also wieder beim Sie. Na ja, Strafe musste wohl sein. Ich hatte es verdient, so dämlich, wie ich mich angestellt hatte. Es war nicht gerade die feine englische Art gewesen, ihn auf offener Straße niederzubrüllen.

»Ja, also …«, begann ich. Günther schaute mich immer noch nicht an. Doro blickte leicht verunsichert von mir zu ihm und hielt vorsichtshalber den Mund. »Ich war allein zu Hause, und es klingelte an der Tür …«

»Um wie viel Uhr war das?«, unterbrach Günther mich.

Ich zuckte die Schultern. »Keine Ahnung. Ich habe nicht auf die Uhr geguckt. Vor einer Stunde oder so.« Ich schaute meine Freundin an. »Doro, wann bin ich bei Antonia aufgebrochen?«

Auch Doro zuckte mit den Schultern. »So um Viertel vor vier? Du musst gegen Viertel nach hier gewesen sein. Das ist übrigens nicht der …«, fuhr sie fort, aber Günther unterbrach sie.

»Geht das auch präziser?«, fragte er ungehalten.

Sein Tonfall ärgerte mich. »Frag doch den reizenden Herrn, wann er hier vor der Tür gestanden und sie fast eingetreten hat!«, gab ich patzig zurück. »Brauchst du eine eidesstattliche Aussage oder was?«

Tatsächlich wandte sich Günther an den Mann. »Wer sind Sie? Was tun Sie hier?«

Der Mann spuckte auf den Boden und schwieg trotzig.

»Ich weiß, wer das ist«, meldete Doro sich erneut zu Wort. »Wenn mich nicht alles täuscht, ist das Madeleines Stiefsohn. Udo. Den Nachnamen weiß ich nicht, er müsste aber eigentlich Lohmann heißen, genau wie Madeleine.« Triumphierend blickte sie Günther an.

»Ich glaube, Doro hat recht«, warf ich ein. »Ich fand ja gleich, dass er für den Stalker zu jung aussieht.« Zu Doro gewandt fügte ich hinzu: »Regina steht doch gar nicht auf junge Männer.«

»Sind die Angaben korrekt?«, fragte Günther den Mann.

Der Mann warf uns einen finsteren Blick zu. Ich konnte verstehen, dass Madeleine Angst vor ihm hatte. Er wirkte wild und abgerissen, mit seiner Jeans, dem schmutzigen T-Shirt, der Lederjacke und den langen, fettigen Haaren. »Ich sage gar nichts. Ich will meinen Anwalt sprechen.«

»Später, wenn wir auf dem Präsidium sind«, erwiderte Günther gelassen. »Sie sind vorläufig festgenommen.«

»Was werfen Sie mir denn vor?«, wollte der Mann wissen.

»Sachbeschädigung, versuchte Körperverletzung, Hausfriedensbruch – suchen Sie sich was aus«, sagte Günther gleichmütig. »So, und jetzt zu dir.« Er schaute mich an.

Es ging also doch. Wenigstens duzte er mich wieder. Schüchtern lächelte ich ihn an, aber er ließ sich nicht darauf ein. Anscheinend war er mir noch böse.

»Ich brauche einen detaillierten Bericht der Ereignisse.« Erwartungsvoll zückte er seinen Kugelschreiber. »Und konzentriere dich bitte auf das Wesentliche.«

Frechheit! Als wenn ich das nicht immer täte. Aber ich verkniff mir eine bissige Bemerkung, um ihn nicht noch mehr zu verärgern, und berichtete so knapp und präzise wie möglich, was vorgefallen war. Doro hörte mit großen Augen zu und gab ab und zu ein »Ach, du liebe Güte!« von sich.

»Es scheint sonst niemand zu Hause zu sein«, schloss ich. »Im Haus war die ganze Zeit über alles still. Ich bin echt froh, dass du so schnell gekommen bist. Er …« Ich wies mit dem Kopf auf den jungen Mann, der es vorzog, sich ruhig zu verhalten. Während meines Berichts hatte er keinen Mucks gemacht. »Er hat mir wirklich Angst eingejagt, vor allem, als ich den Rauch gerochen habe.« Ich fuhr mir durch die Haare, weil mir erst jetzt zu Bewusstsein kam, was alles hätte passieren können. »Er wollte mich ausräuchern.«

»Na ja«, erwiderte Günther milde und ein bisschen von oben herab. »Das wäre ihm mit dem kleinen Feuerchen wohl kaum gelungen. Außerdem hättest du ja die Feuerwehr rufen können.«

Der Mann war wirklich zu ärgerlich! Und wie immer hatte er natürlich recht.

Der vermeintliche Stalker war anscheinend der Meinung, dass jetzt der richtige Zeitpunkt gekommen war, um auch etwas beizutragen. »Genau!«, sagte er trotzig. »Und außerdem habe ich Sie gar nicht gemeint. Ich kenne Sie doch gar nicht.«

»Halten Sie den Mund!«, fuhr Günther ihn an. »Sie haben schon genug Schaden angerichtet!«

»Trotzdem«, mischte sich Doro ein, »ich hätte an Hildes Stelle auch Angst gehabt.« Sie nickte mir aufmunternd zu, dann ging sie auf Udo los: »Was denken Sie sich nur dabei, andere Menschen so zu bedrängen? Madeleine hat schreckliche Angst vor Ihnen.«

»Ja, okay«, sagte Günther, ohne auf Doros Einwurf einzugehen. »Ich brauche dann noch Ihre Personalien.« Doro diktierte ihm ihren Namen und ihre Adresse, dann wandte er sich wieder an mich. »Und du solltest dir lieber was anziehen«, stellte er nicht mehr ganz so unfreundlich fest. »Am Ende erkältest du dich noch.«

Ich merkte erst jetzt, dass ich die ganze Zeit nur mit T-Shirt und Unterhose bekleidet gewesen war. Ich wurde rot und wich einen Schritt zurück in den Flur. Zum Glück habe ich für mein Alter ganz gute Beine, und das T-Shirt war nicht besonders kurz. Aber trotzdem hätte mich ja mal jemand darauf hinweisen können, dass ich halbnackt in der Gegend herumstand. Ich warf Doro einen wütenden Blick zu, aber sie zuckte nur mit den Schultern.

»Okay«, sagte sie an Günther gewandt, »das war ja wohl alles. Sie brauchen uns nicht mehr, oder? Dann kann Hilde sich jetzt wieder hinlegen. Sie ist nämlich krank und gehört ins Bett.« Sie schob mich weiter in den Flur hinein und stellte sich an die Tür. »Und sorgen Sie dafür, dass die Schweinerei hier weggemacht wird.« Sie wies auf den verkokelten Fußabtreter und die verkohlten Reste des Feuerchens.

»Ich muss noch fotografieren, für die Beweisaufnahme«, erklärte Günther, »und außerdem ist das gar nicht …« Er warf mir einen hilfesuchenden Blick zu.

Beinahe tat er mir ein bisschen leid, aber Doro lächelte

ihn freundlich an. »Wie auch immer«, sagte sie heiter und schloss die Tür.

Sie drängte mich den Flur entlang in mein Zimmer und wies aufs Bett. »Leg dich endlich hin«, befahl sie. »Du bist ganz käsig im Gesicht. Mann, bin ich froh, dass ich noch mal nach dir sehen wollte.« Sie schaute auf die Uhr. »Norbert fragt sich wahrscheinlich auch langsam, wo ich bleibe. Er hat einen Parkplatz gesucht und wollte am Chlodwigplatz einen Kaffee trinken. Tja, wenn man aber auch kein Handy hat. Hat er eben Pech gehabt.« Norbert war ein strikter Handygegner. Er hatte es nie für nötig gehalten, sich so ein »neumodisches Teil« anzuschaffen. Es reichte ja, wenn seine Frau eins hatte. Doro musterte mich. »Wie geht es dir überhaupt? Mann, Mann, Mann, das Leben in der Stadt ist wirklich aufregend.«

Gehorsam schlüpfte ich unter die Decke. »Geht so. Kannst du mir noch einen Tee kochen?«

»Ja, mache ich. Dein Günther, das ist ja ein Netter!« Sie zwinkerte mir zu.

»Er ist nicht mein Günther«, murmelte ich erschöpft. »Und jetzt geh mir einen Tee kochen.«

Als Doro schließlich gegangen war, fiel ich in einen unruhigen Schlaf, durch den die wildesten Gestalten geisterten. Ein Stalker, der eine Pistole auf mich richtete und immer wieder schrie: »Du gehörst mir!«. Regina, die lachend um uns herumtanzte und »Günther, Günther, Günther« rief, und Günther, der mit verschränkten Armen danebenstand und mich finster musterte.

Am nächsten Morgen war ich schweißgebadet und fühlte mich wie gerädert. Mein Kopf dröhnte, und erst nach einer Weile begriff ich, dass das Klingeln nicht in meinem Kopf stattfand, sondern vom Telefon kam. Ich griff nach dem Gerät, das Doro mir auf den Nachttisch gelegt hatte.

»Ja?«, meldete ich mich krächzend. Meine Stimme schien ich über Nacht auch verloren zu haben.

»Hilde?«, drang mir Günthers Stimme ans Ohr. »Wie geht es dir?«

»Könnte besser sein«, erwiderte ich müde. »Ich glaube, ich habe die Grippe.«

»Ich muss noch mal vorbeikommen«, sagte er geschäftsmäßig. »Mir fehlen noch ein paar Angaben. Ist das in Ordnung?«

»Nein, eigentlich nicht«, erwiderte ich. »Muss das denn sein?«

»Na ja, ich müsste noch ein paar Dinge wissen …«

»Kannst du mich nicht am Telefon fragen?«

»Ich möchte mir auch den Tatort noch einmal ansehen.«

»Das ist nicht dein Ernst!«, sagte ich, so sarkastisch es mir in meinem benommenen Zustand möglich war.

Er seufzte. »Du machst es mir wirklich nicht leicht«, sagte er.

Ich schwieg. Für eine schlagfertige Antwort tat mir sowieso der Kopf viel zu weh. »Heute passt es mir gar nicht«, krächzte ich schließlich. Was für ein blöder Satz. Du bist so was von feige, dachte ich resigniert. Glaubst du eigentlich, du kannst deinem Schicksal entgehen?

Ich würde nicht ewig davonlaufen können. Irgendwann musste ich mich bei ihm dafür entschuldigen, dass ich ihn ohne jede Berechtigung zur Schnecke gemacht hatte. Ich konnte ihm nicht für immer aus dem Weg gehen, nur weil es mir so peinlich war, wie ich mich benommen hatte.

Ich schniefte ein bisschen. Irgendwie tat ich mir leid. Und ich hatte bestimmt Fieber. Das Leben war nicht einfach.

# 16

Das Jahr ging seinem Ende entgegen, und in ein paar Monaten wurde ich fünfzig. Vage machte sich in mir die Erkenntnis breit, dass mit dem Fünfzigsten eine Bestandsaufnahme anstand. Hatte ich mich bisher irgendwie durchgewurstelt, so funktionierte das jetzt nicht mehr. Ich musste meinem Leben endlich die Richtung geben, die für mich passend war. Bisher hatte ich mir über mein Alter nie Gedanken gemacht. Als Doro, die ein Dreivierteljahr älter war als ich, im Sommer ihren Fünfzigsten gefeiert hatte, war ich noch felsenfest davon überzeugt gewesen, dass es mir nichts ausmachen würde, wenn vorne statt der Vier eine Fünf stand. Aber jetzt ertappte ich mich dabei, wie es mir ständig durch den Kopf ging, so als müsste ich auf einen Schlag alles regeln und meine Zukunft in geordnete Bahnen lenken.

Dabei war ich eigentlich so glücklich wie noch nie. Nachdem ich mich von meiner Grippe erholt hatte, hatte ich mir ein Herz gefasst und ein klärendes Gespräch mit Günther gesucht.

Es war mir nicht leichtgefallen, zu ihm zu gehen und zuzugeben, dass ich mich falsch verhalten hatte. Er hatte mir eine Brücke nach der anderen gebaut, und ich hatte sie alle wieder eingerissen. Dabei hätten mir seine Bemühungen doch zeigen müssen, wie ernst es ihm mit mir war.

»Fehler einzugestehen hat noch nie zu deinen Stärken gehört«, hatte Doro hinterher gemeint. Lachend hatte sie hinzugefügt: »Du bist stur und uneinsichtig! Aber gerade deshalb lieben wir dich ja alle so.«

Und sie hatte recht. Eigentlich wusste ich das ja auch.

Ich hatte all meinen Mut zusammengenommen und war auf die Wache marschiert. »Ich möchte einen Diebstahl melden«, hatte ich gesagt. Als ich das mit Doro geprobt hatte, fand ich die Idee noch ganz witzig, aber sobald ich vor Günther stand, kam ich mir unendlich blöd vor.

Günther, der inzwischen wieder auf Abstand gegangen war – »Der ist mindestens genauso nachtragend wie du«, hatte Doro grinsend festgestellt. »Es könnte sein, dass du deinen Meister gefunden hast.« –, schaute kaum auf. »Was ist dir denn dieses Mal abhandengekommen?«, fragte er unfreundlich. »Doch nicht etwa schon wieder das Fahrrad?«

Ich schluckte. »Nein, nein, nicht das Fahrrad«, versicherte ich ihm. »Schlimmer, es ist … äh, mein Herz«, stieß ich hervor. Oh, wie oberpeinlich. Da stand ich, eine nicht mehr ganz taufrische Frau von knapp fünfzig Jahren, und machte mich vor dem Mann meines Herzens zum Affen.

»Wo genau? Wann?«, fragte Günther beflissen, aber dann stutzte er und blickte endlich auf. »Was redest du da?«, fragte er irritiert.

Ich holte tief Luft. »Ich wollte dir sagen, es tut mir wirklich leid, wie ich dich zur Schnecke gemacht habe«, sprudelte ich hervor. »Du musst mir glauben, ich habe das nicht so gemeint. Ich habe gedacht ... Na ja, Regina hat dauernd von einem Günther geredet, und da habe ich geglaubt ...« Jetzt hatte ich den Faden verloren. Was hatte ich sagen wollen? Die ganzen schönen Worte, die ich mir zurechtgelegt hatte, waren auf einmal verschwunden, und in meinem Kopf herrschte gähnende Leere. Ach, egal. »Ich habe mich nämlich in dich verliebt«, fügte ich hinzu.

So, jetzt war es heraus. Günther stand da wie erstarrt und schwieg. Ich schaute ihn erwartungsvoll an. Wollte er gar nichts dazu sagen? Nein, wollte er nicht.

»Willst du mich nicht küssen?«, fragte ich kläglich.

Tja, und dann kam er hinter seinem Schreibtisch hervor und trat auf mich zu. Er nahm mich in die Arme und küsste mich ausgiebig. Er hielt mich fest umschlungen, sein Schnauzbart kitzelte, und es fühlte sich einfach wundervoll an. Sogar der Geruch in der Wache, dieser spezifische Geruch nach Linoleum und Staub, passte. Alles war wundervoll – und genau, wie es sein sollte.

Seitdem war dieser Teil meines Lebens absolut in Ordnung. Ich kann nicht besser klagen, wie Onkel Alfons sagen würde. Ich war zwar zutiefst davon überzeugt gewesen, dass ein neuer Mann für mich nicht in Frage kam, aber mit Günther war das etwas anderes. Was ich nie für möglich gehalten hätte, war eingetreten. Alles Weitere würde sich finden. Natürlich zogen wir nicht gleich zusammen, und es war auch nicht die Rede vom Heiraten, aber trotzdem schien auf einmal alles vorstellbar.

An einem trüben, grauen Wochenende fuhren wir zum ersten Mal gemeinsam in die Eifel. Wie ernst es mir mit Günther war, merkte ich unter anderem daran, dass ich ihm, ohne groß zu überlegen, meinen Lieblingsplatz zeigte. Bei ihm brauchte ich nichts zu erklären. Er begriff sofort, warum ich so gern auf dieser Bank saß und in die Landschaft guckte. Er begriff überhaupt alles immer sofort.

Auch Tante Röschen und Onkel Alfons waren restlos begeistert von meinem neuen Mann. »Kind, ich wusste doch, dass du in der Stadt den Richtigen findest«, sagte Tante Röschen.

»Ach, meinst du, so ein Prachtexemplar hätte ich hier auf dem Land nicht gefunden?«, erwiderte ich. »Du hast doch Onkel Alfons auch in Kommern kennengelernt. Und Doros Norbert ist schließlich auch von hier.«

»Ja, aber das waren andere Zeiten«, wehrte Tante Röschen ab. »Hier wüsste ich keinen, der für dich in Frage käme. Ich bin ja nur froh, dass du nicht wie Regina ständig in diesem Internet suchst.« Ich hatte ihr von Reginas glückloser Partnersuche erzählt, wobei ich sicherheitshalber nichts von dem Stalker erwähnt hatte. Das brauchte Tante Röschen nicht zu wissen. Sie hätte sich nur unnötig Sorgen gemacht.

Wir standen in der Küche, schnitten Kuchen auf und schlugen Schlagsahne. Auf der Anrichte blubberte die Kaffeemaschine.

»Er ist so ein netter Mann, da hast du wirklich Glück gehabt«, sagte Tante Röschen und hielt mir die Quirle des Handmixers hin, damit ich die Schlagsahne ableckte. »Aber du siehst auch gut aus«, meinte sie und musterte mich anerkennend. »Und die Haare hast du so schön. Anscheinend bekommt dir die Luft in der Stadt.«

»Hm, kann sein. Ich weiß nicht.« Hingebungsvoll widmete ich mich den Schlagsahneresten. »Zumindest hab ich ein paar Kilo abgenommen. Das liegt an der vielen Bewegung.«

Als wir mit gedecktem Apfelkuchen und Schlagsahne in den Wintergarten kamen, der zur Feier unseres Besuchs extra geheizt worden war, traten die beiden Männer gerade von draußen herein. Günther hatte Alfons geholfen, das Brennholz, das Norbert vor ein paar Tagen angeliefert hatte, am Schuppen aufzuschichten. »Beste Buche hat Norbert gebracht«, berichtete Onkel Alfons, als wir alle am Kaffeetisch saßen. »Drei Jahre gelagert. Er ist uns wirklich eine große Hilfe.« Er warf Günther einen Blick zu. »Und du auch. Danke noch mal. Ich bin wirklich froh, dass du jetzt zu unserer Familie gehörst.«

Ich zuckte leicht zusammen und warf Günther einen verlegenen Blick zu. Das schien mir jetzt doch ein bisschen voreilig zu sein. Aber Günther machte die Vereinnahmung offenbar nichts aus. Er nahm sich seelenruhig ein Stück Kuchen von der Platte.

»Wenn ich das allein hätte stapeln müssen«, fuhr Onkel Alfons fort, »wäre ich nächste Woche noch beschäftigt gewesen. Seit der Krankheit ist alles anders geworden.« Er nahm das Wort »Schlaganfall« nicht in den Mund, als hätte er Angst, einen weiteren herbeizureden. Stattdessen sagte er immer »Krankheit«, weil das in seinen Ohren wohl harmloser klang. Er hatte natürlich recht, es war tatsächlich vieles anders geworden. Pfeife zum Beispiel durfte er nicht mehr rauchen. Die Ärzte hätten es ihm vielleicht sogar erlaubt, aber Tante Röschen duldete es nicht. Mit dem abendlichen Gläschen Rotwein war es genauso. Also verzichtete er auf seine langjährigen Gewohnheiten und erklärte tapfer, es mache ihm gar nichts aus. Wenigstens den Kaffee und ein Stückchen Kuchen hatte sie ihm gelassen.

Elli lag zu unseren Füßen unter dem Tisch und schnaufte satt und zufrieden. Tante Röschen hatte ihr ein großes Stück Fleischwurst zugesteckt. Sie fand den Hund genauso nett wie das Herrchen, und sie hatte beide mit offenen Armen aufgenommen.

Am Wochenende davor hatten wir die goldene Hochzeit nachgeholt. Das Tambourkorps und die Schützen hatten sich in aller Herrgottsfrühe – Tante Röschen und Onkel Alfons lagen noch in ihren Betten, und draußen war es noch dunkel – zum Jagdhaus geschlichen und den beiden ein Morgenständchen gebracht. Als sie überrascht in Bademänteln und Pantoffeln vor die Tür traten, hatte der Tambourmajor ihnen verkündet, sie würden um zehn Uhr abgeholt und sollten sich bitte fertig machen.

Die Überraschung war uns gelungen, und auch jetzt, an der Kaffeetafel, schwärmten die beiden von dem schönen Tag. »Wir hatten ja keine Ahnung, keine Ahnung«, sagte Tante Röschen immer wieder. Sie hatten offensichtlich nicht im Traum daran gedacht, dass ihre Goldhochzeit doch noch gefeiert würde. »Eigentlich wollte ich dieses lange lila Kleid haben, weißt du, was ich im Katalog gesehen habe«, sagte Tante Röschen zu mir, »aber das hatte ich ja jetzt nicht bestellt.«

»Das macht gar nichts. Dein blaues Kleid war auch schön«, tröstete ich sie. »Und zu dem Golddiadem in deinem Haar hat es ausgesehen wie eine Abendrobe.«

Marie Hemmersbach, die im letzten Jahr Schützenkönigin gewesen war, hatte ihr goldenes Diadem zur Verfügung gestellt, weil »so was zur goldenen Hochzeit gehört«. Es wirkte auf Tante Röschens kurz geschnittenen grauen Haaren erstaunlich jugendlich, und alle hatten ihr versichert, sie sähe aus wie eine Königin.

Unsere Pläne waren wunderbar aufgegangen. Das Jubelpaar wurde mit der schön geschmückten Hochzeitskutsche abgeholt, vor der Kirche standen die Schützen Spalier – »Jetzt guck dir das an, sind sie nicht prächtig, so ›im grünen Glanz‹?«, hatte Doro leise aus einem Kölner Karnevalslied zitiert und das Spektakel gerührt beobachtet.

Als Tante Röschen dann später im geschmückten Schützenzelt gesehen hatte, was für ein Büfett aufgefahren worden war, hatte sie die Hände über dem Kopf zusammengeschlagen.

Auch jetzt sagte sie zu mir: »Es war so ein schönes Fest, Kind! Und all das gute Essen! Es ist nicht zu fassen, welche Mühe ihr euch gegeben habt. Und sogar Antonia war da!«

Antonia hatte wahrhaftig die beschwerliche Fahrt in die Eifel angetreten, war allerdings relativ früh mit Marianne Schumacher im Schlepptau wieder nach Hause gefahren, weil es trotz Rollstuhl in der ungewohnten Umgebung anstrengend für sie war.

»So mobil wie früher bin ich leider schon lange nicht mehr«, hatte sie geseufzt. »Aber ich bin ja schon froh, dass ich wenigstens einen Teil des Festes mitbekommen und einmal gesehen habe, wo du herkommst, Hilde.«

Alle im Dorf waren sich einig – die Mühe hatte sich gelohnt. Es war ein gelungenes Fest. Und als wir meiner Tante und meinem Onkel zugesehen hatten, wie sie zur Melodie von »Rote Rosen« ihren Hochzeitswalzer tanzten, waren nicht nur mir die Tränen gekommen.

»Kind«, sagte Tante Röschen zu mir und nahm sich ein zweites Stück Kuchen. Ich folgte ihrem Beispiel. Günther war schon beim dritten angelangt. »Was ich dir erzählen wollte: Das Haus von Madeleine Lohmann steht zum Verkauf.«

»Ach?« Erstaunt blickte ich sie an. »Sie hat mir gar nichts davon gesagt.«

»Doch.« Tante Röschen nickte. »Ich weiß es auch nur, weil der Sohn vom alten Kentenich in dem Immobilienbüro in Mechernich arbeitet. Anscheinend hat sie da angerufen und gesagt, sie sollten es anbieten. Es käme ihr gar nicht auf den Preis an. Sie will es wohl so schnell wie möglich loswerden.«

»Sie ist doch gar nicht da im Moment. Wie kommt der Makler denn ins Haus?«, fragte ich. »Die müssen doch Fotos machen und so.«

»Ich glaube, sie hat den Schlüssel beim alten Kentenich gelassen, damit der ab und zu mal nach dem Rechten schaut und die Heizung anmacht und so«, erwiderte meine Tante.

»Na ja.« Ich zuckte mit den Schultern. »Verstehen kann ich's ja. Sie hat keine schönen Erinnerungen an das Dorf und das Haus.«

»Wollt ihr es nicht kaufen?« Tante Röschen warf Günther, der mit Alfons ins Gespräch vertieft war, einen hoffnungsvollen Blick zu.

Er blickte auf. »Was hast du gesagt?«, erkundigte er sich.

»Ob ihr nicht das Haus von Madeleine Lohmann kaufen wollt«, wiederholte meine Tante.

»Ja, das wäre schön«, warf Onkel Alfons ein. »Gute Idee, Röschen.« Sie strahlte ihn an.

»Ja, hm, ja, ich weiß nicht«, stotterte ich und blickte Günther an. »Das kommt jetzt ein bisschen überraschend.« Aber ich merkte, dass ich den Gedanken nicht ganz abwegig fand. Und wenn Günther mitmachte …

Günther begriff mal wieder sofort und reagierte gelassen. »Vielleicht sollten wir es uns einfach mal angucken.«

Als wir später nach Köln zurückfuhren, sagte ich im Auto zu ihm: »Tut mir leid, Günther. Tante Röschen und Onkel Alfons haben manchmal ein einnehmendes Wesen. Und du hast ja gemerkt, sie sind vor Freude ganz aus dem Häuschen über meinen neuen Freund.« Ich legte ihm die Hand auf den Arm. »Da schießen sie schon mal übers Ziel hinaus. Du darfst das nicht so ernst nehmen, und du musst dich um Himmels willen nicht verpflichtet fühlen.«

Günther lachte. »Ganz ehrlich«, antwortete er, »solche Wörter nehme ich normalerweise nicht in den Mund, aber ich finde die beiden entzückend.«

In der Woche danach fand am Donnerstag das zweite Abendessen statt. Wieder riefen unsere Kochkünste große Begeisterung hervor, auch wenn wir ohne Madeleine und Willibert auskommen mussten, die immer noch in Frankreich waren. So langsam hatte ich den Eindruck, sie wollten gar nicht mehr wiederkommen, was ihnen allerdings angesichts der Umstände keiner so richtig übelnehmen konnte.

Die Polizei musste Udo laufen lassen. Er hatte ja niemanden verletzt, und das Feuerchen auf der Fußmatte galt lediglich als grober Unfug. Eine Blutprobe hatte zwar ergeben, dass er kurz vor dem Besuch bei mir anscheinend einen Joint geraucht hatte, aber man hatte keinen Krümel Cannabis oder sonstige Drogen bei ihm gefunden. Dass er sich bei Norbert bedient hatte, konnten wir ja schlecht ins Feld führen. Da er nun wieder auf freiem Fuß war, hielt Madeleine es wohl für besser, noch eine Weile in Frankreich zu bleiben, wo er sie nicht erreichen konnte.

»Für euch besteht sicher keine Gefahr«, hatte sie am Telefon gesagt. »Er wird ja gemerkt haben, dass ich nicht da bin. Hoffentlich wird es euch nicht zu viel, alleine zu kochen«, hatte sie besorgt hinzugefügt.

Aber wir meisterten das Essen auch ohne ihre Unterstützung, und offenbar gelang es uns sogar besonders gut. Unser winterliches Menü fand großen Anklang, und Frau Bündlein schlug uns vor, ein Menü-Kochbuch zu schreiben.

»Ich finde, schon jetzt beim zweiten Essen stellt sich heraus, dass Sie etwas ganz Besonderes machen«, sagte sie zu Antonia und mir. »Was mir vor allem gefällt, ist diese Kombination von alten, traditionellen Gerichten mit neuer, leichter Küche.«

Antonia lächelte. »Das kommt daher, dass wir mit Oma Schmitz und Hildes Tante Röschen kompetente Beraterinnen für das Traditionelle haben, und das wirkt sich auf die Menüs aus.«

»Ist es nach dem zweiten Essen nicht noch zu früh, um schon über ein Kochbuch zu sprechen?«, warf ich ein. »Wir müssen die Menüs, die wir anbieten, doch erst an unseren Gästen ausprobieren. Das beste Rezept auf Papier taugt nichts, wenn es dem Realitätstest nicht standhält.«

»Ja, da haben Sie natürlich recht«, stimmte Claude Winkler mir zu. »Aber Sie sehen, wir gehen davon aus, dass Sie weitermachen …«

»… und dass wir weiterhin eingeladen werden«, fügte Frau Bündlein hinzu.

Wir freuten uns natürlich über das Lob und den Erfolg. Keiner dachte ans Aufhören, im Gegenteil, wir sahen unseren Supperclub schon zu einer Institution werden.

Doch dann geschah etwas, das den Lauf der Dinge, den wir schon für vorbestimmt gehalten hatten, entscheidend veränderte. Ich schob gerade den Nudelauflauf in den Backofen, den ich für Familie Schulte-Baumhoff zum Mittagessen vorbereitet hatte, als mein Handy klingelte. Ich wollte den Anruf schon wegdrücken, weil es wirklich ein ungeeigneter Zeitpunkt war, da sah ich auf dem Display, dass Frau Schumacher anrief. Das war ungewöhnlich. Sie rief mich eigentlich nie an, und ich hatte ihre Nummer nur für Notfälle gespeichert. »Ja, Marianne?«, sagte ich leicht beunruhigt.

»Hilde, Sie müssen sofort kommen«, drang die Stimme der Haushälterin ungewohnt aufgeregt an mein Ohr. »Der Notarzt ist da und versorgt Antonia und Frau Schmitz. Babette habe ich auch schon angerufen.«

Mir wurde heiß. »Um Gottes willen, was ist denn passiert?« Im Hintergrund hörte ich Stimmengemurmel, und dann sagte eine Männerstimme etwas.

»Ich muss auflegen, der Arzt will was wissen«, erwiderte Frau Schumacher nur hastig. »Kommen Sie bitte so schnell wie möglich, ja?« Damit war das Gespräch beendet.

Benommen starrte ich auf mein Handy. In diesem Moment hörte ich, wie sich der Schlüssel im Haustürschloss drehte. Gott sei Dank, Frau Schulte-Baumhoff war zu Hause. Rasch lief ich in die Diele.

»Ich muss sofort nach Marienburg«, sagte ich. »Frau Schumacher hat gerade angerufen, es scheint etwas passiert zu sein.«

Meine Chefin fragte nicht lange nach dem Wie oder Warum, sondern bot mir sofort an, mich hinzufahren, damit ich schneller da war. Und so stand ich schon eine

Viertelstunde später im Eingangsbereich der Villa, wo mich Marianne Schumacher aufgeregt empfing.

»Antonia ist im Krankenhaus«, berichtete sie. »Ich muss gleich hinterherfahren, um ihr ein paar Sachen zu bringen. Der Arzt ist noch bei Oma Schmitz. Ich weiß nicht, ob sie auch ins Krankenhaus muss.« Sie rang die Hände. »Und ich war doch nur kurz einkaufen. Oh, mein Gott!«

Ich strich ihr über den Arm. »Marianne, beruhigen Sie sich. Sie können doch nichts dafür. Was ist denn passiert?«

»Dieser Kerl, dieser Junkie«, stieß sie hervor. »Der Sohn von Madeleine ... Er war hier.« Stockend berichtete sie, dass es vormittags an der Haustür geläutet hatte. Antonia und Oma Schmitz waren zu diesem Zeitpunkt alleine zu Hause gewesen, und Antonia hatte die Tür geöffnet. Sie fragte zwar über die Gegensprechanlage, wer da sei, hörte aber – nachlässig, wie sie war – nicht genau hin, als eine Männerstimme irgendetwas von Paketdienst murmelte. »Angst hatte sie ja sowieso nie«, sagte Marianne. »Warum auch? Sie war ja nie bedroht worden, schon gar nicht in ihrem eigenen Haus, und außerdem, seit der Hund da ist ...«

Seit kurzem gehörte auch Elli tagsüber zu Antonias Logiergästen. »Der arme Hund kann doch nicht den ganzen Tag allein bleiben«, hatte Antonia gemeint. »Und hier fällt sie gar nicht auf. Madame Siao hat keine Probleme mit Hunden. Sie ist viel zu selbstbewusst und vornehm, um Elli überhaupt wahrzunehmen.« Und so brachte Günther jeden Morgen vor der Arbeit seinen Hund in Marienburg vorbei.

»Ja, genau«, warf ich ein. »Was war denn mit Elli?«

»Antonia hatte sie wohl in den Garten gelassen«, erwiderte Frau Schumacher. »Ja, und dann, als sie die Tür aufmachte, stand sie einem ungepflegten, dünnen jungen Mann gegenüber, der ganz hektisch nach Madeleine fragte.«

Antonia hatte ihm erklärt, sie sei nicht da. »Was wollen Sie denn von ihr?«, hatte sie gefragt. Sie kannte ja die Geschichte von Madeleine und ihrem Stiefsohn, und beim Anblick des nervösen jungen Kerls beschlich sie wohl ein ungutes Gefühl. »Ach, wenn ich doch dagewesen wäre!« Marianne verzog unglücklich das Gesicht. »Hinterher hat Antonia dann auch gesagt: ›Hätte ich ihm doch gleich die Tür vor der Nase zugeschlagen!‹ Na ja, auf jeden Fall, als Antonia die Tür wieder schließen wollte, hat der Mann blitzschnell seinen Fuß in die Tür geschoben, und dann hat er sie einfach mit aller Wucht zur Seite gestoßen und sich an ihr vorbeigedrängt.«

»Ach, du lieber Himmel«, murmelte ich erschreckt.

Marianne Schumacher nickte. »Ja. Antonia konnte sich natürlich nicht auf den Beinen halten. Sie wollte sich irgendwo festhalten, aber neben der Haustür steht ja nur die große Vase.«

Unwillkürlich drehte ich mich um. An der Marmortreppe lag ein Scherbenhaufen. Offensichtlich hatte Antonia haltsuchend nach der mannshohen chinesischen Bodenvase gegriffen und dann aber doch das Gleichgewicht verloren.

Marianne Schumacher bestätigte meine Vermutung. »Sie ist rücklings zu Boden gefallen und mit dem Hinterkopf auf der Kante der untersten Treppenstufe aufgeschlagen. Dass die Vase zu Bruch gegangen ist, sehen Sie ja. Antonia hat wohl kurzfristig das Bewusstsein verloren, und was dann geschah, kann ich mir nur zusammenreimen aus dem, was ich vorfand, als ich nach Hause kam.«

Udo war offenbar auf der Suche nach Madeleine durchs ganze Haus gelaufen, während Elli, alarmiert von Antonias Schrei, auf der Terrasse hin- und herrannte und wie verrückt bellte, aber nicht hineinkonnte, weil die Terrassentür zu war. »Der Hund war völlig außer sich«, berichtete Marianne. »Ich habe zuerst den Notruf alarmiert und bin dann nach hinten gerannt, um nach Frau Schmitz zu sehen.«

Oma Schmitz hatte sich nach dem Frühstück noch einmal hingelegt, war aber wohl, aufgeschreckt durch den Lärm und den Tumult in der Eingangshalle, wieder aufgestanden. Im Morgenmantel war sie an ihre Zimmertür gegangen, um nachzuschauen, was passierte, und da musste der Kerl auf sie losgegangen sein. Bestimmt war sie erschreckt zurückgewichen, als der Mann auf sie zukam. Es konnte ihn nicht mehr als eine Handbewegung gekostet haben, die zarte, gebrechliche alte Frau beiseitezuwischen. Er kümmerte sich nicht weiter um sie und lief über die Hintertreppe in die erste Etage und von dort aus über die Haupttreppe wieder nach unten. Danach verließ er das Haus, wahrscheinlich durch die Haustür, die er hinter sich zuzog.

»Er kann nicht lange weg gewesen sein, als ich vom Einkaufen wiederkam.« Marianne Schumacher stand noch ganz unter dem Eindruck des Geschehenen. »Es war so furchtbar.«

Antonia hatte in der Empfangshalle gelegen. Sie war zwar wieder bei Bewusstsein, konnte sich aber nicht bewegen und sich nicht aus eigener Kraft aufrichten. Aus einer hässlichen Wunde am Hinterkopf sickerte Blut auf die Solnhofener Platten der Eingangshalle.

Elli war bellend und knurrend auf der Terrasse hin- und hergelaufen. Anscheinend war sie immer wieder gegen die geschlossene Terrassentür gesprungen, da die Scheibe voller schmutziger Pfotenabdrücke war. »Der Kerl hat Glück gehabt, dass das Sicherheitsglas der Scheibe dem Gewicht der Dogge standgehalten hat«, sagte Marianne grimmig. »Ich weiß nicht, was sie mit ihm angestellt hätte, wenn sie ins Haus gekommen wäre.«

Auf der Suche nach Madeleine hatte Udo alle Zimmertüren aufgerissen. Sämtliche Schränke waren durchwühlt und der Inhalt war überall verstreut worden. Offensichtlich hatte er wahllos Schranktüren geöffnet und alles, was er fand, auf den Boden gefegt. Eine unbeschreibliche Spur der Verwüstung zog sich durch das gesamte Haus. Man mochte sich kaum vorstellen, wie ein einzelner Mann in einer relativ kurzen Zeitspanne ein solches Chaos anrichten konnte.

Später stellte sich heraus, dass er das Wenige an Bargeld, das er fand, mitgenommen hatte, alle anderen Wertgegenstände jedoch, wie Schmuck und Antiquitäten, hatte er nicht angerührt. Ihm ging es wohl hauptsächlich um Geld, um sich Drogen zu beschaffen.

Oma Schmitz hatte in ihrem Zimmer wimmernd auf dem Boden gelegen. Frau Schumacher half ihr auf und brachte sie erst einmal ins Bett. Sie war völlig verstört und verängstigt und redete wirres Zeug.

Antonia erholte sich trotz ihrer Erkrankung relativ schnell von dem Überfall. Zum Glück hatte die Attacke keinen neuen Schub ausgelöst. Die Kopfverletzung war nicht lebensbedrohlich gewesen und verheilte ohne Folgen. Auch Gertrud Schmitz hatte sich glücklicherweise nichts gebrochen. Der Arzt schlug vor, sie zur Beobachtung ins Krankenhaus einzuweisen, aber nachdem er uns versichert hatte, dass ihr körperlich nichts fehlte, beschlossen Frau Schumacher und ich, sie zu Hause zu behalten, um sie nicht noch mehr zu verstören. Zunächst erholte sie sich auch ein wenig, aber sie stand nicht mehr auf. Sie blieb in ihrem Bett und schlief die meiste Zeit. Wenn sie ab und zu wach war, erkannte sie weder Frau Schumacher noch mich und redete mit dünner, hoher Stimme flüsternd mit ihrem Mann oder ihrem Sohn. Der Überfall war einfach zu viel für sie gewesen, ihr Geist und ihr Körper verkrafteten diese Aufregung nicht mehr. Ich teilte meine Zeit zwischen Krankenbesuchen bei Antonia und ihr auf, und ich war auch bei ihr an dem Tag, als sie starb.

Es war ein nebliger, feuchter Wintertag, wie er für Köln so typisch ist. Über der Stadt lag wie eine Käseglocke ein kalter, grauer Hochnebel, durch den die Sonne nicht hindurch drang.

Antonia war schon wieder aus dem Krankenhaus entlassen worden, und auch Babette war mittlerweile eingetroffen. Die beiden Schwestern saßen mit zwei Polizeibeamten im Wohnzimmer. Udo Lohmann war verhaftet worden, und dieses Mal würde er nicht so glimpflich davonkommen.

Frau Schumacher war einkaufen gegangen, und so saß ich am Bett von Oma Schmitz, sah ihr beim Schlafen zu und hielt ihre Hand, die schlaff in meiner lag. Elli, die in ihrer Zeit in der Villa Oma Schmitz sozusagen adoptiert hatte – wahrscheinlich weil sie sie am ausgiebigsten mit

Leckerchen versorgt hatte –, lag auf dem Teppich. Ab und zu zuckten ihre Pfoten, und sie gab leise Geräusche von sich. Anscheinend rannte sie im Traum über eine Wiese.

Mir ging so viel durch den Kopf, aber wenn mich einer in diesem Moment nach meinen Gedanken gefragt hätte, ich hätte sie nicht in Worte fassen können.

Oma Schmitz machte einen tiefen Atemzug, und auf einmal war es totenstill im Zimmer. Mir lief ein Schauer über den Rücken. In der Eifel sagt man, »ein Engel geht durchs Zimmer«, wenn es ganz plötzlich so still ist. Und so war es auch. Oma Schmitz war friedlich eingeschlafen.

## 17

Als Erste ging Marianne Schumacher. Ich will nicht sagen, sie verließ das sinkende Schiff, denn so war es nicht. Aber was für uns ein sicheres Zukunftsfundament gewesen war, gab es nicht mehr. Madeleines Stiefsohn hatte es mit seinem Überfall sozusagen in den Grundfesten erschüttert.

»Das geht gar nicht!«, hatte eine aufgebrachte Babette von Lengsdorf ihrer Schwester erklärt und sie gebeten, mit ihr nach Mallorca zu kommen. »Nichts gegen euch«, hatte sie gesagt, »aber ihr könnt hier keine alternative Wohngemeinschaft mit Kochclub gründen. Ich möchte mir nicht ständig Sorgen um Antonia machen müssen. Du bist nun mal schwer krank, Toni, und mit den vielen fremden Leuten, die du dir ins Haus holst, ist mir das einfach zu gefährlich.«

Antonia hatte zwar eingewendet, dass Udos Überfall ja eine Ausnahmesituation gewesen sei und so etwas bestimmt nicht wieder vorkommen würde, aber ich spürte, dass sie eigentlich gerne zu Babette nach Spanien wollte.

Das sagte sie mir auch, als wir an einem stürmischen Vorfrühlingsabend im Kaminzimmer zusammensaßen. »Das letzte Jahr gehört mit zu den schönsten und aufregendsten Zeiten in meinem Leben, Hilde«, sagte sie. »Und das verdanke ich dir. Ohne dich und die Menschen, die ich durch dich kennengelernt habe, wäre das alles nicht möglich gewesen.«

Schon als ich früher am Abend gehört hatte, dass Babette ins Kino gegangen war, hatte ich gewusst, was Antonia mir mitteilen wollte. Und wenn ich ehrlich war, war es die einzig vernünftige Lösung. Antonia würde zu ihrer Schwester nach Mallorca ziehen. Das Klima dort hatte ihr gutgetan, ihr gefiel der gemächliche Lebensrhythmus auf der Insel, und in Babettes Haus mit all den Tieren und bei Babettes Freunden fühlte sie sich wohl. Antonia hatte beschlossen, die Kölner Villa zu verkaufen.

Ich war natürlich traurig, dass sie wegging, konnte sie aber verstehen. Mit Udo würden wir zwar keine Probleme mehr haben, aber wenn wir uns mit dem Supperclub wechselnde Gäste ins Haus holten, konnten wir nie sicher sein, dass nicht irgendwann wieder ein Irrer dabei war. Und auch wegen ihrer Krankheit war Antonia letztendlich wohl bei ihrer Schwester besser aufgehoben.

So standen wir also an einem erstaunlich warmen Tag Ende März in der Eingangshalle der Villa und verabschiedeten uns zunächst von Marianne Schumacher. Sie hatte beschlossen, nach Celle in die Nähe ihrer Tochter zu ziehen. Ich hatte gar nicht gewusst, dass sie Familie hatte. Offensichtlich war sie eine sehr diskrete, zurückhaltende Person, was man schon daran merkte, dass wir uns zwar mit dem Vornamen anredeten, aber das Sie nie abgelegt hatten. Sie hatte nie von sich erzählt, und irgendwie war ich wohl davon ausgegangen, dass sie immer schon bei Antonia gewesen war. Umso erstaunter war ich, als ich erfuhr, dass sie eine Tochter hatte, die

Zwillinge erwartete und auf die Hilfe der werdenden Oma baute.

»Ach, ich freue mich so«, sagte sie beim Abschied zu mir. »Meine ersten Enkelkinder! Sie können das doch sicher nachvollziehen, Hilde. Sie werden ja auch Großmutter!«

Ich zuckte leicht zusammen. »Großmutter« – das hörte sich nach Bettjäckchen und Haarnetz an, aber ich lächelte sie tapfer an und nickte. »Ich werde allerdings nicht zu den Kindern ziehen, um sie zu unterstützen«, erwiderte ich. »Neuseeland ist mir definitiv zu weit weg.«

»Ja«, sie lächelte, »da liegt Celle näher. Aber ich werde Sie alle trotzdem schrecklich vermissen. Es war eine schöne Zeit.« Sie schaute mich an. »Ich weiß noch gut, wie Sie vor der Tür gestanden haben, um Frau von Lengsdorf das Portemonnaie zurückzubringen. Damals habe ich gedacht, sie wären auf eine Belohnung aus. Dafür muss ich mich noch entschuldigen, Hilde.«

Ich winkte großzügig ab. »Geschenkt, Marianne. An Ihrer Stelle hätte ich das vermutlich auch angenommen.«

Ja, und eine Woche später ging die Kapitänin von Bord. Es hatte sich relativ schnell ein Interessent für die Villa gefunden, und die neuen Eigentümer wollten schon in ein paar Wochen einziehen. Ich ging noch ein letztes Mal durchs Haus, als Antonia und Babette, mit Madame Siao im Katzenkorb, auf dem Weg zum Flughafen waren, vergewisserte mich, dass alle Fenster geschlossen und alle Lampen aus waren, und zog schließlich mit einem letzten Blick auf den Garten die Haustür hinter mir zu. Ein für uns alle wichtiger Zeitabschnitt war endgültig zu Ende.

Der Abschied von Antonia und ihrer Schwester war nicht allzu tränenreich gewesen, weil schon für den nächsten Monat mein Besuch bei den beiden geplant war. Mallorca war mit dem Flugzeug gut zu erreichen, und wir würden uns bestimmt häufig sehen.

Den gerade erst gegründeten Supperclub jedoch mussten wir zu Grabe tragen. Ohne Antonia und die Unterstützung der anderen konnte ich ihn nicht aufrechterhalten. Oma Schmitz gab es nicht mehr, Marianne Schumacher war nicht mehr da, und Madeleine hielt sich zwar ab und zu noch in Köln auf, war aber die meiste Zeit mit Willibert Poensgen auf Reisen. Tante Röschen schließlich war zu sehr mit Onkel Alfons beschäftigt, um in regelmäßigen Abständen zu mir zu kommen und mir beim Kochen zu helfen.

Ich wusste sowieso nicht so recht, ob ich in Köln bleiben wollte. Zwar wohnte ich immer noch bei Regina, ging meiner Arbeit bei den Schulte-Baumhoffs nach, und Günther war natürlich auch da. Elli allerdings war aufs Land gezogen, weil Tante Röschen gefragt hatte, ob es für den »armen Hund« nicht zu einsam wäre, tagsüber alleine in Günthers Wohnung zu sein.

Schließlich eröffnete mir Regina, die immer noch einen Mann im Internet suchte, dass sie in eine kleinere Wohnung umziehen müsse. Die große Wohnung könne sie sich nach der letzten Mieterhöhung nur noch leisten, wenn ich ihr wesentlich mehr Miete zahlen würde. Also redete ich mit Günther.

»Könntest du dir vorstellen, mit mir zusammenzuziehen?«, fragte ich ihn.

Er grinste. »Du nimmst mir sozusagen das Wort aus dem Mund«, antwortete er. »Könntest du dir vorstellen, mit mir aufs Land zu ziehen?«

Ich fiel aus allen Wolken. Dieser unmögliche Mann

hatte tatsächlich einen Versetzungsantrag nach Mechernich gestellt. »In zwei Monaten geht's los«, teilte er mir mit. »Und ehe ich es vergesse: Eine Wohnung haben wir schon. Ich habe das Haus von Madeleine gekauft. Röschen und Alfons wissen Bescheid.«

Seit einem Monat wohne ich nun wieder auf dem Land. Meine Bedenken wegen des Mangels an Arbeitsstellen in der Eifel hat Günther einfach so vom Tisch gewischt. »Das spielt überhaupt keine Rolle«, hatte er erklärt. »Das Grundstück ist so groß, wir machen eine Hundepension auf. Das kannst du dir in aller Ruhe überlegen, wenn wir dort sind. Ich habe ja ein festes Einkommen. Mit Pensionsanspruch«, fügte er stolz hinzu.

Regina tut mir ein bisschen leid, weil sie alleine zurückbleibt. Aber sie hat schon gesagt, wenn sie die Nase voll hat, kommt sie auch in die alte Heimat zurück. Sie könnte ja immer bei ihrer Mutter unterkommen. Im Moment allerdings ist sie mal wieder auf Wolke sieben, weil sie – im Internet, wo sonst – einen Andreas kennengelernt hat, der »ganz bestimmt der Richtige ist«.

Doro ist glücklich, dass sie ihre beste Freundin wieder in der Nähe hat, und erzählt mir ein übers andere Mal, wie wichtig die frühen, ein Leben lang gewachsenen Sozialkontakte im Alter doch sind. Wir haben unsere gemeinsamen Freitagabende »auf Jück« wieder aufgenommen. Norbert und Günther verstehen sich blendend und genießen es sehr, einen Abend in der Woche für sich zu haben. Günther hat den Angelschein gemacht, und die beiden Männer kommen von ihren Ausflügen mit sensationellen Fängen zurück. Doro behauptet zwar, dass ihr das Anglerglück verdächtig nach dem neuen Fischgeschäft in Euskirchen riechen würde, aber wen kümmert es schon, wo die frische Ware herkommt? Hauptsache, das Essen schmeckt!

Madeleine und Willibert haben versprochen, hin und wieder vorbeizuschauen, und sie haben uns auch schon mehrmals aufgefordert, sie endlich einmal in Frankreich zu besuchen. Familie Hilbig hat dort bereits ihren Urlaub verbracht. Laut Annette Hilbig waren vor allem die Kinder hellauf begeistert, zumal Madeleine sich in Erinnerung an ihre Kindheit ein Eselpärchen angeschafft hat.

Frau Bündlein hat die Hoffnung auf ihr »besonderes Kochbuch« noch nicht aufgegeben. Sie hält eifrig Kontakt zu Antonia und mir und schlägt uns abwechselnd Varianten mit ursprünglicher mallorquinischer Küche und traditionellen Eifler Gerichten vor. Wer weiß, eines Tages schreibe ich vielleicht wirklich ein Kochbuch, am besten mit Antonia zusammen über eine Kombination der beiden Küchen – wenn ich die Zeit dazu finde.

Mit Antonia stehe ich, ebenso wie mit den Kindern in Neuseeland, über Skype in Kontakt. Ich kann diese modernen Technologien nicht genug loben. Sie bringen einem die weite Welt bis in die entlegensten Orte in der Eifel. Mein Enkelkind ist gerade zur Welt gekommen, ein kleines Mädchen, Nikita. Sie ist hinreißend süß, und ich bilde mir ein, dass sie genauso aussieht wie Rouven als Baby. Nächsten Monat wollen Günther und ich hinfliegen, damit ich sie endlich im Arm halten kann.

Antonia geht es den Umständen entsprechend richtig gut. Sie genießt das Leben im Haus ihrer Schwester, schwimmt jeden Tag im Pool, was ihr guttut, lernt Spanisch mit einem Privatlehrer und plant schon einen neuen Supperclub. »Also, aushilfsweise komme ich dann bestimmt mal ab und zu vorbei«, habe ich ihr versprochen.

An manchen Abenden sitze ich mit Günther auf meiner Bank und schaue in die Landschaft. Wenn Elli sich dazu aufraffen kann, Röschen und Alfons alleine zu lassen – was sie ungern tut –, liegt sie zu unseren Füßen. In solchen Momenten denke ich an Oma Schmitz, schaue in die Wolken und stelle mir vor, dass sie im Himmel meiner Mutter begegnet ist und sich jetzt da oben mit ihr unterhält.

Günther legt den Arm um mich, ich schmiege mich an ihn und fühle mich glücklich und geborgen. Hier gehöre ich hin, und hier gehe ich nicht mehr weg. Einmal Landei, immer Landei.

# Rezepte

# Tante Röschens Rodon

Der Rodon (das »on« am Schluss wird französisch nasal ausgesprochen, weswegen dieser Kuchen im Rheinland, wohin er mit Napoleons Truppen gekommen ist, »Rodong« genannt wird) ist eine Art Guglhupf, allerdings nicht aus Hefeteig, sondern aus Quark-Öl-Teig. Normalerweise kommen nur Rosinen und kleingeschnittene, getrocknete Aprikosen hinein, aber Tante Röschen fand es leckerer, wenn auch noch gehackte Walnüsse und Schokoladestückchen drin waren. Und, um Onkel Alfons zu zitieren, »wo sie recht hat, hat sie recht«.

125 g Butter
6 EL Speiseöl
150 g Zucker
1 Päckchen Vanillezucker
1 Vanillestange
1 Prise Salz
2 Eier
250 g Magerquark
375 g Weizenmehl
1 Päckchen Backpulver
5 EL Milch
100 g Rosinen
150 g getrocknete Aprikosen
1 Handvoll gehackte Walnüsse
1 Handvoll gehackte dunkle Schokolade
Semmelbrösel zum Ausstreuen der Backform

Die Butter geschmeidig rühren, nach und nach Öl, Zucker, Vanillezucker, Vanillemark und 1 Prise Salz hinzugeben, bis eine gebundene Masse entstanden ist. Die Eier nach und nach unterrühren, jedes Ei etwa eine halbe Minute lang. Anschließend den Magerquark unterrühren. Mehl mit Backpulver mischen, sieben und abwechselnd mit der Milch unterrühren. Die Rosinen, die kleingeschnittenen getrockneten Aprikosen, die Walnüsse und die Schokoladenstückchen unterrühren und den Teig in eine gefettete, mit Semmelbröseln ausgestreute Napfkuchenform geben.

Im Backofen (Ober-/Unterhitze 180 °C vorgeheizt; Umluft 160° nicht vorgeheizt; Gas Stufe 2–3 nicht vorgeheizt) etwa eine Stunde backen. Anschließend den Kuchen ungefähr zehn Minuten in der Form stehen lassen, dann stürzen. Nach dem Erkalten mit Puderzucker bestreuen.

# Eifeler Döppekooche

(Für sechs Personen)

Dieses Gericht war früher der sogenannte »Martinskuchen«. Er wurde vor dem Martinszug, dem Laternenumzug am 11. November, vorbereitet, und bevor man aus dem Haus ging, wurde der mit Holz befeuerte Herd noch einmal tüchtig »angestocht«. Den gusseisernen Bräter mit dem Kartoffelkuchen stellte man in den Backofen, der dann mindestens 250–280 °C hatte. Der Umzug dauerte mit dem anschließenden Treffen am Martinsfeuer mindestens zwei bis zweieinhalb Stunden, und wenn man dann nach Hause kam, war der Kuchen in dem mittlerweile vielleicht noch 120 °C warmen Backofen gar.

1 ½ kg Kartoffeln
4–5 große Zwiebeln
250 g durchwachsenen Speck, in Scheiben geschnitten
250 g Frühstücksspeck, gewürfelt oder
3 Mettwürstchen, in Scheiben geschnitten (optional)
5 Eier
Kartoffelmehl nach Bedarf
Salz, Pfeffer, Muskat
Öl

Eine hohe Auflaufform (in der Eifel nimmt man einen gusseisernen Bräter) dicht mit den Speckscheiben ausschlagen. Auf der heißen Herdplatte ein bisschen ausbraten lassen. In der Zwischenzeit die geschälten rohen Kartoffeln und die Zwiebeln reiben und mit den Eiern zu einer geschmeidigen Masse verarbeiten. Nach Belieben mit Salz, Pfeffer und Muskat würzen. Wer möchte (und keine Angst vor zu viel Fett hat), kann gewürfelten Frühstücksspeck oder in Scheiben geschnittene Mettwürstchen hinzugeben. Sollte die Masse zu flüssig sein, noch ein bisschen Kartoffelmehl dazugeben. Jetzt auf den ausgelassenen Speck einen Fingerdick Öl geben und die Masse darauf füllen. Den Bräter von der Herdplatte nehmen und in den Backofen schieben. Bei 200–220 Grad etwa zwei Stunden backen.

Dazu gibt es grünen Salat oder Apfelkompott.

# Himmel un Ääd mit Flönz

(Für sechs Personen)

Ein typisches Gericht aus Köln. Es besteht in der Hauptsache aus Äpfeln und Kartoffeln, die einen Symbol für den Himmel, die anderen für die Erde. Bei der Zubereitung gibt es zwei »Glaubensrichtungen«: Die einen bestehen darauf, Apfelmus und Kartoffelpüree getrennt zu servieren, während die anderen die Äpfel und die Kartoffeln gemeinsam zerstampfen (ohne Butter und Milch). Bei uns zu Hause gab es die erste Variante, was uns Kinder allerdings nicht daran gehindert hat, auf dem Teller sofort alles zu mischen.

1 ½ kg mehlige Kartoffeln
Butter
Milch
1 ½ kg kräftig säuerliche Äpfel
(Cox Orange oder Boskoop)
1 Ring Hausmacher Blutwurst
2 dicke Zwiebeln
Mehl zum Panieren

Kochen Sie die geschälten Kartoffeln in Salzwasser gar und bereiten Sie mit Butter und Milch ein lockeres Kartoffelpüree. Schälen Sie die Äpfel, schneiden Sie sie in Stücke und kochen sie mit wenig Wasser und ein bisschen Zucker, bis sie weich und sämig sind. Die Blutwurst wird in dicke Scheiben geschnitten, in Mehl gewälzt und in der Pfanne in Butter oder Öl leicht angebraten. Schneiden Sie die Zwiebeln in Ringe, und braten Sie sie ebenfalls, bis sie glasig und leicht gebräunt sind. Richten Sie Kartoffelpüree und Apfelkompott auf einem Teller nebeneinander an, und geben Sie pro Teller jeweils zwei Scheiben Blutwurst und einige gebratene Zwiebelringe darüber. Sie können das Ganze auch noch mit einem Löffel gebräunter Butter krönen.

## Knübbelchenszupp

(Für sechs Personen)

Ein sehr altes Kölner Gericht, das schon meine Urgroßmutter gerne gegessen hat. Bei uns zu Hause gab es die süße Milchsuppe mit den Mehlklößchen in der kalten Jahreszeit, wenn wir durchgefroren von draußen hereinkamen oder auch schon mal als »Trostessen«, wenn wir krank waren. Und manchmal, vor allem gegen Monatsende, machte meine Mutter die Suppe als preiswertes, schnelles Mittagessen für uns Kinder.

1 l Milch
250 g Mehl
1 Ei
Zucker

Die Milch zum Kochen bringen. In der Zwischenzeit das Mehl mit dem Ei zu einer klebrigen Masse verarbeiten und mit einem Löffel kleine Klümpchen (Knübbelchen) in die Milch setzen. Das Mehl, das sich löst, macht die Suppe ein wenig sämiger. Unter ständigem Rühren ein paar Minuten kochen lassen, vom Herd nehmen und nach Belieben mit Zucker süßen.

Deutschlands größte Testleser Community
Jede Woche präsentieren wir Bestseller, noch bevor Du sie in der Buchhandlung kaufen kannst.
Finde Dein nächstes Lieblingsbuch
vorablesen.de
Neue Bücher online vorab lesen & rezensieren
Freu Dich auf viele Leseratten in der Community, bewerte und kommentiere die vorgestellten Bücher und gewinne wöchentlich eins von 100 exklusiven Vorab-Exemplaren.
© PIKSEL · istockphoto